고사성어로 친구 만나

사랑의 댓글 달기

고사성어로 친구 만나

사랑의 댓글 달기

전경남 엮음

보고사

책머리에

새봄을 맞으면 누구나 기대와 설렘이 있게 마련일 텐데 나에게는 납덩이처럼 무겁고 힘겨운 나날의 연속이었다. 지난 해 말, 정밀검사 결과 신장에 종양이 발견되었기 때문이었다. 왜 나에게는 이렇게 무섭고 고통스러운 병마가 거듭 찾아오는 것인지, 육신의 아픔보다도 비통하고 원망스런 마음의 상처가 더 컸다.

지난 10여 년의 세월을 돌아보아도 그랬다. 2000년 류머티스 관절염으로 계단을 오르내리기조차 힘들어져서 28년간 봉직하던 교직을 떠난 이후로 지금까지도 건강의 문제와 힘겹게 씨름하며 지낸다. 득도(得道)를 위한 삶을 살아온 것도 아닌데 내 몸 속에는 돌이 잘도 생겨났다. 담석증으로 고통받다가 쓸개를 떼어내고 보니 청심환만한 돌이 나와 놀랐고, 결국 쓸개 빠진 여자가 되고 말았다. 쓸개가 빠져 속없는 여자가 되었는데도 왜 마음은 자꾸 상처받는지 알 수가 없다. 요로에 다시 결석이 생겨 치료를 받고 부비동염으로 수술을 받아 위험한 고비를 넘기는가 했는데 2005년에는 갑상선 암이 발견되어 또다시 수술을 받아야만 했다.

이런 과정 속에 육신은 지쳐 연약할 대로 연약해지고 마음도 크게 상하여 무기력 속에 근근이 살아가는데, 설상가상으로 이번에는 더욱 위중하다는 신장암이 의심되어 수술을 받게 되었다. 거듭되는 질고에 홀로 버려졌다는 외로움이 물밀듯 밀려온다. 결국 되짚어 본 지난 시절은 기쁨과 즐거움 그리고 보람보다는 아픔과 슬픔에 실의가 더 많고 절절하였음을 자각하게 된다. 더구나 그 사이에 사랑하는 친구 허유순이 암으로 투병하다가 끝내 먼저 하늘나라로 떠났다.

자연히 삶이란 무엇인가를 헤아려보게 되고 그 속에서 무슨 의미를 찾을 수 있는가 고심하게 되었다. 일찍이 부처님은 인생을 고해(苦海)라고 설파하였다. 태어나고 늙고 병들고 죽는 생로병사 모두가 고통의 바다 아닌 것이 없다는 말씀이다. 성경의 시편 기자도 "우리의 연수가 70이요 강건하면 80이라도 그 연수의 자랑은 수고와 슬픔뿐"이라고 탄식한 바 있다.

이처럼 인생이 고해일진대, 거기에는 어떤 깊은 의미가 내재하는 것일까? 불가에서는 인생을 업연(業緣)의 고리를 끊는 수행의 귀한 기회라 하고 기독교에서는 어리석고 죄 된 속성을 씻어내어 성화(聖化)를 이루어가는 길이라고 하나 나에게는 다 아득하게만 느껴진다. 다만 나에게 확실한 것은 하루하루를 견디며 살아가는 것조차 혼자만의 힘으로는 절대 불가하고 하나님의 은총과 이웃의 기도와 사랑이 있어야만 감당할 수 있다는 점이다.

심신의 거듭된 질병을 겪어내며 이만한 것만 해도 인술을 베풀어 주신 경희의료원의 김영설 교수님과 삼성서울병원의 최한용 교수님을 비롯한 여러 선생님들의 정성스런 손길이 있어 가능하였다. 이 은혜를 어떻게 다 갚아야할지 ……

'고사성어 댓글 달기'는 큰 고통과 깊은 좌절의 시기에 나를 지탱시켜 준 친구들의 사랑과 기도, 그리고 격려가 낳은 산물이다. 우리 이화 친구들은 내 삶의 에너지가 고갈될 때마다 끊임없이 생명의 에너지를 충전해 주었다. 2006년 8월 8일 "이화여고 67카페"를 통하여 고사성어 댓글 달기를 시작한 이래, 우리는 타임머신을 타고 40년 세월을 건너 서로의 안부를 나누고 우정을 회복하며 인생을 음미하는 사랑의 만남을 지속하여 왔다. 힘겨운 나날에 이들 고마운 친구들이 있어 그래도 나는 견뎌낼 수 있었다. 그 사이 나눈 이야기 100편씩을 모아 두 권의 책자를 만들어 나누어 보는 기쁨은 또 얼마나 큰 삶의 활력소가 되었는지…….

남편 김진영 교수는 오랫동안 병고에 시달려온 연약한 나와 고통을 나누며 염려와 기도로 함께해 줄 뿐더러 이번 세 번째 책 출간에도 격려와 도움을 아끼지 않아 항상 고맙다.

이 책이 출간되는 데 있어 가장 많은 수고와 정성을 쏟아준 김동건, 진은진 교수께는 어떻게 다 감사해야 할지 모르겠다. 이들 부부는 이번에도 100편의 이야기를 골라 뽑고 이화의 교훈인 자유 사랑 평화로 나누어 정리하여 우리들의 아름다운 인연이 세상에 나오도록 힘써 주었다.

김흥국 보고사 사장님은 수지를 따지지 않고 연속해서 '고사성어 댓글 달기' 시리즈를 흔쾌히 맡아 주셨고, 책임편집을 담당한 이경민 님을 비롯한 편집부 직원 여러분들도 이 책이 예쁘게 출간되도록 애써 주셔서 깊은 감사의 인사를 올린다.

나의 삶이 외롭고 고통스런 삶처럼 여겨졌는데, 이제 다시 헤아려보니 감사한 분, 감사한 일들을 참 많이 갖고 누린 복이 많은 삶을 살고 있음을 고백하지 않을 수 없다.

우리 친구들과 독자 여러분들 모두 더욱 감사가 넘쳐 풍성하고 하루하루 소망을 이루어가는 삶이 되기를 빈다.

신묘년 춘삼월에
전경남

차 례

2부 사랑

3부 평화

1부

자유

유지경성 有志竟成

有:있을 유 / 志:뜻 지 / 竟:마침내 경 / 成:이룰 성
뜻이 있으면 마침내 이루어짐.
곧 굳건한 뜻을 지니고 있는 사람은 반드시 성취한다는 것을 가리키는 말이다.

『후한서(後漢書)』〈경엄전(耿弇傳)〉에 다음과 같은 이야기가 전한다.

중국 전한(前漢)이 망하고 왕망(王莽)이 정권을 잡고 있을 때, 경엄(耿弇)이라는 사람이 있었다. 그는 원래 글 읽는 선비였는데, 무관들이 말을 타고 칼을 쓰며 무용(武勇)을 자랑하는 광경을 본 뒤로 자신도 장차 대장군이 되어 공을 세우고자 결심하였다.

훗날에 유수(劉秀)가 병사를 모집한다는 소식을 듣고 달려가 그의 수하가 되었는데, 지략이 뛰어나고 무예가 출중하여 많은 전투에서 전공을 세움으로써 유수의 깊은 신임을 받았다. 마침내 유수가 후한(後漢)을 세워 광무제(光武帝)가 되자 경엄은 계속 충성을 다하면서 각지의 민란군과 지방 세력들을 토벌하였다.

그런데도 각지에는 상당한 병력을 가진 세력들이 준동하고 있었는데 그중에서 장보(張步)의 병력이 가장 강하였다. 광무제가 경엄에게 장보를 치도록 명하였다. 장보는 경엄이 공격해 온다는 보고를 받고도 풋내기의 오합지졸로 여겼다가 초전에서 크게 낭패를 보았다. 파죽지세로 진격한 경엄의 부대는 임치의 동쪽 성에 이르러 장보의 주력부대와 맞붙게 되었다. 이 싸움에서 경엄은 허벅다리에 화살을 맞고 피투성이가 되었지만 부하들을 독려하며 앞장서 싸웠다. 그러나 고전을 면할 수 없었다. 이런 전황을 보고 받은 광무제는 몸소 군대를 이끌고 경엄을 도우러 나섰다. 이 소식을 접한 경엄은 병사들을 독려하며 이렇게

말하였다.

"황제 폐하께서 거동하시는데, 승리하여 술과 안주를 갖추어 영접하여야 마땅하거늘, 어찌 적을 섬멸하지 못하고 어려운 일을 폐하께 떠맡기랴?"

경엄은 마침내 장보를 물리치고 이 공로로 건위대장군이 되었다. 유수는 경엄이 부상을 당하고서도 분전하여 적을 물리친 것을 알고 매우 기뻐하며 칭찬하였다.

"장군이 전에 남양에서 천하를 얻을 큰 계책을 건의할 때는 아득하여 실현될 가망이 없는 것으로 여겼었다. 그야말로 '뜻이 있는 자는 마침내 성공한다'는 것인가 하노라."

2008.05.09.

우정의 댓글

전경남 속담에 '뜻이 있는 곳에 길이 있다'는 말이 있다. 즉 무엇인가 값진 것을 이루려고 하면 남다른 각오와 노력이 있어야 한다는 말이다. 이렇게 하여 큰일을 이룬 사람을 입지전적 인물이라고 한다. '유지경성'의 가르침은 젊은이에게는 새로운 각오를 세우도록 격려하고, 나이 든 사람에게는 평생에 세운 뜻을 마침내 이루었는지 살아온 지난날을 되돌아보게 한다. 하늘이 우리를 세상에 보냈을 때는 저마다 무엇인가를 이루라고 하는 뜻이 있었을 터인데, 우리는 과연 뜻을 세워 이루어 가고 있는가…

이영혜 사부님의 글을 읽으니, 청운지지(靑雲之志)가 유래한 당나라의 시인 왕발의 글에 나오는 구절, "늙음을 당하면 더욱 씩씩해야 한다. 어찌 흰머리의 마음을 알랴! 가난하고 힘들수록 더욱 굳건해져야 한다. 청운의 뜻을 버리지 않아야 한다."라는 말이 새삼스럽네요.

임미순 "사람이 마음으로 자기의 길을 계획할지라도 그의 걸음을 인도하시는 이는 여호와시니라(잠16:9)" 뜻이 있는 곳에 길이 있고 목마른 자가 샘을 판다고 했고 하늘은 스스로 돕는 자를 돕는다고도 했지요. 그 무엇보다 하나님의 도움이 없이는 그 모든 것이 불가능하겠지요❢

민선 Where there's a will, there's a way. 이루겠다는 마음이 단호하게 있으면 어떤 일이든 이룰 수 있다는 서양의 격언이니, 결국 유지경성과 같은 뜻이겠지요? 싸부님도 사자성어를 책으로 내겠다는 마음을 단호하게 하니, 결국 책으로 낼 수 있었고요. 그러니 몸도 감히 아프다고 불평 못 하니, 따라서 자연히 건강도 찾아오고⋯ ^^* 우리도 지금부터라도 작은 목표일지라도 하나 세워놓고 마음을 모으면, 유지경성도 하고 건강도 좋아지고. 흠⋯ 일석이조네요⋯!? ^^*

허유순 오늘 목사님 설교 말씀 중에 한국의 50대 이상에게 설문 조사를 했더니 5%만이 꿈이 있다고 했다는 말을 듣고 충격을 받았지요. 아무리 나이가 많다 해도 꿈을 가지고 그걸 이루려고 꾸준히 노력하는 자에게는 하나님도 그 뜻을 이루도록 은혜를 주실 것 같은데⋯

김선숙 꿈이 있어도 이루어질까 말까 한데 50대의 나이에 5%만이 꿈을 지니고 있다니⋯ 충격이네요. 으이쿠⋯ 아니 꿈조차도 못 가져 본다냐? 꿈을 가지고 뭘 이뤄 보려는데 밑천이 드는 것도 아니고 낭비도 아닌데⋯ 우리들은 모두 꿈이라도 야물딱지게 가집시다.

점입가경 漸入佳境

漸:점차 점 / 入:들 입 / 佳:아름다울 가 / 境:지경 경
점차 아름다운 경지로 들어감. 곧 어떤 경치나 문장 또는 정황이 시간이 지날수록 더욱 더 볼 만하거나
광채를 발휘하게 됨을 가리키는 말이다.

『진서(晉書)』〈고개지전(顧愷之傳)〉에 다음과 같은 이야기가 전한다.

중국의 동진(東晉)시대는 문예상의 전성기를 이루어 시서화(詩書畵)에서 두루 뛰어난 명인을 배출했던 시기이다. 즉 전원시인 도연명(陶淵明)과 서예의 왕희지(王羲之), 그림의 고개지(顧愷之)가 나와서 한 시대를 풍미했던 것이다. 그중 고개지는 다재다능한 화가였고 특히 인물화로 이름을 떨쳤다. 여기에다 독특한 인품으로 사안(謝安)은 그를 '천지개벽 이래 최고의 인물'이라고 하였다.

당시는 불교가 성하여 사찰을 짓는 것이 크게 유행하였는데, 한번은 남경에 있던 승려들이 와관사(瓦棺寺)를 세우고자 하였다. 돈이 모자라 헌금자를 모으기로 했는데 몇 달이 지나도 자금이 10분의 1에도 미치지 못하여 고민하고 있던 어느 날, 초라해 보이는 20대의 청년이 와서 말하였다.

"내가 백만 전을 내겠소. 그러니 절이 완공되거든 알려 주시오."

드디어 절이 완공되니 청년은 불당의 벽에다 유마거사(維摩居士)의 불상을 그렸다. 뛰어난 필치로 얼마나 정교하게 그렸던지 마치 살아 움직이는 것 같았다. 이 그림은 삽시간에 알려져 이를 보러 오는 이들의 보시(布施)가 금세 백만 전을 넘었다고 한다. 이 청년이 바로 고개지였다.

이처럼 그는 그림에 뛰어났을 뿐만 아니라 문학과 서예에도 능해 훌륭한 작품을 남겼다. 여기에다 특이한 언행과 해학으로 당시 사람들은 그를 삼절[三絶:

畵絶·才絶·痴絶]이라고 불렀다.

　이 중 치절(痴絶)은 그의 독특하고 기이한 행동과 익살스러움을 가리키는 말이다. 그는 사탕수수를 즐겨 먹었는데 늘 가느다란 가지부터 먼저 씹어 먹었다. 사실 사탕수수는 뿌리 부분으로 내려갈수록 단맛이 더한 법이다. 이를 이상하게 여긴 친구들이 의아하여, "무엇 때문에 그렇게 먹느냐?"고 물었다. 고개지가 대답하였다.

　"그야 점점 갈수록 단맛이 더하기 때문이지."

　이로부터 '점입가경(漸入佳境)'은 경치나 문장, 또는 어떤 일의 상황이 갈수록 재미있게 좋아지는 것을 가리키게 되었다.

2008.01.26.

우정의 댓글

전경남 하루하루 살아가면서 좀 더 상황이 호전되기를 바라는 것은 누구나의 소망이다. 그래서 꿈은 현실에서 꾸고, 미래에 그 꿈을 실현하기 위해서 애쓰는 것이 아닌가. 이렇게 노력을 기울인 만큼 정황이 나아지고 잘 풀려 나갈 때나, 또는 주변의 상황이 점점 좋아질 때 '점입가경'이라는 말을 사용한다. 고개지가 사탕수수를 먹으면서 맛이 적은 곳에서부터 더 맛난 부분으로 먹어 나가는 취향에서 온 이 말이, 오늘날에는 점점 아름다운 경지에 이르는 모든 것을 일컬을 때 사용된다. 우리들의 삶 속에서도 구석구석이 좋은 의미로만 '점입가경'에 이른다면 얼마나 좋을까…

임미순 "예수께서 저희에게 이르시되, 항아리에 물을 채우라 하신즉 아구까지 채우니 이제는 떠서 연회장에게 갖다 주라 하시매 갖다 주었더니 연회장은 물로 된 포도주를 맛보고 어디서 났는지 알지 못하되 물 떠온 하인들은 알더라. 연회장이 신랑을 불러 말하되 사람마다 먼저 좋은 포도주를 내고 취한 후에 낮은 것을 내거늘 그대는 지금까지 좋은 포도주를 두었도다 하니라(요2:7-10)" 잔치 자리에 포도주가 떨어졌을 때 예수님께서 물로 포도주를 만드셨던 첫 번째 기적의 말씀을 올려 보았어요. 나중에 내온 포도주가 더 맛이 좋은 것이 오늘의 성어와 연상이 되는군요.

김원심 어떤 경우라도 점점 클라이맥스로 갈 때(나쁜 경우도) '점입가경'인 줄 알았는데 아름다울 '佳'를 쓰는군요. 공부방을 통하여 우리의 우정과 실력이 '점입가경'이라면 나만의 착각도 '점입가경?' 아니죠~~~~

김선애 갈수록 점점 좋은 경치가 나온다는 점입가경이 원래 쓰였던 뜻과는 달리 우리나라에서 쓰일 때는 긍정적인 뜻보다는 비아냥거리는 부정적인 뜻으로 쓰이는 경우가 많아 무척 안타깝군요. 우리 속에 원래 비틀린 마음이 있어서이겠지요?

김선숙 점입가경이 사탕수수를 먹으면서 생겨난 말이군요. 갈수록 단맛이 더한 부분을 먹어야지 그렇지 않고 거꾸로 먹는다면 나중의 가는 가지는 단맛을 느끼지도 못하겠군요. 갈수록 좋아진다… 즉 점입가경의 남자덜 야그… 1) 코가 작으며 그것도 작다 : 雪上加霜 2) 코는 큰데 그것은 작다 : 有名無實 3) 코는 작은데 그것은 크다 : 千萬多幸 4) 코가 크면서 그것도 크다 : 錦上添花

민선 하.하.하. 야그에서, 과연 그것이 무엇일까요? 돈? 명예? 직위? 아님 또 뭐가 있지? 나만 쑥맥인가 봐… ㅎ. 우리 한문방이 바야흐로 점입가경에 접어드는구나. 싸부 경남에게 또 한번 큰 박수~~!

매처학자 梅妻鶴子

梅:매화 매 / 妻:아내 처 / 鶴:학 학 / 子:아들 자
매화를 아내로 삼고 학을 자식으로 삼음.
곧 속세를 떠나 자연을 벗 삼으며 유유자적하는 생활을 가리키는 말이다.

『시화총귀(詩話總龜)』에 다음과 같은 이야기가 전한다.

중국 송(宋)나라 때 임포(林逋)라는 선비가 있었다. 그는 평생을 장가도 들지 않고 자식도 없이 홀로 살아가면서 세속의 영리를 버리고 고적한 가운데 유유자적한 시인이었다. 그는 바람과 꽃과 눈과 달과 같은 자연의 정경과 거기에서 빚어지는 감각세계를 맑고도 담백하게 표현하여 송시(宋詩)의 선구자로 일컬어진다. 특히 매화를 노래한 작품이 많아 '매화 시인'이라고도 불리었다. 그의 시는 깊고도 고요하며 맑고도 뜻이 높았는데, 그는 시인으로 평가되는 것조차 꺼려서 지은 시를 대개 버렸고, 시를 읊기는 하되 기록해 두지 않는 경우가 많았다.

그가 초가를 짓고 은둔 생활을 한 곳은 무림의 서호(西湖) 근처 고산(孤山)이란 곳이었다. 자주 호수에 나가 조각배를 띄우고, 간혹 절을 찾아 유한한 정취를 즐겼는데, 임포는 처자가 없는 대신 자신이 머물고 있는 초당 주위에 수많은 매화나무를 심어 놓고 학을 기르며 살았다. 그가 호수로 나오면 학이 이를 알고 마중을 나왔는데, 산사의 동자승은 학이 나는 것을 보고 그가 찾아온다는 것을 알았다고 한다. 그래서 사람들은, 임포는 매화 아내를 두고 학 자식과 더불어 산다고 하였다.

이 이야기에서부터 비롯하여 사람들은 풍류를 즐기며 초야에서 고요하고 한가하게 사는 사람과 그런 생활을 가리켜 '매처학자(梅妻鶴子)'라고 일컫게 되었다.

2008.04.02.

우정의 댓글

전경남 세속의 어지러움에 시달리다 보면 누구라도 자연의 품에 안겨 여유 있고 한적한 삶을 꿈꾸게 마련이다. 임포는 특히 자연에 깊이 귀의하여 매화를 아내로 삼고 학을 자식으로 여기면서 유유자적하며 세상의 명리를 멀리하였다. 그러한 삶을 동경하면서도 실천하지 못하는 많은 선비들은 그를 흠모하며 참으로 풍류를 아는 '매처학자(梅妻鶴子)'라고 일컬었다. 요즘처럼 부귀와 권세를 추구하는 시대의 추세에도 임포처럼 청빈하게 살면서 풍류를 즐길 수 있는 삶이 과연 가능할까…

노순회 오히려 부귀와 권세를 추구하다 보면 별것 아닌 듯하여 새삼 시골로 낙향하는 사람들이 있지요… 매화와 학… 그리고 하나 또 추가한다면 차 한 잔 놓고 부담 없이 대화할 수 있는 동료가 있다면 더욱…

허유순 좋아하는 임포의 고사를 올려주셨군요. 눈 속에서 피어나는 매화를 군자의 고고한 정신의 표상으로 보게 된 유래이기도 하지요.

김선숙 임포라는 선비의 환상적인 삶이 그려집니다. 매화를 아내 삼고… 학을 자식 삼고… 여기에서 표현은 안 했지만 아마도 태양을 군주 삼고… 달을 부모로 모시고… 구름을 형제 삼고… 강물과 바람을 손님으로 삼고… 꽃은 시를 주고받는 애첩 삼고… 눈과 비를 친구 삼아 시를 짓고 읊으며 신선 같은 삶을 살았겠지요. 부귀와 권세? 그런 세속적인 것이 다 뭐야? 나물 먹고 물 마시고 좋은 가족과 친구들을 벗하니… 이런 신선놀음이, 아니 이보다 더 좋은 수가… 이러면서 한세상 즐기셨겠지요… 캬~아 !! 멋진 삶이네요… 에구, 나 일수거사(一水去士)도 이렇게 살고 싶었는디…

이영혜 유유자적하며 생활하는 선비의 생활은 제나라의 안촉의 표현대로 안보

당거(安步當車)라고, "천천히 걸으면 마치 수레를 탄 것 같이 편안"하고 "나쁜 짓을 하지 않고 죄를 짓지 않는 것이 높은 벼슬보다 훨씬 고귀할 것이고, 청렴하고 바르게 생활하면 스스로 즐거울 것"이겠지요.

임미순 뭐니뭐니 도 하나님이 주신 우리 몸의 두 다리가 제일이지. 수레도 좋지만… 어떤 공수표만 날리는 사람의 얘기~ "나는 자가용은 없어도 튼튼한 두 다리가 있어요"~ 나의 남편의 프로포즈 내용(그 말이 왜 그렇게 진실성이 있게 마음에 와 닿았는지…) 근데 웃기는 건 한 번도 나를 업고 다니기는커녕… 그 튼튼한 다리로 매일 자기만 돌아다니더라고. 애들 데리고 소풍 한번 간 일이 없고… 참 웃기지 않니❢

김선애 사실 마음만 먹으면 누구든지 할 수 있는 고고한 삶. 돈도 별로 안 들고 굳이 못할 것도 없는데 세속의 무엇이 그렇게 잡아끄는지…

개권유익 開卷有益

開:열 개 / 卷:책 권 / 有:있을 유 / 益:더할 익
책은 읽지 않고 펼치기만 해도 유익함. 곧 독서의 중요성을 가리키는 말이다.
이 말은 달리 '개권유득(開卷有得)'이라고도 한다.

중국 송(宋)나라 왕벽지(王闢之)가 송나라 고종(高宗) 이전의 다양한 일화들을 모아 엮은 『승수연담록(繩水燕談錄)』에 다음과 같은 이야기가 전한다.

송나라 태종은 독서를 매우 좋아하였다. 그는 주로 역사책을 읽었는데, 밤이 새는 줄도 모르고 글을 읽는 경우가 많았다. 태종은 이방(李昉) 등의 학자들로 하여금 대대적으로 자료를 모아 사서(辭書)를 편찬하도록 하였다. 많은 학자들이 심혈을 기울인 결과 7년 후에 사서가 편찬되었는데, 무려 일천 권에 달하였다. 그 책은 태평연간(太平年間)에 편찬되었으므로 그 연호를 따서 『태평총류(太平總類)』라고 이름 지었다.

태종은 책 출간을 매우 기뻐하며 매일 세 권씩 읽어 나갔는데, 나랏일로 바빠 빠진 날은 여가를 내어 보충하면서 1년 동안에 이를 다 읽어 보았다고 한다. 황제가 직접 읽었다고 해서 뒷날 사람들은 이 책을 『태평어람(太平御覽)』이라고도 부른다. 나랏일에 바쁜 황제가 침식을 잊고 책 읽기에 몰두하자 신하들이 건강을 염려하여 좀 쉬어가면서 읽기를 간하였다. 그러자 태종은 이렇게 말하였다.

"책은 펼치기만 해도 유익하다네. 그렇기 때문에 나는 조금도 피로를 느끼지 않네."

2008.03.30.

우정의 댓글

전경남 독서에 관련된 이야기는 참 많다. '책 가운데 절로 천 섬의 곡식이 있다' 하여 책을 읽어 학문을 깊이 연구하면 큰 재물도 얻을 수 있다는 실용주의적 권장도 있고, '하루라도 책을 읽지 않으면 입안에 가시가 돋는다'고 하여 수양론적으로 말한 것도 있다. 송나라 태종은 평소 독서를 즐겨하여 많은 책을 편찬하게 하였을 뿐더러, 책은 읽지 않고 펼쳐만 보아도 유익하다고 하면서 신하들이 걱정할 만큼 독서에 몰두하였다. 이 시대에는 책이 너무 많은데도 오히려 독서에 대한 열정은 예전만 못한 것 같으니, 틈을 내어 책을 가까이 하도록 힘써야겠네…

노순희 책을 읽지도 않으면서 펼치기만 해도 유익하다는 말… 위로가 됩니다. 날마다 펼치긴 하는데… 웬 속도가 붙어야지…

허유순 우리나라에서도 이미 여러 곳에서 시행되고 있는 'bookstart' 운동은 애기들에게 bookkit를 나누어주는 것인데… 책을 가지고 논 애기들이 그렇지 않은 애기들보다 후에 훨씬 책을 많이 사랑하게 된다는 통계가 있지요. 태종의 '책은 펼치기만 해도 유익하다'는 생각도 같은 맥락으로 보여지네요.

이영혜 독서의 중요성에 관한 또 다른 고사성어로서 "책을 읽고 나서 당장은 잊어버린다 하더라도 몸속에 어딘가 배어 있어 점차 지식과 지혜가 쌓이게 되어 저절로 크게 발전하는 보람이 있는 것이다."라는 장진지효(長進之效)가 생각나네요.

전은자 미국의 Truman 대통령이 백악관 도서관의 책을 가장 많이 읽었다고 하는데 과연 손꼽히는 훌륭한 대통령이었지요. Lincoln 대통령 역시 어릴 적부터 책을 많이 읽은 것으로 유명한 것이 생각납니다. 독서하는 국민이 많은 나라 역시 선진국, 일등 국민이 되는 것 같구요. 책 펼치기라도 열심히 해야겠네요.

김선애 책을 펼치기만 해도 유익하다는 말은 책을 가까이 두라는 말인 것 같아요. 아무래도 책을 가까이 두면 펼치게 되고 또 펼치면 읽게 되니까요. 예전에 본 영화에서 항상 책을 읽으라는 아버지의 유언에 따라 아버지가 사다 주셨던 책을 보니 재산상속 문서가 들어있던 생각이 나네요. 그때 여주인공은 새엄마에게 재산을 모두 빼앗기고 힘들게 살고 있었거든요.

민선 책 읽는 속도가 너무 늦어져서 한심해 하는 터에 눈에 번쩍 뜨이는 반가운 성어입니다. 개권유익…! 그냥 책만 펴들고 있으면 된다니, 위안 많이 됩니다. ^^*

김선숙 송나라 태종은 어떻게 하루에 세 권씩의 책을 읽었는지 놀라움과 경이로움뿐입니다. 아무리 다 읽지 못하고 펼쳐만 놓았다 하더라도 하루에 세 권이라면 그저 놀랍기만… 책을 읽으면 다 잊어버리는 것 같지만 우리 몸의 어느 구석에 살이 되고 피가 된다고 전에 배웠습니다. 살이 되고 피가 되는 게 '찌개백반'인 줄만 알았다가 깨우쳤는데 그동안 또 무관심하게 책을 가까이 하지를 못했어요. 오늘부터라도 집안 곳곳에 책을 펼쳐 놓기라도 하겠습니다. 오다가다 들여다보며 한 글자라도 더 읽을게요. 다행히 싸부님께서 보내주신 『고사성어』가 두 권 있어 제일 잘 보이는 책상하고 침대에 놔 두었습니다.

무병자구 無病自灸

無:없을 무 / 病:질병 병 / 自:스스로 자 / 灸:뜸질할 구
질병이 없는데 스스로 뜸을 뜸.
곧 무익한 일을 부질없이 힘들여 수행함을 가리키는 말이다.

『장자(莊子)』「도척편(盜跖篇)」에 다음과 같은 이야기가 전한다.

도척(盜跖)은 공자와 같은 시대, 같은 노(魯)나라 사람이었다. 그는 당대의 현인인 유하혜(柳下惠)의 친아우로, 도당 9천 명을 거느리고 천하를 휩쓰는 대도(大盜)였다. 도척은 제후를 침탈하고 남의 소와 말을 빼앗으며, 부녀자를 납치하고 이익을 탐하여 친척을 잊고, 부모는 물론 조상의 제사도 지내지 않았다. 공자가 유하혜에게 아우 하나를 제대로 가르치지 못하느냐고 나무라자, 유하혜는 자신도 도무지 어찌할 도리가 없다고 하였다.

공자는 천하에 도척이 있다는 것은 유하혜의 수치일 뿐 아니라 인의와 도덕을 가르치는 자신에게도 큰 수치라고 생각하여, 제자들 가운데 안회(顔回)에게 수레를 몰게 하고 자공(子貢)을 우측에 앉힌 후 도척에게 그의 사상인 인(仁)을 설득하러 떠났다. 도척은 부하들과 태산(太山)의 남쪽에서 사람 간을 회 쳐서 먹고 있다가 공자가 만나기를 청하자, 공자의 위선을 비웃으며 만나기를 거절했다.

공자가 재삼 간청을 하고서야 만나기를 허락한 도척은 공자를 보고, "네가 말하는 것이 내 뜻에 맞으면 살아남을 것이고 내 뜻에 거슬리면 죽음을 당할 것이다."라고 하며 눈을 부릅뜨고 소리를 질렀다. 공자는 도척을 설득하는 말은 하지도 못한 채 성문 밖으로 급히 되돌아 왔다. 공자는 수레에 올랐지만 고삐를

잡으려다 세 번이나 놓쳤고, 눈은 멍하니 아무것도 보이지 않았으며, 얼굴은 꺼진 잿빛 같았다. 공자가 동문 밖에 이르렀을 때 마침 도척의 형인 유하혜를 만났다. 유하혜가 말했다.

"요즘 며칠 동안 뵐 수가 없었는데, 수레 차림새를 보니 어디 여행을 다녀오신 모양입니다. 혹 도척을 만나고 오신 것은 아닌지요?"

공자는 하늘을 우러르며 탄식하고 대답했다.

"그렇습니다."

유하혜가 물었다.

"도척이 선생님의 뜻을 거스른 것이 제가 전에 말씀 드린 것과 같지 않았습니까?"

공자가 대답했다.

"그랬습니다. 나는 세상에서 말하는, 아프지도 않은데 스스로 뜸을 뜬 사람입니다. 공연히 부산하게 달려가서 호랑이의 머리를 건드리고 수염을 잡아 묶은 것과 같아서 하마터면 그 호랑이에게 잡아 먹힐 뻔하였습니다."

2008.03.24.

우정의 댓글

전경남 위의 이야기는 장자가 도척의 말을 빌려 우화적으로 그린 이야기이다. 즉 공자의 예교사상을 날카롭게 비판하기 위하여 만든 픽션인 것이다. 유가에서는 모든 사람들을 인의(仁義)로 교육하면 다 선량해진다고 본다. 그러나 장자는, 사람의 성품은 유하혜와 도척이 보여주는 것처럼 형제 사이라도 전혀 판이할 수가 있음을 들어 인위적인 교육의 한계점을 드러내면서 무위자연을 추구하였다. '긁어 부스럼'이라는 말이 있다. 가만히 두면 좋을 것을 공연히 건드렸다가 낭패되는 일이 많은데, 이 말은 이런 경우에 사용한다.

손동숙 조용히 자기 본분만 지키면 될 것을 공연히 나서서 일을 망치는 경우를 말함이군요. 내 자신도 어떤 경우 긁어 부스럼이 된 적이 없나 반성해 봅니다.

허유순 동양사상을 깊이 알지 못하지만 심정적으로 평소 장자의 무위자연을 공자의 예교사상보다 가깝게 느꼈었는데… 오늘 이야기가 장자가 도척의 말을 빌려 공자의 사상을 비판하기 위한 것이란 이야기를 읽으니 수긍이 가네요. 아무리 군자라 한들 어찌 세상 모든 사람을 교화할 수 있겠습니까. 그렇게 생각한다면 그것도 큰 교만이 아닐는지요.

전은자 천하에 이름난 교육자라도 사람의 성질을 바꾸기란 어렵겠지요. 기적 중에도 기적은 사람이 변하는 것이라고 하더군요. 친한 사이에 좋은 의도로 충고했다가 멀쩡한 관계가 도리어 나빠지는 경우도 '무병자구'와 비슷하지 않나 몰라요.

임미순 "거만한 자를 징계하는 자는 도리어 능욕을 받고 악인을 책망하는 자는 도리어 ●을 잡히느니라. 거만한 자를 책망하지 말라 그가 너를 미워할까 두려우니라. 지혜 있는 자를 책망하라 그가 너를 사랑하리라 지혜 있는 자에게 교훈을 더하라. 그가 더욱 지혜로워질 것이요 의로운 사람을 가르치라 그의 학식이 더하리라(잠9:7-9)" 본성이 흉악한 사람은 그 본성을 고치기가 참 힘든 것 같더라. 신앙인이라고 하더라도 그런 사람은 양이 아닌 염소의 부류에 속하지.

김선숙 언제나 꼭 맞는 말씀을 올려주어 우리에게 말씀 묵상을 하게 하는 미순아.. 덕분에 우리 공부방은 영혜의 복습시키는 공부, 미순이의 성경공부로 일거몇득인지…

임미순 우리 선숙이의 유머로 선돌핀이 팍팍… 무엇보다 큰 기쁨이지.

김선숙 척(姞) 이름부터가… 험상한 인상입니다. 제 성깔을 스스로도 못 고치는데 하물며 남의 말을 듣고 고치기란 대머리에 꽃삔 달기보다도 더 어려운 일이겠습니다. 남의 말을 들을 사람이라면… 그렇게 성깔이 디럽지는 않겠지요. 에구… 사람 못돼먹은 것은 하나님도 힘들어 하셨으닝께요.

괘관 掛冠

掛:걸 괘 / 冠:갓, 벼슬 관
갓을 벗어 걺.
곧 관직을 버리고 사퇴하는 것을 가리키는 말이다.

『후한서(後漢書)』〈봉맹전(逢萌傳)〉에 다음과 같은 이야기가 전한다.

중국 전한(前漢)시대, 애제(哀帝)가 죽고 왕망(王莽)이 대사마(大司馬)가 되어 평제(平帝)를 세웠다. 그러나 왕망은 평제의 어머니인 위희(衛姬)와 그 집안 식구가 도읍으로 들어오는 것을 허락하지 않았다. 이 일이 잘못되었음을 장남인 왕우(王宇)가 충간하자 그 내외까지도 죽여 버렸다.

이때 봉맹(逢萌)이라는 사람이 있어, 집이 몹시 가난하여 도둑을 잡는 정장(亭長)이라는 관직에 나아갔는데 그는 그 일에 싫증내지 않고, 또한 학문을 좋아하여 『춘추(春秋)』에도 정통하였다. 그는 왕망의 이 같은 처사를 두고 친구에게 말하였다.

"삼강(三綱)은 이미 끊어졌다. 지금 떠나지 않는다면 우리들에게도 반드시 재앙이 미칠 것이네."

그러고는 그 자리에서 갓을 벗어 장안의 북문인 동도문(東都門)에 걸어 두고, 집으로 돌아가 가족들을 이끌고 바다를 건너 요동(遼東)에서 숨어 지냈다. 뒤에 왕망은 한나라를 멸망시키고 스스로 황제의 지위에 올랐고, 국호를 신(新)이라 칭하였다.

봉맹은 왕망이 반드시 멸망하리라는 것을 미리 알았다. 음악에도 뛰어났던 그는 얼마 지나자 머리 위에 기와로 만든 분을 올려놓고, 시장 거리에 나가 큰 소리로 울면서 이렇게 노래하였다.

"아! 신(新)나라여, 신(新)나라여!"

그러고는 다시 몸을 숨겼다.

왕망이 멸망하고 후한(後漢)의 광무제(光武帝)가 즉위하자 태수(太守)가 억지로 그를 조정에 들어오게 하려고 했으나 끝내 응하지 않았다.

2008.03.20.

우정의 댓글

전경남 봉맹은 높은 관직에 오른 사람은 아니었지만, 학문을 좋아하고 『춘추』에도 정통하여 의리에도 남다른 바가 있었다. 그가 왕망의 그릇된 처사를 보고 분연히 갓을 벗어 동도문에 걸어두고 벼슬길을 떠난 것에서부터 '괘관'이란 고사성어가 만들어지게 되었다. 정의롭지 못한 일을 보고도 일신의 안락과 영화를 위하여 눈치를 보며 버티는 경우가 허다할 터인데 봉맹의 결의는 바른 선비다운 모습이라 하겠다. 오늘날에도 사회가 맑아지려면 이러한 자세를 지닌 인사가 많아야 하겠네…

민선 잘못된 것은 잘못된 것이지요. 틀린 것이 맞게 될 수는 없거든요. 이런 말이 있지요. Two wrongs can't make a right.(잘못된 것 두 개가 합친다 해도 바른 것 하나가 될 수 없다) 바른 것은 바른 것, 틀린 것은 어쨌거나 틀린 것. ^^*

전은자 관직을 공공연히 은퇴하고도 자꾸 도로 관직을 추구하는 사람을 보아서인지… 봉맹의 '괘관' 처사가 참 훌륭하게 보이네요.

김선숙 봉맹이란 사람은 불의한 일에는 조금도 흔들림 없이 가차 없이 관을 내동댕이쳤군요. 자신의 부귀영화를 위하여 비굴하게 관직을 구걸하는 사람들이 판을 치는 요즈음에 청량감을 주는 공부입니다. 에휴…
우리나라에도 이런 인사들이 많이 나와야 하는데… 이런 사람 만나기
가 '대머리에 ✿삔 ☾기'보다 더 힘든 세상이 되었으니…

임미순 "공의로운 길에 생명이 있나니 그 길에는 사망이 없느니라(잠12:28)" 사
람이 부귀공명에 눈이 멀면 사리분★이 어두워지니, 아니다 싶으면 일
찌감치 길을 돌이키는 결단이 있어야겠지요.

우유구화 迂儒救火

迂:멀 우 / 儒:선비 유 / 救:구원할 구 / 火:불 화
어리석은 선비가 불을 끄려고 함.
곧 다급한 상황에서도 도리만 따지다가 일을 그르치고 마는 어리석음을 비유하는 말이다.

중국 명(明)나라 시절의 문인 송렴(宋濂)이 지은 우화체 산문집『연서(燕書)』에 다음과 같은 이야기가 전한다.

조(趙)나라에 성양감(成陽堪)이라고 하는 선비가 살고 있었다. 어느 날 그의 집에 불이 났는데, 사다리가 없어 지붕에 올라가 불을 끌 수가 없었다. 성양감은 아들 뉵에게 옆집 분수씨(奔水氏)네 가서 사다리를 빌려 오라고 하였다. 아들은 남의 집을 방문하는 예의를 갖추려고 의관을 차려 입고 분수씨의 집에 가서 주인에게 먼저 세 번 읍(揖)을 하는 예의를 갖춘 뒤에 천천히 마루에 올라 앉았다. 옆집 주인도 점잖은 손님이 오셨다면서 술상을 차리게 하여 역시 정중하게 대접하는 예를 갖추고 나서 물었다.

"손님께서 이렇게 찾아오신 것은 반드시 제게 하실 말씀이 있으실 터인데 무슨 일이신지요?"

이에 성양뉵은 천천히 말하였다.

"하늘이 우리 집에 화를 내려 불이 났습니다. 세찬 불길이 지붕까지 치솟아 높은 곳에 올라가 물을 뿌리려 하는데, 양 어깨에 날개가 달려 있지 않은지라 올라가지 못하고 식구들이 발만 동동 구르며 울부짖고 있을 수밖에 없었습니다. 듣자 하니 귀댁에 사다리가 있다 하기에 실례를 무릅쓰고 빌리러 왔습니다."

놀란 분수씨는 발을 동동 구르며 말하였다.

"어찌 그리도 세상 물정에 어두우시오. 산속에서 밥을 먹다가 호랑이를 만나면 먹던 밥이라도 뱉어 내고 도망쳐야 하고, 물가에서 발을 씻다 악어를 만나면 신발을 버리고 도망쳐야 하는 법이오. 집에 불이 났는데 그대가 여기서 예의를 갖추고 있을 때요?"

분수씨가 급히 사다리를 가지고 달려갔으나 이미 집은 잿더미로 변해 있었다.

2008.02.17.

우정의 댓글

전경남 급할수록 돌아가라는 말도 있기야 하지만, 집에 불이 난 것과 같이 급박한 상황에서 예의범절을 갖춘다고 시간을 끌다보면 잿더미밖에 더 남겠는가! 성양뇨의 행동거지는 허울만 중시하고 실상과는 너무 동떨어진 어리석은 선비의 모습을 너무도 잘 드러내고 있다. 격식도 중요하지만 때로는 현실 감각이 절실히 필요하니 이러한 점에서도 때에 알맞게 행동하는 시중(時中)의 자세가 꼭 있어야 하겠네…

허유순 싸부님, 몇십 년 만에 해보는 일덩 출석이네요. 오늘 글은 시간 끌다 국보 1호를 다 태워먹은 우리들 애기 같으네요. 문화재를 화마에서 지켜내는 데 부처끼리 서로 미루고 있었으니… 생각할수록 안타까운 일이네요.

임미순 "무릇 슬기로운 자는 지식으로 행하여도 미련한 자는 자기의 미련한 것을 나타내느니라(잠13:16)" 위 성어를 보고 연관 🏵 서 올렸어요. 조금 뜻은 다르지만 우리 속담에 "눈치가 빠르면 절에 가서도 새우젓을 얻어 먹는다."고도 했지요.

김선숙 이 글을 읽으니 전에 제가 한번 올렸던 답글이 생각납니다. 돈은 있지만 배운 게 없는 집에서 문자나 쬐끔 쓰는 사위를 봤는데 하루는 호랑이가 와서 장인을 물고 갔습니다. 이때 사위가 의관을 차려입고 동네 사람들에게 호소하는 말이⋯ "원산지호(遠山之虎)가 출(出)하야 오장인(吾丈人)을 물고 갔으니 유총자(有銃者)는 지총(持銃)허구 유봉자(有棒者)는 지봉(持棒)하여 오장인(吾丈人)을 구(求)해 주시오." 이러는 사이에 호랑이가 장인을 끌고 가 죽였습니다. 너무 괘씸한 사위⋯ 장모는 고을 원님께 고하여 감옥엘 보냈습니다. 참~ 그래도 서방이라고 끌끌⋯ 부인이 면회를 갔는데 둘이 손이 짧아 서로 잡을 수가 없자 "오수(吾手)가 장(長)하든지 부인수(婦人手)가 장(長)할 것이지 서로의 수(手)가 단(短)하여 잡을 수가 없으니 애석하구려."

전은자 우선순위(priority)를 세우는 올바른 판단력을 다시금 생각하게 하네요. 생명 건지는 일이 우선이겠죠. 이곳 친지 의사의 Me Third라는 책이 생각납니다. (God First, Others Second, Me Third) 오늘도 감사.

김원심 때에 꼭 맞는 싸부님의 따끔한 충고 한마디⋯ 귀 기울여 들어야 할 사람 요즘 많죠? 너무 많은 난제들이 새 정부의 숙제로 넘겨졌는데 제발 부디 우선순위를 잘 매겨 모처럼 칭찬받는 정부가 되었으면⋯

수락석출 水落石出

水:물 수 / 落:떨어질 락 / 石:돌 석 / 出:날 출
물이 빠지니 잠겨 있던 돌이 드러남.
곧 흑막이 걷히면 실상이 드러나게 됨을 가리키는 말이다.

중국 북송시대(北宋時代)의 신종(神宗)은 쇠약해진 국가를 일신할 생각으로 왕안석(王安石)을 등용하여 과감한 개혁정책을 펼쳐 나갔다. 이것이 바로 유명한 '왕안석의 변법(變法)'이다. 왕안석은 신법당(新法黨)의 우두머리였다.

이때 구법당(舊法黨)에서는 구양수(歐陽修)와 함께 반기를 든 소식(蘇軾)이 중심인물이었는데, 그들은 왕안석과 격렬한 논쟁을 벌였다. 그러나 신종의 절대적인 지원을 받고 있던 왕안석에게 맞서기에는 역부족이었다. 이로 말미암아 소식은 좌천되고 말았는데, 그가 간 곳은 호북성(湖北省) 황주(黃州)의 동파(東坡)라는 곳이었다. 이 때문에 후세 사람들은 그를 소동파(蘇東坡)라 부르게 되었다.

소동파는 그곳에서 틈만 나면 주변의 명승지를 찾아 유람하였는데, 한번은 적벽(赤壁)을 찾아갔다. 그의 유명한 작품인 〈적벽부(赤壁賦)〉는 바로 여기에서 나왔다. 본디 '적벽'은 삼국시대 오나라의 손권(孫權)과 촉한의 유비(劉備)가 연합하여 위나라 조조(曹操)의 백만대군을 격파한 곳이어서 『삼국지연의(三國志演義)』에 보면 '적벽대전편'으로 유명한 곳이다. 그러나 소동파가 찾은 '적벽'은 격전지로서의 적벽이 아니라 그가 머물던 황주(黃州)의 적벽(赤壁)이었다.

그가 남긴 〈적벽부(赤壁賦)〉는 전후 두 편이 있는데, 〈후적벽부〉는 〈적벽부〉를 지은 후 늦가을이 되어 다시 찾은 적벽의 경관을 보고 이전과 너무 달라진 모습을 담고 있는 작품이다. 〈후적벽부(後赤壁賦)〉에 다음과 같은 구절이 나온다.

江流有聲(강류유성)	흐르는 강물 소리
斷岸千尺(단안천척)	깎아지른 천 길 절벽
山高月小(산고월소)	우뚝 솟은 산과 작은 달
水落石出(수락석출)	물이 빠지자 드러난 바위
曾日月之幾何(증일월지기하)	해와 달이 몇 번이나 바뀌었다고
而江山不可復識矣(이강산불가부식의)	이리도 강산을 알아볼 수 없단 말인가

한편, 당시 정치적 입장을 같이했던 구양수(歐陽脩)의 〈취옹정기(醉翁亭記)〉에
도 다음과 같이 유사한 표현이 나타난다.

風霜高潔(풍상고결)	바람 서리 높고 깨끗한데
水落而石出者(수락이석출자)	물이 빠지자 드러난 바위
山間之四時也(산간지사시야)	산 속의 사계절이네

이처럼 '수락석출(水落石出)'은 본래 물가의 경치를 묘사하는 말이었는데, 나
중에는 물이 줄어들어 돌이 드러나는 것처럼 어떤 일의 흑막이 걷히고 진상이
드러나는 것을 비유하는 말로 더 많이 쓰이게 되었다.

2007.12.26.

우정의 댓글

전경남 이 말은 올 한 해를 정리하는 사자성어의 하나이다. 자욱한 안개가 걷
히고 나면 가려 있던 사물들이 모두 드러나듯이, 호수나 강의 물이 빠
지고 나면 그 속에 잠겨 있던 돌들은 그 모습을 드러내게 마련이다.

이처럼 숨어 있던 것들은 언젠가는 밝히 드러날 날이 오고야 만다. 잠시 숨길 수 있다 하여 좋지 못한 일을 행하고 나면 결국은 그 마각이 드러나 부끄러움을 당하게 되니, 남이 보는 데서나 홀로 있을 때에나 항상 떳떳하게 생각하고 행동하는 것이 무엇보다 중요하겠네…

최순자 한 해를 마무리하면서 배우는 사자성어 '수락석출(水落石出)' 참으로 맘에 와 닿는구나. 네 덕에 요즘 불의한 일들이 많이 일어나는 곳에 가서 유식한 티 좀 내 볼 수 있을거나? 며칠 남지 않은 금년 즐겁게 보내고, 새해에도 주님의 크신 복이 너와 함께하기를…

김선숙 싸부님, 오늘의 공부를 보고 찔끔했습니다. 그렇군요, 손바닥으로 하늘을 가린다고 가려지는 게 아닌데 꿩 모양 대굴님만 눈 속에 쏙 파묻고 숨은 체했습니다. 남이 보는 데서는 말할 것도 없고 특히나 홀로 있을 때 올바르게 행동🌸야겠습니다. 에구… 난 또 물도 안 빠지구, 안개도 안 걷히는 줄만 알았지 뭡니까… 에구, 🌸🌸

이영혜 수락석출(水落石出)은 『대학(大學)』에 나오는 말, "…성의(誠意)는 바로 스스로를 속이지 않는 것이다. 그러므로 군자는 반드시 홀로 있을 때라도 스스로 조심한다."를 생각게 하고, 증자(曾子)가 말한 십목소시(十目所視)를 연상시키네요.

임미순 "스스로 속이지 말라 하나님은 만홀히 여김을 받지 아니하시나니 사람이 무엇으로 심든지 그대로 거두리라(갈6:7)" 사람은 속여도 하나님은 속이지 못하는 법, 때가 되면 그 대가를 반드시 치르게 되지요. 무엇보다도 양심의 법에 의한 대가는 절대로 피🌸갈 수 없지요.

김선숙 이 글을 읽고 생각난 야그 항개… 제목: 갑부 할아버지와 보청기… 갑부 할아버지가 귀가 어두워지자 보청기를 사서 끼었다. 며칠 후 할아버지는 아주 만족한 얼굴로 보청기 가게에 가서 고마워하며 말했다.

할아버지: 보청기가 성능이 아주 좋은걸. 옆방 소리까지 다 들린다닝께…

주인: 그래요❓ 가족들이 모두 좋아하시겠어요.

할아버지: (웃으며) 가족들한테는 내가 보청기 꼈다는 말을 안 했어. 그 대신 유언장을 5번이나 고쳤다네…

김원심 한 해를 마무리하는 사자성어로 손색이 없네요. 아무리 가려도 진실은 드러나기 마련인 것… 물이 빠지나, 그대로 물에 잠겨 있으나 언제나 한결같은 우리 공부방, 그래서 더욱 자랑스럽답니다.

김선애 세월이 흐른다는 게 우리 인간에게 얼마나 축복인지요. 죽어도 잊을 수 없다던 한(恨)도, 너무 지겨워 빨리 벗어나고 싶어하던 현실도 세월과 함께 무뎌지고 세월과 함께 희망을 갖게 하지요. 세월이 별로 지나지도 않았는데[曾日月之幾何] 물에 가려져 있던 바위도 드러나고[水落石出]… 그걸 못 기다려 안달하는 우리 인생이 참 어리석지요.

민선 쓰이는 용도는 다르지만 수적천석이 생각나네요… 둘 다 물이 주인공이고 돌이 조연이니께… ㅎㅎ 돌을 뚫고 나가는 물의 힘이나 은자 말에 의하면 감춰졌던 비밀을 발라당 드러 내놓게 하는 물의 힘이나 비슷? ^^*

안보당거 安步當車

安:편안할 안 / 步:걸음 보 / 當:당할 당 / 車:수레 거
편안히 걷는 것이 수레를 타는 것에 해당함.
곧 벼슬 없이 느긋한 생활을 하는 것이 벼슬자리에 오르는 것보다 못하지 않다는 말이다.

『전국책(戰國策)』「제책(齊策)」에 다음과 같은 이야기가 전한다.

중국 전국시대 제(齊)나라에 안촉(顔斶)이라는 사람이 있었다. 그는 벼슬 같은 것은 거들떠보지도 않고 유유자적하며 사는 선비였다.

어느 날, 제나라 선왕(宣王)이 그의 명성을 듣고 찾는다고 하자, 그는 하는 수 없이 입궁하였다. 선왕은 그를 보자 매우 거만한 태도로 불렀다.

"촉아, 이리 오너라."

선왕의 고압적인 태도에 안촉은 그 자리에 까딱도 않고 버티고 서서 말했다.

"임금이 이리 오십시오."

이 말을 들은 선왕은 분노가 치밀어 얼굴이 붉으락푸르락 하였으며, 좌우에 있던 시종들도 황망하여 안촉을 비난하며 말했다.

"왕은 우리들의 군주이신데, 아무런 벼슬도 하지 않는 너 같은 사람이 어찌 이럴 수가 있느냐?"

그러나 안촉은 매우 태연하게 대꾸하였다.

"바로 그러하기 때문에 내가 왕에게 오라고 한 것이오. 만약 내가 걸어 나아간다면 왕에게 아부했다는 혐의를 면하지 못할 것이고, 만약 왕이 나에게 걸어온다면 이는 국왕이 선비를 존중한 것이 될 것이오. 그러니 저로 하여금 권력을 따르게 하느니 차라리 임금께서 선비를 좇게 하는 게 낫다고 생각했기 때문입니다."

이 말을 들은 제선왕은 크게 노하여 고함을 질렀다.

"도대체 왕이 고귀하다는 건가, 아니면 선비가 고귀하다는 건가?"

안촉은 침착하게 말을 시작하였다.

"옛날 진(秦)나라가 제(齊)나라를 정벌하려고 할 때, 노(魯)나라 땅을 지나가게 되었습니다. 군대가 유명한 선비 류하혜(柳下惠)의 무덤가를 지나게 되자 이를 보호하기 위해 전군에 무덤의 50보 이내의 초목을 상하게 한 자는 사형에 처하겠다는 명령을 내렸습니다. 그리고 제나라에 들어와서는 제나라 왕의 목을 베어 온 자에게는 만호후(萬戶侯)에 봉하며, 아울러 이만 오천 냥의 금을 주겠다는 포고를 하였습니다. 이 일로 미루어 보건대 살아있는 왕의 머리가 죽은 선비의 무덤보다 더 못한 것입니다."

선왕은 더 이상 할 말이 없었으므로, 곧 표정을 바꾸어 웃으면서 공손하게 말했다.

"아, 선생의 명성은 과연 헛된 것이 아니군요. 선생께서 저를 제자로 삼아주신다면 저는 성실하게 가르침을 받고자 하오니, 이곳으로 오셔서 저와 함께 생활하여 주셨으면 합니다. 끼니마다 양고기와 돼지고기를 올리고 출입하실 때는 수레를 준비하겠으며, 부인과 따님께도 아름다운 옷을 드리도록 하겠습니다. 이렇게 되면 선생께서는 다함이 없는 부귀와 영화를 누리시게 될 것입니다."

그러자 안촉은 냉정하고 엄숙한 표정을 지으며 말하였다.

"말씀은 고맙습니다만, 저는 부귀영화 따위에는 관심이 없습니다. 아주 늦게 식사를 하면 마치 고기 먹는 듯 맛이 있을 것이고, 천천히 걸으면 마치 수레를 탄 것같이 편안할 것입니다. 나쁜 짓을 하지 않고 죄를 짓지 않는 것이 높은 벼슬보다 훨씬 고귀할 것이고, 청렴하고 바르게 생활하면 스스로 즐거울 것입니다."

2007.12.13.

우정의 댓글

전경남 안축은 벼슬하지 않은 선비로서 당당한 삶을 살아 나갔다. 그가 권세와 부귀를 뜬구름같이 여겼기에 임금 앞에서도 꿋꿋하게 자기 소신을 밝힐 수 있었다. 보통 사람들은 부귀권세 앞에 약해지기 쉬운데, 그의 도도한 자세는 임금마저도 마음을 바꾸게 하였다. 오늘 우리들도 세속적인 욕망으로 바라는 것이 없다면 훨씬 떳떳한 삶을 살아갈 수 있지 않을까…

임미순 "방백들을 의지하지 말며 도울 힘이 없는 인생도 의지하지 말지니 그 호흡이 끊어지면 흙으로 돌아가서 당일에 그 도모가 소멸하리로다(시 146:3-4)" 방백이란 국가 업무를 관장하는 귀족이나 권세자들을 가리키는 말이므로, 그들의 권력과 세력은 신뢰의 대상이 되지 못함을 강조한 말씀이지요. 위의 안축은 자기의 소신을 굽히지 않고, 세속적인 욕망은 아마도 '만물의 찌끼'만도 못하게 여기고 선비로서의 당당한 삶을 살아간 것이네요❢

이영혜 안축의 삶은, 장자(莊子)가 "나는 장차 진흙 속에서 꼬리를 끌며 살고자 합니다."라고 말하면서 나라의 정치를 맡기를 거절한 데서 유래한 예미어도중(曳尾於塗中)을 연상시키고, 선왕이 "끼니마다 양고기와 돼지고기를 올리고 출입하실 때는 수레를 준비하겠으며, 부인과 따님께도 아름다운 옷을 드리도록 하겠습니다."라고 한 말은 어느 임금이 사신을 보내어 장자를 벼슬길에 등용하려고 초빙했을 때에, "당신들은 제사에 사용되는 소를 보았겠지요. 그 소에는 비단옷을 입히고 풀과 콩을 먹이지만, 제물에 끌려서 태묘에 들어가게 되었을 때, 그 소가 외로운 송아지가 되기를 바란들 무슨 소용이 있겠습니까?"라고 말하며 사양했다는 이야기가 생각나네요.

김선애 나물 먹고 물 마시니 대장부 살림살이 이만하면 족하다던 옛 시조가 생각납니다. 일단사일표음(一簞食一瓢飮)하며 누항(陋巷)에 살더라도 편한 마음으로 살 수 있다면 그것도 귀한 것일 텐데. 그런 마음을 갖기가 그리 쉬운 일이 아니라는 데 우리 인간들의 문제가 있는 거겠지요.

김선숙 권력이나 권세에 연연하지 않고 안촉같이 사는 삶은 얼마나 아름답고 멋있는 삶인지요… 그런 사람이 몇 명이나 될까요? 너무나 멋있는 화백이군요… 오~메, 부러운 것… 싸부님, 저도 늦게 밥을 먹어서 배고프면 마치 고기를 먹는 듯 맛있게 먹고, 천천히 걸어서 수레를 탄 듯하며 살면서 궁핍한 생활에 지혜를 얻어야겠습니다. 저 같은 백수에게 꼭 필요한 지혜군요… ㅎㅎ

임갈굴정 臨渴掘井

臨:임할 임 / 渴:목마를 갈 / 掘:팔 굴 / 井:우물 정
목이 말라서야 우물을 팜.
평소에 준비 없이 있다가 일을 당하여 허둥지둥하고 서두름을 이르는 말이다.

『안자춘추(晏子春秋)』〈내편잡상(內篇雜上)〉에 다음과 같은 이야기가 전한다.

중국 춘추시대 노(魯)나라의 소공(昭公)이 노나라에서 뜻을 이룰 수 없게 되자 제(齊)나라로 갔다. 제나라 경공(景公)은 그를 보고 물었다.

"소공이 나라를 버리고 이곳으로 온 이유가 무엇이오?"

노나라 소공이 대답하였다.

"저는 젊은 나이에 많은 사람들의 사랑을 받았습니다만 그들과 친하게 지내지 못했습니다. 많은 사람들이 저에게 말을 했습니다만 저는 그들의 말을 듣지 않았습니다. 그러자 저를 도와주거나 충성하려는 사람들이 차츰 줄어들고, 주위에는 다만 아부하려는 사람들만 있을 뿐이었습니다."

제나라 경공은, 젊은 소공이 과거 자신의 잘못을 알고 있으므로 장차 어진 군주가 되리라고 생각하고 곁에 있던 재상 안영(晏嬰)에게 물었다.

"만약 소공이 다시 노나라로 돌아가게 된다면 그가 현명한 왕이 될 수 있겠소?"

안영은 잠시 생각하더니 대답하였다.

"그렇지 않습니다. 무릇 어리석은 자는 후회가 많고 불초한 자는 스스로 현명하다고 합니다. 물에 빠진 자는 수로를 살피지 않았기 때문이며 길을 잃은 자는 길을 묻지 않았기 때문입니다. 이것은 사람이 물에 빠진 후에야 물에 빠진 원인을 알고자 하고, 길을 잃을 다음에야 길을 묻는 격입니다. 비유하건대 마치 위급

함에 처하여 부랴부랴 병기를 만들고 목이 마르고서야 비로소 우물을 파는 것과 같아서, 아무리 빠르게 무기를 만들고 우물을 파더라도 이미 늦은 것입니다."

제나라 경공은 안영의 말에 묵묵히 고개를 끄덕였다.

한편 『황제내경소문(黃帝內經素問)』에는 다음과 같은 표현이 나온다.

"무릇 사람들은 병이 이미 깊어진 뒤에야 약을 쓰고, 어려움이 이미 심해진 뒤에야 다스리려고 한다. 이것은 비유컨대 목이 마르고서야 우물을 파고, 싸울 때가 되어서야 무기를 만드는 것과 같으니 역시 때늦은 일이 아니겠는가."

'임갈굴정(臨渴掘井)'은 바로 '갈이천정(渴而穿井)'에서 비롯한 말이다.

2007.09.13.

우정의 댓글

전경남 사람은 평소에 어리석은 일을 행하고도 자신이 얼마나 어리석은 일을 하고 있는지 모르는 경우가 많다. 좋은 충고를 하고 사랑으로 다가와도 이를 제대로 받아들이지 못하여 멀어진 뒤에야 후회하는 일이 얼마나 많은가… 안영은, 늘 때늦은 후회를 하는 사람은, 특히 군주가 그러하다면 참다운 지혜를 가진 사람이 되지 못한다고 말하였다. 큰일을 맡은 사람은 한 번의 실수로도 크나큰 비극을 초래할 수 있으니 뒤늦은 후회가 용납될 수 없기 때문이다. 우리들도 앞을 내다보며 미리미리 준비하는 자세가 있어야 하겠네.

이영혜 "편안하게 지낼 때에는 늘 위태로움을 생각해야 하고, 위태로움을 생각하였으면 항상 준비가 있어야 하며 충분한 준비가 있게 되면 후환이 없을 것이다."란 말에서 쓰인 유비무환(有備無患)이 생각나네요… 그러면, "마음(心)속에, 여러 생각으로 가득 차 중심(中)된 생각에 또 다른 중심(中)된 생각! 바로 患"이 없겠지요.

임미순 "예수께서 대답하여 가라사대 이 물을 먹는 자마다 다시 목마르려니와 내가 주는 물을 먹는 자는 영원히 목마르지 아니하리니 나의 주는 물은 그 속에서 영생하도록 솟아나는 샘물이 되리라(요4:13-14)" 오늘의 성어 '임갈굴정(臨渴掘井)'에 ~ 생각이 나서 올려 보았어요. 우리는 하나님께서 주시는 영원한 생수를 받아 마셔야겠지요❣

도경애 '유비무환'은 많이 들어서 알고 있었지만 '임갈굴정'은 처음 듣네요. 오늘 저녁 남가주 동창회 임원 모임을 하고 들어왔는데 꼭 저를 두고 하는 말씀같이 느껴지네요. 송년 모임 준비가 코앞에 와서야 준비 모임을 했으니…

김선숙 옴마나 도회장님, 아니 시방 9월인디… 송년 준비 모임이 코앞에 왔다니요? 하기사… 장소와 모든 준비 과정이… 미리미리 준비를 혀야겠습니다요. 준비위원장의 임무는 그렇게 미리미리 하셔야 되겠네요~잉…

유윤화 목이 마를 지경이 되어서야 우물 판다는 말에 속이 뜨끔하네요. 소 잃고 외양간 고치기보다는 조금 나은 상황인가요. 후회 없는 삶이 되도록 노력해야겠네요.

김원심 흔히 쓰는 말이 나오면 옛 친구 만난 듯 반갑네요. 아쉬운 사람이 먼저 청하는 뜻인 줄 알았는데… 미리미리 준비 못 하고 코앞에 닥쳐야 부랴부랴, 헐레벌떡… 이젠 기운 딸려 그냥 대충 "배째라"넘어가는 일도 많지요. 이러면 안 되겠죠? '임갈굴정(臨渴掘井)' 명심하겠습니다.

전은자 예습이 복습보다 더 효과적 학습이라는 어느 교육학자의 말이 생각납니다. 당일치기, 벼락치기 공부가 임갈굴정(臨渴掘井)이라 할 수 있겠네요. 준비, 준비, 또 준비해서 허둥지둥 안 하고 느긋-하게 살도록 노력하겠습니다.

김선숙 항상 후회하면서 사는 게 보통 사람들의 인생인데… 생각난 부전자전 야그… 20세를 갓 넘긴 아들이 부모에게, "아버지 어머니. 저는 제 인생을 찾아 떠나겠습니다." "네 인생이 뭐냐?" "전 인생을 즐겁게 살고 싶다구요. 돈도 많이 벌구, 발길 닿는 대로 여행도 하구, 멋진 여자도 만나구… 절 막지 마세요." 하며 현관문을 나서는데 아버지가 다급하게 아들에게 다가왔다.

아들: 왜 이러세요? 절 막지 마시라구요.

아버지: 누가 널 막는다구 그러냐? 나도 내 인생에 후회가 많다. 어서 앞장서라, 같이 떠나자꾸나…

후회하며 사는 게 보통 사람들의 인생인데… 두 번째 야그… 오랜만에 만난 남자 친구 둘이서 술을 마시며… "글쎄, 나는 결혼을 두 번이나 했는데 두 번 다 실패야…" "저런! 어떻게 되었길래?" "아 글쎄 첫 번째 여자가 도망을 갔지 뭐야." "그러면 두 번째 여자도 도망을 갔어?" "아니, 그게 아니고… 두 번째는 여~엉 도망가지를 않지 뭐야…" 에구, 결혼은 해두 후회, 안 해두 후회. 도망을 가두 후회, 도망 안 가두 후회…

쟁선공후 爭先恐後

爭:다툴 쟁 / 先:먼저 선 / 恐:두려워할 공 / 後:뒤 후
선두를 다투면서 뒤떨어질까 두려워함.
곧 격렬한 선두 다툼에 임한 불안한 마음 자세를 가리키는 말이다.

『한비자(韓非子)』「유노편(喻老篇)」에 다음과 같은 이야기가 전한다.

중국 춘추시대 진(晉)나라에 왕자기(王子期)라는 유명한 마부가 있었다. 조(趙)나라의 대부 양주(襄主)는 왕자기에게서 말 부리는 기술을 배우고 있었는데, 얼마 되지 않아 다 배웠다고 생각하여 그에게 마차 달리기 시합을 청하였다. 그러나 양주는 세 번이나 말을 바꾸었는데도 모두 지고 말았다. 양주는 몹시 불쾌하여 왕자기에게 말했다.

"그대는 나에게 말 다루는 기술을 전부 다 가르쳐 준 것이 아니지요?"

이에 왕자기가 대답하였다.

"아닙니다. 저는 비책까지도 다 가르쳐 드렸습니다. 다만 대부께서 그것을 잘못 받아들이신 것 같습니다. 말을 제어함에 있어서 가장 중요한 것은 말의 몸과 수레가 일치되어야 하고, 또 부리는 사람과 말의 마음이 일치되어야 하는 것입니다. 이렇게 해야만 비로소 빨리 달릴 수 있으며, 또 먼 곳까지 달릴 수 있는 것입니다. 그런데 대부께서는 저를 앞지르고자 초조해 하고, 또 앞서 달릴 때에는 제가 뒤쫓아 오지나 않을까 하여 걱정하셨습니다. 말을 달려 먼 곳까지 경주할 때에는 앞서기도 하고 뒤지기도 합니다. 그런데 대부께서는 앞서든지 뒤지든지 간에 언제든지 저에게 마음을 쓰고 계시니, 그래 가지고서야 어떻게 말을 잘 조절할 수 있겠습니까? 이것이 대부께서 저에게 뒤처진 까닭입니다."

한비자(韓非子)는 위의 이야기에서 인간의 정신 자세가 이처럼 중요하다는 것을 강조하였다.

2007.09.14.

우정의 댓글

전경남 한비자가 정신 자세의 중요성의 예로 든 고사처럼, 말을 부리려면 말과 일체가 되는 것이 무엇보다 중요한 일인데, 경쟁자의 모습에 온통 마음을 빼앗기고서야 어떻게 이길 수 있겠는가. 인생은 마라톤과도 같은 것이기에, 오늘날과 같은 치열한 경쟁사회를 살아가면서도 우리는 남과 비교하느라고 초조해지지 말고 항상 자신의 페이스를 잘 지켜나가는 지혜가 있어야 하겠네…

손동숙 쟁선공후(爭先恐後)에서 우리의 모습을 보는군요. 자신과의 싸움에서 이겨야 하는데 남과 비교하고 겨루려 하니… 인생은 마라톤과 같아, 자신의 작전에 따라 앞서기도 하고 뒤서기도 하면서 조절하며 사는 지혜를 갖고 싶습니다.

유윤화 며칠 전 세계육상선수대회를 TV로 보았는데, 장거리 달리기에서는 역시 제 페이스로 달리는 선수가 우승을 차지하더군요. 인생 마라톤에서 쟁선공후하지 않고 제 페이스대로 달릴 수 있도록 마음을 비울 수 있다면 얼마나 좋으려나…

도경애 자신의 최선과 경쟁을 한다는 말이 와 닿네요. 주위에 휘둘리지 않고 자신의 페이스로 최선을 다할 수 있기를 바라며 다짐을 하고 싶네요.

김선숙 싸부님, 요즈음 쪼까 바빠서… 가끔 결석에, 지각에, 아고고, 쥐송혀서 어쩔까요? 배울수록 가르침의 진미를 더해가네요. 시방껏은 이 좋은 진리도 모르고 살았는디… 경주에 질 것 같으면 말이나 갈아탈 생각이나 하고… 또 운이 안 따랐다는 등 핑계거리나 찾으며 살아온 지난 삶이었습니다. 남을 의식하지 말고 자기의 페이스를 지키며 한결같이 유지해야 하는데… 옴마나, 이 불 같은 성깔은 그동안 계속 갈아탈 말이나 찾을 궁리만 혔으니… 시방부텀이라도 싸부님의 가르침을 따라… 말과 수레와 말을 타는 사람이 한마음이 되어 잘 조화를 이루며 살겠습니다. 징~허게 감사한 싸부님. 긍께 늙어두 배워야 헌다닝께… 안 그랴?

김선애 앞뒤 살펴 가며 🌙려봤자 오십보백보(五十步百步)요 한 번 이겼다 한들 화무십일홍(花無十日紅)이며 졌다 하더라도 인간사 새옹지마(人間事 塞翁之馬)라. 어차피 사슴 쫓다보면 산은 못 보는(逐鹿者不見山)걸 불혹(不惑), 지천명(知天命) 다 넘기고 이순(耳順)을 바라보는 우리들 여기에서 지기지우(知己之友)들이 만났으니 송무백열(松茂柏悅)하고 동병상련(同病相憐)하면서 수어지교(水魚之交)를 나누고 고침이와(高枕而臥)하면서 태평택(泰平宅)으로 살아갑시다. 쟁선공후(爭先恐後)할 시간 없다구요. 어휴, 복습 엄청 했네❢

정인매리 鄭人買履

鄭:나라 이름 정 / 人:사람 인 / 買:살 매 / 履:신 리
정나라 사람이 신을 사려 함.
실제를 무시하는 융통성이 없는 사람을 비유한 말이다.

『한비자(韓非子)』「외저설편(外儲說篇)」에 다음과 같은 이야기가 전한다.

중국 전국시대 정(鄭)나라의 어떤 사람이 신발을 사려고 하였다. 그는 집을 나서기 전에 먼저 자기의 발 크기를 쟀다. 끈으로 발을 잰 뒤 시장에서 자신의 발에 꼭 들어맞는 신발을 사기 위함이었다. 사람들이 분주하게 오가는 시장에서 그는 신발 장사를 찾았다. 신발을 사기 위해 두리번거리다가 문득 생각이 났다.

"나 참! 신발 치수를 잰 노끈 가져 오는 것을 잊었구나."

가만히 생각해 보니 노끈을 의자에 걸쳐 둔 채 집을 나서고 말았던 것이다. 정나라 사람은 부랴부랴 집으로 돌아가서 의자에 걸쳐 놓았던 끈을 찾아 가지고 다시 시장으로 향했다. 그런데 이미 시장이 파한 뒤라 신발을 살 수 없었다.

이때 어떤 사람이 그에게 물었다.

"왜 직접 신발을 신어 보지 않았소?"

그가 이렇게 대답하였다.

"발 치수 잰 것은 믿어도 내 발은 믿을 수가 없기 때문이오."

2007.09.25.

전경남 신발을 사는 데는 발을 쟀던 노끈보다 그저 맨발로 신어 보면 될 일이
다. 그런데도 정 나라 사람은 발 치수를 잰 노끈을 두고 왔다고 하여
다시 집으로 돌아왔다가 결국은 신발을 사지 못하였다. 우리들도 이
정나라 사람처럼 한 생각에 매어 있으면서 그 본말을 잊어버리고 허둥
대는 경우가 있지는 않은지…

이영혜 정나라 사람이 신발을 사려 하던 계획이 허사로 돌아간 이야기에서 찾
아볼 수 있는 융통성이 없는 어리석음은 각주구검(刻舟求劍)이라고 칼
을 물에 빠뜨리고서 떠나가는 뱃전에 칼자국을 내어 표시해 두었다가
배가 멈춘 후에 칼을 찾으려던 계획이 허사로 돌아간 이야기에서 찾아
볼 수 있는, 융통성이 없는 어리석음을 생각나게 하네요.

김선숙 싸부님, 오랜만에 인사드립니다. 추석을 잘 시내셨지요? 윗글을 보
니… 아구, 속이 터져. 옴마나… 밴댕이과의 수석, Top, 우두머리… 워
찌코롬 융통성이 고로코롬 쥐뿔맨치두 없디야? 에휴… 이런 남정네는
그저 혼자 살아야지 워떤 여자 속을 활~라당 뒤집어 놓을라구… 영혜
가 복습시켜 준 '각주구검(刻舟求劍)' 그것보다두 더 속이 터지는 일이구
먼요. 에구… 넘 흉볼 게 아니라 나두 이런 때가 월매나 많은디… 반성
을 못허구 그 불 같은 '성깔'이 먼저 요동을 쳤구먼요. 윗글을 거울삼
아, 스승 삼아 잘 배우겠습니다.

김선숙 융통성 이야그… 부인이 남편보고 남자들이 많이 모이는 곳에는 좋은
일이 없으니 절대로 가지 말라고 당부를 하였다. 하루는 회사에서 수련
회가 있었는데 짓궂은 상사가 두 개의 팻말을 세워 놓고 그대들은 부인
이 무섭지 않은가? 부인이 무서운 사람은 1번 팻말에, 부인을 이길 자

신이 있는 사람은 2번 팻말 앞으로 모이시오. 직원들은 서로서로 눈치를 보다가 슬금슬금 1번 팻말로 전부 모여들었다. 근데… 아니 보통 때 늘 부인한테 주눅이 들어 살던 문제의 그 남자가 당당하게 2번에 혼자 있었다. 상사는 의외라 생각하며. 아니, 참 대단하네. 그렇게 자신이 있는가? 이 남자의 대답~~ 남자들 많이 있는 곳에는 절대 가지 말라고 해서요.

허유순 신발을 신어 보면 될 것을 신발 치수를 잰 노끈을 찾으러 집에 갔다가 결국은 신발도 못 샀다는 얘기를 들으니… 처음에는 이렇게 말도 안 되게 융통성 없는 사람이 있을까 했었는데… 생각해 보니 살면서 싸부님 말씀대로 '한 생각에 매어 본말을 잊어버린' 때가 많이 있었음을 알겠네요. 또 한번 '내 눈의 들보는 보지 않고 남의 눈의 티눈만 바라보는' 내 자신을 보는 것 같습니다.

전은자 꼬집어 기억할 수 없으나 이 비슷한 행동을 많이 한 것 같아 비식 웃음이 나네요. 엄마 말은 귓등으로 듣고, 친구 말은 철석같이 믿는 애들도 생각나네요.

암중모색 暗中摸索

暗:어두울 암 / 中:가운데 중 / 摸:더듬을 모 / 索:찾을 색
어둠 속에서 손으로 더듬어 찾음.
곧 분명히 알지 못하는 일을 여러모로 더듬거나 어림짐작으로 찾는다는 말이다.

『수당가화(隋唐嘉話)』에 다음과 같은 이야기가 전한다.

중국 당나라 3대 황제인 고종(高宗)이 황후 왕씨(王氏)를 폐하고 무씨(武氏)를 황후로 맞이하였다. 이 무씨황후는 뒤에 중국 역사상 단 하나뿐인 여제(女帝)인 측천무후(則天武后)가 되었다.

무씨를 옹립하는 데 중심 역할을 한 사람은 허경종(許敬宗)이란 학자였다. 그는 대대로 벼슬을 한 명문가의 후손으로 후에 재상의 반열까지 오른 인물이었다. 그는 뛰어난 문장가로 다음과 같은 문구를 남겨 후세에 널리 알려졌다.

春雨如膏(춘우여고)	봄비는 기름과 같으나
行人惡其泥(행인오기니)	길 가는 사람은 그 질퍽거리는 진창을 싫어하고
秋月揚輝(추월양휘)	가을 달빛이 환히 비치나
盜者憎其照鑑(도자증기조감)	도둑은 오히려 그 밝게 비치는 것을 싫어하느니라

그런데 그는 건망증이 매우 심하여 방금 만났던 사람조차 기억하지 못할 정도였다. 어느 날 한 사람이 그의 건망증을 꼬집어 이렇게 말했다.

"학문이 깊은 사람이면서 다른 사람의 얼굴을 잘 기억하지 못하니 혹시 일부러 그러는 건 아니오?"

그러자 허경종이 이렇게 대답하였다.

"그대들 같은 사람들의 얼굴이야 기억하기 어렵소. 하지만 조식(曹植), 유효작(劉孝綽), 심약(沈約), 사령운(謝靈運) 같은 문단의 대가들을 만난다면 어둠 속에서 손으로 더듬어서라도 환히 알아볼 수 있소."

이 이야기에서 '암중모색(暗中摸索)'이란 고사성어가 나와 '분명히 알지 못하는 일을 여러 모로 더듬거나 어림짐작으로 찾아낸다'는 뜻으로 쓰이게 되었다.

2007.10.11.

우정의 댓글

전경남 모든 것이 불확실하고 당장 내일 일도 어떻게 될지를 기약하기 어려운 것이 바로 이 시대이다. 이럴 때일수록 뚜렷한 대책을 세우지 못하고 암중모색에 몰두하게 된다. 대선을 앞둔 요즈음에는 여러 후보들이 어떻게 하면 민심을 얻을까, 상대 후보를 제압할 수 있을까 하여 때로는 은밀하게, 때로는 공개적으로 대책을 세워본다. 그러나 부당한 방법은 언젠가는 밝혀지게 마련이니 오히려 스스로를 망치는 일이 아닐 수 없다. 허경종처럼 암중모색으로라도 큰 인물을 찾아낼 수 있으면 얼마나 좋을까…

이영혜 "그대들 같은 사람들의 얼굴이야 기억하기 어렵소. 하지만 조식, 유효작, 심약, 사령운 같은 문단의 대가들을 만난다면 어둠 속으로 손으로 더듬어서라도 '환히' 알아볼 수 있소."라는 허경종의 말은 마치 구우일모(九牛一毛) 같은 존재들은 기억하기 힘들어도 대가들은 만난다면 오리무중(五里霧中)에서라도 천리안(千里眼)을 소유한 사람의 능력을 발휘할 수 있다는… 모든 게 대상 나름이라는 말 같네요.

임미순 "내가 사망의 음침한 골짜기로 다닐지라도 를 두려워하지 않을 것은 주께서 나와 함께 하심이라 주의 와 막대기가 나를 안위하시나이다 (시23:4)" 사람의 앞날은 아무도 예측할 수 없지요! 마치 사망의 음침한 골짜기를 지나는 것 같이… 하지만 주님께서 동행하여 주신다면 아무 걱정이 없겠지요!

부중지어 釜中之魚

釜:솥 부 / 中:가운데 중 / 之:어조사 지 / 魚:물고기 어
가마솥 안의 물고기.
이미 죽을 것이 결정된 처지에 있음을 가리키는 말이다.

『자치통감(自治通鑑)』「한기(漢紀)」에 다음과 같은 이야기가 전한다.

후한(後漢) 말기, 양익(梁翼)은 여동생이 순제(順帝)의 황후가 되자 순제로부터 환제(桓帝)에 이르는 20여 년에 걸쳐 권력을 멋대로 휘두르고 온갖 영화를 다 누리며 그 횡포가 극에 달하였다.

양익이 대장군이 되고 그의 아우 불의(不疑)가 하남 태수가 되었을 때 그들은 여덟 명의 사자를 각 고을에 보내 순찰하도록 하였다. 그 여덟 명의 사자 중에는 장강(張綱)이라는 사람이 있었는데, 그는 낙양(洛陽) 숙소의 땅에다가 수레바퀴를 묻어 버리고는 이렇게 말했다.

"산개와 이리 같은 양익 형제가 요직에 올라 멋대로 하고 있는데, 여우나 살쾡이 같은 지방 관리들을 조사하며 돌아다닌들 무슨 소용이 있겠는가?"

그러면서 장강은 양익 형제를 탄핵하는 15개 조항의 상소문을 올렸다. 이 때문에 장강은 양익 형제의 미움을 사서 광릉군(廣陵郡)의 태수로 임명되었다. 그런데 광릉군은 양주와 서주 지방을 10여 년간 휩쓸고 다니는 장영(張瓔)이 이끄는 도적 떼의 근거지로 누구나 부임하기를 꺼리는 곳이었다. 광릉군에 부임한 장강은 곧바로 혼자서 도적 떼의 산채로 찾아가 두목인 장영에게 간곡히 귀순을 권하였다. 장영은 장강의 설득에 깊은 감명을 받고 울면서 말했다.

"저희들은 벼슬아치들의 가혹한 처사에 견디다 못해 모여서 도적이 되었습니

다. 지금 이렇게 목숨이 붙어 있지만 마치 솥 안에서 물고기가 헤엄치는 것과 같아 결코 오래갈 수 없음을 잘 알고 있습니다.”

이리하여 장영이 거느리던 만여 명의 도적들은 모두 항복했고, 장강은 그들에게 큰 잔치를 베푼 뒤 모두 풀어 주었다.

이 말과 같은 의미로 ‘조상지육[俎上之肉: 도마 위에 오른 고기]’이라는 말도 사용된다.

2007.11.02.

우정의 댓글

전경남 중국 삼국시대 촉한의 제갈공명은 군사 전략을 펴면서 이렇게 말했다. “안전함에 의지하여 위험을 생각지 않거나, 적들이 도착할 때를 감지할 만큼 신중하지 못한다면 천막 위에 둥지 튼 참새 꼴이요, 솥에서 헤엄치는 물고기 꼴이다. 둘 다 그날을 넘기기 힘들다.” 이 말은 군사 전략에만 해당하는 것이 아니라, 인생에도 그대로 적용될 수 있는 말이다. 특히나 오늘날과 같이 도처에 위험이 도사리고 있는 시대에서는 자칫 생각 없이 살아 자신을 함부로 위험에 노출시키면 언제 재난이 닥칠지 알 수 없는 일이니 무엇보다도 근신하는 자세가 절실하겠네…

오숙혜 부중지어(釜中之魚)는 그 도적들에게만 해당되는 말이 아니고. 한 치 앞을 모르는 모든 인생도 같은 처지 아니오이까?

임미순 “내가 돌이켜 ☸ 아래서 행하는 모든 학대를 보았도다. 오호라 학대받는 자가 눈물을 흘리되 저희에게 위로자가 없도다. 저희를 학대하는 자의 손에는 권세가 있으나 저희에게는 위로자가 없도다(전4:1)” 여동생을 등에 업고 권력을 남용, 횡포를 마구 부린 ‘양익’ 형제와 ‘도적’들의 탄식. '부중지어'를 보니, "권불십년(權不十年), 화무십일홍(花無十日紅)"이 연상 되네요. 날씨도 갠 날이 있으면 흐린 날이 있고 흐린 날이 있으면 갠 날이 있듯이, 양지가 음지 되고 음지가 양지 되는 법. 항상 좋은 날만 있는 것은 아니니~ 늘 자중하고 조심하여야겠지요❢

허유순 부중지어(釜中之魚)는 우리의 모습이기도 하네요. 그러니 하나님 보시기에 우리가 얼마나 한심하게 보일까… 자주 생각해 봅니다. 한 치 앞도 모르면서 모든 걸 다 아는 듯 살아가는 우리네 모습이…

김선숙 한 치 앞을 모르는 우리네 인생이지만… 양익과 불의 형제의 횡포가 언제 끝날지도 모르겠습니다. 권불십년이고 화무십일홍이요 달도 차면 기우는데 그런 못된 횡포도 곧 끝이 나고 솥 안의 붕어들은 죠~우에 있는 물괴기 맨치루 바다나 강으로 돌아가 행복한 삶을 살 날이 곧 오겠지요. 위의 내용을 공부하다봉께… 전에 배운 지록위마(指鹿爲馬)가 생각납니다. 아부하려 사슴을 말이라고 하는데도 "니예, 니예, 그러구 말굽쇼… 니예, 니예. 말입니다…"하고 아첨을 하던 패거리들. 에구, 솥 안에 있는 물괴기들아 조금만 참고 지내거라… 곧 좋은 날두 올겨…

이영혜 20여 년 동안 "산개와 이리같이" 권력의 횡포를 부리던 양익 형제의 미움을 사서, 누구나 부임을 꺼리는 도적 떼의 근거지로 알려진 광릉군으로 부임한 장강과, "…벼슬아치들의 가혹한 처사에 견디다 못해" 도적이 된 장영은, 둘 다 언제 양익 형제의 횡포에 목숨이 떨어질지도 모르는 동병상련(同病相憐) 동우상구(同憂相救)할 수 있는 처지에 있었기 때문에 장영이 장강의 설득에 눈물을 흘릴 정도로 감명을 받은 게 아닌가 하는 생각이 드네요.

김선숙 솥 안에 든 붕어나 도마 위에 오른 고기나 풍전등화 같은 아슬아슬한 운전이나… 맹구가 지방으로 출장을 떠났다. 돌아오는 날에 그의 부인이 교통정보를 알려고 라디오를 듣는데 같은 방향의 고속도로에서 차 한 대가 역주행한다는 보고를 하고 있었다. 부인은 걱정이 되어 남편 맹구에게 전화를 걸어 "여보, 조심해요. 지금 라디오를 들으니 그 고속도로에서 차 한 대가 역주행한다는데 조심하세요." 했더니 남편인 맹구가 대답하길 "아이쿠… 한 대가 아니란 말이야. 100대도 넘는 차들이 모두 역주행하고 있단 말이야… 에~이, 미친넘덜…!!!"

김원심 누구나 인생이라는 큰 가마솥 안에서 지지고 볶다가 가는 것이란 생각이 드네요. 조금만 더 큰 눈으로 보면 욕심을 낸다는 게 얼마나 허망한지… 나부터도 젤루 안 되는 게 이거지요.

김선애 가마솥에서 곧 삶아져 죽을 줄도 모르고 헤엄치는 물고기. 게다가 그 가마솥은 갑자기 뜨거워져 위험을 알고 뛰쳐나올 수 있게 해 주는 것도 아니고 서서히 뜨거워져 따뜻하다고 좋아하다가 언제 삶아지는지도 모르게 되겠지요. 그래도 어쩌겠어요. 헤엄칠 수 있을 때까지는 헤엄치고 놀아야지. 누군가가 와서 구해줄 때까지는.

강안여자 强顔女子

强:굳셀 강 / 顔:얼굴 안 / 女:여자 여 / 子:아들, 사람 자
얼굴이 두꺼운 여자.
곧 수치심을 모르는 여자를 가리키는 말이다.

『잡사(雜事)』에 다음과 같은 이야기가 전한다.

제(齊)나라에 한 여자가 있었다. 그녀의 성은 종리(鍾離)요, 이름은 춘(春)이었는데, 사람들은 보통 '무염녀[無鹽女: 무염은 고향 지명]'라고 불렀다. 그녀는 이 세상에 둘도 없을 만큼 추녀였는데, 그 모양새는 이러했다. 절구 머리에 쾡하니 들어간 눈, 남자 같은 골격에다 들창코를 겸하였고, 어른 남자처럼 목젖이 솟은 두꺼운 목에다가, 숱이 적은 머리털, 굽은 허리요, 가슴은 돌출되고, 피부는 옻칠을 한 것같이 검고 거칠었다. 이러한 추한 용모 때문에 시집갈 사람이 없어 이곳저곳 중매를 부탁했지만 거들떠보는 이가 없었다. 그리하여 그녀는 나이가 마흔이 되어서도 혼자 살고 있었다.

어느 날 그녀는 짧은 갈옷을 입고 직접 선왕(宣王)이 있는 곳으로 찾아가서 한번 만나보기를 원하여 알자[謁者: 손님을 주인에게 안내하는 사람]에게 이렇게 말했다.

"저는 제 나라에서 팔리지 않는 여자입니다. 평소 군왕의 성스러운 덕에 대해 들었습니다. 원컨대 후궁으로 들어가 사마문(司馬門) 밖에 있도록 해 주십시오. 왕께서는 허락하실 것입니다."

알자는 그녀의 말을 그대로 선왕께 아뢰었다. 선왕은 마침 신하들과 더불어 술을 마시고 있었는데, 이 말을 들은 왕의 주위에 있던 사람들 가운데 웃지 않

는 자가 없었다. 선왕은 좌우를 둘러보며 이렇게 말했다.

"이 자는 천하에서 가장 뻔뻔스런 여자이다."

이와 유사한 말로 '후안(厚顔)', '철면피(鐵面皮)', '면장우피(面帳牛皮)' 등이 있다.

2007.11.06.

우정의 댓글

전경남 종리춘은 중국 역사 전체를 통해서도 가장 추한 용모의 여인으로 등장
한다. 그의 용모가 어찌나 추하였던지 그를 만나본 사람들은 괴물이
출현한 것으로 알고 놀라기까지 하였다고 한다. 이런 용모를 가지고도
왕 앞으로 직접 나아가 하고 싶은 이야기를 할 수 있었던 점에서 볼
때, 비록 '강안여자(强顔女子)'라는 평은 들었지만 그의 내면은 순박하고
도 당당했던 것 같다. 보통 용모를 가지고도 지나치게 신경 쓰고 비하
하기도 하는 외모지상주의의 시대에 종리춘의 당당함은 많은 것을 생
각하게 한다.

임미순 "여호와께서 사무엘에게 이르시되 그 용모와 신장을 보지 말라. 내가
이미 그를 버렸노라. 나의 보는 것은 사람과 같지 아니하니 사람은 외
모를 보거니와 나 여호와는 중심을 보느니라(삼. 상16:7)" 선왕이 하나님
과 같은 마음을 지녔다면 혹시 또 🏺리춘을 다시 생각❀ 보았을지도
모르지요…

유윤화 강안여자(强顔女子)는 정말 내면이 강한 여자였네요. 조금도 주눅 들지
않고 당당한 모습은 오늘날 겉모습에 지나치게 신경 쓰는 여인들보다
훨씬 아름답게 느껴지는군요. 우리 남정네들도 여자의 겉모습만 보지
않기를…

허유순 싸부님에게서 얼마 전 이 고사를 들은 것 같은데 그 다음에 전개되었던 이야기도 해 주시지요. '사람은 외모를 보거니와 나 여호와는 중심을 보느니라'… 미순이가 올려준 성경 말씀이 외모지상주의의 오늘날 우리가 다시 새겨야 할 말씀 같습니다.

이영혜 무염녀는 외면 때문에 후한무치(厚顏無恥)한 여자로 보일지 모르나, 만일 그녀가 남자였더라면 "천하제일의 용사로 무용을 떨쳤을"지도 모르는 당랑거철(螳螂拒轍)이 유래된 이야기의 사마귀와 공통점이 있는지도 모르겠네요.

김선애 종리춘(鍾離春)의 이야기를 보니 우리나라의 고대소설 '박씨전(朴氏傳)'이 생각나네요. 천하의 박색이었다니 인물로는 종리춘과 막상막하였을 것이나 자신이 가진 특출한 능력을 능동적으로 활용하여 병자호란 당시에 남편을 통해, 또 자신이 직접 적장을 쫓아버리기도 했었지요. 후에 추녀의 탈을 벗고 미인으로 재탄생하는 과정이 좀 그렇긴 하지만 여성의 우수성을 드러냈다는 점에서 시원하였는데 더 먼저 중국에 이런 이야기가 있었다니 약간은 실망이 되기도 합니다.

김선숙 70년대에 인기리에 방영되었던 「별당 아씨」 주인공은 그때 한창 예쁘고 인기 있었던 홍세미… 박씨전을 보고 싶은 사람들은 고우영 씨의 망가책 '박씨전'을 읽어 보세요… 하하 넘 재미있어요.

유공유문 唯恐有聞

唯:오직 유 / 恐:두려울 공 / 有:있을 유 / 聞:들을 문
오직 또 무슨 새로운 말을 듣게 될까 겁을 냄.
곧 들은 것을 아직 다 행하지 못했을 때는 또 다른 것을 들을까 봐 두려워한다는 말이다.

『논어(論語)』「공야장편(公冶長篇)」에 다음과 같은 이야기가 전한다.

공자의 제자인 자로(子路)는 한번 옳다고 생각되면 잠시도 지체하지 못하는 급하고 과감한 성격을 지니고 있었다. 그리하여 공자는 제자의 이러한 성격을 때로는 칭찬도 하고 때로는 염려를 하였다. 공자는 언젠가 자로를 이렇게 평하였다.

"도(道)가 행해지지 않으니 뗏목을 타고 바다에 뜰까 하는데, 아마 나를 따라 나설 사람은 자로일 것이다."

이 말을 전해 듣고 자로가 크게 기뻐하자 공자는 이를 경계하여 이렇게 말하였다.

"유(由)는 용감한 것은 나보다도 앞서 있지만 그밖에 취할 만한 것이 없다."

이는 자로가 평소 지나치게 과단성만 중시하여 우쭐해하는 생각을 꺾으려고 한 말씀이었다. 공자는 또 이렇게 말하였다.

"다 낡은 누더기 옷을 입고, 천하에 제일가는 여우나 담비의 가죽 옷을 입은 사람과 나란히 서서, 조금도 부끄러운 생각을 갖지 않을 사람은 유(由)밖에 없다."

자로는 이같이 성질이 활달하고 속기(俗氣)를 벗은 일면을 선천적으로 지니고 있었다. 그러므로 공자는 또 그의 대쪽 같은 성품을 높이 평가하여, '한 마디 말로 시비를 판단해 줄 사람은 자로밖에 없다'고도 하였다. 과연 자로가 옳다면 세상 사람들은 다 옳은 줄로 믿고, 그가 잘못했다고 하면 무조건 잘못된 걸로

인정하고 있었기 때문에 그의 말에 이의를 제기할 사람이 없었다고 한다.

또 자로는 남과 약속한 일을 뒤로 미루거나 이행하지 않거나 한 일이 없다고 한다. 이것을 가리켜 '무숙낙(無宿諾)'이라고 했다. 한번 허락한 것을 잠재우는 일이 없다는 뜻이다. 이 같은 자로의 특성 중 하나가 바로 '유공유문(唯恐有聞)'이다. "자로는 들은 것을 아직 다 행하지 못했을 때는 또 다른 것을 들을까 봐 두려워할 뿐이었다."

이 말은 자로가 한 가지 착한 일을 들으면 다음에 듣게 될 착한 것과 겹치기 전에 어서 다 배워 익히고자 힘쓰는 자세를 표현한 말이라고 하겠다.

2007.11.15.

우정의 댓글

전경남 사람의 장점도 극단으로 흐르면 단점이 되어 버릴 수 있다. 그리하여 공자는 평소 지나치게 용감한 자로를 경계하였다. 아는 것과 행하는 것이 일치해야 된다는 가르침을 알면서도 우리는 실천하는 데까지 나아가지 못하기 일쑤이다. 반면 자로는 들음을 통하여 배운 것을 다 실천하지 않았는데 다시 다른 가르침을 들을까 봐 두려워할 정도로 과단성 있는 실천을 중시하였다. 보통 사람은 약속을 하고도 잠재우는 경우가 많은데, 자로는 반드시 바로 실천하여 '무숙낙(無宿諾)'이라는 말까지 나왔으니, 그의 이러한 면모는 우리도 배워 나갔으면 좋겠네…

임미순 "지혜 있는 자에게 교훈을 더하라 그가 더욱 지혜로워질 것이요 의로운 사람을 가르치라 그의 학식이 더하리라(잠9:9)" 미련한 사람에게 교훈을 베푸는 것은 돼지에게 진주를 던지는 것과 같지요❣

이영혜 공자가 자로의 과단성을 때로는 칭찬도 하고 때로는 염려한 사실은,

"나는 맨손으로 호랑이를 잡으려 하고 강을 걸어서 건너다가 죽어도 후회하지 않을 사람과는 함께 하지 않겠다"라고 한 데서 유래한 '포호 빙하(暴虎憑河)'라는 고사성어에서 찾아볼 수 있으며, 자로를 묘사한 말 '무숙낙(無宿諾)'은 오나라의 연릉계자 계찰이 자신의 보검을 이미 죽은 서왕의 무덤가 나무에 걸어놓고 한 말, "처음에 마음속으로 그에게 주기로 결정하였는데, 그가 죽었다고 해서 내가 어찌 나의 뜻을 바꿀 수 있겠는가?"에서 유래된 계찰계검(季札繫劍)을 연상시키네요.

전은자 참 공감이 가는 고사성어군요. 좋은 말 듣기 무섭게 또 좋은 말을 들으면 실천할 겨를이 없어서?… 과연 무엇을 붙들고 실천하려 하고 있는지 자신을 다시금 돌아보게 되네요. 장기결석 죄송해요.

김선숙 들은 말을 실천에 옮기는 일은 얼마나 어렵고도 힘이 들고 또 결단력이 필요한 일인지요… 저같이 게으른 사람은 이 말을 자꾸만 반복하여 외워서 마음에 새겨야겠습니다. 말을 듣기는 잘하는데 실천에는 옮기지를 못하니… 위의 자로(子路)라는 사람하고 반죽을 해서 반반씩 나눌 수가 있다면 얼마나 좋을까?…

김선숙 미순아… 🐷하… 돼지에게 진주를 주면 안 되지. 분위기가 조금 가라앉았응께… 야그 한 토막… 어느 남자가 자신의 전생을 알고 싶어 최면술사를 찾아갔다. 최면술사가 최면을 건 뒤… "자, 지금 무엇이 보이나요?" "네, 지금 많은 사람들이 보입니다." "그들이 어떻게 하고 있나요?" "네, 모두들 저에게 절을 합니다. 그리고 예쁜 옷을 입은 여자가 제 앞에서 춤을 춥니다." "네, 됐습니다. 이제 눈을 뜨세요, 하나 둘 셋."~ ~ ~ 최면사의 기합과 동시에 최면에서 깨어나면서 하는 말 르 르 르… "선생님, 제가 전생에 왕이었나 봅니다." 그때 최면사의 놀랠 한 마디 말, ~ ~ ~ "당신은 왕이 아니라 돼지머리였습니다."… 에구.

걸해골 乞骸骨

乞:빌 걸 / 骸:뼈 해 / 骨:뼈 골
해골을 구걸함.
곧 늙은 신하가 나이가 많아 조정에 나오지 못하게 될 때, 임금에게 사직을 청원하는 것을 가리키는 말이다.

『사기(史記)』〈항우본기(項羽本記)〉에 다음과 같은 이야기가 전한다.

초패왕(楚覇王) 항우(項羽)에게 쫓긴 한왕(漢王) 유방(劉邦)이 고전하고 있을 때의 일이다. 유방은 항우가 반란군을 치는 틈을 타 초나라의 도읍인 팽성(彭城)을 공략했지만 곧 바로 항우의 반격을 받고 참패하였다. 이어 몇 번의 공방전을 거듭하였지만 수개월 후에는 군량미까지 바닥나 더 이상 지탱하기 어려웠다. 이에 유방이 휴전을 제의하니 항우는 응할 생각이었으나 아부[亞父: 아버지 다음으로 존경하는 사람이란 뜻] 범증(范增)이 반대하는 바람에 쉽게 이루어지지 않았다.

이 사실을 안 유방의 참모 진평(陳平)이 이간책을 써서 항우로 하여금 범증을 의심하도록 하였다. 먼저 간첩을 풀어 초나라 진중에 범증이 유방과 은밀히 내통하고 있다고 헛소문을 퍼뜨렸다. 이에 화가 난 항우는 범증을 의심하게 되었고, 비밀리에 유방에게 강화의 사신을 보냈다. 계략이 맞아 가는 것을 보고 진평은 여러 중신들과 함께 정중히 사신을 맞이하고 이렇게 물었다.

"아부께서는 안녕하신지요?"

"나는 범증이 보내서 온 것이 아니라 초패왕의 사신으로 온 사람이오."

사신은 불쾌한 말투로 대답했다.

"뭐, 초왕의 사신이라고? 난 아부의 사신인 줄 알았는데……."

진평은 짐짓 놀란 체하면서 잘 차린 음식을 물리고 형편없는 음식을 내오게 한 뒤 말도 없이 방을 나가 버렸다. 사신이 돌아와서 그대로 보고하자 성질이 급한 항우는 범증이 유방과 내통하고 있는 것이 틀림없다고 믿고 그에게 주어진 모든 권한을 삭탈했다. 범증은 크게 노하여 다음과 같이 말하고는 팽성으로 떠났다.

"이미 천하의 대세는 정해졌습니다. 이제부터는 전하 스스로 알아서 처리하십시오. 신하란 본디 심신을 모두 임금께 바친 것이니, 저는 이제 '해골을 빌어' 초야에 묻힐까 하나이다."

의심을 잔뜩 품고 있던 항우는 이를 말리지 않고 어리석게도 진평의 책략에 걸려 뛰어난 참모를 잃고 말았다. 범증은 팽성으로 돌아가던 도중에 천하통일을 눈앞에 두고 실기하는 것이 통분하여 등창이 터져 죽고 말았다. 이때 범증의 나이 75세였다.

2007.11.17.

우정의 댓글

전경남 항우는 뛰어난 용기와 힘을 지녔지만 지혜는 부족하였다. 그는 한나라의 지략가인 진평의 이간책에 속아 어리석게도 자신의 가장 뛰어난 참모인 범증을 의심하여 잃게 되었다. 눈앞의 천하통일을 앞두고 버려지게 된 범증은 너무나 통분하여 등창이 나 죽고, 결국 항우도 오래지 않아 한나라에 패하여 자살하고 말았다. 아버지 다음으로 존경하여 아부로 부르며 중시하였던 인물을 의심하여 내친 항우의 믿음 없는 처사는 그가 천하를 차지할 그릇이 되지 못함을 보여 준다. 이 이야기에서 지혜와 신의의 중요성을 다시금 느끼게 되네…

임미순 "용히 들리는 지혜자의 말이 우매자의 어른의 호령보다 나으니라(전

9:17)" 오늘의 '걸해골(乞骸骨)'에서 나라를 다스리는 데 있어서 지혜와 신의가 얼마나 중요한가를 알 수 있네요❢

이영혜 "신하란 본디 심신을 모두 임금님께 바친 것이니, 저는 이제 '해골을 빌어' 초야에 묻힐까 하나이다"라는 범증의 말은, "자신의 역할을 다 끝냈다"라는 오사필의(吾事畢矣)를 생각게 하네요.

김선숙 서로의 만남이 얼마나 중요한지요. 만남에 따라 죽을 경우에 살기도 하고, 또 다 이겨 놓은 게임에서 어이없게 무너지기도 하는군요. 윗글을 공부하다 보니 우리네 속담에 '힘 세다고 소가 왕 노릇 하랴?' 하는 말이 새삼 떠오릅니다. 힘만 센 소가 왠지 항우 같은 느낌이 들어 좀 불쌍한 생각이 드네요. 제 힘만 믿고 세상 두려운 줄 모르는 항우 곁에 범증 같은 과분한 지략가요 책사는 너무 아까운 인물이었던 것 같습니다. 지략으로 보나 인생의 연륜으로 보나 젊어서 패기만 있었던 항우가 그 어르신의 말씀을 들었어야 하는 건데… 에구, 말한다고 다 듣나? 들을 귀가 있는 자들에게만 들리는 법이닝깐…

김선애 범증의 계책을 따라서 많은 싸움에서 승리했던 항우가 적국의 책사 말을 듣고 그것이 모함인 줄도 모른 채 범증을 내쳤으니 그가 스스로 목숨을 끊을 수밖에 없었던 사면초가(四面楚歌)는 이미 예고된 셈이네요. 자신에게 오랫동안 충성했던 사람을 적국의 이간질에 너무나도 쉽게 버렸던 항우의 어리석음이 안타깝습니다.

팔두지재 八斗之才

八:여덟 팔 / 斗:말 두 / 之:갈 지 / 才:재주 재
한 섬 중 여덟 말의 재주. 곧 사람의 재능이 특별히 뛰어남을 비유한 말이다.
이 말과 같은 뜻으로 '재고팔두(才高八斗)', '재점팔두(才占八斗)' 등이 있다.

『남사(南史)』〈사령운전(謝靈運傳)〉에 다음과 같은 이야기가 전한다.

조식(曹植)은 중국 삼국시대 위(魏)나라 조조(曹操)의 아들이며, 조비(曹丕)의 동생으로 자(字)는 자건(子建)이다. 조조, 조비, 조식 등 삼부자는 모두 문장가로서 후한(後漢) 말기 헌제(獻帝) 때, 문학의 황금시대를 연 '건안문학(建安文學)'의 주요 인물들이다.

조식은 어려서부터 매우 총명하고 시적 재능이 뛰어나 조조는 그를 특별히 사랑하였다. 그러나 조조가 세상을 떠난 뒤에 조조의 뒤를 계승한 형 조비로부터 많은 억압을 받았다. 뿐만 아니라 조식은 조비의 아들이자 자신의 조카인 조예(曹睿)가 즉위한 후에는 더욱 심한 타격을 받게 되었다. 조식은 정치적으로 탄압 받고, 정신적인 고통을 크게 당하였으므로 그의 작품은 일반 백성들의 고통에 대한 동정을 그린 것들이 많았다.

조식의 작품은 후대의 많은 문장가들로부터 매우 높은 평가를 받았다. 특히 송(宋)나라 때의 시인인 사령운(謝靈運)은 조식에 대하여 이렇게 평가하였다.

천하의 글재주를 모두 한 섬이라 한다면, 조식 혼자서 여덟 말을 차지하고, 내가 한 말을 차지하며, 예로부터 지금까지의 다른 사람들이 나머지 한 말을 나누어 갖고 있다.

이는 조식의 글재주에 대한 더할 나위 없는 예찬사인데, 이로부터 뛰어난 글재주를 가리키는 '팔두지재(八斗之才)'라는 말이 쓰이게 되었다.

2007.12.07.

우정의 댓글

전경남 조식(曹植)은 아버지 조조와 형 조비(曹丕)와 더불어 '삼조(三曹)'라 불릴 만큼 문학에 아주 뛰어났다. 특히 그는 일곱 걸음을 걷는 동안에 시를 지어 '칠보성시(七步成詩)'의 천재성을 보였다. 아버지로부터는 남다른 사랑을 독차지하였지만 형으로부터는 시기를 받아 어려움을 많이 겪었다. 후대의 사령운이 그를 두고 평하기를 '팔두지재(八斗之才)'라고 하여, 역대 중국 문학 사상 가장 걸출한 시인으로 높이 평가되었다. 그의 천재성은 이처럼 예찬의 대상도 되고 시기와 고통의 원인도 되었으니, 일방적으로 좋기만 하기는 어려운 듯…

김선애 "…본래 한 뿌리에서 태어났건만 왜 이리 들볶아대는 데는 급한가"라는 오언절구로 형 조비가 부르는 운(韻)에 맞춰 일곱 걸음 안에서 시를 지어 형 조비를 부끄럽게 했던 조식. 원래 문재(文才)가 있는 집안이라 조식이 시를 잘 썼겠지만 고통을 많이 겪었기에 많은 사람들에게 더 감동을 주었겠지요. 불에 달군 쇠가 더 강하듯 사람도 연단을 통해 좀 더 높은 경지에 이르는가 봅니다. 그래도 지는 팔두지재(八斗之才) 같은 건 안 되어도 좋으니 편안하고 평범하게 사는 게 좋겠습니다. 이만큼 살고 보니 평범하게 사는 것도 쉬운 일은 아니더라구요.

임미순 시기는 살인을 불러오지요. 성경에 가인이 시기로 인하여 아벨을 돌로 쳐 죽인 사건이 '창4:1-9'에 있듯이. 위 성어에서도 뛰어난 문장가인 조식의 천재성을 시기한 조비가 아우 조식을 심히 괴롭히고 힘들게 한 이야기와 같은 맥락이군요! "마음의 화평은 육신의 생명이나 시기는 뼈의 썩음이니라(잠14: 30)"라고 했듯이, 시기는 내 마음의 화평을 먼저 무너뜨리는 것임을 명심🌀야겠지요!

이영혜 조식의 뛰어난 글재주를 일컫는 말 팔두지재(八斗之才)는 진(晉)나라의 시인 좌사가 지은 삼도부를 당대의 고관대작들이 다투어 베껴가는 바람에 "낙양의 종이 값이 껑충 뛰어올랐다"는 낙양지가귀(洛陽紙價貴)를 연상시키네요.

구경혜 경남아! 서당 잘 운영하니 반갑다. 합창대회 사진 속에서 네 얼굴 본 것 같다. 많은 활동에 감탄한다. 너도 재주가 많은 친구다. 시간이 나면 주욱 공부할게. 반갑다.

손동숙 친구들이 많은 얘기를 해서 저는 '양반두부장수' 할랍니다. 귀여운 아이콘이 제일 먼저 반겨주어 그것에까지 신경 쓴 섬세한 싸부에게 고마움을 전합니다. 좋은 주말 맞으시고…

김선숙 싸부님, 조식의 글재주를 극찬한 것은 이해가 갑니다. 근데, 송나라 시인 사령운도 대단한 사람이군요. 조식의 여덟 말을 빼면 두 말 중에 자신의 글재주를 한 말로 쳤으니 자신감이 대단한 사람이군요. 예전부터 지금까지 모든 사람들의 글재주가 한 말이라는데… 그 한 말 중에 우리 싸부님의 글재주도 반 말쯤은 되지를 않겠습니까? 에공… 부럽당. 나머지 반 말 중에 좁쌀은 너무 크고 채송화 씨 반의 반쪽만큼이라도 글재주가 있으면 월매나 좋을꼬? 꿈같은 자가당착에 빠져 봅니다. 아니, 꿈도 못 꾸어 보나? 부러웅께… 꿈이라도 꿔 봐야지… 암~만!!

지초북행 至楚北行

至:이를 지 / 楚:나라 이름 초 / 北:북녘 북 / 行:다닐 행
남쪽에 있는 초나라에 가려고 하면서 북쪽으로 감.
곧 생각과 행동이 상반되는 것, 혹은 방향이 틀린 것을 뜻하는 말이다.

『전국책(戰國策)』「위책(魏策)」에 다음과 같은 이야기가 전한다.

위(魏)나라 혜왕(惠王)이 조(趙)나라 수도인 한단(邯鄲)을 치려고 하자, 위나라 대신 계릉(季陵)이 사신으로 가던 도중 이 소식을 전해 듣고 급히 귀국하였다. 너무도 성급히 달려오는 바람에 그의 의복은 심하게 구겨져 있었고 머리에는 먼지를 뒤집어쓰고 있었다. 그는 곧바로 위혜왕을 알현하고 이같이 말하였다.

"방금 신이 돌아오던 도중 태행산(太行山) 부근에서 한 사람을 만나 그와 이야기를 나누었습니다. 그는 수레를 북쪽으로 몰면서 신에게 말하였습니다. '나는 지금 초(楚)나라로 가려고 합니다.' '당신은 초나라로 간다고 하면서 어찌하여 북쪽 방향으로 가는 것이오?' '나의 말은 좋은 말이기 때문입니다.' '말이 비록 훌륭하더라도 이는 초나라로 가는 길이 아닙니다.' '여비도 충분히 있어 그러는 것입니다.' '아무리 여비가 충분하다고 한들 이 길은 초나라로 가는 길이 아닙니다.' '나의 말몰이꾼이 뛰어나서 그럽니다.' 이 사람 말대로 하면 그가 가진 것이 좋고 많을수록 초나라로부터는 더욱 더 멀어지고 있는 꼴이 됩니다. 지금 왕께서 출병하여 패왕(覇王)의 위업을 이루고 제후들의 신임을 얻으려고 하십니다. 그러나 영토의 광대함과 병력의 정예함만 믿고 서둘러 한단을 공격하여 영토를 확장시키고 명성을 떨치려고 하면 할수록 패왕이 되는 길과 더욱 멀어질 뿐입니다. 이는 마치 말과 마부의 뛰어남만 믿고 남쪽 초나라로 가려고 하면서 오히려

북쪽으로 가는 것과 같습니다."

　이처럼 대신 계릉은 천하의 인심을 얻고자 정복 사업을 벌이는 것은 오히려 그 명예를 훼손하는 길이라는 것을 '지초북행(至楚北行)'으로 비유하여 반대하였던 것이다.

2008.01.04.

우정의 댓글

전경남 '지초북행'은 무엇을 기대하며 한 행동이 오히려 반대의 효과를 불러오는 것을 비유하는 말로 쓰인다. 살다 보면 사람들은 누구나 생각과 행동이 따로 노는 경우가 많다. 좋은 결실을 원하면서 그에 맞는 노력을 기울이지 않기도 하고 남보다 뛰어난 여건을 갖추고 있으면서도 판단을 잘못하여 그것을 잘못 사용하기도 한다. 이러다 자칫 동쪽으로 간다면서 서쪽으로 향하는 어리석음을 범하기 쉽다. 어떻게 살아야 삶의 방향과 목표가 일치할 수 있을까…

김선숙 우리네 인생길에 위의 '지초북행' 같은 어리석은 행동을 했을 때가 얼마나 많았을까요? 가끔은 웃어른이나 경험자가 해주는 충고도 듣지 않고 자기의 고집대로 그릇된 길로 간 적도 많았지요. 방향을 잃고도, "내 말은 좋은 말이여" "여비는 충분히 있응께…" 함시롱… 이제 이순(耳順)이 됐응께… 길을 잘못 들어섰다면 남이 일러주는 말씀을 잘 들어야겠습니다.

김선숙 야그 항개… 댕길 데를 댕겨야지… 부인 2명이서 서로 말을 하고 있었다. 부인1: 아니, 요즈음에 어딜 그렇게 열심히 다니세요? 부인2: 아~, 네, 우리 집 그이가 반찬이 맛없다며 투정을 해서요… 부인1: 그럼 요리

학원엘 다니시는군요… 부인2: 그게 아니구, 저 ~ ~ ~ 유도학원에 다녀요. 투정할 때마다 냅다 던져 버리려구요…

전은자 장비, 재정, 기술이 충분하다고 그것들을 믿은 것이 문제이군요. 무언가 부족하기에 오히려 올바른 방향으로 돌진, 성공한 많은 사람들을 기억시키는 성어이군요.

임미순 "사람이 마음으로 자기의 길을 계획할지라도 그 걸음을 인도하는 자는 여호와시니라(잠16:9)" 위 성어에 연관🏵서 올렸어요.

맹인할마 盲人瞎馬

盲:눈멀 맹 / 人:사람 인 / 瞎:애꾸눈 할 / 馬:말 마
장님이 외눈박이 말을 탐.
곧 장님이 거리 감각 없는 외눈박이 말을 타고 달리는 것처럼 매우 위험한 행동을 가리키는 말이다.

『세설신어(世說新語)』에 다음과 같은 이야기가 전한다.

중국 동진(東晉)시대의 화가 고개지(顧愷之)는 중국 회화사에서도 두드러진 인물로 특히 산수화에 새로운 경지를 개척하였다. 또한 그는 노장사상(老莊思想)에 깊이 침잠하였고, 자신의 예술세계에 대한 자부심이 남달랐다. 그는 그림에만 뛰어난 것이 아니라 박학다재하여 당대의 명문장가였고 대사마참군(大司馬參軍)을 지낸 장군이기도 하였다. 혼란한 시대적 상황에서 일부러 악의 없는 기인(奇人)으로 행세하여 자신을 보호했고, 성품도 소탈하여 우스갯소리로 주위를 웃기곤 하였는데, 환현(桓玄), 은중감(殷仲堪) 같은 고관대작들과 어울리면서 곧잘 익살스러운 이야기판을 벌였다.

어느 날 은중감의 집에서 세 사람이 모여 우스갯소리를 나누다가 무엇이 이 세상에서 가장 위험한 상황인가에 대해서 한 마디씩 하기로 하였다. 맨 먼저 환현이 입을 열었다.

"창 끝을 쌀 속에 넣고 칼로 불을 때서 밥하는 것입니다."

이는 전장의 한복판에서 밥을 짓는 행위를 비유한 것으로, 살면서 아무래도 전쟁만큼 힘든 것은 없다는 의미였다.

은중감이 뒤를 이었다.

"백 살 먹은 노인네가 마른 나뭇가지에 오르는 것입니다."

행동거지가 불편한 노인이 위험한 지경에 빠지는 것이 가장 위험하다는 말이었다.

마지막에 고개지가 입을 열었다.

"우물의 용두레 위에 어린애가 누워 있는 것입니다."

고개지가 말을 마치자마자 좌중에 들려오는 소리가 있었다.

"장님이 외눈박이 말을 타고 한밤중에 깊은 연못가에 이르는 것입니다."

세 사람이 동시에 고개를 돌려보니 소리의 주인공은 참군이라는 낮은 벼슬을 하고 있는 사나이였다. 이 말은 마침 눈을 다쳐 한쪽 눈으로만 사물을 보고 있는 은중감을 풍자한 것이었다. 그럼에도 불구하고 이 소리를 들은 은중감은 조금도 서운해 하지 않고 웃으면서 맞장구를 쳤다고 한다.

이처럼 '맹인할마(盲人瞎馬)'는 원래 상대방을 풍자하기 위한 말로 쓰인 것이었다.

2008.01.16.

우정의 댓글

전경남 세상살이에는 위험천만한 일이 참 많다. 도처에 위험이 도사리고 있기 때문에 자칫 방심하다가는 목숨을 도둑맞기 십상이다. 이런 위험한 상황에서 한밤중에 눈이 먼 사람이 외눈박이 말을 타고 깊은 연못가를 지나게 된다면 이보다 더 위험스런 일이 있겠는가. 한 치 앞도 알 수 없는 '맹인할마' 같은 인생에서 크게 실수하지 않으려면 언제나 살얼음판을 지나듯 조심하고 또 조심하여야 할 것이다. 고개지도 이런 험한 시대를 건너가기 위하여 익살맞은 기인(奇人)의 모습으로 대처한 것은 아닐까…

손동숙 고개지가 기인으로 행동하여 자신을 보호하였다는 말에 수긍이 가는군요. 어떤 이는 바보행세를 하여 위기를 모면하기도 하고…

오숙혜 사람은 수없는 훈련의 되풀이로 거의 못할 것이 없게 된 시대… 몇 년 전인가… 미국에서 장님이 홀인원을 해서 화제가 된 적이 있었지요. 보통 사람들은 눈으로 확인하지만 그 사람은 공이 홀에 들어가는 순간 소리를 듣고 알았다고 하지요(참고로 이곳 홀은 한국과 달라 깡통 소리가 안 남). 그러니 이 시대에는 장님이 말을 타도 잘 탈 것 같은 엉뚱한 생각이 듭니다. 그래서 이다지도 말도 안 되는 행동을 하는 자들이 많을까요…? 음악 '농담 같은 인생' 제목이 재밌네요. 마음이 아주 가라앉는 날은 '농담같이 살아볼까나…'라는 생각을 하는데…

김선숙 농담 같은 인생으로 위험한 순간순간을 잘 피해 기지를 발휘하며 살았던 양녕대군이 생각납니다. 왕좌에 올랐다가 폐위되면서 막내 동생에게 왕위를 내줘야했던 그 심정… 바로 밑의 동생인 효령대군이 스님이 되어 절에서 불사(佛事)를 할 때에 잡아온 짐승고기를 구워 술과 함께 먹으며 시름을 농담으로 재치 있게, 왕의 형이요 스님의 형이라고 왕형불형(王兄佛兄)하며 한 세대를 살다간 양녕대군의 기이한 행동이 생각납니다. 이런 기이한 행동을 사람들은 이상하게만 보지 말고 그 사람의 심정을 헤아리며 이해를 해 주어야 하는데요… 그렇지 않았다면 피를 부르는 '피의 역사의 한 페이지'를 우리가 또 공부를 해야 했겠지요.

김선숙 기이한 행동하닝깐 생각난 야그… 제목) 사기 결혼… 결혼 적령기의 암꽃게가 달이 휘영청 밝은 밤에 '내 님은 어디 계실까?' 하며 바위에 걸터 앉아 있는데, 그때 바로 앞에 아주 못생겼지만 앞으로 당당하게 걸어오는 수꽃게를 봤어. 기이하게 당당한 걸음걸이기에 저 정도면 되겠다 하여 미련 없이 청혼하여 결혼을 했지. 꿈 같은 첫날밤을 보내고 아침이 되었어. 근데 남편을 보니 어젯밤처럼 당당하게 앞으로 걷던 걸음이 아니라 여느 게와 같이 옆으로 걷는 게 아닌가? 걸음만 보고 청혼했는데… 부인: 아니, 어제는 당당히 앞으로 걷더니 오늘은 웬일이세요? 서방: 어, 그랬나? 어제는 내가 술이 몹시 취해 팔자걸음으로 걸은 거지요.

이영혜 "자칫 방심하다가는 목숨을 도둑맞기가 십상이라는" 말을 읽으니, 개문읍도(開門揖盜)라고, 문을 열어 놓고 도둑을 절하며 맞이한다는 고사성어가 생각나네요.

민선 개문읍도는 첨 보는 성어네?! 우등생과 열등생의 차이가 여기서 나타나네요…

김선숙 민선아, 넌 어쩜 그리도 정직한 학생이냐… 그냥 슬쩍 No.367 찾아가서 공부하면 들통도 안 나는데… 열등생이 아니라 정직한 학생이다. 정말 열등생은 ～ ～ ～ ～ 나같이 공부를 했는데도 생소한 내용으로 알고 있는 학생이여… 안 그랴?

천도시비 天道是非

天:하늘 천 / 道:길, 도리 도 / 是:바를 시 / 非:아닐 비
하늘의 도는 옳은 것인가, 그른 것인가.
곧 하늘의 도리라는 것이 의심스럽다는 뜻이다.

『사기(史記)』〈백이숙제열전(伯夷叔齊列傳)〉에 다음과 같은 이야기가 전한다.

한(漢)나라 무제(武帝) 때, 사마천(司馬遷)은 태사령[太史令: 기록관의 우두머리]이었다. 당시 이릉(李陵) 장군이 오천 명의 군사로 흉노를 치러 나갔다가 참패하고 자신은 포로가 되는 사태가 있었다. 무제와 조정의 백관들은 입을 모아 이릉의 실책을 비난하였으나 사마천 혼자만은 이릉을 비호하였다. 이것이 무제의 비위를 건드려 급기야 억울하게 궁형[宮刑: 거세당하는 형벌]을 당하였다. 궁형의 형벌은 죽음보다도 더 치욕스러운 형벌이었지만, 사마천은 그 치욕을 감당하며 자신의 손으로 올바른 역사서를 쓰리라고 다짐하였다. 그 비장함을 그는 이렇게 표현하였다.

흔히 '하늘은 사사로운 정이 없이 공평무사하여 착한 사람의 편이다'라고 한다. 그러나 이는 인간이 부질없이 하늘에 기대를 거는 이야기일 따름이다. 이 말대로 진정 하늘이 착한 사람 편이라면, 이 세상에서 착한 사람은 영화를 누려야 마땅한데 실상은 그렇지가 않으니 무슨 까닭인가. 백이(伯夷)와 숙제(叔齊)가 어질며 곧은 행실의 인물임은 세상이 다 아는데 그들은 수양산에 들어가 고사리를 캐 먹고 살다가 죽고 말았다. 또 공자는 칠십 제자 중에서 오직 안회(顔回)만이 학문을 좋아하는 사람이라고 높이 평가하였다. 그런

데 안회는 항상 가난에 쪼들렸고 지게미나 쌀겨도 배불리 먹지 못하다가 결국 젊은 나이에 죽고 말았다. 하늘은 착한 사람에게 보답한다는데, 이것은 도대체 어찌된 셈인가? 한편 악당 도척(盜蹠)은 날마다 죄 없는 사람을 죽이고 사람의 간을 회 쳐 먹는 등 온갖 잔인한 짓을 저질렀건만, 풍족하게 살면서 장수하고 편안히 죽었다. 그렇다면 그가 도대체 무슨 덕행을 쌓았기에 이런 복을 누린 것인가? 이러한 것들은 가장 현저한 예라 하겠다. 그러나 근래에 이르러서도 행실이 도를 벗어나 오로지 악행만을 저지르는 자도 종신토록 편안하게 살고 부귀가 자손대대로 끊이지 않는 예도 있다. 이와 달리 정당하게 살고 발언하며 공명정대한 일이 아니면 힘쓰지 않고 시종 근신하며 곧게 행동하면서도 오히려 화를 당하는 예는 이루 헤아릴 수 없이 많다. 그래서 나는 이러한 의문을 갖는다. '과연 하늘의 도리는 옳은 것인가, 그른 것인가.'

2008.01.31.

우정의 댓글

전경남 세상에 덕이 많고 흠 없이 사는 사람 중에도 고생하는 사람이 많고, 악하게 사는 사람 중에도 떵떵거리며 부유하게 사는 사람도 많다. 이것이 세속 사회의 모습이니, 사마천이 그렇게 절실하게 '천도시비(天道是非)'를 논한 것이 아니라도 우리들도 이런 의문을 갖게 될 때가 많다. 이를 어떻게 해석해야 할까… 우리가 모르는 인과응보인가? 하늘의 뜻인가?

방충애 과연 우리가 착하다고 생각하는 것이 진정 선한 것일까? 또, 떵떵거리고 사는 것만이 선함의 열매일까? 물론 우리 모두 부요하기를 바라지만 말이야. 오늘은 내가 일등이네. 경남아 항상 고맙다. 올해는 더욱 건강해라.

이영혜 사마천이 궁형을 당하고도 그의 아버지의 유언에 따라 마침내 중국 최
초의 역사서인 사기 130권을 완성하는 도중에 그가 친구에게 보낸 편
지에서 표현한 그의 심경, "…내가 죽임을 당한다면 아홉 마리 소 가운
데 터럭 하나 없어진 것과 같은 것으로 여길 터이니 개미 한 마리 죽는
것과 무엇이 다르랴. 세상 사람들은 나를 수치를 당하고도 죽지 못한
졸장부라 하리라. 그럼에도 내가 살아있는 것은 마음 속에 맹세한 것을
이루지 못한 것이 원통해서이고, 또한 이대로 죽어 버리면 나의 문장이
후세에 남지 못하게 될 것을 애석하게 여기기 때문이다."에서 유래한
구우일모(九牛一毛)가 생각나네요.

임미순 "스스로 속이지 말라 하나님은 만홀히 여김을 받지 아니하시나니 사람
이 무엇으로 심든지 그대로 거두리라(갈6:7)" 우리네 속담에 '콩 심은
데 콩 나고 팥 심은 데 팥 난다' '악한 끝은 없어도 선한 끝은 있다'라는
말도 있듯이…

전은자 천도(天道)는 알 길이 없고, 혹 알아도 충분한 시간이 지나야 아는 것
같네요. 우리가 운운하는 하늘의 뜻은 대개 틀리고요. 하나님의 뜻은
금방 알려지가 않더라구요.

김선숙 우리가 어떻게 천도(天道)를 알겠습니까? 잠깐 사는 나그네 인생길인
이 세상의 소풍길인데요… 하나님의 말씀을 지키며 바르게 산다면 영
원한 하늘의 상급이 있겠지요. 거기서 영원토록 누리는 복락을 바라봅
니다.

당랑포선 螳螂捕蟬

螳:사마귀 당 / 螂:사마귀 랑 / 捕:잡을 포 / 蟬:매미 선
사마귀가 매미를 잡으려 함. 곧 당장 닥쳐올 재난은 모르고 눈앞의 욕심에만 눈이 어두움을 비웃는
말이다. 이 말은 '당랑박선(螳螂搏蟬)', '당랑규선(螳螂窺蟬)'이라고도 한다.

『설원(說苑)』「정간편(正諫篇)」에 다음과 같은 이야기가 전한다.

중국 춘추시대, 오(吳)나라 왕 수몽(壽夢)은 나라를 잘 다스려 국력이 강해지자 초(楚)나라를 공격하려고 하였다. 문무 대신들은 상황이 오나라에 유리할 것이 없다고 판단하여 전쟁을 막으려 했으나, 오왕은 즉각 명령을 내렸다.

"나의 출병을 막는 자는 모두 사형에 처하겠노라."

이렇게 되자 대신들은 감히 나서지 못하였다.

당시 오왕에게는 젊은 시종이 있었는데, 그는 오왕의 출병을 저지할 묘책을 생각해 냈다. 그리하여 그는 곧 새총을 들고 궁전의 정원을 돌아다녔다. 사흘째 되던 날 아침, 오왕 수몽은 이슬에 흠뻑 젖은 채 꼼짝 않고 나뭇가지만을 바라보고 있는 시종을 발견하고 물었다.

"이른 아침에 옷을 다 적시면서 여기에서 무엇을 하고 있느냐?"

"저는 방금 나무에 매미가 앉아 노래하며 이슬을 먹고 있는 것을 보았습니다. 그 매미는 사마귀가 몸을 웅크린 채 바로 그 뒤에서 저를 덮치려고 하는 것을 모르고 있었습니다. 그런데 또 그 사마귀는 눈앞의 매미를 잡으려고 하면서 뒤에는 참새가 목을 길게 빼고 저를 노려보고 있는 것을 모르고 있었습니다. 또한 참새는 눈앞의 사마귀를 잡으려고 하면서 뒤에서 새총으로 저를 겨누고 있는 것을 모르고 있었습니다. 매미, 사마귀, 참새는 모두 눈앞의 먹이만을 생각했지

등 뒤에 위험이 있는 것은 알지 못하는 줄로 아뢰옵니다."

이에 오왕은 크게 깨달은 바가 있어 초나라를 공격하려던 계획을 포기하였다고 한다.

한편 『장자(莊子)』 「산목편(山木篇)」에도 이와 비슷한 이야기가 전한다.

장자(莊子)가 밤나무 밭 근처를 산책하다가 이상한 까치 한 마리가 남쪽에서 날아오는 것을 보았다. 그 날개의 넓이는 일곱 자이고 눈 둘레는 한 치나 되었다. 까치는 장자의 이마를 스치고 날아가서는 밤나무 숲에 앉았다. 장자가 말했다.

"저 놈은 어떤 새인가? 저렇게 큰 날개를 갖고도 멀리 날지 못하고, 저렇게 큰 눈을 갖고도 잘 보질 못하다니……."

장자는 옷깃을 걷어 올리고 급히 다가가서 화살을 겨누었다. 그런데 한쪽을 보니, 매미 한 마리가 나무 그늘에서 자신을 잊고 맴맴거리고 있었다. 또 그 곁에는 사마귀 한 마리가 매미를 잡으려고 정신이 쏠려 있었고, 그 이상한 까치는 기회를 보아 사마귀를 잡으려고 노리고 있었다. 장자는 이 광경을 보고 놀라면서 말했다.

"아, 슬픈 일이다. 만물은 서로를 해치고, 이익과 손해는 서로 관계되어 있구나."

장자는 활을 버리고 도망치듯 그곳을 빠져나왔다. 그때 밤나무 숲을 지키던 사람이 그 모습을 보자 도둑이라 생각해 쫓아오면서 욕을 퍼부었다. 장자는 집에 돌아와 석 달 동안 뜰 앞에도 나가지 않았다.

2008.02.02.

우정의 댓글

전경남 당장 눈앞에 펼쳐지는 이익은 무엇보다 커 보여서 자칫 그 일로 해서 빚어질 위험성은 간과하기 쉽다. 또한 사물을 보는 눈이 정면에만 있기 때문에 뒤에서는 어떤 일이 벌어지는 줄은 모르기 마련이다. 장자는 이렇게 말하였다. "아, 슬픈 일이다. 만물은 서로를 해치고, 이익과 손해는 서로 관계되어 있구나." 이처럼 세상사는 일방적으로 이롭기만 한 것은 없고 이익이 있으면 손해되는 일도 따르기 마련이다. 실제의 눈은 어쩔 수 없이 한 쪽으로만 열려 있지만 마음의 눈은 전후좌우를 살펴서 눈앞의 이익에만 골몰하지 않는 안목이 있어야 하겠네…

노순희 그러게… 그렇지만 우리는 한쪽만 보고 가기가 너무 쉬운 것 같애… 경남 선생님 꾸준한 그 열심에 항상 존경심을 표합니다…

김선숙 옛날 고사성어에 나오는 사마귀는 왜 무모하지 않으면 어리석게 나올까요? 전에 배웠던 당랑거철(螳螂拒轍)에서도 수레바퀴를 막으려고 두 손인지 두 발인지를 들고 항거를 하더니만… 여기서는 뒤의 참새가 잡아먹으려 하는 것도 모르고 눈앞의 매미가 하도 중해서… 긍께, 곤충 대가리는 곤충 대가리요, 생각 깊은 사람의 머리는 사람 머리군요.

손동숙 이런 모습이 우리네 인간사에서 흔히 있는 일이지요.

임미순 "네가 만일 지혜로우면 네 날이 많아질 것이요 네 생명의 ✿가 더하리라(잠9:12)" 지혜로 생명의 날이 길게 되지요.

반문농부 班門弄斧

班:나눌 반 / 門:문 문 / 弄:희롱할 롱 / 斧:도끼 부
노반(魯班)의 집 문 앞에서 도끼질을 자랑함.
곧 뛰어난 재능을 지닌 사람 앞에서 부족한 재간을 가지고 어리석게 함부로 뽐내는 것을 가리키는 말이다.

유종원(柳宗元)이 지은 〈왕씨백중창화시서(王氏伯仲唱和詩序)〉에 다음과 같은 이야기가 전한다.

중국 춘추시대 노(魯)나라에는 손재주가 아주 뛰어난 명장인 공수반(公輸班)이라는 사람이 있었다. 그의 재주와 기교는 아주 뛰어나 도끼를 쓰거나 대패질을 할 때 보면 인간의 한계를 넘어 귀신같은 솜씨를 보여주었다. 그리하여 어떤 나무토막이라도 그의 손에 들어가면 곧 빼어난 작품이 되었다.

그 당시에 한 젊은 목수가 있었다. 그는 기예를 조금 익히고는 안하무인으로 뽐내었다. 하루는 자신의 작품 몇 점을 가지고 나타나 한바탕 자랑을 늘어놓으며,

"이것을 보시오. 신도 감히 흉내 낼 수 없는 작품입니다."

라고 하였다. 그리고는 도끼를 직접 꺼내 가지고는 현장에서 솜씨를 보였는데, 공교롭게도 그가 서 있던 곳은 공수반의 집 대문 앞이었다. 그러자 구경꾼 중 하나가 말하였다.

"이봐, 젊은이. 어디 등 뒤를 한 번 돌아보오. 그게 누구 집인 줄 아는가? 바로 천하의 명장 공수반의 집이라오."

집 안을 돌아보고 난 젊은이는 공수반의 신기에 가까운 기예에 놀라 머리를 떨군 채 자리를 뜨고 말았다.

한편 중국 명(明)나라 말기에 매지환(梅之渙)이라는 시인이 있었다. 한번은 그가 시선(詩仙) 이태백의 무덤을 지나게 되었는데, 묘비 위에는 이 사람 저 사람이 자신의 시재(詩才)를 뽐내어 함부로 시구를 새겨 넣은 것을 보게 되었다. 그는 그들의 소행이 언짢고 안타까워 다음과 같은 시 한 수를 적어 두었다.

采石江邊一堆土(채석강변일퇴토)	채석 강변의 한 무더기 흙이여
李白之名高千古(이백지명고천고)	이백의 이름 천고에 높도다.
來來往往一首詩(내래왕왕일수시)	오가는 사람마다 한 수씩 남겨
魯班門前弄大斧(노반문전농대부)	노반의 문전에서 큰 도끼인 줄 뽐내.

2008.02.04.

우정의 댓글

전경남 우리 속담에 '공자 앞에서 문자 쓴다'는 말이 있다. 대가 앞에서 함부로 대단치도 않은 자기 실력을 뽐내는 것을 두고 하는 말이다. 아무리 자기를 내세우고 선전하는 시대라 하지만, 사마귀가 수레에 저항하듯 함부로 날뛴다면 얼마나 민망한 일인가. 천하제일의 솜씨를 지닌 목수 공수반의 집 앞에서 조금 배웠다고 감히 자랑하려다가 망신을 당한 젊은이의 이야기는 우리의 삶 속에서도 자칫 범하기 쉬운 어리석음이 아닐까…

이영혜 이 이야기의 젊은 목수가 조금 익힌 기예를 안하무인으로 뽐내었다니, '뒷발질이나 하는 당나귀처럼 보잘것없는 기량을 드러내다가 비웃음을 사는 것'이라는 검려지기(黔驢之技)가 생각나네요.

민선 영혜야, 오랜만에 들어 왔는데, 넌 여전히 우등생이로구나~~! 장하다. 난 검려지기를 읽을 줄도 몰랐어. 네가 한글을 달아놔서 겨우 읽었네.

암튼 감사~~! (난 미순이처럼 복습도 아니지만… 히히. 경남사부께선 잠시 눈 좀 감아주시옵… ^^)

손동숙 살면서 '반문농부(班門弄斧)'인 적이 수도 없이 많았을 터. 지나고 보면 가끔은 부끄러울 때도 있었을 것이고, 그러면서 산다는 생각입니다. 번데기 앞에서 주름 잡는다는 말과 비슷한 듯. 설이 끼어 있어 이번 주는 정신없이 지나겠지요. 좋은 한 주 맞으시길…

임미순 "사람이 교만하면 낮아지게 되겠고 마음이 겸손하면 영예를 얻으리라 (잠29:23)" "교만은 패망의 선봉이요 넘어짐의 앞잡이"라고 했듯이, 겸손은 지나침이 없지요.

오숙혜 누가 말했지… 세상은 second rate가 설치는 곳… 난 이 sarcasm에 조금 동조했는데…

민선 다시 읽어보니, 이 성어는 꼭 마음에 새겨야 할 말씀이네요! 반문농부(이거 첨 듣는 말이라서인지 참 어렵네요.)한 적이 얼마나 많았던가, 생각해 보니, 부끄부끄… 빨리 숨어야지…

김선숙 싸부님… 일이 좀 있어서 요 며칠 뜸했었습니다. 살다가 위와 같은 일이 얼마나 많은지요. 쬐꼼 아는 재간을 자랑하려다 보면 위와 같은 어리석은 일을 저지를 때가 종종 있지요. 물론 제자가 스승보다 뛰어날 수도 있지만… 그런 제자들은 매우 겸손히 행동하겠지요. 항상 자랑과 자만이 큰 문제네요.

김선숙 어느 날 큰스님과 동자승이 산길을 걸어가고 있었다. 큰스님: 오호라, 호보연자(護保然自)에 제통산입(制統山入)이라. 동자승: 큰스님, 어느 분의 말씀이시옵니까? 큰스님: 장시천포(長市川抱)의 말씀이니라… 칭구덜아, 무신 말인지 다들 알쥐?

선자위모 善自爲謀

善:착할 선 / 自:스스로 자 / 爲:할 위 / 謀:꾀할 모
스스로를 위해 일을 잘 도모함.
제 속셈을 잘 차리는 사람을 비유하는 말로도 쓰인다.

『남제서(南齊書)』〈왕승건전(王僧虔傳)〉에 다음과 같은 이야기가 전한다.

중국 남북조시대 남제(南齊) 때에 왕승건(王僧虔)이라는 사람이 있었다. 그는 서예에 능하였는데, 특히 예서(隷書)를 아주 잘 써서 이름이 높았다. 아울러 세상을 살아가는 처세술 역시 남달라, 그의 친구는 이를 묘사하여 다음과 같이 표현하였다.

"가득 차되 넘치는 것을 경계하고, 자신을 낮추어 스스로 받아들인다."

곧 일을 하면서 너무 자신의 이익만을 챙기는 것을 경계하고 다른 사람에게 한발 양보하는 자세를 가리킨 것이었다.

왕승건은 남제 이전의 송(宋)나라 때는 효무제(孝武帝)가 서예로 명성을 떨치고 싶어하는 것을 알고, 자신의 서예 솜씨를 드러내지 않았다. 당시 남제의 태조도 서예를 아주 좋아하였고 자신의 서법(書法)에 대하여 큰 자부심을 지니고 있었다. 태조는 서법으로 유명한 왕승건을 불러 그 우열을 가리고 싶어 하였다. 평소 왕승건은 처세에 항상 여유를 두는 편이었지만, 일단 글씨를 쓰게 될 때는 자신도 모르게 특별한 공력을 들여서 쓰면서 흡족해 하는 사람이었다. 이번에도 왕승건은 글씨를 쓰면서 흥취가 올라 자신의 실력을 마음껏 발휘하였다.

이윽고 두 사람이 다 쓰고 나자, 태조가 왕승건에게 누구의 솜씨가 더 뛰어난지 말해 보라고 하였다. 왕승건이 두 작품을 비교해 보니 분명히 자신의 서법이

황제보다 뛰어났다. 그러나 그렇게 말하면 황제의 체면을 깎는 일이므로 나중에 노여움을 사게 될지도 모르는 일이었고, 그렇다고 해서 황제의 서법이 자신보다 뛰어나다고 한다면 황제를 기만하는 죄가 될 것이므로 어찌해야 할까 고심하였다. 그러다가 왕승건은 결국 이렇게 말하였다.

"신의 서법이 제일이고, 폐하의 서법도 저와 마찬가지로 제일입니다."

이 말을 들은 태조는 웃음을 터뜨리며 말하였다.

"그대는 과연 말 그대로 빈틈없는 사람이구려. 정말 스스로를 도모하기를 잘한다 하겠소."

2008.02.10.

우정의 댓글

전경남 살아가면서 마음의 여유를 갖기란 쉽지 않다. 왕승건은 평소 지나치게 가득 차 넘치는 삶을 스스로 경계하여 한발 물러서기를 잘하는 것으로 이름이 높았다. 그가 서법의 최고수이다 보니 다른 사람의 실력을 얕보기 쉬운 상황이었음에도 상대방을 인정하기를 잘하였다. 그러나 스스로 자기를 눌러 받아들이기를 잘하다 보니 지나치게 처세에 능하여 자기 속셈을 잘 차리는 사람으로 평가되기도 하였다. 아무리 좋은 태도라 하더라도 지나치게 되면 본래의 뜻을 잃게 되기 쉬우니 역시 중용의 자세가 중요하겠네…

김선숙 위와 비슷한 이야기… 바둑을 제일 잘 두는 사람이 있었지요. 어느 왕이 그 소문을 듣고 "아니 나보다 더 잘 둔단 말인가?" 하며 그 사람을 불러 바둑을 두기로 했습니다. 임금님은 "그대가 이기면 큰 상을 내릴 것이요, 만약 진다면 그대의 목숨을 앗을 것이오." 막상막하의 바둑이 진행되는 가운데… 매우 난처한 이 사람, 어느 안전이라고 이길 수도, 질 수도 없는 일이 아닌가? 마지막 순간 왕은 웃음을 가득 띤 얼굴로…"내가 이겼소, 약속대로 그대의 목숨을 앗을 것이요, 여봐라 이 자를 처형하라." 포졸들이 끌어내리는 순간, 꽉 쥐고 있던 손을 펴니… 거기엔 바둑알 하나가 쥐어 있었지요. 이보다 처세에 능한 사람 또 있을까요?

임미순 "위기를 반전의 기회로 **삼**.으라"는 이야기가 있듯이… "하만이 유다인을 진멸하기를 꾀하고 부르 곧 제비를 뽑아 저희를 죽이고 멸하려 하였으나 에스더가 왕의 앞에 나아감을 인하여 왕이 조서를 내려 하만이 유다인을 ❁하려던 악한 꾀를 그 머리에 돌려보내어 하만과 그 여러 아들을 나무에 ☾게 하였으므로(에9:24-25)"～ 이와 같이 에스더 왕비는 유다 민족을 위기에서 구했지요. 오늘의 성어를 통하여 정당한 처세술이 얼마나 중요한가를 다시금 깨닫게 되는군요❗

오일경조 五日京兆

五:다섯 오 / 日:날 일 / 京:서울 경 / 兆:조짐 조
닷새 동안의 경조윤(京兆尹) 벼슬.
곧 관직의 재임 기간이 매우 짧거나, 하던 일이 며칠 안 가서 끝이 남을 가리키는 말이다.

『한서(漢書)』〈장창전(張敞傳)〉에 다음과 같은 이야기가 전한다.

중국 한(漢)나라 선제(宣帝) 때는 도적 떼가 들끓어서 재물을 약탈하는 등 어지러운 정황이었다. 이때에 장창(張敞)이라는 사람은 서울을 다스리는 경조윤(京兆尹)의 벼슬에 올라 도적들을 소탕하고 백성들의 삶을 안정시켜 명망이 높았다.

그에게는 양운(楊惲)이라는 막역한 친구가 있었다. 양운은 청렴하고 재능 또한 뛰어난 인물이었으나 남의 원성을 많이 사서 모함을 받아 파직되었고, 마침내 대역무도의 죄로 사형에 처하여졌다. 이렇게 되자 평소 그와 관계가 친밀하던 고관대작들도 그와 연루되어 모두 처벌을 받게 되었다. 사람들은 장창도 곧 처벌을 면치 못할 것이라고 생각하였고 대신들 중에는 양운과 막역한 사이인 장창의 벼슬도 박탈해야 한다고 상주하였다. 그러나 선제는 그의 재능을 아끼어 이를 받아들이지 않았다.

장창의 수하에 도적 잡는 직무를 맡은 서순(絮舜)이라는 관리가 있었는데, 그는 조정의 대신들이 상주한 일을 알고는 장창이 곧 면직되리라고 예상하였다. 그리하여 사건을 조사하라는 장창의 명령에 따르지 않고 제멋대로 귀가하였다. 어떤 사람이 그렇게 행동하면 안 된다고 충고하자 서순이 말하였다.

"나는 경조윤을 위하여 할 만큼 했소이다. 지금 경조윤은 남은 임기가 길어야 닷새일 것이니 어찌 사건을 다시 수사할 수 있겠소?"

장창이 이 말을 듣고 부하들을 시켜 서순을 감옥에 가두게 하였다.

마침 12월이 며칠 남지 않은 때였는데, 당시 한나라의 형법은 매년 12월에 형을 집행하도록 규정하고 있었다. 때마침 12월 말인지라, 장창은 서순의 죄를 물어 사형에 처하였다. 형을 집행하기에 앞서 장창은 서순에게 다음과 같은 말을 전하였다.

"너 보기에 닷새 동안의 경조윤이 과연 어떠하냐? 겨울날도 이미 끝나려 하는데, 너는 더 살 수 있을 것 같으냐?"

2008.02.24.

우정의 댓글

전경남 예나 이제나 임명직 관직에는 오일경조(五日京兆)의 사례가 많았다. 벼슬아치가 부정이나 부패에 연루된 것이 드러나 며칠도 못 되어 물러나기도 하고, 정치적으로 실각하여 심지어는 삼일천하(三日天下)로 끝나는 사례도 있었다. 윗사람의 처지가 바뀌면 아랫사람들이 흔들리기 쉬운데, 어떤 경우에도 자신이 맡은 바 임무를 성실히 수행해야 함은 더 말할 나위가 없다. 장창의 부하 서순은 상관이 잘못될 줄로 알고 명을 거역하다 처형되고 말았으니, 의리도 없고 지혜롭지도 못하였다 하겠네.

임미순 "유다 왕 웃시야 **삼**.십구년에 야베스의 아들 살룸이 사마리아에서 왕이 되어 한 🌙을 치리하니라 가디의 아들 므나헴이 디르사에서부터 사마리아로 올라가서 야베스의 아들 살룸을 거기서 죽이고 대신하여 왕이 되니라(왕하15:13-14)" 오늘의 성어가 '오일천하'라면 오늘의 말씀은 '십일천하'라고 하겠지요. 한 주간도 평안한 매일이 되시기를…

이영혜 "겨울날도 이미 끝나려 하는데, 너는 더 살 수 있을 것 같으냐?"는 말은 서순의 부중지어(釜中之魚)와 같은 운명을 장창이 깨우쳐주는 질문 같으네요.

허유순 새 내각이 구성되기도 전에 사임하는 장관이 생기니 새삼 오늘 싸부님 글을 생각하게 되네요. 이제 새 대통령이 취임하였으니 모쪼록 훌륭한 인재들이 적재적소에 등용되기를 바랄 뿐입니다.

김선애 아무리 경조윤을 할 수 있는 기간이 5일밖에 안 남았다 하나 5일 동안은 경조윤인 걸 서순은 그걸 몰랐네요. 더구나 자신이 인사권자도 아니면서 지레 짐작으로 자신의 상관 임기를 정하고 상관의 말을 거역했으니 당시로선 벌을 받는 게 당연했네요. 이미 정해진 뒤에 자신의 거취를 정해도 충분했을 것을…ㅉㅉ

김선숙 이런 걸 보고 '하룻강아지 범 무서운 줄 모른다'고 해도 될라나요? 우리 속담에 '썩어도 준치'라는 말이 있듯이 5일 동안의 경조윤도 경조윤인데… 서순이라는 사람은 어딜 감히 까불다가 화를 자초하는지 그의 경박함이 죽어 마땅했군요. 그러길래 남을 위하면 자기에게 복이 돌아오는데, 남을 해하려면 그 해가 자기한테 돌아가는 법이지요. 에구… 불쌍한 양반, 왜 그렇게 스스로 제 무덤을 제가 팠을꼬?

다기망양 多岐亡羊

多:많을 다 / 岐:갈림길 기 / 亡:잃을 망 / 羊:양 양
갈림길이 많아 양을 잃음.
곧 학문의 길이 많아 진리를 찾기 어렵다는 것을 이르는 말이다.

『열자(列子)』「설부편(說符篇)」에 다음과 같은 이야기가 전한다.

중국 전국시대에 개인주의를 주창했던 양자(楊子)의 이야기이다. 양자의 이웃집에 사는 사람이 양 한 마리를 잃었다. 그는 자기 집 사람들을 다 동원하고 양자의 하인까지 청하여 양을 찾으러 나섰다. 그때 양자가 물었다.

"한 마리 양을 찾는데 왜 그리 많은 사람들이 뒤쫓아 가는가?"

이웃집 사람이 대답하였다.

"양이 도망간 쪽에는 갈림길이 많기 때문이오."

얼마 후 모두들 지쳐서 돌아왔다.

"그래, 양은 찾았느냐?"

"갈림길이 하도 많아서 그냥 되돌아오고 말았습니다."

"그러면 양을 못 찾았단 말이냐?"

"예, 갈림길에 또 갈림길이 있는지라, 양이 어디로 달아났는지 통 알 길이 없어 되돌아 왔습니다."

양자는 그 말을 듣고는 묵묵히 앉아 입을 떼지 않았다. 뿐만 아니라 하루 종일 웃는 얼굴 한번 보이지 않았다. 제자들은, 기껏해야 양 한 마리를 잃은 일이요, 더구나 자기의 양도 아닌데 선생님이 그렇게 침울해 있는 것이 이상하다 여겨 그 까닭을 물어도 대답이 없었다. 제자인 맹손양(孟孫陽)이 선배 제자인

심도자(心都子)를 찾아가 스승이 침묵하는 까닭을 물으니 심도자는 이렇게 말하였다.

"큰길에는 갈림길이 많기 때문에 양을 잃어버리는 것이다. 이처럼 학자는 다방면으로 배우기 때문에 본성을 잃는다. 학문이란 원래 근본은 하나였는데 그 끝에 와서 이같이 달라지고 말았다. 그러므로 하나인 근본으로 되돌아가면 얻는 것도 잃는 것도 없다. 자네는 선생님의 문하에서 자라고, 선생님의 도를 익히면서도 선생님의 뜻을 이해하지 못하니 슬픈 일이로다."

맹손양은 부끄러워하면서도 그제야 알아차리고 고개를 끄덕였다.

2008.02.26.

우정의 댓글

전경남 달아난 양을 찾으려는데 길이 여러 갈래로 갈라져 있으면 양을 놓치기 쉽듯이, 학문 역시 길이 너무 여러 갈래면 진리를 얻기가 어렵다. 선택할 대상이 너무 많아서 어느 것을 골라야할지 곤혹스러울 때나, 일러주는 방향이 너무 많아 가야할 바를 모를 때도 이 말을 사용한다. 또한 주위의 사물이나 현상에 휩쓸리다 보면 자기의 본분을 잊게 된다는 비유로도 사용된다. 모든 일에 목표가 분명해야 가야할 길도 선명하여 방황할 일이 적겠네…

임미순 "너희 생각에는 어떻겠느뇨 만일 어떤 사람이 양 일백 마리가 있는데 그중에 하나가 길을 잃었으면 그 아흔아홉 마리를 산에 두고 가서 길 잃은 양을 찾지 않겠느냐 진실로 너희에게 이르노니 만일 찾으면 길을 잃지 아니한 아흔아홉 마리보다 이것을 더 기뻐하리라(마18:12-13)" 오늘의 성어에 한 마리 놓친 양을 찾으려 많은 사람이 우왕좌왕 헤매는 것을 보고, 연관❀서 올렸지요. 하나님께서도 아버지 집을 떠난 한 사람을 천하보다 귀히 여기지요.

김선애 '한 우물을 파라'는 옛말이 생각납니다. 너무 여러 가지를 한꺼번에 얻으려 하다가 하나도 얻지 못하는 경우를 그동안 살아오면서 많이 보고 느꼈지만 나만은 안 그럴 거라며 계속 시행착오를 해 왔지요. 특히 학문의 길로 나아감에야 더더욱 그렇지요. 그래서 어떤 땐 '넓을 박(博)'자 박사(博士)보다는 오히려 한우물만 판 '좁을 협(狹)'을 쓴 '협사(狹士)'가 더 알맞는 말이 아닌가 생각한답니다.

전은자 "하나인 근본으로 돌아가면 얻을 것도 잃을 것도 없다."는 말을 특히 새겨야겠네요. 도를 따지다가 뜻을 잃는다는 양자의 따끔한 지적을 우왕좌왕할 때 돌이켜야겠네요.

이영혜 많은 갈림길 때문에 잃은 양을 찾지 못했다는 말을 듣고 하루 종일 웃는 얼굴 한번 보이지 않은 양자의 모습을, 그의 제자 심도자가 "학자는 다방면으로 배우기 때문에 본성을 잃는다."라고 해석한 말을 읽으니, 묵자가 흰 명주실이 다양한 색깔로 물들여지는 것이 보고, 마치 흰 실 같은 인성이 물들고 난 뒤에 회복할 수 없는 본성을 생각게 하여 슬퍼했다는 이야기에서 유래한 묵비사염(墨悲絲染)을 연상시키네요.

김선숙 인생을 살다 보면 많아서 좋을 것이 있고 많아서 나쁠 것이 있습니다. 부귀영화야 많으면 좋겠지만⋯ 선택할 때 선택의 여지가 많으면 얼마나 힘들까요? 하다못해 중국집엘 가도 자장면을 먹을까? 짬뽕을 먹을까? 길을 갈 때도 아는 길이라면 다행이지만 모르는 길이라면 이 길로 갈까? 저 길로 갈까? 차라리 돌아갈까?(예전의 유행가 가사인가?) 죠~우에 나오는 길처럼 오직 한 길⋯ 생명의 길로만 가야겠지요. 학문도 오직 한 길이었다면 어땠을까요? 마담 말처럼 다방면의 박사보다는 오직 한 가지의 전문가인 프로가 훨씬 더 정확히 아는 게 아닐까요? 긍께… 식사 때 반찬두 여러 가지면 골치 아프닝께 나처럼 오직 한두 가지로 먹으시오.

민선 길이 많으면 진리를 찾기 어렵다고요. 참 진리네요. 근데, 제 경우는 진리는 고사하고 우선 헷갈려서… ㅎ. Too many cooks spoil the broth. 너무 많은 요리사들이 달려들어 국을 끓인다면, 그 국은 엉망진창 국이 되어 맛을 버린다는 표현. 한 가지도 제대로 못하면서 문어발인 양 여기 기웃 저기 기웃하다가 하나도 못 하는… '다기망양'하면 안 되는데… ^^*

남산가이 南山可移

南:남녘 남 / 山:뫼 산 / 可:옳을 가 / 移:옮길 이
남산(南山)은 옮길 수 있으나 한번 내린 결정은 절대로 고칠 수 없음.
곧 움직일 수 없는 확고부동한 결정이나 결단을 일컫는 말이다.

『구당서(舊唐書)』 〈이원굉전(李元紘傳)〉에 다음과 같은 이야기가 전한다.

태평공주(太平公主)는 중국 당나라 제3대 황제인 고종과 측천무후(則天武后) 사이에서 태어난 막내딸이었다. 그는 측천무후 말기에 정사를 마음대로 휘두르던 장역지(張易之) 형제를 죽이고 당(唐) 왕조를 부활시키는 데 기여하였다. 또 중종이 위후(韋后)에게 독살되자 임치왕(臨淄王) 이융기(李隆基)와 연합하여 정변을 일으켜 위후 일당을 제거하였다.

그러나 태평공주 또한 황제의 인척이라는 신분을 이용하여 권력을 마음대로 행사하여 큰 폐단을 끼쳤다. 그는 도읍 주변의 전답을 차지하고 사람들의 재물을 빼앗았지만, 아무도 감히 반발하지 못하였다. 심지어 태평공주는 어떤 절에 있던 석마(石馬)를 보고 욕심 내어 멋대로 가지고 가버렸다. 그 절의 중은 석마를 이렇게 빼앗길 수가 없어서 이 사실을 관아에 고발하였다.

당시 도읍인 장안(長安) 일대에는 옹주군(雍州郡)이 있었는데, 군에는 호적을 관리하고 민사소송을 판결하는 이원굉(李元紘)이라는 관원이 있었다. 그는 사람됨이 정직하고 안건 처리에 대단히 공정한 사람이었다. 이원굉은 그 중의 탄원을 보고 즉각 태평공주에게 그 석마를 원래의 주인에게 돌려주라는 판결을 내렸다. 그러나 이원굉의 상관인 두회정(杜懷貞)은 이러한 판결을 두고 태평공주를 두려워하는 마음에 그를 불러 말했다.

"당신은 설마 상대가 태평공주라는 사실을 모르지는 않을 것이오. 이렇게 판결하는 것은 태평공주에게 큰 실수를 한 것이니, 이 판결문을 빨리 고치도록 하시오."

그러나 이원굉은 얼굴빛도 바꾸지 않고 붓을 들더니 판결문의 뒷면에 다음과 같이 커다랗게 적어 보였다.

"남산은 옮길 수 있어도, 판결은 고칠 수 없다."

이는 남산은 옮길 수 있지만 한번 내린 결정은 굽히지 않고 고치지 않는다는 의지를 나타낸 말이었다.

2008.03.23.

우정의 댓글

전경남 태평공주는 모후인 측천무후의 외모와 성격을 빼닮아 부모로부터 총애를 받았다. 그는 세력자들을 제거하여 공헌도 컸으나 그 또한 권세를 마음대로 행사하다가 현종 때에 제거되고 말았다. 그가 얼마나 욕심이 많았으면 절에 있는 石馬까지 마음대로 빼앗아 갔겠는가. 이에 대해 이원굉은 조금도 두려워하지 않고 그 석마를 돌려주라고 판결하였으니 그의 정대한 기상이 과연 역사에 남을 만하였다. 이 시대에도 이 같은 기상을 지닌 인물이 많았으면 좋겠네…

손동숙 조금도 두려워하지 않고, 남의 눈치도 보지 않으면서 신념대로 밀고 나간 이원굉의 판결이 통쾌하군요. 드물지만 우리 주변에도 비슷한 인물이 있긴 하답니다. 그들이 박수를 받아야 하는데 그렇지 못할 때 안타깝기도 하구요…

민선 태평공주에 대해 좋게만 생각했던 저는 정중지와의 대표격이 되었네요. 여자지만 따를 자 없을 정도의 무술 실력에 용모 빼어나고, 사리판단이 분별한 멋있는 여자로만 알았었는데… 아, 이 실망~~! ㅋ. 이원굉 같은 재판관--너무 멋집니다. 이현령비현령: 인간의 힘으로 결코 옮길 수 없는 남산은 옮겨도, 내 판결은 바꿀 수 없다. 고로, 나의 판결은 신이 내린 판결과 같다. 자칫하면 신성모독죄에 황제 모독죄로 처단될 뻔 했네요. (ㅋ.) 근데, 이 사건의 에필로그를 알고 싶은데… 그 문제의 석마는 되돌려 줬는지, 아님 태평공주가 신의 판결과 같은 이원굉의 판결을 태평스레 무시쳤는지… 에필로그는 어떤 결과로…? 궁.금.

임미순 "내가 진실로 너희에게 이르노니 누구든지 이 산더러 바다에 던지우라 하며 그 말하는 것이 이룰 줄 믿고 마음에 의심치 아니하면 그대로 되리라(막11:23)" 믿음으로 구하는 것은 어떠한 어려운 것도 이룰 수 있다는 ~ 믿음의 힘~ 에 대한 말씀이며, 오늘의 성어와 연관이 되어 올렸어요.

전은자 안하무인의 사람은 결국 법의 공정한 심판 앞에 무릎을 꿇는군요. 산을 옮기면 옮겼지 공정한 판결은 옮길 방도가 없음에 의심이 없습니다.

김원심 공정하고 올바로 처신하는 것이 남산을 옮기는 것보다 더 어려운 일이네. 한번 권력의 맛을 본 사람은 물불 안 가리고 다시 그 속으로 들어가려는 것만 봐도 알겠고… 고급 승용차의 물결이 하루 아침에 사라질 수 있는 그 권력의 허망함은 바로 앞에서 배웠네요. 시류에 맞는 사자성어로 우리를 깨우치느라 늘 애쓰시네요.

김선숙 이원굉의 "남산은 옮길 수 있어도 판결은 고칠 수 없다." 오모나… 어쩜 이렇게도… 칼에 목이 들어와도❓ 아니지 칼에 목이 들어오려면 점프를 혀야 하닝깐… 목에 칼이 들어와도 (생각⚙ 보니 아무려나 죽기는 매일반이구먼…) 까딱하지 않는 ▓신에 찬 판결문… 너무 멋있군요. 요즈음의 정치권을 보면 너무나 대조적입니다. 긍게… '정치권과 불판의 공통점 → 자주 갈아줘야 한다.'는 말도 생겨났겠지요❓

영설지재 詠雪之才

詠:읊을 영 / 雪:눈 설 / 之:어조사 지 / 才:재주 재
눈을 읊는 재주. 곧 글재주가 뛰어난 여인을 가리키는 말이다.
이 말은 달리 '영서지재(詠絮之才)' 또는 '유서지재(柳絮之才)'라고도 한다.

『진서(晉書)』〈왕응지처사씨전(王凝之妻謝氏傳)〉에 다음과 같은 이야기가 전한다.

중국 진(晉)나라 시대의 사안(謝安)은 명재상(名宰相)으로 이름이 높았다. 그는 환온이란 자가 동진의 왕위를 찬탈하려는 것을 저지하였고, 또한 전진(前秦)의 부견을 격파한 인물이다. 그는 문필가인 왕희지(王羲之) 등과도 어울려 품격 있고 낭만적인 삶을 살았다. 그의 형인 사혁(謝奕)은 슬하에 남매를 두었다.

어느 눈 오는 날, 재상인 사안이 가족들을 불러서 문장과 의리에 대하여 강론하는 자리가 있었다.

사안이 조카들에게 물었다.

"저 분분히 날리는 눈이 무엇을 닮았느냐?"

사혁의 아들, 곧 사도온의 오빠인 사랑(謝朗)이 말하였다.

"하늘에서 소금을 뿌리는 것 같사옵니다."

이때 사도온은 다음과 같이 대답하였다.

"버들개지가 바람에 흩날리는 것 같지 않사옵니까?"

이에 자리를 같이했던 사람들은 모두 탄복하였다. 이처럼 사도온은 현명하고 지혜로웠는데, 후에 왕희지의 아들 왕응지와 혼인하였다.

2008.05.17.

전경남 같은 사물과 정경을 보고도 사람마다의 느낌은 다르다. 특히 뛰어난 시인의 감수성은 남달라 튀는 상상력과 깊은 서정성을 길어 올린다. 위의 이야기에서도 분분히 날리는 눈을 두고 오빠는 '소금을 뿌리는 것 같다'고 하였지만, 사도온은 '버들개지가 바람에 흩날리는 것 같다'라고 하여 함께 한 사람들을 경탄케 하였다. 이로부터 '눈을 읊은 재주'라는 말이 여성의 빼어난 문재(文才)를 가리키는 말이 되었으니, 예나 이제나 여성의 감수성이 더욱 뛰어남을 알 수 있겠네…

전은자 "버들개지가 바람에 흩날리는 것 같다."는 표현은 아무리 생각해도 경탄스럽군요. 언젠가 가느다란 초승달을 보고 누가 손톱을 깎았냐고 묻던 a little girl이 생각나네요. 예쁘고, 사랑스런 고사성어 참 감사.

임미순 "참 아름다워라 주님의 세계는 저 솔로몬의 옷보다 더 고운 백합화 주 찬송하는 듯 저 맑은 새소리 내 아버지의 지으신 그 솜씨 깊도다…(찬송가 478)" 우리 이화여고 시절에 늘 부르던 '참 아름다워라'로 오늘의 성어에 연관⚙서 올렸어요.

민선 사도온의 재치 있는 표현도 놀랍지만, 그 당시 어린 소녀에게도 의견을 표현할 기회를 주었다는 점에서 더 놀라게 되네요. 기원전 약 600년 전, 옛날 그리스에는 사포라는 여시인이 있었지요. 그녀의 재주를 기리는 뜻으로 후세에 플레이토는 그녀를 10번째 뮤즈라고 칭했더랍니다. (원래 뮤즈는 9명이잖아요.) 그 후 The 10th Muse는 여시인이면 누구나 꿈꾸어 보는 명예칭호가 되었다네요. 이 사도온도 혹시 10번째 뮤즈라는 칭호로 불렸을지도…? ㅎ

이영혜 사도온의 뛰어난 감수성은, 신라시대의 선덕여왕이 어렸을 때 당나라에서 보내온 병풍에 그려진 모란 꽃 그림에 별과 나비가 없는 것을 보고 목단무향(牡丹無香)이라고 한 말이 생각나네요.

김선애 눈을 표현한 말이 많았을 터인데 버들개지와 같다고 읊은 사도온의 표현이 최고의 표현으로 꼽힌 걸 보면 역시 시어(詩語)란 상상력의 산물인가 봅니다. '하얀 가루 떡가루를 자꾸자꾸 뿌려준다'는 우리의 동요 가사는 사도온의 오빠 사랑의 소금을 뿌려준다는 표현과 닮아 있네요. 그래도 효석의 소설 〈메밀꽃 필 무렵〉의 맨 마지막 장면에 나오는 소금 뿌려 놓은 것 같다는 흐드러진 메밀꽃에 대한 표현은 너무 아름답지요?

구혼성급 求婚性急

求:구할 구 / 婚:혼인할 혼 / 成:이룰 성 / 急:급할 급
성급한 자를 찾아 구혼함.

『교수잡사(攪睡襍史)』에 다음과 같은 이야기가 전한다.

옛날 어떤 고을에 이씨 성을 가진 별감(別監)이 있었다. 그는 사위 두 명을 맞았는데, 두 사람 모두 성질이 느리고 둔했다. 그래서 예쁜 막내딸만은 반드시 성질이 급한 사위를 구하려고 하였는데, 그러다 보니 딸의 혼기가 지나도록 시집을 보내지 못했다.

어느 날 이 별감이 냇가에서 낚시질을 하는데, 이웃 동네의 최가가 새 옷과 신을 착용한 채로 아주 급하게 물을 건너오는 것이었다.

"자네 미쳤는가? 새 옷과 버선을 벗지도 않고 물길을 평지 밟듯이 걸어오다니…."

"저는 성질이 급해 버선을 벗고 옷을 걷어 올린 뒤에 물을 건널 수 없습니다. 제발 저를 번거롭게 하지 마십시오."

이 별감은 속으로, '성질 급한 자로는 이 사람보다 더한 이는 없겠다' 하고는 최가에게 말했다.

"나에게 딸이 있는데 그대의 용모와 거동을 보니 내가 원하는 사람이네. 자네 어떤가? 내 딸과 혼인하지 않겠는가?"

"저를 이같이 사랑해주시니 하명을 어길 수가 없습니다."

이 별감은 택일도 하지 않고 수일 안에 혼례를 치렀다. 첫날밤, 새벽닭이 울

었는데, 신부의 신음 소리가 들려 와서 별감이 급히 창 밖에서 들으니, 신랑이 신부를 때리고 있었다. 별감은 놀라 물었다.

"왜 그런 짓을 하나?"

"제가 신부와 삼경 후에 두 번이나 교합하고 새벽닭이 울었으나 아직도 아이를 낳지 못해 분해서 때렸습니다."

"자네는 성질이 너무 급하네. 아기는 열 달이 차야 낳는데, 어찌 하룻밤 사이에 낳을 수 있겠는가?"

"정말 그렇습니까? 열 달을 기다리자면 저는 조광증(躁狂症)이 날 것 같은데 이를 어찌 하오리까?"

별감은 좋은 말로 신랑을 이해시키고자 하였지만 성질 급한 최가는 치를 떨었다.

2008.05.29.

우정의 댓글

전경남 과거 왕조시대에는 너무 일찍 결혼시키는 조혼(早婚)의 풍속이 있었다. 그러다 보니 신랑이 너무 어리고 철이 없어 바보짓을 하는 일도 많아 이른바 '바보 사위' 이야기가 많이 전한다. 위의 이야기도 그 한 사례인데 첫날밤을 치르고서 아기를 못 낳는다고 신부를 구타한다. 사람의 일이 뜻대로만 되지 않지만, 이 별감이 성질 느린 사위들에게 데어 애써 고른 성질 급한 사위가 하는 짓이 이 모양이다. 우리의 '빨리빨리' 문화가 신속하게 대처하고 앞서 나가는 장점도 있지만, 너무 조급증에 빠져 일을 그르치는 경우는 또 얼마나 많겠는가…

임미순 "노하기를 더디 하는 자는 용사보다 낫고 자기의 마음을 다스리는 자는 성을 빼~는 자보다 나으니라(잠16:32)" 아무리 성질이 급하기로서니 급할 걸 급~야지, 우물에 가서 숭늉 ~라는 꼴이네요.

김선숙 성급한 것이 꼭 좋은 것은 아니다… 어느 회사에서 신입 사원을 채용하는 시험이 있었다. 사전에 '우리 회사는 면접을 가장 중요하게 여깁니다.'라는 안내문과 함께. 필기 시험을 끝내고 면접날이 되었다. 지원자들은 모두 정시에 모였는데 어찌 된 일인지 10분, 20분이 지나도 회사에서는 아무 소식이 없다. 지원자 중에는 어떻게 된 거야? 뭐 이런 회사가 다 있어? 아니 누굴 놀리나? 그래도 기다려 봅시다. 30분, 40분이 지나면서 본성이 드러나며 더욱 화난 지원생들… 한 시간 후 안내 방송이 나왔다. "여러분 정~히 한 시간 전부터 여러분의 면접 시험을 보았고 녹화됐습니다. 우리 회사의 면접 방법이 ~랐을 뿐입니다. 연락하겠습니다." 에휴~

이영혜 위 이야기의 최가 사위는 성질이 급하다기보다는 숙맥불변(菽麥不辨)인 '바보 사위'라는 표현이 더 적절하고, 별감이 아무리 좋은 말로 그를 이해시키고자 해도 치인설몽(痴人說夢)인 것 같네요.

김선애 딸을 시집보내는 마음은 옛사람도 같았나 봅니다. 특히 여성의 지위가 낮던 시절이니 더더욱 딸의 운명은 사위에 달렸었겠지요. 그래서 좀 더 나은 사위를 보려던 마음이 최가 같은 사위를 보았겠지요. 우리 인생이 XX가 안 좋다 하여 XX의 반대를 찾아도 정답이 아닌 것만은 틀림없나 보네요.

전은자 컴퓨터다 뭐다 해서 초를 달리며 빨라지는 세상이지만… 애기는 틀림없이 열 달을 엄마 뱃속에 있다가 나온다는 것이 현대인의 급한 마음에 브레이크를 거는 듯합니다. 짐작건대… 먼저 두 사위가 오히려 낫다고 만족?

민선 어느 책에서 보았는데, 인간이 가진 가장 큰 문제는 유아기가 너무 길다는 것이라고. 우선 엄마 뱃속에서 만 9개월을 기다려야 하고, 태어난 후에도 많은 허송세월을 보내야 진짜 성인으로서 사회의 일원이 된다고. 사실, 유태인의 바 미츠바(남아 13세), 바트 미츠바(여아 12세)도 성인이 되었음을 축하하기보단, 성인이 되기 위한 과정을 이수할 수 있음을 인정받는 것이니 엄격히 따지면, 성인이 되었다고 할 순 없지. 18살, 21살 나이도 법적인 나이일 뿐이지, 사실 완전 성인이라고 하긴 좀 이르지. 동물 세계에서 이렇게 많은 세월이 필요한 동물이 없거든. 근데, 이걸 문제로 보느냐, 아님 특혜로 보느냐…?! ㅎ. ^^*

동엽봉제 桐葉封弟

桐:오동나무 동 / 葉:잎 엽 / 封:봉할 봉 / 弟:아우 제

장난삼아 오동나무 잎으로 동생을 제후에 봉(封)함. 곧 황제가 말을 함부로 해서는 안 된다는 뜻으로, 책임이 막중한 위치에 있는 사람이라면 그만큼 한 마디 한 마디 말을 조심해서 해야 한다는 말이다.

『사기(史記)』「진세가(晉世家)」에 다음과 같은 이야기가 전한다.

중국 주(周)나라를 창건한 무왕(武王)이 죽자 그의 동생인 주공단(周公旦)은 직접 왕권을 장악하라는 주변의 유혹을 뿌리치고 대신 무왕의 어린 아들 성왕(成王)을 보좌하는 길을 택했다. 그 후 성왕에게 통치기술을 가르치기 시작했다.

성왕(成王)이 어려서 그의 동생 숙우(叔虞)와 소꿉놀이를 하면서 오동나무 잎을 따서 장난삼아 신표로 삼아서 숙우에게 주면서 말하였다.

"이로써 너를 제후에 봉하노라."

성왕 당시에는 주공단, 태공(太公), 소공(召公)과 함께 사성(四聖)이라 일컬어지는 훌륭한 사관인 사일(史佚)이 있었다. 이런 말을 전해 들은 사일(史佚)이 성왕에게 길일을 가려 숙우를 제후에 봉하는 의식을 거행하자고 주청하였다. 이에 성왕은 그저 장난일 뿐이라고 말하였다. 사일은 정색을 하면서 아뢰었다.

"천자(天子)에게는 장난삼아 하는 말이 없는 법입니다. 말씀을 하시면 이를 사관이 기록하고, 이를 거행하는 의식이 이루어지며 음악으로 연주해야 하는 것입니다."

이에 드디어 숙우를 당(唐)에 봉하였다.

사관인 사일의 말에서 '천자무희언(天子無戲言)'이란 성어도 나왔다.

2008.06.28.

우정의 댓글

전경남 사람의 말이나 행동은 평소 신중하여야 한다. 그래야만 믿음이 가고 무게가 있게 된다. 또한 이는 다른 사람을 정중하게 대하는 것이기도 하다. 특히나 지도자는 말을 더욱 삼가야만 한다. 지도자의 일거수일투족은 항상 기록되고 역사의 귀감이 되는 것이다. 기왕에 우리나라에서 대통령이 말을 함부로 하여 본인의 체신은 물론 나라의 격도 격하시킨 일이 한두 번이 아니었다. 정치가만이 아니라 일반 사람들도 말의 믿음성이 있어야만 우리 사회가 신뢰가 생기고 후손들한테도 부끄럽지 않게 될 수 있으리라…

김선숙 구두 계약도 계약은 계약이니 더구나 천자가 한 것이라면 그대로 시행해야 한다는 일로 말이 얼마나 중요한 것임을 다시 깨우치게 하였군요. 말… 그렇습니다 말이 얼마나 중요한지… 군자는 말을 아끼고 범은 발톱을 아낀다. 발 없는 말이 천리를 간다. 말이 많으면 쓸 말이 적다. 다정하고 조용한 말은 힘이 있다. 입찬 말은 무덤에 가서 하라. 말에 관한 속담을 올렸습니다. 예수님께서도 '혀는 능히 길들일 자가 없다'고 하셨으니 말조심이 얼마나 어려운 것임을 알지요. 꼭대기에 계시는 나라님부터 저~ 그 방방곡곡 먼 곳에 있는 모든 백성들 모두 말조심합시다.

김선숙 자기가 한 약속에는 책임을 지겠다❓ 심히 아픈 사람이 예수님께 기도를 했다. "주여, 제 병을 고쳐 주시면 집을 팔아서 몽땅 바치겠습니다." 그는 덕분에 깨끗이 나았다. 근데 사람 마음이 간사하여 집을 팔아 바치려니 아까운 생각이 들었다. 그래도 하나님하고의 약속인데… 궁리 끝에 잔꾀를 내어 집을 처분한다는 광고를 내고 〈대지 100평, 건평 60평

대금은 단돈 10만 원… 단, 마당에 있는 은행나무를 함께 구입하는 조건임. 은행나무 대금 9억 원〉 그래서 집 판돈 10만 원은 하나님께 바치고 은행나무 대금 9억 원은 자기가 챙겼다… 에구, 하나님은 만홀히 여김 받지 않으시는 하나님이신데… 이렇게 잔머리 굴리고도 천국 갈까❓

이영혜 왕불식언(王不食言)이라고, 어린 성왕이 '장난삼아' 한 말이 동생 숙우를 제후에 봉하게 하는 신중한 결과를 초래했네요.

김선애 말 한 마디 한 마디를 조심해서 해야 함이 어찌 국왕에게만 국한되겠습니까? 우리 모두 말 한 마디 한 마디를 신중히 해야지요. 우리가 살아가면서 돌이킬 수 없는 것들이 너무 많지만 특히 내뱉은 말은 더더욱 그렇지요. 더구나 칼로 입은 상처는 세월이 지나면 낫는다지만 말로 입은 상처는 영원히 낫지 않는다고 하지요. 그래도 말하는 게 가장 쉬우니 무심결에 하고 나서 후회할 밖에요.

전은자 한 번, 두 번, 세 번 생각하고 말을 해야 실수가 없을 터인데… 너무 즉흥적으로 얘기하다가 후에 수습하느라 더 시간을 보내는 일이 많았던 것이 생각나네요.

임미순 "의인의 마음은 대답할 말을 깊이 생각하여도 악인의 입은 악을 쏟느니라(잠15:18)" "사람은 그 입의 대답으로 말미암아 기쁨을 얻나니 때에 맞는 말이 얼마나 아름다운고(잠15:23)" 오늘의 성어에 연관, 말은 물과 같아서 한번 쏟아 놓으면 다시 주워 담을 수가 없지요. 그러니 한 번 말할 때 세 번 생각하면 좋으련만 ∼ 나부터도 말부터 해 놓고 후회막급이니…

비려비마 非驢非馬

非:아닐 비 / 驢:나귀 려 / 馬:말 마
나귀도 아니고 말도 아님.
곧 이것도 저것도 아님을 가리키는 말이다.

중국 한(漢)나라 때 서역이라고 불리던 신강(新疆) 일대에는 구자국(龜茲國)이라는 나라를 포함하여 수십 개의 작은 나라들이 벌여 있었다. 그 작은 나라들은 한나라 조정의 통제를 받고 있었는데, 구자국의 왕 강빈(絳賓)은 어느 해 한나라의 수도에 축하 인사를 하러 왔었다. 한나라 선제(宣帝)는 그를 융숭하게 대접하며, 일 년 더 머물도록 하였고, 강빈이 자기 나라로 돌아가게 되자, 선제는 많은 예물을 더하여 주었다. 강빈은 그 후에도 초청을 받아 몇 번 더 한나라 도읍에 다녀갔다. 이렇게 하여 강빈은 한나라에 대해서 깊은 우의와 호감을 지니게 되었다.

『한서(漢書)』〈서역전(西域傳)〉에 다음과 같은 이야기가 전한다.

구자국 임금은 자기 나라로 돌아간 뒤에 한나라의 궁정 생활을 흠모한 나머지 자기 나라에서도 그것을 모방하여 한나라 식으로 궁전을 지었다. 또 궁중 기물이나 왕비, 후궁들의 복식 및 제도에 이르기까지 모두 한나라 양식을 따랐다. 심지어는 매일 조회 때 종과 북을 치거나 무릎 꿇고 말하는 것들까지도 한나라의 의례에 따랐다. 그러나 그 모방이 한나라의 문물 의례와 제대로 일치하지는 않았던 까닭에 서역의 여러 나라들에서는 이를 비웃으며 말하였다.

"나귀가 나귀 같지 않고, 말이 말 같지 않다. 구자국 왕은 이른바 노새와 같다."

구자국 왕 강빈이 죽은 후, 그 아들 승덕(丞德)은 스스로 한나라의 외손(外孫)

이라고 일컬었다.

　한나라 성제(成帝)와 애제(哀帝) 때에는 왕래가 더욱 빈번하였고, 한나라도 이를 대우하여 더욱 친밀한 관계가 되었다.

　위의 이야기로부터 '비려비마(非驢非馬)'라는 성어가 나오게 되었는데, 말하자면 구자국의 모습이 나귀와 말의 교배에서 태어난 노새처럼 나귀도 아니고 말도 아니라는 비웃음을 담고 있다.

2008.07.11.

우정의 댓글

전경남　우리 속담에 '죽도 밥도 아니다'라는 말이 있다. 새로운 창조를 위하여 때로는 모방이 필요하지만 끝까지 자기 고유의 정체성이 없고 보면 그것이 무슨 가치가 있겠는가? 마치 말과 나귀 사이에서 태어난 노새처럼 더 이상의 창조가 불가능해지리라. 우리가 외국의 문물을 받아들일 때에도 어디까지나 우리의 주체성을 잃지 않는 범위 안에서 수용하고 나아가 우리의 실정에 맞게 고쳐 완전한 우리 것으로 만들어야 할 것이다. 그렇지 않으면 모방에만 치우쳐 이웃 나라들로부터 노새꼴이라고 비웃음을 받은 구자국왕 꼴이 되지 않겠는가…

혜현　경남아, 더위에 잘 있니? 한국에 가면 모든 간판이 영어로 되어 있고, 미국의 한국 상점들은 모두 한글로 간판을 하고 있으니, 뭔 일인가 몰라.

허유순　옴마나~ 몇십 년 만에 해 보는 일등 출석이네요. 정체성의 의미는 예술에 있어서도 참 중요하지요. 조선의 4대 화가를 꼽으라면 안견, 정선, 김홍도, 장승업… 이렇게 될 터인데… 가장 중요한 그들의 가치는 결국 중국 화풍의 영향을 뛰어넘어 자신만의 고유한 영역을 개척했다는 점이 중요하거든요. 국민화가인 박수근 화백이 유화에 구현한 화강암의 마티에르도 누구도 시도하지 않은 자신만의 정체성이 돋보이는 것이었구요… 세계화의 시대에 '가장 한국적인 것이 가장 세계적인 것이 될 수 있다'라는 이야기를 생각해 볼 필요가 있겠네요.

김선숙 윗글을 보니 모방에만 치우쳐 이것도 못 되고 저것도 못 된 꼴을 말하는데요. 그런데 좋은 뜻으로 쓰인 시가 생각났습니다. [나무도 아닌 것이 풀도 아닌 것이 / 곧기는 뉘 시기며 속은 어이 비었는다 / 사시에 푸르니 그를 좋아 하노라] 윤선도의 오우가(五友歌)에 나오는 대나무를 그려 봅니다.

임미순 "너희는 믿지 않는 자와 멍에를 같이 하지 말라 의와 불법이 어찌 함께 하며 빛과 어두움이 어찌 사귀며 그●도와 벨리알이 어찌 조화되며 믿는 자와 믿지 않는 자가 어찌 상관하며 하나님의 성전과 우상이 어찌 일치가 되리요 우리는 살아 계신 하나님의 성전이라 이와 같이 하나님께서 가라사대 내가 저희 가운데 거하며 두루 행하여 나는 저희 하나님이 되고 저희는 나의 백성이 되리라 하셨느니라(고후7:14-18)"오늘의 성어에 연관, 주체성에 대한 말씀을 올렸어요. 모든 만물은 다 각기 그 용도에 따라 쓰임이 다르듯이 ～ 하나님의 창조의 원리이기도 하지요, 오늘날 '세계는 하나로' ～ 글로벌 시대에 정말로 꼭 필요한 성어.

전은자 미국식/한국식, 이웃집식/내 집식, 친구식/내식, … 주관 없이 왔다리 갔다리 하다가 이것도 저것도 아닌 결과를 불러오는 어리석음이 생각나네요. 얼마만큼, 어떻게 남의 것을 지혜롭게 받아들여 나만의 것으로 소화시키느냐가 당면 과제이군요.

야랑자대 夜郎自大

夜:밤 야 / 郎:사내 랑 / 自:스스로 자 / 大:큰 대
야랑이 스스로를 크게 여김.
곧 분별없이 자기 자신을 과대평가하는 것을 가리키는 말이다.

『한서(漢書)』에 다음과 같은 이야기가 전한다.

중국 한(漢)나라 때의 일이다. 당시 서쪽과 남쪽 일대에는 한나라에 복속한 작은 나라들이 십여 국가가 있었는데, 그중에는 야랑(夜郎)이라는 작은 나라도 있었다. 이들은 다 같이 머리를 상투 모양으로 묶고 농사를 지으면서 마을을 이루고 살았다. 이 야랑국의 영토는 한 나라의 일개 현(縣)과 다를 바 없이 작았고, 인구도 적고 토지도 척박하여 생산물은 극히 적었다.

그러나 야랑국 임금은 자기 나라가 세상에서 가장 큰 나라로 생각하였다. 당시 야랑국 임금은 어려서 부모를 모르고 자란 버림받은 아이였는데, 그가 막 태어났을 때 대나무 통에 담겨 강물에 떠내려가는 것을 빨래하던 처녀가 건져내어 길렀다고 한다. 그리하여 성을 '죽(竹)'이라고 하였는데, 자라면서 힘과 용기가 남다르게 비범하더니 스스로 왕이 되어 야랑국을 세웠다고 한다.

한편, 『사기(史記)』〈서남이전(西南夷傳)〉에는 이런 이야기도 전한다.

어느 해 한나라에서 당몽(唐蒙)이라는 사람을 야랑국에 사신으로 파견하였다. 야랑국 임금은 한나라 사신을 만난 자리에서 물었다.

"한나라와 야랑국 중 어느 나라가 더 큰가?"

한나라의 사자는 어이없어 하며 대답했다.

"한나라는 수십 군을 가지고 있고, 야랑은 그 한 군만도 못합니다."

기가 질린 야랑국의 임금은 벌린 입을 다물지 못했다. 길이 통하지 않기 때문에 이들은 저마다 한 주의 군주라고 여기고 한나라의 넓고 큼을 몰랐던 것이다. 사신들은 돌아와 큰 나라로서 가까이하여 귀속시킬 만한 가치가 있다고 강조하였고, 천자는 그 말에 유의하였다.

야랑국 임금의 일화로부터 자신을 터무니없이 과대평가하는 것을 가리켜 '야랑자대(夜郎自大)' 또는 '야랑최대(夜郎最大)'라고 일컫게 되었다.

2008.07.14.

우정의 댓글

전경남 안목이 좁으면 넓은 세상을 모르고 자신이 최고인 줄로 아는 어리석음이 생기기 쉽다. 우리 속담에 '우물 안 개구리'라는 말이 있고, 또 '대롱 구멍으로 하늘을 엿본다'는 '용관규천(用管窺天)'이라는 말도 있다. 서양 속담에도 '소똥 속의 땅벌은 자신을 왕으로 생각한다'는 말이 있다. 이처럼 야랑국의 왕은 궁벽진 곳에 있어서 천하의 넓고 큼을 알지 못하고 자기 나라를 과대평가하여 웃음거리가 되었다. 세상의 정보가 모두 드러나는 이 시대에도 자칫 자신이 지닌 것만을 가장 좋고 값진 것으로 여기는 어리석음을 범하고 있지는 않은지 되돌아보게 된다…

혜현 남에게 피해만 안 주면 그냥 그대로 놔두면 어떨까? 굳이 행복감을 뺏을 필요는 없을 것 같은데. 일등으로 등록했다, 경남아!

임미순 혜현이 말에 수긍이 가네요, 어차피 사람은 자기 멋에 사는 것이니까요. 하하하하하하하하 "지혜로운 자의 마음은 그 입을 슬기롭게 하고 그 입술에 지식을 더하느니라(잠16:23)" 자존심과 자만심과 자긍심은 혼자 속으로 고이 간직하고 있는 것이 좋지 않을까요?

이영혜 야랑국의 임금과 한나라의 사신 당몽의 대화를 읽으니, 옛날 중국의 황하에서 물을 지키던 수신 하백이 북해에 도달해 북해의 수신 약을 만나서 나눈 대화 중에서 약이 한 말, "우물 안 개구리에게 바다에 대해 말해도 소용없음은 그가 사는 곳에 얽매어 있기 때문이요, 여름 벌레에게 얼음에 대해 말해도 소용없음은 그가 시절에 묶여 있기 때문이라오. 지금 그대는 큰 바다를 보고 나서 비로소 그대의 식견이 좁은 줄을 깨달았다니 이제야말로 함께 큰 이치를 말할 수 있겠소이다"에서 유래한 망양지탄(望洋之歎)이 생각나네요.

김선숙 영혜 학상이 복습시킨 공부로… 제목) 시절에 묶여 있기 때문이라오. 하루살이와 메뚜기가 친구가 되어 하루 🐢일 놀다가 메뚜기가 "오늘은 늦었으니 내일 다시 놀자." "내일이 뭔데❓" 하루살이는 내일을 이 ⚙️할 수가 없었지. 다음엔 메뚜기가 개구리와 친구가 되어 놀다가 드디어 늦가을이 되었다. "메뚜기야, 겨울은 추워서 밖에서는 못 놀아. 우리 내년 봄에 만나자." "내년 봄이라구❓ 내년이 뭔데❓"

김선숙 제목: 부인의 착각엔 한계도 없다… 아내 옆에서 신문을 보던 남편이 미모의 인기 여배우가 자신보다 멍청한 남자와 결혼한다는 기사를 보더니 어이없다는 말투로 "덩치만 크고 머릿속에 든 게 없는 남자가 어떻게 매력적인 여자와 결혼을 하는지 알 수가 없단 말이야…" 이 말을 옆에서 듣던 아내가 하는 말〜 〜 [여보 그렇게 말 ⚙️ 주니 고마워요]

전은자 과대평가는 핀잔으로 가는 첩경 같네요. 모자라서 도움 받고, 사랑 받고. 관심 받고 사는 게 외롭지 않은 인생일 텐데… 위의 대화와 야그들이 ㅎㅎㅎㅎㅎㅎ 맞아, 맞아.

김선애 夜郎처럼 과대망상증에 걸린 사람을 비웃기는 쉬워도 우리가 자신을

안다는 건 얼마나 어려운 일인지요. 얼마나 어려운 일이면 일찍이 소크
라테스도 '너 자신을 알라'고 했겠어요. 주제 파악만 제대로 하면 인생
살기가 한결 쉬울 텐데 주제 파악 못하고 분수를 몰라 낭패한 일들이
지나고 보니 얼마나 많은지… 우리 어릴 적 즐겨 쓰던 말이 생각나네
요. '착각은 자유, 망상은 해수욕장'

동가지구 東家之丘

東:동녘 동 / 家:집 가 / 之:갈 지 / 丘:언덕 구
동쪽 이웃집에 사는 공자.
곧 다른 사람의 진가를 모르거나 가까이 있는 사람을 알아보지 못하는 것을 이르는 말이다.

고대 중국의 사상가이자 교육자였던 공자는 성이 공씨(孔氏)이고, 이름은 구(丘)이며, 자(字)는 중니(仲尼)이다. 그에게는 제자가 삼천 명이 있었는데, 뛰어난 이름을 남긴 사람만도 72명이나 되었다고 한다. 역대 중국의 통치자들은 유학을 일으킨 공구(孔丘)를 숭상하였기 때문에 그를 본명으로 부르지 않고 높여서 공자라고 불렀을 뿐더러 성인으로 추앙하였다. 그 이후 중국이나 동아시아에서는 공자를 모르는 사람이 거의 없었다.

그러나 『공자가어(孔子家語)』에 따르면 당시 공자의 서쪽 이웃에 살고 있던 사람은 동쪽 집에 사는 공자가 어떤 인물인지 잘 몰랐던 것 같다. 그리하여 그는 매번 공자에 대해 말할 때마다 조금도 거리낌 없이 공자의 이름을 불러 가면서 '우리 동쪽 집에 살고 있는 구(丘)'라고 말하였다.

이와 비슷한 이야기는 『삼국지(三國志)』〈병원전(邴原傳)〉의 주석에서도 찾아볼 수 있다.

어려서부터 배우기를 좋아한 병원은 젊은 시절에 학문이 높은 스승을 만나고자 천하를 두루 주유하려고 하였다. 그때 어떤 사람이 일러 주었다.

"그대 집에서 멀지 않은 곳에 강성 선생(康聲先生)이라는 대학자가 계신데, 하필이면 멀리까지 가려고 하는가?"

이에 병원은 강성 선생을 찾을 수 있었다. 선생의 본명은 정현(鄭玄)인데, 제

자를 천여 명이나 길러낸 대유학자였다. 처음에 병원은 정현에 대해 아무것도 모르고 있었으므로, 사람들은 병원이 정현 선생을 '동쪽 집에 살고 있는 구[東家之丘]'로 알았다고 하였다.

2008.07.12.

우정의 댓글

전경남 '등잔 밑이 어둡다'는 말이 있다. 이처럼 사람들은 먼 곳에서만 훌륭한 것을 찾으려고 하지, 가까운 데에 있는 귀한 것을 알아보지 못하는 경우가 많다. 많은 위인들이 고향에서는 흔히 제대로 인정받지 못하거나 심지어는 경멸까지 당한 경우도 있다. 예수님도 고향에서는 목수의 아들로만 여겨진 경우도 있지 않은가. 공자나 정현의 이웃에 살던 사람이 공자의 진가를 모르고, 정현 선생을 알아보지 못한 것도 같은 사례이다. 우리 생활 속에서도 가까이에 있는 귀한 존재나 진리를 모르고 지나치는 경우가 얼마나 많겠는가.

김선숙 먼 사촌보다 가까운 이웃이 낫다. 먼 데 단 냉이보다 가까운 데 쓴 냉이가 더 요긴하다. 이런 속담도 있건만 사람들은 가까이 있는 것에는 ★ 관심도 없고 자꾸만 멀리 있는 것만 찾아다니는 습성이 있지요. 행복을 찾으려 멀리 멀리까지 갔다가 결국 행복은 가까이 있음을 깨🌙은 파랑새처럼 다 지쳐서야 내 주변을 돌아보게 됩니다. 우리 주변만 하더라도 아름다운 이화 정원이 있고 친구들의 우정과 사랑이 있잖아요. 특히 고마운 것은 모든 학생들에게 전액 장학금을 주어 학비를 면제⚙ 주는 공부방에 훌륭한 싸부님의 가르침이 있습니다. 이렇듯 내 주변 가까이에 있는 모든 것에 감사를 드립니다. 뭘 멀리꺼정 댕기며 헛수고를 헌디야?

김원심 맞습니다요… 가까운 사람에게서는 단점을 들추게 되고 또 그 점을 고치려 하고 그래서 가까울수록 더 상처를 받는 거 같아요. 가까울수록 좋은 점을 찾아 칭찬해 주고 격려해 주는 관심이 필요하겠지요.

허유순 금수강산인 우리나라의 아름다움은 잘 알려 안 하고 그저 밖으로만 나도는 나를 보면서 반성하는 점이기도 합니다. 다녀 보면 우리나라만큼 아름다운 곳도 드문데 말이지요. 가까이에 있거나 이미 가지고 있는 것에 대해서는 그 가치를 별로 인정 안 하는 것이 인간의 야릇한 심리인지… 싸부님, 오늘도 가까이에서 좋은 가르침을 주시니 감사드립니다.

김선애 공자님 이웃 사람의 평가가 이해되긴 하네요. 그 사람은 공자님의 업적을 본 게 아니라 공자님의 일상을 보았을 테니까요. 아무리 위대한 사람이라도 하루하루 살아가는 건 보통 사람과 다를 바 없겠지요. 게다가 공자님의 훌륭한 업적은 역사가 흐르면서 쌓여진 후대의 평가이지 동시대를 살아간 이웃에게 무슨 영향이 있었겠어요. 그 시대에도 공자님에겐 정적도 있었을 테고 섬길 주군도 있었겠지요.

2부

사랑

여민동락 與民同樂

與:줄, 더불어 여 / 民:백성 민 / 同:한가지 동 / 樂:즐거울 락
백성들과 더불어 즐거움을 함께함.

맹자(孟子)는 인의(仁義)와 덕(德)으로 나라를 다스리는 왕도정치(王道政治)를 주창하였다. 그는 특히 백성들과 더불어 즐거움을 함께하고 근심도 함께하는 정치가 되어야 함을 역설하였는데, 「양혜왕편(梁惠王篇)」에서는 다음과 같은 비유를 들고 있다.

"지금 임금께서 여기서 북을 두드리며 음악을 즐기시고 있는데, 백성들이 임금께서 북을 두드리고 종을 치는 소리와 피리 소리를 듣고는 모두 골머리를 앓으며 얼굴을 찡그린 채 서로 이야기하며 불평합니다. '우리 임금은 음악을 즐기면서 어찌하여 우리를 이런 지경에까지 이르게 하시는가? 부자가 서로 만나지 못하고, 형제와 처자가 뿔뿔이 흩어지게 하는가?' 또 임금께서 지금 사냥을 나가신다면 백성들이 그 행차하는 거마(車馬) 소리와 화려한 깃발을 보고는 모두 골머리를 앓고 이맛살을 찌푸리며 불평합니다. '우리 임금은 사냥을 즐기면서 어찌하여 우리를 이런 지경에까지 이르게 하시는가? 부자가 서로 만나지 못하고, 형제와 처자가 뿔뿔이 흩어지게 하는가?' 백성들이 이렇게 불평하는 것은 다른 이유 때문이 아니라, 백성들과 더불어 즐거움을 함께하지 아니하기 때문입니다. 지금 임금께서 음악을 연주하시는데, 백성들이 그 소리를 듣고는 모두들 기뻐하는 빛을 띠며 서로 이야기합니다. '우리 임금께서 질병 없이 건강하신가 보다, 어찌 저리 북을 잘 치실까?' 또 임금께서 사냥을 하시는데, 백성들이 거마

소리와 화려한 깃발을 보고 모두들 기뻐하는 빛을 띠며 이렇게 서로 이야기합니다. '임금께서 질병 없이 건강하신가 보다, 어찌 저리 사냥을 잘 하실까?' 백성들이 이렇게 한다면 이는 다른 이유가 아니라 백성들과 즐거움을 함께하기 때문입니다."

한편 음악에 정통하였던 세종대왕은 여민동락의 정신을 잊지 않기 위하여 각종 연회마다 연주하는 악곡 '여민락(與民樂)'을 짓게 하였다.

2008.02.28.

우정의 댓글

전경남 임금이 백성들을 고통스럽게 하면서 자신과 소수의 측근들만 즐긴다면 백성들은 이를 크게 싫어할 것이다. 그러나 백성들과 즐거움을 함께한다면 온 백성들이 함께 기뻐할 것이다. 맹자의 여민동락 사상은 백성을 중심으로 생각하는 지도자의 자세를 말한 것이다. 얼마 전 국민이 선택한 17대 대통령이 새로 취임하였다. 새 지도자는 뽑아준 국민의 뜻을 잘 읽고 국민의 시각을 우선하여 온 국민들이 편안하고 행복한 삶을 누릴 수 있는, 바르고 어진 정치를 펼치기를 기원하며 이 말을 올렸습니다.

김선애 일찍이 맹자님께서도 여민동락이라는 말로 지도자의 길을 제시하셨는데 인간은 역사에서 무엇을 배우는 걸까요? 세월이 그렇게 많이 흘렀어도 우리 세대에도 그런 지도자를 만난 적이 별로 없는 것 같으니까요. 이번에 취임하신 새 대통령께서는 섬기는 지도자가 되겠다는 자신의 말씀대로 국민과 함께 기뻐하는 대통령이 되시길 기원합니다.

손동숙 우리의 지도자들이 여민동락이란 단어를 즐길 줄 알았으면 하는 바램입니다. 윗물이 맑은 정치를 보여주는 정부가 되시길…

임미순 "보라 형제가 연합하여 동거함이 어찌 그리 선하고 아름다운고 머리에 있는 보배로운 기름이 수염 곧 아론의 수염에 흘러서 그의 옷깃까지 내림 같고 헐몬의 이슬이 시온의 산들에 내림 같도다 거기서 여호와께서 복을 명령하셨나니 곧 영생이로다(시133)" 오늘의 성어에서도 나라님께서 백성들과 'KIN'거움을 함께 하는 것이, 선정의 지름길임을 말⊛ 주고 있군요. 하나님께서 형제와 연합하여 동고동락하는 것을 기뻐하듯이…

전은자 여민동락을 모토로 하는 지도자는 자연 정치를 잘 하게 되겠지요, 국민도 지도자의 고통에 참여하고, 덮어놓고 좋은 일만 기대하지 않는 새 시대가 열리기 바랍니다. 오늘에 걸맞은 글 감-사.

김원심 처음 시작할 때의 그 열정과 사명감을 잃지 않고 국민들과 즐거움을 함께하는 아름다운 대통령으로 기억하게 해 주세요. 비결이 딱 하나 있는데… 우리 공부방에 가끔 들러 한 수 배우심이 어떨지요. 아 자!

행림춘만 杏林春滿

杏:살구나무 행 / 林:수풀 림 / 春:봄 춘 / 滿:가득 찰 만
살구나무 숲[杏林]에 봄이 가득함.
곧 의술이 고명(高明)함을 칭송하는 말이다.

갈홍(葛洪)의 『신선전(神仙傳)』에 다음과 같은 이야기가 전한다.

중국 삼국시대 오(吳)나라에 명의인 동봉(董奉)이란 사람이 있었다. 동봉은 예장(豫章) 지방의 여산(廬山) 아래에 살면서 사람들의 병을 고쳐 주고 있었는데, 그의 집은 치료 받으러 온 사람들로 하루 종일 붐볐다. 그는 치료비를 받는 대신 환자들에게 동산에다 살구나무를 심게 하였는데, 중병을 치료받은 사람에게는 다섯 그루를, 가벼운 질병을 치료받은 사람에게는 한 그루를 심게 하였다. 이렇게 몇 년이 지나자 살구나무가 수십 만 그루나 되어 울창한 숲을 이루었으므로 사람들이 이를 '동선행림(董仙杏林)'이라고 불렀다. 동봉은 뭇짐승들로 하여금 살구나무 숲 안에서 놀게 하고, 자신을 대신하여 행림을 지키게 하였다.

또 그는 사람들에게 살구가 익으면 곡식 한 바가지를 살구 한 바가지로 바꾸어 가되, 자신에게 알릴 필요 없이 스스로 알아서 하라고 일렀다. 그래서 간혹 바가지에 쌀을 조금 담아 와서는 살구를 가득 담아 가려는 욕심 많은 사람도 생겼다. 그럴 때면 어김없이 호랑이가 나타나 포효하였다. 욕심 많은 사람은 허둥지둥 도망가느라 정신 없었는데, 집에 돌아가서 살펴보면 살구의 양이 자신이 가지고 갔던 쌀의 양과 똑같았다. 동봉은 해마다 살구를 팔아 곡식으로 바꾸어 가난한 사람들에게 나누어 주었다.

어느 날, 동봉은 신선이 되어 하늘로 올라갔는데, 인간 세상에 300여 년이나

머물렀으나 승천할 때 그의 용모는 30여 세의 젊음을 유지하였다고 한다.

여기서 유래하여 '행림춘만(杏林春滿)'은 동봉 같은 명의와 그 미덕을 칭송하는 말로 사용하게 되었다.

이 말을 달리 '행림춘난(杏林春暖)' 또는 '예만행림(譽滿杏林)'이라고도 한다. 또한 이로부터 '행림(杏林)'은 의술을 지칭하는 말로 쓰이게 되었다.

2007.11.18.

우정의 댓글

전경남 요즘도 한의원 이름 중에 '행림(杏林)'이라는 이름이 붙은 경우를 종종 보게 된다. '살구나무 숲'이라는 이 말은 동봉이라는 의선(醫仙)의 행적에서부터 유래한다. 그는 수많은 사람의 질병을 다 고쳐주고 대신 살구나무를 심게 하고, 그 살구로 어려운 사람들을 구제하였다. 그리하여 빼어난 의술을 가리키는 말로 '행림'이 쓰이게 됨으로써, 의사들이 이 말을 즐겨 사용하게 된 것이다. 현대의 의사들도 환자들의 질병을 잘 치료하고 어려운 이들까지 구제하는 '인술(仁術)'을 널리 베풀었으면 참 좋을 텐데…

임미순 "베드로가 가로되 은과 금은 내게 없거니와 내게 있는 것으로 네게 주노니 곧 나사렛 예수 그○도의 이름으로 걸으라 하고 오른손을 잡아 일으키니 발과 발목이 곧 힘을 얻고 뛰어 서서 걸으며 그들과 함께 성전으로 들어가면서 걷기도 하고 뛰기도 하며 하나님을 찬미하니(행 3:6-8)" 나면서 앉은뱅이인 거지가 구걸하는 것을 보고 베드로가 그 걸인에게 '인술(仁術)'을 베푼 성경 말씀이지요.

김원심 '행림(杏林)'의 어원에 이런 감동적인 이야기가 있었네요. 조금이라도 자기의 몫을 내고 치료를 받게 하고 또 곡식으로 되받아 어려운 곳을 구제했으니 '의선(醫仙)'의 칭호가 마땅합니다. 혹시 전문의 시험에 이런 문제 안 나오나요? 강력 추천합니다.

허유순 동봉은 참으로 멋을 아는 의선(醫仙)이었군요. 오늘날에도 이런 분을 만날 수 있다면 얼마나 좋을까… 신선이 되어 하늘로 올라간 분을 속세에서 만나기는 어렵겠지요?

민선 동봉은… 정말 신선이군요. 의술에 대한 이야기를 들으니, 아폴로와 mortal woman (princess) 사이에서 태어난 데미 갓(Demi God) 아스클레피어스 생각이 납니다. 카이론에게서 배운 의술이 너무 좋아 죽은 사람들조차도 살려내고… 지하나라의 왕 헤이디스(하데스)의 불평으로 결국 제우스가 벼락으로 죽이는데… 그는 죽어 별자리가 되지요. 행림에 이런 고사가 있는 줄 몰랐네요. 감사, 감사~~!

손동숙 쌀을 조금 가져와 살구를 가득 가져가려는 사람 얘기를 들으니 예나 지금이나 욕심 많은 사람은 꼭 있기 마련이군요. 동봉(董奉)은 명의이면서 미덕을 쌓은, 지혜롭고 따뜻한 인물이네요. 지금도 어디선가 숨어서 이런 비슷한 일을 하는 사람들이 있다고 봅니다. 단지 자신을 드러내지 않아서 우리가 모르고 있을 테고…

이영혜 동봉이 고명한 의술로 사람들의 병을 고쳐주고 그 대가로 환자들에게 심게 한 살구나무로 울창한 숲을 이루어서, 해마다 살구를 팔아 곡식으로 바꾸어 가난한 사람들을 구제한 이야기에서 유래된 행림춘만(杏林春滿)은 연못의 물을 모두 퍼내어 고기를 잡아서 이듬해에는 잡을 고기가 없게 되는 갈택이어(竭澤而漁)와 대조적이네요.

김선숙 董奉이란 명의를 공부하다 보니 예전 우리나라의 허준이 생각납니다.

드라마만 보고도 감동을 많이 받았는데 이런 인물들을 지금도 만난다면 감격 그 자체이겠습니다. 환자를 긍휼히 여기는 심의가 바로 명의라는 스승님의 말씀이 드라마를 보는 시청자까지도 감동받게 하였지요. 근데 요즈음의 의사들은 환자를 긍휼히 여기기보다는 날마다 대하는 병이라 그런지 너무 사무적으로 소홀히 대하는 것 같습니다. 심의가 아니라 직업적인 의사의 마음이라고나 할까요?

김선숙 약간은 빗나갔지만 야그 항개… 제목: 여대생과 생물학 교수님… 여자대학의 생물학 강의실에서 교수님이 질문을 하였다. "적절한 자극을 받았을 때 평소보다 6배 🫦 대되는 인체 구조물은 뭔가❓" 다들 대답을 못 하고 조용히 있는데 한 여대생이 얼굴이 빨개지면서… "교수님, 그건 여대생에게 적합한 질문이 아닙니다. 조신하게 자란 저로서는 대답을 할 수가 없습니다." 이에 교수님은… "정답은 어두운 곳에 들어섰을 때의 동공일세. 그리고 학생에게 3가지를 지적하겠네… 첫째, 예습을 전혀 하지 않았고, 둘째, 무슨 엉뚱한 생각을 했고, 셋째, 마지막으로 학생은 언젠가 엄청나게 큰 😕🤭을 할 걸세. 6배는 무슨 6배씩이나…

천택납오 川澤納汚

川:내 천 / 澤:연못 택 / 納:들일 납 / 汚:더러울 오
하천이나 연못은 더러운 물도 받아들임.
곧 큰 인물은 착하거나 악하거나, 마음에 들거나 안 들거나 간에 사람을 두루 포용함을 가리키는 말이다.

『춘추좌씨전(春秋左氏傳)』 선공(宣公) 15년 조에 다음과 같은 이야기가 전한다.

중국 춘추시대, 초(楚)나라 장왕(莊王)은 사마신주(司馬申舟)를 사신으로 삼아 제(齊)나라로 보내면서, 다른 나라를 지날 경우 반드시 그 나라의 허가를 받아야 한다는 관례를 무시하고, 신주에게 송(宋)나라에는 알리지 말고 지나도록 하라고 하였다. 그런데 신주가 송나라를 지나고 있을 때, 송나라 사람에게 붙잡히고 말았다. 이에 송나라 대신 화원(華元)은 이렇게 말하였다.

"우리나라를 지나면서 길을 빌리기 위해 사전에 통보하지 않은 것은 곧 우리나라를 멸시한 것이다. 멸시당하면 우리나라는 망할 것이요, 그 사신을 죽이면 반드시 우리나라를 치게 될 것이다. 우리나라를 치면 또한 망할 것이나, 망하는 것은 한 번뿐이다."

화원은 송나라의 주권과 존엄을 지키기 위하여 신주를 잡아 죽이는 한편, 초나라의 침입에 대한 방어책을 준비하였다. 신주가 피살되었다는 소식이 초나라에 전해지자, 초장왕은 크게 노하여 직접 대군을 이끌고 송나라를 공격하였다. 송나라는 화원의 지휘로 군사와 백성들이 하나가 되어 죽을 각오로 싸웠다. 쌍방 간의 전투가 여러 달 지속되었으나 서로 한 치의 양보도 없었다. 송나라는 초나라 군대를 막으면서, 한편으로는 진(晉)나라에 구원병을 청하였다. 송나라 사신 악영(樂嬰)이 진나라에 도착하자 진나라 경공(景公)은 곧 출병 준비를 하였

다. 그러나 대부인 백종(伯宗)이 극구 반대하며 경공에게 다음과 같이 말했다.

"옛말에 이르기를, '채찍이 길다 해도 말의 배까지는 닿지 않는다.'라고 했습니다. 하늘이 바야흐로 초나라를 돕고 있으니, 그들과 싸워서는 안 됩니다. 비록 진나라가 강하다고 하나 어찌 하늘을 어길 수야 있겠습니까? 속담에 이르기를 '일을 처리함에 있어 뜻을 높이고 낮추는 것은 오로지 마음에 달렸다.'고 하였습니다. 하천이나 연못은 더러운 물을 받아들이고, 산과 늪은 독충을 숨어 살게 하며, 아름다운 옥도 흠을 숨기고 있습니다. 임금께서도 치욕을 참는 것이 하늘의 도리입니다. 그러니 기다려 주시기 바랍니다."

이에 진나라 경공은 군대를 보내지 않고, 해양(解揚)이라는 대부를 사신으로 보내 송나라를 위로만 하였다.

2007.12.06.

우정의 댓글

전경남 하천과 연못이 흘러 들어오는 모든 물을 받아들이듯이 모든 것을 포용하는 능력이 있어야 큰 지도자가 될 수 있다. 중국의 사상가인 이탁오(李卓吾)도 이렇게 말하였다. "진실로, 나라의 주인 된 자가 나라의 많은 허물을 받아들이지 아니하고, 천하의 임금 된 자가 나라에 비천한 인간이 없고 세상에 흉한 사람이 없기를 바란다면, 그것은 있을 수 없는 일이다." 오늘 우리에게도 큰 포용력을 지닌 인물이 절실히 필요하다 하겠네…

김선애 태산(泰山)은 작은 흙덩어리도 가리지 않고 받아들임으로써 큰 산이 되었고, 하○는 작은 물줄기라도 가리지 않아 저렇게 깊어졌다 했지요. 그러나 한 나라의 지도자에게 남의 허물을 감싸주고 다른 사람을 포용

하는 일보다 더 어려운 일이 명분 앞에서 실리를 위🔆 스스로를 억제
🔆야 할 때일 것입니다. 채찍이 길다 하나 말의 배에 미치지 못함을
알고 할 수 있는 일과 할 수 없는 일을 구분하는 것도 지도자의 중요한
덕목임을 알려주고 있네요.

임미순 "옛 속담에 말하기를 악은 악인에게서 난다 하였으니 내 손이 왕을 🔆
하지 아니하리이다(**삼**.상24:13)" 다윗은 자기를 그렇게나 악랄히 죽이
려고 수단 방법을 가리지 않고 공격한 사울왕을 죽일 수 있는 기회가
왔을 때, 도리어 사울왕을 살려 주었지요. "요셉이 그들에게 이르되 두
려워 마소서 내가 하나님을 대신하리이까(창50:19)" 요셉 또한 자기를
죽이려고 하고, 또 애굽 상인에게 은 이십 개에 팔았던, 이복형들을
용서하였지요. 이와 같이 악을 악으로 갚지 아니하고 선으로 악을 대신
하였듯이 ～ 천하의 임금 된 자가 모든 사람을 감싸 안을 수 있는 큰
포용력을 지녀야겠지요❗

전은자 〈하늘의 도리〉를 알 수 있다면… …백종(伯宗)같이 하늘의 뜻을 헤아리
고 경외하는 사람을 가까이 한다면 두루두루 포용하며 때로는 치욕도
감당하며 지혜롭게 살 수 있겠지요.

오숙혜 이 몸은 자신이 모든 것을 수용할 수 없다는 것을, 결코 예수님 마음을
한 조각도 닮을 수 없음을 아옵니다. 그래도 절망하지 않는 까닭은…?

허유순 이번에는 모든 '다름'을 다 포용하여 국민의 화합을 이루어 갈 수 있는
리더가 대통령이 되어야 할 터인데…

사기종인 舍己從人

舍:집, 버릴 사 / 己:몸, 자기 기 / 從:좇을 종 / 人:사람, 남 인
자기를 버리고 다른 사람을 따름.
곧 자기 고집을 버리고 다른 사람의 좋은 의견을 따름을 가리키는 말이다.

『맹자(孟子)』「공손추편(公孫丑篇)」에 다음과 같은 대목이 있다.

맹자가 말하였다.

"자로(子路)는 다른 사람이 그의 잘못을 알리면 기뻐하였다. 우(禹)임금은 착한 말을 들으면 곧 절을 하였다. 위대한 순(舜)임금은 이보다 더 크게 행하였다. 다른 사람들과 더불어 착한 일을 하되 자기의 고집을 버리고 다른 사람의 의견을 따라, 그것을 즐겁게 취하여 착한 일을 하였다. 농사를 짓고 도자기를 만들고 고기를 잡으면서 임금이 될 때까지 다른 사람으로부터 의견을 받아들이지 않는 적이 없었다. 그렇게 하여 착한 일을 행한다는 것은 다른 사람과 더불어 함께 착한 일을 행하는 것이다. 군자에게 다른 사람과 함께 착함을 행하는 것보다 더 중대한 일은 없다."

한편, 『퇴계집(退溪集)』에는 다음과 같은 말이 나온다.

"자기를 버리고 다른 사람을 따르지 못하는 것은 배우는 사람의 큰 병이다. 천하의 의리는 끝이 없는데 어떻게 자기 자신만 옳고 남을 옳지 않다고 할 수 있는가? 사람이 질문을 하면, 곧 얕고 가까운 말이라도 반드시 마음에 담아 두었다가 잠시 시간이 지난 뒤에 대답하며, 말이 떨어지자마자 곧바로 응하여 대답하지 말라."

2008.07.19.

우정의 댓글

전경남 사람이 자기 자신의 주관이나 주장을 버리기는 쉽지 않다. 그로 말미암
아 다른 사람과 더불어 함께 선한 일을 하기가 어렵다. 군자는 홀로
선한 일을 하기보다 다른 사람과 더불어 함께하는 것을 중하게 여긴다.
자신의 이익이나 욕심을 버리고 다른 사람의 장점과 선량한 행실을 잘
받아들여 자신을 새롭게 하는 것이 소중함을 강조한 말이 '사기종인(舍
己從人)'이다. 우리 사회도 각자 자기 주장만을 내세울 것이 아니라 상
대방의 의견도 귀담아 들어 공동의 선(善)을 추구해 나간다면 좀더 밝은
사회가 되지 않겠는가…

임미순 "무리와 제자들을 불러 이르시되 아무든지 나를 따라오려거든 자기를
부인하고 자기 십자가를 지고 나를 좇을 것이니라. 누구든지 제 목숨을
구원코자 하면 잃을 것이요 누구든지 나와 복음을 위하여 제 목숨을
잃으면 구원하리라(마8:35-36)"오늘의 성어에 연관하여 올렸어요. 죽
고자 하면 살고 살고자 하면 죽으리라는 말과도 통한다고 봐야겠지요.
한 알의 밀알이 땅에 떨어져 죽어 썩어져야, 싹이 나고 자라서 잎이
나고 🌸이 피어서, 나중은 탐스러운 열매를 맺듯이, 이 세상에 희생이
없는 결실은 없지요.

도경애 사기종인(舍己從人)- 상대방의 의견도 귀담아 들어 공동의 선(善)을 추
구해 나가야 한다는 말씀, 지금의 저에게 꼭 필요한 말씀이라 마음에
새겨 해야 하는 일을 잘 마무리할 수 있도록 노력하겠습니다.

김선숙 요즘 세상에 자기 주장이 뚜렷하다 못🌸 특이하고, 남하고 타협을 하
지 않으려 하고, 목소리 큰 사람이 박박 우기면 이기는 것 같은 세상인
데 누구나 한 번쯤 생각하며 자신을 되돌아보는 말씀입니다. 다른 사람

과 더불어 일을 할 때 자기 고집이나 주장을 버리고 다른 사람의 좋은 의견을 존중서 일을 같이 한다면 아름다운 세상이 되겠지요. 위로는 나라님부터 백성에 이르기까지 서로서로 이하고 타협하고 상대방의 의견을 존중 주면 아름다운 사회가 이뤄지겠는데… 요즘 우리나라의 형편에 꼭 맞는 내용 같습니다.

전은자 임금도 신하의 말을 귀담아 듣고 좋은 것은 따르는데… 오직 윗사람, 선배이기에 아무 말 못 하는 형편은 답답하지요. 자신 죽이기 연습을 계속해야겠네요.

하로동선 夏爐冬扇

夏:여름 하 / 爐:화로 로 / 冬:겨울 동 / 扇:부채 선

여름의 화로와 겨울의 부채. 곧 필요할 때는 환영받다가 불필요해지면 천대받는 물건이나 상황을 비유하는 말이다. 이와 비슷한 말로 '추선(秋扇)'이 있다.

중국 후한(後漢)의 사상가인 왕충(王充)은 『한서(漢書)』의 저자인 반고(班固)의 아버지 반표(班彪)에게서 가르침을 받았다. 그는 당대의 여러 학설에 대해 비판적인 태도를 지녔고 당시의 사회적 폐단을 지탄하였으며, 독창성이 넘치는 자유주의적 사상을 지녀 속된 신앙이나 유교적인 권위에 대해서도 비판하였다.

그의 대표적 저서인 『논형(論衡)』은 당시의 전통적인 정치와 학문을 비판한 내용의 저술이다. 왕충은 『논형(論衡)』 「봉우편(逢遇篇)」에서 '벼슬길에 나아감에 있어서의 운명'에 대하여 논의하고 있다. 그 핵심은 학문이 높고 재능이 있더라도 때를 만나지 못하면 '하로동선(夏爐冬扇)'처럼 취급됨을 안타까워한 것이다. 관련 대목을 들어보면 다음과 같다.

"보탬도 안 되는 능력을 갖추고 도움이 안 되는 말을 내는 것은, 여름에 화로를 바치고 겨울에 부채를 드리는 것과 같다. 얻고자 하지 않는 일을 하고 듣고자 하지 않는 말을 올리면서도 화를 당하지 않는다면 이는 큰 행운이다."

여기서 '하로동선(夏爐冬扇)'이란 말이 나왔으며, 오늘날 철에 맞지 않는 물건이나 격에 어울리지 않는 물건을 비유하는 말로 사용된다.

2008.07.16.

전경남 '여름의 화로'나 '겨울의 부채'라 한들 어찌 무용지물이기만 하랴. 버린 돌이 주춧돌이 된다는 말이 있듯이 못 쓰겠다고 내버린 것이 나중에 소중하게 사용되는 경우가 얼마든지 있다. 여름의 화로로는 젖은 것을 말릴 수도 있고, 겨울의 부채라 해도 그것으로 불씨를 일으키는 일을 할 수도 있으니, 사용하기에 따라 어느 것 하나 버릴 것이 없다. 그러나 사람들은 자기가 필요할 때는 반기며 귀하게 대접하다가도 그렇지 않을 때는 내치게 마련이니 이를 비판하여 '하로동선'과 같은 비유가 나온 것이리라.

김선숙 달면 삼키고 쓰면 뱉는다는 말처럼 여름철에 애지중지 사용하던 부채도 가을이나 겨울이 오면 필요 없다고 버려지는 게 세상 인심. 한때 임금의 사랑을 독차지했던 후궁도 뒷방 신세를 면치 못하고, 토끼사냥이 끝났다구 사냥개를 삶아 먹는 우를 범하는 어리석은 인간들은 또 얼마나 많은지. 지난 여름에 썼던 부채, 선풍기, 에어컨을 잘 보관했다면 요즘같이 푹푹 찌는 찜통더위에 얼마나 요긴하게 쓸까요? 철 지났다구 버렸다면 지금 같은 고유가, 불경기에 새로 장만하느라 지출이 많을 텐데… 그러니깐 부채, 선풍기, 에어콘, 난로, 화로, 온풍기 등 철 지났다구 버리지 말구 잘 보관하구, 특히 필요 없어 보이는 사람이라구 절대 내치지 맙시다.

임미순 "하나님의 지으신 모든 것이 선하매 감사함으로 받으면 버릴 것이 없나니 하나님의 말씀과 기도로 거룩하여짐이니라(딤전4:4-5)" 모든 것은 다 각기 용도에 따라 쓰임 받게 마련, 다만 시기를 잘 타고 나야겠지요.

김원심 '하로동선'이 한때 유행어였던 적이 있지요. 정권이 바뀌고 386세대가 전면에 부상할 때 팽당했다고 여긴 사람들끼리 모여 만든 모임이었던 걸로 기억합니다. 난 이 말이 왠지 처량하기보다는 기백이 있어 좋았는데(세상을 거슬러 올라가는 것처럼 보여)… 확실하게 알고 갑니다.

이영혜 왕충의 '벼슬길에 나아감에 있어서의 운명'의 핵심이 "학문이 높고 재능이 있더라도 때를 만나지 못하면 '하로동선'처럼 취급됨을 안타까워한 것"이라니, 백락일고(伯樂一顧)라고 "세상에 백락(伯樂)이 있은 뒤에라야 천리마가 있는 법이다, 천리마는 항상 있건마는 백락(伯樂)은 항상 있지 못하다."라는 말이 생각나고, 인재를 구하는 방법을 천리마를 구하는 방법에 비유해서 "먼저 저부터 등용하여 주십시오"라고 한 연나라의 재상 곽외의 말에서 유래한, 선시어외(先始於隗)가 생각나네요.

김선숙 진명이 할마니, 오늘 수태 바쁘갔수다레. 거저 진명이 할마니를 친근하게 불러주며 복습할 것 알려주니 이거이 우리 카페의 'ㅋㅣㄴ'거움이디요. 요즈막에 날씨가 와 일케 덥수❓ 거저 민하게(미련하게) 땀만 흘리구 있디 말구 얼음 둥둥 띄운 씨원한 콩국수라도 말아 먹으면서 지내시라요. 나이 드니끼니 뭐이가 궁금한디 거저거저 먹는 게 낙이디요. 니차떡(인절미), 녹두 지지미두 먹구 싶구. 길카구 닭을 푹 고아서 땀을 뻘뻘 흘리며 먹구 나믄 몸보신두 되구 씨원하기두 하디요. 까짓거 살찌는 거야 상관 없수다레. 아니 우리 몸매가 뚱뚱하다구 누가 뭐랍디까❓ 길카쿠 거 뭐이디❓ 라인딴스인가 뭐가 한다니끼니 동무는 날씬하갔구만… 안 기래요❓

김선숙 공고합니다. 계속하여 우리 카페에 활력을 주며 힘을 실어주는 영혜 부(副)선상님을 '활력소의 대명사' [*** 박카스 ***]로 명명합니다. 쾅 쾅 쾅 (도장 찍는 소리) 짝짝짝짝짝

전은자 활명수와 박카스는 하로동선(夏爐冬扇)과는 달리 겨울이건, 여름이건

언제나 필요하니 미순, 영혜에게 과연 적절한 대명사임에 동의! 선숙의 기발한 아이디어에 짝짝짝…. 말씀은 생명, 조직력은 활력소 !

김선숙 싸부님, 제가 잘 모르겠는데 바카스❓ 박카스❓ 어느 것이 맞는지요❓ 영혜야, 그대는 온 궁민의 활력소 ～특히 이화 정원의 생명수～ [박카스 E]가 되었습니다.

이영혜 아까징끼야, '김 빠진 사이다'가 아닌 것만도 큰 다행인데, 네가 나를 '박카스 E'로 명명해 주다니…😊

허유순 나이가 들어가니 여름이 왔나 하면 겨울이고 겨울을 어떻게 보내나 걱정 시작하면 여름이 되니… 선풍기도 어제 쓴 것 같은데 또 꺼내야 하고… 곧 또 온풍기를 꺼낼 때가 오겠지요. 그러니 하로동선도 젊었을 때나 해당이 되는 것 같으네요.

이어보은 鯉魚報恩

鯉:잉어 이 / 魚:물고기 어 / 報:갚을 보 / 恩:은혜 은
잉어가 은혜를 갚음.

조선 중기의 문장가인 유몽인(柳夢寅)이 편찬한 『어우야담(於于野談)』에 다음과 같은 이야기가 전한다.

경상도 예안(禮安)에 최씨 성을 가진 한 향리가 있었다. 그는 사또의 명을 받아 손님의 음식 마련을 담당하였는데, 반찬거리를 장만하다가 큰 잉어 한 마리를 구했다. 그 잉어는 수염이 길고 눈이 붉어 생김새가 무척 특이하였는데, 두 눈에서 눈물이 흐르는 것이 마치 사람이 눈물을 떨구는 듯하였다. 향리가 매우 불쌍히 여겨 이를 주방에 넘겨주지 않고 직접 호수에 가 놓아 주었다. 잉어는 빙빙 맴돌면서 세 번을 돌아본 후에 떠나갔다.

그날 밤 꿈에 한 장부가 문틈으로 들어오더니 말하였다.

"저는 호남의 잉어입니다. 당신이 저를 살려주신 은혜에 감사하여 오늘 댁에 들어가 잉태하여 당신의 아들이 될 것입니다."

장부는 말을 마치자 사라졌다. 향리가 놀라 깨어나 기이하게 여기고 아내에게 말하였다.

"내가 잉어를 놓아준 것은 실로 큰 물고기가 죄도 없이 죽는 것이 가엾기 때문이었지 보답을 바라서가 아니었소. 그런데 내 꿈이 무척 이상하오. 듣기에 잉어는 신령스러운 영물이라 하니 혹 신의 도움이 있을지 어찌 알겠소."

이날 밤 과연 아내는 임신하였고 사내아이를 낳자 호수에서 얻은 자식이란

뜻으로 이름을 윤호(胤湖)라 하였다. 장성하자 수염이 자라 배꼽까지 닿았고, 생김새가 장대하고 훌륭했으며 말솜씨도 뛰어났다. 끝내 무과에 급제하였고 오랑캐를 정벌하는 데 큰 공을 세워 관직이 당상관에 이르렀다.

2008.04.24.

우정의 댓글

전경남 자신의 생명을 구해 준 은혜보다 더 큰 은혜가 어디 있겠는가? 사람이나 동물이나 미물까지라도 이러한 은혜에는 큰 사랑으로 갚으려는 마음이 절로 우러나올 것이다. 흥부전에서 은혜를 갚는 제비 이야기나 까치(혹은 꿩)가 머리로 종을 쳐 자신을 구하여 준 선비의 목숨을 살리는 치악산 상원사 까치 이야기, 사슴이 자신을 구해 준 나무꾼을 위하여 선녀를 배필로 맞도록 도와준 이야기 등등 동물들도 반드시 은혜에 보답한다는 뜻을 담고 있다. 사람이 살아가면서 수많은 사람들의 큰 도움을 받아오면서도 그 은혜에 보답할 줄 모른다면 어찌 만물의 영장이라 할 수 있겠는가…

허유순 싸부님, 500회를 넘기고 첫 번째 공부방에 일등 출석하니 감회가 새롭습니다. 이렇게 미물까지도 은혜를 갚는 것을 도리로 아는데… 가장 큰 하나님의 은혜에 감사하기를 게을리하고 있으니 참으로 부끄럽습니다.

전은자 죄도 없이 가엽게 죽어야 하는 잉어를 불쌍히 여긴 마음이 큰 복을 가져왔군요. 살아있는 lobster를 시장에서 사다가 바다에 놓아주던 어느 미국 여인이 생각나네요. 가엽게 여기는 마음으로 베푼 은혜는 자연스레 보답을 받게 되겠지요.

임미순 "긍휼히 여기는 자는 복이 있나니 그들이 긍휼히 여김을 받을 것임이요 (마5:7)" 잉어를 살려준 향리와, 또 그 은혜에 보답한 잉어의 아름다운 이야기 ~ 심은 대로 거두고, 되로 주고 말로 받는다고 했듯이…

이영혜 살려준 은혜를 갚은 잉어의 이야기는, 딸을 살려준 은혜를 죽어서도 잊지 않고 풀을 묶어서 갚는다는 말, 결초보은(結草報恩)이 생각나네요.

임미순 영혜야❣ 늦게 난 막내가 4월 29일 입대🌸. 기도 많이 🌸 줘❣ '결초보은' 오늘의 성어에 딱 맞는구나. 오늘도 복습 감사하고… 요즘 감기가 어찌나 지독한지, 너도 조심🌸❣ 💘愛

김선숙 미순아, 막내둥이가 입대를 하는구나… 마음이 짠~ 하겠다. 나도 함께 기도할게.

전경남 미순아, 막내둥이가 입대한다니 마음이 많이 쓰이겠구나. 나도 함께 기도할게. 힘내!

임미순 고마워❣ 막내 군대 가는데 내가 병이 나서… 모든 것을 하나님께 맡기고 기도하고 있어. 경남아❣ 기도🌸 준다니 감사하고, 힘이 나네❣💘愛

김선숙 은혜를 갚는 이야기는 듣고 또 들어도 언제나 우리 마음을 흐뭇하게 해 줍니다. 동물은 그 은혜를 깊이 감사하고 언제나 갚으려고 하는데 만물의 영장이라는 사람들은 가끔 배반할 때도 있어 안타까운 일이 🔔🔔 있기도 하지요. 은혜를 갚은 잉어 이야기도 너무 아름답습니다.

호기배사 虎起拜謝

虎:범 호 / 起:일어날 기 / 拜:절할 배 / 謝:사례할 사
호랑이가 일어나 절을 하고 감사를 표시함.

조선 중기의 문장가인 유몽인(柳夢寅)이 편찬한 『어우야담(於于野談)』에 다음과 같은 이야기가 전한다.

문화(文化)의 하급 무관으로 유씨(柳氏) 성을 가진 사람이 있었다. 한 지방 수령이 황해도 안악(安岳)에서 출발하여 신천에 도착하자, 현령이 유씨를 시켜 그 수령의 안부를 묻게 하였으므로 밤인데도 불구하고 길을 떠났다. 신천과 문화 사이의 산마루는 수목이 울창하고 길이 매우 험한 곳이었다. 산을 넘어 가는데 호랑이가 길을 막고 입을 딱 벌린 채 서 있었다. 유씨는 이리저리 호랑이를 피해 보았으나 호랑이가 그의 앞길을 쫓아다니면서 막았으므로 그는 끝내 호랑이의 화(禍)에서 벗어날 수 없겠다고 생각하였다.

마침 새벽달이 떠오를 무렵이었는데, 달빛에 비친 호랑이의 입 속에 무엇인가 가로 놓여 있는 것이 보였다. 호랑이는 괴로운 듯 엎드렸다 일어났다 하면서 제 발로 입을 가리키는 것이었다. 유씨는 죽음을 무릅쓰고 나아가 말하였다. "내가 지금 네 입 속에 있는 물건을 꺼내줄 테니 나를 해치지 않겠느냐?"

호랑이는 머리를 끄덕이며 일어나 절하고 입을 쫙 벌렸다. 유씨는 팔을 걷어붙이고 입속의 물건을 빼내고 보니 기다란 쇠로 만든 비녀였다. 호랑이는 꼬리를 흔들면서 일어나 절을 하며 고마워하는 모양을 하고 떠나갔다.

그런 일이 있은 지 얼마 지나지 않아 유씨의 부친이 돌아갔다. 장사를 지내려

고 하는데 한 호랑이가 나타나 묘혈을 가로막고 장사 지내려는 것을 막더니, 다른 산으로 가서 땅을 파며 묘혈을 그곳에 정하라는 듯이 하였다. 이에 처음 정한 묘혈을 버리고 호랑이가 가리킨 곳을 묏자리로 정하여 장사를 지냈다.

그 후 유씨는 아들을 보았는데, 이름을 유차달(柳車達)이라 하였다. 유차달이 후에 재상이 되었으니 지금 문화(文化) 유씨(柳氏)는 유차달의 후손이다.

2008.04.30.

우정의 댓글

전경남 사람과 가까이 지내는 가축들의 보은담은 여러 사례가 있다. 그러나 호랑이와 같은 맹수는 오히려 사람을 해치는 경우가 많아, 우리의 민담 속에는 호랑이에게 잡혀 먹히지 않는 방법, 호랑이가 무서워하는 것 등에 관한 이야기들이 꽤 많이 나타나고 있다. 그러나 위의 이야기는 사나운 호랑이도 도(道)를 알고 인정(人情)을 알아 사람으로부터 도움을 받으면 반드시 그 은혜를 갚는다는 점을 이야기하고 있다. 이를 통하여 만물의 영장이라는 인간이 은혜를 저버려서는 사람 구실을 할 수 없다는 일깨움을 주고 있다 하겠다…

임미순 오늘의 은혜 갚은 호랑이를 보고, 개그맨 강성범의 "사람이 사람다워야 사람이지…"라는 개그가 생각나네요. 세상을 깜짝 놀라게 한 안양 두 어린이 유괴, 살인, 토막 시체 유기 등, 입에 담기도 생각하기조차 싫은 금수만도 못한 인간이 저저른 사건이 생생하네요. 세상에서 인간처럼 잔인한 동물이 또 있을까요! 반면 훌륭한 인물들도 많이 있지만… 인간의 양면성, 선과 악의 공존. 아 ~ ~ 그 누가 말했던고, '그래도 똥밭에 굴러도 저승보다 이승이 났다고' 하하하하하하하 한바탕 허탈하게 웃어나

볼까요❓ 사부, 이 풍진 세상에…

김선애 은혜 갚은 호랑이의 옛날 얘기가 지금 우리에게 감동을 주는 것은 요즘 워낙 금수만도 못한 사람들이 많아서겠지요? 점점 사람들의 교육 수준은 높아가고 교회의 십자가는 늘어 가는데 호랑이도 할 줄 아는 은혜 갚기를 사람들이 제대로 못 하고 있는 세태는 어우야담이 나왔던 그 시절에도 그랬나 봐요.

민선 호기배사와는 영~ 다른 얘기지만, 이솝의 정반대의 이야기가 생각나서요… 늑대의 목에 가시가 박혔어요. 빼려고 하면 할수록 고통은 점점 심해지니 가시를 빼는 자에게 큰 상을 주겠다고 했어요.(흠. 손짓 발짓으로 했으려나?) 암튼, 다들 No, Thank you.로 그냥 가 버리는데, 왜가리 한 마리가 뽑아 주겠다고 나섰어요. 그의 긴 목을 늑대 입 안 깊숙이 넣고 드디어 빼내 주었지요. 상을 요구하는 왜가리에게 시치미 딱 떼고 큰소리치는 늑대. 내 입 속에 그렇게 깊이 들어갔다 나왔는데 아직 살아 있다는 것보다 더 큰 상이 어디 있느냐!고. 이솝은 은혜에 보답하는 이야기도 썼지만, 그 반대의 이야기도 썼지요.

허유순 이런 이야기가 점점 신기하게 들리는 것은 그만큼 인간 세상이 사악해졌다는 말이겠지요. 호랑이나 개도 은혜를 입으면 갚을 줄을 아는데… 요즘 '엽기'에 가까운 인간들의 행태를 보고 있으면 인간이 어디까지 악해질 수 있나 회의가 생깁니다.

감폭복심 敢暴腹心

敢:감히 감 / 暴:햇빛 쪼일, 폭로할 폭 / 腹:배 복 / 心:마음 심
감히 깊은 속마음을 털어 놓음.

조선시대 명사(名士)들의 일화(逸話), 시화(詩話), 항담(巷談), 소화(笑話) 등을 모은 야담집인 『기문총화(記聞叢話)』에 다음과 같은 이야기가 전한다.

정암(靜庵) 조광조(趙光祖)는 조선 중종 때의 뛰어난 성리학자였다. 그는 도덕적 이상 정치를 실현하기 위하여 급격한 정치 개혁을 꾀하다가 원로들과 크게 충돌하게 되었고, 결국 기묘사화(己卯士禍) 때에 죽임을 당하였다.

그가 관례를 올리기 전 총각 시절에 글공부에 힘을 다하여 책을 읽는 소리가 이웃집까지 낭랑하게 들렸다. 마침 이웃집에 한 처녀가 살고 있었는데, 정암 선생의 글 읽는 소리를 듣고 사모하는 마음이 불같이 일어났다. 처녀는 선생의 집 담을 뛰어넘어 가 방문을 열고 정암 선생 앞에 나타나 다소곳이 앉았다. 선생은 책 읽기를 그만 두고 이웃집 처녀에게 말하였다.

"밖에 나가서 나뭇가지를 꺾어 오시오."

처녀가 그의 말대로 회초리를 해 오자, 선생은 처녀를 꾸짖어 이렇게 말하였다.

"나는 양반집 총각이고 댁도 양반 집안의 처녀라오. 만약 이 장면이 탄로 나면 두 집안이 치욕을 당함은 막심할 것이오. 댁이 만약 이런 행동을 경계하지 않고 마음을 돌리지 않는다면 아주 난처한 일이 벌어질 것이오."

처녀는 감격하여 울면서 대답하였다.

"오로지 명하시는 대로 따를 것입니다."

이에 정암 선생은 처녀의 종아리를 치고 돌려보냈다.

그런 일이 있은 훨씬 뒤에 기묘사화가 일어났다. 그 당시 처녀의 남편은 정암 선생을 모함하는 세력인 남곤(南袞), 심정(沈貞) 등과 한 패가 되어 있었다. 그녀는 남편에게 이전에 정암 선생에게 종아리 맞은 일을 고하면서 말하였다.

"제가 죽을 죄를 진 일이 있는데, 감히 감출 수가 없습니다. 조아무개는 참으로 군자이시니, 그를 해치는 사람은 끝내 소인배를 면하기 어려울 것입니다. 그리하여 제가 감폭복심(敢暴腹心)하였으니 당신께서는 그 점을 생각해 주십시오."

그의 남편은 아내가 자기 허물을 감추지 않음에 감탄하였고, 정암 선생의 높은 뜻에 감동하여 마침내 남곤, 심정 등의 무리와 관계를 끊었다고 한다.

2008.05.04.

우정의 댓글

전경남 조광조 사상의 핵심은 덕(德)과 예(禮)를 중시하는 왕도정치를 현실에 구현하려는 것이었다. 그리하여 도학을 높이고, 인심을 바르게 하며, 성현을 본받는 가장 훌륭한 정치를 추구하였다. 이러한 그는 어릴 적부터 남다른 바가 있었으니, 총각 시절 이웃집 처녀의 행동을 바르고도 엄정하게 가르쳐 그녀가 평생 살아가면서 교훈으로 삼도록 하였다. 그녀는 부끄러웠던 옛 일을 남편에게 '감폭복심(敢暴腹心)'하여 남편으로 하여금 바른 길로 돌아서게 하였으니, 군자의 귀한 가르침은 인간의 삶의 자세를 바꾸는 힘이 있다 하겠네…

손동숙 이렇듯 반듯한 얘기를 들으면 기분이 좋아집니다. 감히 속마음을 털어놓은 처녀의 용기도 대단하고 그 뜻을 알아듣고 방향을 바꾼 남편도 존경스럽고… 글 읽는 소리에 사모하는 마음이 불같이 일어 담을 넘어

들어간 모습이 한 폭의 그림을 보는 듯…

임미순 "모든 지킬 만한 것 중에 더욱 네 마음을 지키라 생명의 근원이 이에서 남이니라. 구부러진 말을 네 입에서 버리며 비뚤어진 말을 네 입술에서 멀리하라. 네 눈은 바로 보며 네 눈꺼풀은 네 앞을 곧게 살펴 네 발이 행할 길을 평탄하게 하며 네 모든 길을 든든히 하라 좌로나 우로나 치우치지 말고 네 발을 악에서 떠나게 하라(잠4:23-27)" 위에 나오는 조광조의 삶이 이와 같지 않았을까요❓ 오늘날과 같이 도덕이 땅에 떨어지고 음란하고 흉악한 인면수심의 인간들을 쉽게 볼 수 있는 이 시대에 참말로 귀한 이야기네요.

김선숙 이 처녀의 정암 조광조를 사모하는 상사병은 아름답기만 합니다. 혼자서 ◉모하고 사랑하였지만 지킬 것과 끊을 것을 잘 알았으니 아름답게 이야기를 맺을 수가 있었군요. 그 당시에 참 용감한 여자였었군요. 그 일을 감히 남편에게 알리다니… 속마음을 적절하게 잘 나타내야지 잘 못하다가 의처증이 있는 남편에게 이런 말을 한다면❓ 에구… 끊임없는, ◉결할 수 없는, 증명할 수 없는 집안 싸움의 원인이 되겠습니다. 안 그런다요❓

이영혜 일엽지추(一葉知秋)라고, 정암 선생의 이웃집 한 처녀는 그가 글 읽는 소리 하나만으로 그를 사모했고, 훗날 그 처녀의 남편은 그녀가 자신의 허물을 감추지 않고 말한 것 한 가지만으로 그녀의 진실성에 감탄했고, 그녀의 이야기 하나만으로 정암 선생의 높은 뜻까지 파악했네요.

허유순 오늘 글에서 등장하는 세 사람은 참 아름다운 사람들이군요. 정암의 의연함, 자신의 치부를 드러내면서까지 정암을 도우려는 처녀의 용기, 그리고 그녀 남편의 넓은 이해심… 요새 세상에서는 모두 만나기 어려운 인간상이군요.

김선애 정암한테 회초리 맞았다던 그 아가씨, 그 시절 여인네 치고는 간도 크네요. 물론 크게 죄 지은 일은 아니지만 어째 그런 일을 남편에게 발설했을까? 게다가 그 말을 듣고 자신의 행동을 바꾼 그 남편 또한 대단하네요. 아, 조선시대에도 그런 사람들이 있었던 것을!

민선 그 옛날 남녀칠세부동석 시대의 그 처녀의 용기에 놀랄 뿐입니다. 그런 용기는 진실한 마음에서나 나오는 것이 아닐까요? 정암 선생을 향한 그녀의 진실한 마음이 처녀의 몸으로 남정네의 방에까지 찾아가게 했을 것이고, 정암 선생의 깨끗한 마음을 알고 있는 자신의 믿음을 거부할 수 없어, 어찌 보면 큰 흠이 되어 소박맞을지도 모르는 과거를 남편에게 토로한, 진실로 진실한 여인이라는 생각이 듭니다. 아내의 용기가 그녀의 진실한 마음에서 나온 것임을 깨닫고 아내를 용서할 뿐만 아니라 자신도 바른 길로 길을 바꾸는 남편, 모두가 참 아름답습니다.

거주양난 去住兩難

去:갈 거 / 住:살 주 / 兩:두 양 / 難:어려울 난
가야 할지 머물러야 할지 두 쪽 다 어려움.
곧 이러기도 어렵고, 저러기도 어려워 결정하기 힘든 것을 가리키는 말이다.

　　중국 후한(後漢)시대의 뛰어난 문인이자 음악가인 채옹(蔡邕)은 조조(曹操)와 절친한 사이였다. 채옹에게는 문희(文姬)라는 딸이 있었는데, 그녀는 매우 총명하여 그 소문이 자자하였다.

　　문희가 9살 때에, 채옹이 밤에 거문고를 타는 도중 줄이 하나가 끊어졌다. 옆에서 조용히 이를 듣고 있던 딸 문희가 아버지에게 말했다.

　　"거문고 둘째 현이 끊어졌습니다."

　　어둠 속에서도 거문고의 어느 현이 끊어졌는지 정확히 알아내는 딸의 재주를 비범히 여긴 채옹은 이번엔 불을 끄고 연주하다가 일부러 거문고의 현 하나를 끊었다.

　　"네 번째 현이 끊어졌습니다."

　　불을 켜고 보니 과연 네 번째 현이 끊겨 있는 것이 아닌가. 채옹은 딸의 총명함을 기뻐하며 널리 자랑하였다. 이처럼 총명하였던 문희는 헌제 때, 북방의 흉노족에게 잡혀가 흉노의 좌현왕과 강제로 결혼하여 12년 동안이나 살았다.

　　한편, 채옹과 각별히 친하던 조조는 그가 세상을 떠난 뒤, 그의 유작을 정리할 사람이 없다는 사실을 알고는, 흉노와 교섭하여 문희를 고국으로 돌아오게 하였다. 이미 두 아이의 어머니가 된 그녀의 마음은 괴로웠다. 사랑하는 아이들을 남겨 두고 떠나기도 어려웠고, 그렇다고 흉노의 땅에 남아 있기도 싫었다.

고심 끝에 결국 고국에 돌아온 그녀는 〈호가십팔박(胡歌十八拍)〉이라는 악곡을 지어 자신의 마음을 달래곤 하였다. 그 내용 중 다음과 같은 구절에서 '거주양난(去住兩難)'이라는 고사가 나오게 되었다.

"가야 하나, 머물러야 하나. 두 마음이여, 함께 펼치기 어려워라."

2008.02.19.

우정의 댓글

전경남 살아가면서 이러지도 저러지도 못 하는 처지에 놓일 경우가 많다. 문희는 어려서부터 매우 총명하여 널리 알려졌으나 팔자가 기박하여 흉노왕의 아내가 되었고 자식까지 두었는데, 고국 한나라로 돌아가려고 하니 그야말로 진퇴양난이었다. 그리하여 그가 고국에 돌아와 지은 〈호가십팔박〉이라는 악곡에서 그의 이러한 마음을 '거주양난'이라 하였다. 귀국을 할 수 있어 다행이었지만 사랑하는 자식을 떼어놓고 돌아온 어미의 마음은 또 얼마나 안타까웠을까…

전은자 이틀 넘게 우리끼리 자습하며 사부님 나타나길 기다렸는데… 아프지는 않았는지요? 이러지도 저러지도 못 하는데 선택은 해야 하고… 특히 자식 일이 걸린다면… 마음을 달래는 시나 노래가 그래서 적지 않게 있는가 봐요.

이영혜 흉노의 땅에 머물러야 할지 고향으로 돌아가야 할지 두 쪽 다 어려운 상황에서 고향으로 돌아간 문희의 마음은, '고향을 그리워하고 찾는 마음은 인간이나 동물이나 마찬가지'라는 수구초심(首丘初心)을 생각게 하네요.

임미순 "여인이 어찌 그 젖 먹는 자식을 잊겠으며 자기 태에서 난 아들을 긍휼히 여기지 않겠느냐 그들은 혹시 잊을지라도 나는 너를 잊지 아니할 것이라(사49:15)" 문희의 자식을 그리워하는 애끓는 마음이 이 같지 아니할까요?

김선숙 선택이란 제일 어려운 과제겠지요. 하다못 TV를 하나 사도 *순간의 선택이 10년을 좌우한다*는데… 우리 인간이 아무리 머리를 쥐어짜서 선택한다 할지라도 나중엔 결국 후회로 남겠지요. "그때, 그렇지 말았어야 … 다른 쪽을 택했어야 …" 하지만 어느 쪽을 택했다 하더라도 결국엔 후회로 남는 게 우리네 인생사가 아닐까요?

김선숙 싸부님, 갑자기 이수일과 심순애가 생각남은 왜 그럴까요? 이수일이냐? 김중배냐?… 근데, 여자는 이수일 같은 남자와 연애를 하고, 결혼은 김중배와 하고 싶어한다는 통계. 남자는 어우동 같은 여자와 연애를 하고 심청이 같은 여자와 결혼을 하고 싶어한다는 통계이옵니다. 그려 그려… 사랑을 택하면 돈에 울고, 돈을 택하면 사랑에 가슴 찢어지고… 에~휴…

김선숙 진명이 할마니… 거저 펜안 하디요? 손주아는 잘 크구요? 아구… 거 저거저 감사하디요. 아니 오곡밥과 나물은 와 안 했수? 우리 나이가 되면 하기도 구찮지요. 내레 그 심정 니 합네다. 이제 겨울도 다 갔수다레… 기리니끼니 봄이 날레 날레 옵네다. 거럼 이 피면 우리 동무들하구 원족 갑시다레. 그때까지 펜안히 계시라요. 오늘 둥근 보름 뜨면 나가서 맞이하시구레…

임미순 나의 사랑하는 친구여! 어제 저녁에 보니깐 둥근 이 유난히 밝습데다. 우리 진명이는 나날이 야물어지고 내도 따뜻한 봄이 되면 생기가 나갔디요? 피는 춘**삼**.월에 우리 동무들하고 원족 갈 수 있갔디요? 와 신난다… 부사부님(2), 오늘의 복습 감사하구만요! 愛

선우후락 先憂後樂

先:먼저 선 / 憂:근심할 우 / 後:뒤 후 / 樂:즐길 락
근심할 일은 다른 사람보다 먼저 근심하고, 즐길 것은 다른 사람보다 나중에 즐김. 곧 어진 사람의 삶의
자세를 가리키는 말이다. 이와 비슷한 말로 '선의후리(先義後利)'가 있다.

범중엄(范仲淹)은 북송(北宋) 시절의 혁신적인 정치가이며 학자요 문인이다. 그는 인종(仁宗) 때의 간관(諫官)으로서 혁신적인 정치를 펼쳐보려고 온갖 힘을 기울였고, 서북 변경을 수호하면서 여러 차례 서하(西夏)의 침공을 막았으며, 풍격이 호방하여 문학에도 뛰어난 역량을 발휘하였다. 또한 개혁정치가인 왕안석(王安石)이 개혁정치를 펼치는 데 있어 중요한 계기를 제공하였다.

중국 호남성(湖南省)의 북쪽에 있는 동정호(洞庭湖)에는 중국 3대 누각의 하나로 꼽는 유명한 악양루(岳陽樓)가 있다. 두보(杜甫)의 시로도 널리 알려진 악양루는 당나라 때부터 빼어난 관광지였는데, 특히 동정호와 양자강을 전망할 수 있는 웅대한 경관으로 시인 묵객들이 즐겨 작품에 올린 곳이다.

범중엄은 악양루를 개수할 때 그곳의 지방 장관으로 있던 친구인 등자경의 부탁을 받아 천하 명문으로 일컬어지는 〈악양루기(岳陽樓記)〉라는 글을 써서 누각에 새겨 두었다. '선우후락(先憂後樂)'은 바로 이 글에 나오는 말로, 〈악양루기〉의 일부를 들어보면 다음과 같다.

바깥 사물 때문에 기뻐하지 아니하며 나의 처지 때문에 슬퍼하지 아니하나니, 조정의 높은 벼슬에 있을 때면 그 백성들을 걱정하고, 멀리 강호에 떨어져 있을 때면 그 임금을 걱정하네. 이는 나아가도 또한 근심하고 물러나

도 또한 근심하는 것이니, 그렇다면 어느 때에 즐거워해야 할 것인가? 마땅히 이렇게 말할 것이다. 세상의 근심은 세상 사람보다 먼저 걱정하고, 세상의 즐거움은 세상 사람보다 뒤에 즐거워한다.

이로부터 '선우후락(先憂後樂)'은 지사(志士)나 인자(仁者)의 마음가짐을 이르는 말로 쓰이게 되었다.

2008.01.03.

우정의 댓글

전경남 보통 사람들은 살아가면서 자기에게 닥쳐오는 근심을 걱정하기 바쁘고 자신이 맞은 즐거움을 즐기기에 바쁘다. 그러나 어진 사람들은 남을 위하여 먼저 근심하고 자신의 즐거움은 남의 즐거움보다 뒤로 하기 때문에 세상 사람들이 우러러 보는 것이다. 이들이야말로 참다운 지사요, 지도자로서의 자질을 갖춘 사람들이다. 앞으로 우리나라의 지도자들이 이처럼 국민들의 근심을 자기 근심보다 우선순위에 두고 자신의 즐거움은 국민들의 즐거움보다 뒤에 놓을 수 있다면 얼마나 좋을까…

이영혜 "선우후락(先憂後樂)은 지사(志士)나 인자(仁者)의 마음가짐을 이르는 말로 쓰이게 되었다."라니, "지사(志士)와 인인(仁人)은 삶에 급급하여 인(仁)을 해치는 일이 없고, 몸을 죽여서라도 인(仁)을 이룩하는 일은 있다."라는 말에서 유래한 살신성인(殺身成人)이 생각나네요.

임미순 영혜야❗ 오늘날 정치인들이 '살신성인'의 마음으로 나랏일을 한다면… 하는 바람이 드는구나. 자신의 영🌙을 위☀️서 정치판에 끼어들지 말고… 진정한 애국심의 발로로 정치가가 되어야 할 텐데. 그렇지 못한 사람들이 너무나 많으니, 한심한 노릇이지 않니?

임미순 "슬픔이 웃음보다 나음은 얼굴에 근심함으로 마음이 좋게 됨이니라 지혜자의 마음은 초상집에 있으니 우매자의 마음은 연락하는 집에 있느니라(전7:3-4)" 보통 사람들은 잔칫집에 가기를 초상집에 가기보다 좋아하지만, 슬픔을 같이 하면 반으로 줄고, 백지장도 맞들면 가볍다고 했듯이, 어려울 때 서로 도와가며 사는 것이 세상 살아가는 훈훈한 인심이 아닐까요?

김선숙 보통 사람들하고 어진 이, 지도자하고는 뭔가 달라도 한참을 달라야겠습니다. 나라나 남을 위하여 걱정을 먼저 해야 지도자의 자격이 있을 테지요. 오늘 공부를 하다 보니 전에도 배운 선공후사(先公後私)하고도 내용이 얼추 비슷하군요. 이런 마음가짐으로 나랏일을 하신다면 백성들이 나라님이 계신 줄도 모르면서 태평성대의 때와 같이 편하게 살 텐데요. 전에도 어느 나라님이 보통 사람이라구 하도 강조를 해서 그런 줄 알았더니… 아니, 글쎄 보통 사람은 보통 사람이었는디… 고거이 '보아서는 통 알 수 없는 사람'이었잖이여…

전은자 고때 고때 즐기다 보면 후에 낙(delayed gratitude)이 없겠지요. "자신의 즐거움은 국민들의 즐거움보다 뒤에" 놓고 열심히 걱정하는 지도자들이 많이 나오기를 기원하게 되네요.

민선 서양의 Carpediem과 비교하니, 과연 동양적이네요! 보통 사람은 카르페디엠, 지도자는 선우후락하자고 하면 너무 이기적인가…? 좋은 교훈에 감사~~!

일모도원 日暮途遠

日:날 일 / 暮:저물 모 / 途:길 도 / 遠:멀 원
날은 저물고 갈 길은 멀다.
곧 할 일은 많은데 형편이 좋지 못하거나 시간이 별로 없음을 뜻하는 말이다.

『사기(史記)』〈오자서전(伍子胥傳)〉에 다음과 같은 이야기가 전한다.

중국 춘추시대 초(楚)나라에 오자서(伍子胥)라는 인물이 있었다. 그의 집안은 대대로 초나라에서 벼슬을 하였는데, 아버지 오사(伍奢)는 초나라 평왕(平王)의 태자를 가르치는 태부(太傅) 벼슬을 하고 있었다. 그때 소부(少傅) 벼슬을 하고 있던 비무기(費無忌)는 진(秦)나라에서 데려온 여인을 평왕에게 바치고 아첨으로 신임을 얻었다. 비무기는 태자가 제후와 짜고 반란을 일으키려 한다고 참언을 하였다. 평왕은 태부인 오사를 불러 그를 엄중히 문책했지만, 오사는 왕이 간사한 신하의 말만 믿고 태자를 멀리하고 있다고 충간하였다. 이로 인해 오사는 유폐되고, 태자는 송나라로 도망쳤다. 비무기는 또 태자의 음모가 오사의 두 아들이 뒤에서 조종한 것이라고 왕에게 참언했다. 이로 인해 형인 오상(伍尙)은 아버지 오사와 함께 사형을 당하고, 오자서는 오나라로 도망쳤다. 이에 오자서는 후일 반드시 복수할 것을 기약하였다. 오자서는 오나라의 태자 광[光: 뒤의 오왕인 합려]의 심복이 되어 왕위를 차지하는 데 공을 세워 그의 오른팔이 되었다.

한편 초나라에서 아버지가 살해당한 백비가 망명해 오고, 병법가인 손무(孫武)도 들어와 이 세 사람이 힘을 합하여 오나라는 국력을 크게 키워 나갔다. 오자서에게는 어릴 적 친구인 신포서(申包胥)가 있었다. 오자서가 초나라에서 도망

하면서 신포서에게 "내가 기필코 초나라를 멸망시킬 것이다" 하니, 신포서는 "나는 초나라를 지킬것이다"라고 했다.

마침내 오왕 합려(闔閭)는 오자서와 더불어 군사를 이끌고 초나라를 공격해 수도를 함락시켰다. 그러나 원수인 초나라 평왕은 이미 죽고 없었으며, 그의 아들인 소왕(昭王)의 행방 또한 묘연해 잡을 수가 없었다. 그러자 오자서는 평왕의 무덤을 파헤치고 그 시신을 꺼내 300번이나 채찍질을 가한 후에야 그만두었다.

한편 산중으로 피한 친구 신포서가 이 이야기를 듣고 사람을 시켜 오자서에게 편지를 보내 이렇게 꾸짖었다.

"그대는 비록 원수를 갚기 위해서 평왕의 시신에 형벌을 가했다고 하지만 너무 심한 처사가 아닌가! 일찍이 평왕의 신하로서 왕을 섬겼던 그대가 지금 그 시신을 욕되게 하였으니, 이보다 더 천리(天理)에 어긋난 일이 또 있겠는가?"

이 말을 들은 오자서도 심부름 온 사람에게 다음과 같이 대답하였다.

"내 그대의 편지에 감사하노라. 지금 나의 처지는 해는 저무는데 갈 길은 멀다는 격이다. 그러므로 일을 함에 있어 도리에 어긋난 일을 할 수밖에 없다네."

2007.12.24.

우정의 댓글

전경남 오자서가 아버지와 형의 원수를 갚기 위하여 한 행위는 '이에는 이, 눈에는 눈' 식의 복수였다. 그는 이러한 행위를 하게 된 이유로 '날은 저무는데 갈 길은 멀다' 곧 이치를 따져 가며 일을 행할 겨를이 없어서라고 하였다. 골수에 사무친 원한이 그러한 행동을 낳았으나 그 같은 행동과 변명은 당위성이 인정되지 못하였다. 우리의 삶 속에서도 '일모도원'의 후회를 낳지 않도록 부지런히 해야 할 일을 해 두어야 하겠네…

김선숙 그렇습니다, 죽은 자는 죽은 것으로 이미 용서를 받은 것이지요. 그 시신에 대고 욕을 하든 형벌을 가하든 무슨 소용이 있겠습니까? 워낙 원한이 뼈에 사무쳐 그런 행동이라도 하려고 했겠지만 결국은 모두 다 쓸데없는 일이군요. 항복하거나 고개 숙인 적장의 목은 베지 않는다는 말이 새삼 생각이 납니다. 아무리 해가 지고 갈 길이 멀다 해도 공연히 쓸데없는 일을 시도해서 후회되는 일이 없도록 노력하겠습니다.

임미순 "주의 목전에는 천년이 지나간 어제 같으며 밤의 한 경점 같을 뿐임이니이다(시90:4)" "우리의 연수가 칠십이요 강건하면 팔십이라도 그 연수의 자랑은 수고와 슬픔뿐이요 신속히 가니 우리가 날아가나이다(시90:10)" 우리가 짧은 인생길에 후회와 아쉬움을 남기지 않고 살다 갈 수만 있다면 얼마나 좋을까요?

김원심 올해도 며칠 안 남은 지금, 귀에 쏘옥 들어오는 글귀네요. 이젠 한 해가 지난다는 개념이 전과는 많이 다른 것 같아 지난날에 대한 아쉬움도, 새해의 기대도 구분이 없네요. 이글을 올려 주시니 지난날도 돌아보고 해가 저물어도 갈 길을 가도록 하겠습니다.

전은자 6.25 때 죽은 미병의 시체를 찾아 반백 년 지나도 장례식 올리는데… 한편 사랑도 미움도 〈NOW/지금〉 하지 않으면 후회막심의 결과를 낳겠다는 각성이 오네요.

민선 일모도원--! 우리 이 나이에 이르니, 이 단어가 너무나 무자비(!)하게 가슴을 파고드네요…! 촌철살인? ㅋ. 박정희 대통령이 좋아하던 5개년 계획을 거울삼아, 이이랑 20개년 계획을 세울까? 하며 얼마 전에 농담을 했는데, 신년 Resolution으로 20개년 계획 도표나 좌악 세워 볼까나…? ㅎㅎ 아, 인생은 과연 백구과극~~! 싸부니임의 깨달음을 주는 좋은 성어에 또 한번 감~사!^^*

수불석권 手不釋卷

手:손 수 / 不:아닐 불 / 釋:풀 석 / 卷:책 권
손에서 책을 놓지 않음. 곧 손에서 책을 놓을 틈이 없이 열심히 글을 읽어 학문을 닦는 것을 가리키는
말이다. 이 말과 같은 뜻으로 '수불폐권(手不廢卷)'이라는 말을 쓰기도 한다.

중국 삼국시대 오(吳)나라의 대장 여몽(呂蒙)은 자(字)가 자명(子明)이다. 그는
어려서 집안이 가난하여 공부를 하지 못했다. 군에 들어간 후, 그는 용맹을 발
휘하여 많은 무공을 세웠지만, 일부 고관들은 그가 배우지 못했다고 하여 경시
하였다. 그러나 오나라 왕 손권(孫權)은 여몽이 비록 나이가 어리고 학식은 부족
하였지만 여러 차례 무공을 세웠으므로 그를 무척 좋게 평가하고 그에게 전략
요충지를 담당하는 임무를 맡기고자 하였다. 여몽이 임지로 떠나기에 앞서, 손
권은 그에게 다음과 같이 분부하였다.

"너는 이제 군정(軍政) 대권을 맡게 되었으니, 마땅히 많은 사서(史書)와 병서
(兵書)를 읽어야만 일을 잘 처리할 수 있을 것이다."

여몽은 마음속으로, '독서는 학문하는 사람들의 일이요, 나는 군대를 이끌고
전장에 나가서 이기면 되는 장군인데, 독서가 무슨 필요가 있겠는가?'라고 생각
하고, 손권에게 다음과 같이 대답하였다.

"부대의 일이 너무 많은데 독서할 시간이 어디 있겠습니까?"

이 말을 들은 손권은 몹시 화를 내며 꾸짖었다.

"내가 어찌 그대에게 경전을 공부하여 박사가 되기를 바라겠는가? 그러나 그
대의 말은 옳지 않다. 시간이란 자신이 만들어 내는 것이다. 나는 과거에 책
읽기를 좋아하였다. 지금은 국가의 대사를 맡아 매우 바쁘지만, 어떻게든 시간

을 내어 역사서와 병서를 읽는다. 한나라의 광무제는 전쟁을 치르는 중에도 공부를 잊지 않고 항상 손에서 책을 놓지 않았다. 그리하여 광무제는 비로소 한실(漢室)을 다시 일으켜 세울 수 있었다. 위나라 조조(曹操)도 역시 늙도록 공부하기를 즐겨 한다고 하였는데, 그대는 어찌 홀로 스스로 힘쓰지를 않는가?"

여몽은 이 말을 매우 감동하였고, 또한 부끄럽기도 하였다. 그리하여 여몽은 비로소 학문의 길에 나아가, 뜻을 돈독히 하고 정진하여 높은 경지에 이르렀다. 그는 결국 지혜와 용맹을 갖춘 오나라의 장군이 되어 많은 전공을 세웠다.

2007.12.02.

우정의 댓글

전경남 여몽은 평소 공부를 하지 않았지만 한번 학문의 길에 들어선 이후로는 독실하게 정진하여 높은 경지에 이르렀다. 뒤에 그의 옛 친구인 노숙이 여몽을 찾아가 대화를 나누다가 박식해진 여몽을 보고 크게 놀라 그 연유를 물었다. 여몽은 "선비가 만나서 헤어졌다가 사흘이 지난 뒤 만날 때는 눈을 비비고 다시 볼 정도로 달라져야만 한다[괄목상대(刮目相對)]"라고 하였다. 사람이 한번 뜻을 세웠으면 이처럼 실천해 나가야만 목표를 이룰 수 있겠네…

이영혜 여몽과 같이 승당입실(升堂入室)하려면 위편삼절(韋編三絕)이나 조갑천장(爪甲穿掌)에 따르는 굳은 의지가 필요했는지 모르겠네요.

김선숙 예전에는 주경야독으로 바쁜 중에도 틈틈이 책을 읽었다는데… 요즈음엔 모든 게 편리🌸진 세상이고 특히 우리들은 농사도 짓지 않는데 책을 붙잡기가 힘드니 죄송한 마음뿐이군요. 불빛이 없었을 때도 반딧불이나 눈빛으로도 책을 읽었는데 요즈음엔 그 좋은 조명 장치에도 불구하고 주경야독이 '주경야컴', 더할 땐 '주컴야컴'으로 생활이 바뀌고 있네요. 젊은이들은 '주컴야동'이니… 이나마 우리 싸부님이 공부방을 지키시어 우리들을 일깨워 주심에 느~무 감사를 드려요.

김선숙 어느 정신병원에서 환자 두 명이 두꺼운 책을 읽으며 서로 열심히 토론을 하고 있었다. 환자 A: 이 책은 너무 나열식이야. 그래서 너무 뻔하고 재미도 없어. 환자 B: 그것보다도 이 책엔 등장 인물이 너무 많아. 이렇게 등장 인물이 많으면 헷갈리고 그 이름을 다 외울 수가 없단 말이야. 그때 한 간호원이 뛰어 나오더니… "이것 보세요, 여기 있던 전화번호부 책을 가져가시면 어떡ⓐ요…"

김선애 수불석권(手不釋卷)하며 책을 읽고 걷는 시간조차 아까워 우각괘서(牛角掛書)하여 책을 읽어 지식을 얻고 지혜를 얻은들 그것이 사람 됨됨이에 영향을 미치지 못하며 이 세상에 정의를 이루는 데 도움이 되지 못한다면 무슨 의미가 있겠습니까. 힘들게 얻은 지혜와 지식을 일신의 영달을 위해서만 사용한다면 그것 또한 무슨 의미가 있겠습니까. "…하나님께서 세상의 미련한 것들을 택하사 지혜 있는 자들을 부끄럽게 하려 하시고 세상의 약한 것들을 택하사 강한 것들을 부끄럽게 하려 하시며…이는 아무 육체도 하나님 앞에서 자랑하지 못하게 하려 하심이라"(고전 1:27-29)

허유순 죽을 때까지 배워야 한다는 말이 생각나네요. 싸부님이 이렇게 매일 공부할 수 있는 자극을 주시니 얼마나 감사한지요.

승당입실 升堂入室

升:되, 오를 승 / 堂:집 당 / 入:들 입 / 室:집 실
마루에 오르고 방 안에 들어감.
곧 학문의 경지가 상당한 단계에 올라 점차 깊어짐을 가리키는 말이다.

『논어(論語)』「선진편(先進篇)」에 다음과 같은 이야기가 전한다.

공자에게 자로(子路)라는 제자가 있었다. 자로의 이름은 중유(仲由)인데, 정치 방면에 뛰어나고 효성이 지극하였으며 성질이 용맹하였다. 공자는 그의 지나친 용맹을 걱정하여 지적을 많이 하면서도 큰 애정을 보였다.

하루는 자로가 비파를 타고 있었다. 그 음색은 그의 성격 그대로 호쾌하고 웅장했다. 그것을 들은 공자가 자로에게 이렇게 말씀하셨다.

"저렇게 비파를 칠 바에야 어쩌자고 우리 집에서 치는고?"

공자가 인(仁)과 중용(中庸)을 가르치는 것에 비하여 그의 연주는 중화(中和)를 얻지 못하고 너무 호탕하여 살벌한 기운이 있었기 때문이었다. 이에 대해 스승의 지적을 받은 자로는 스스로 뉘우치며 7일 동안이나 음식을 들지 않았다고 한다.

그러나 다른 제자들은 공자의 이 같은 평을 듣고 자로를 존경하지 않게 되었다. 이에 공자는 자신의 진의를 이해하지 못한 제자들을 향하여 다시 말씀하셨다.

"유의 학문은 그만하면 당에는 오를 수 있다. 아직 방안에는 들 만하지 못할 뿐이다."

곧 자로의 학문은 상당한 수준에 이르렀으며, 다만 오묘한 경지까지 들지는 못하였다는 것으로 전도가 유망하니 업신여겨서는 안 된다는 말씀이었다. 제자

들은 잘못을 깨닫고 다시 자로를 존경하게 되었다.

2007.11.25.

우정의 댓글

전경남 자로는 원래 성질이 거칠고 괴팍한 사람이었는데, 공자의 설교에 감복하여 제자가 되었으니, 힘과 강함을 도의(道義)로써 설복한 사례라 하겠다. 평소 공자는 그의 지나친 용맹성과 과단성을 우려하여 중화(中和)를 지향하도록 많은 충고를 하셨는데, 위의 이야기도 그 한 사례이다. 학문과 예술에 있어서도 사람마다의 기질에 좌우되어 개성이 드러나게 마련이나, 지나치게 편벽하게 흐르면 덕이 되지 못함을 가르쳐주고 있다. 중용(中庸)을 지켜 산다는 것이 이처럼 어려운 일이구나…

손동숙 입실(入室)에 오르는 경지란 얼마나 힘들까요… 넘치지도 모자라지도 않는 중용을 지키는 건 어떤 것에서나 필요한 것이고 어렵군요.

이영혜 비파를 타는 것과 학문을 터득하는 데 있어서 중용을 지키는 것이 중요하다는 내용의 글을 읽으니, 공부는 거문고 줄 고르는 법같이 팽팽함과 느슨함이 알맞아야 미묘한 소리가 나듯, 너무 조이거나 늦추지 말아야 한다는 말, 공부여조현지법(工夫如調絃之法)이 생각나네요.

김선숙 싸부님… 영혜 학상은 너무나 열심으로 공부를 하고 또 우리들을 복습까정 시켜주닝께… 승당(昇堂)은 맡아논 당상(堂上)이지요. 영혜야, 너는 우리 공부방에서 일떵으로 승당을 했네. 입실(入室)꺼정 했는지는 싸부님께서 아실 것이고… 옴마나 부럽당!!

김선숙 싸부님이 날마다 열심으로 가르쳐 주시는데도 아직 승당(昇堂)조차 아득히 뵈니 어느 세월에 입실(入室)을 바라볼까요❓ 학문과 예술을 깨달고저 하나 갈수록 어렵고 모르는 것뿐입니다. 젊은 시절 뺀질이로 뺀질 뺀질 놀다가 이 나이에 공부 좀 ❀보려니… 아니 기본바탕이 있어야 뭘 좀 ❀볼틴디… 에휴… 지나간 아까운 시간들이여… 마음만 안타깝네요.

김선애 '들은 것을 아직 다 행하지 못했을 때는 또 다른 것을 들을까봐 두려워할 뿐이었다'는 자로가 비파를 어떻게 연주했을지는 짐작이 갑니다. 빨리 실력을 드러내려고 얼마나 급하고 강하게 연주했겠습니까? 강약, 완급의 조절과 절제에 아름다움이 있는 것을. 자로는 공자님 제자답게 실력이야 있었겠지만 공자님께서는 재(才)가 승한 것을 경계하며 재(才)와 덕(德)의 조화를 자로에게 주문하신 것 같네요. 이는 오늘날 학문하는 사람도 귀담아 들어야 할 말씀 같습니다.

김원심 우리 삶의 순간마다 적용하고 싶은 말씀이네요. 마당에 들어섰나? 마루까지는 오를 수 있는가? 방엔 언제 들어가지? 자신이 서 있는 자리를 늘 살피며 살 수 있다면 얼마나 좋을까요. 너무 어려워 아직 마당에도 들어서지 못했네요.

허유순 스승의 지적을 받고 스스로 뉘우쳐 7일간이나 음식을 전폐하였다고 하니 자로도 보통사람은 아니군요. 부족하지도 넘치지도 않는 삶을 위해서는 끊임없는 노력이 필요하겠지요.

중과부적 衆寡不敵

衆:무리 중 / 寡:적을 과 / 不:아닐 부(불) /敵:대적할 적
적은 수효는 많은 수효를 대적하지 못한다는 말이다.

『맹자(孟子)』「양혜왕편(梁惠王篇)」에 다음과 같은 이야기가 전한다.

중국 전국시대(戰國時代)에 천하를 주유하며 왕도정치를 설파하던 맹자가 제(齊)나라에 가서 선왕(宣王)을 만났다. 선왕은 천하의 패권을 잡기 위한 방법을 맹자에게 물었다. 이에 대해 맹자는 오직 왕도정치만이 바른 길이라고 하면서 다음과 같이 대화를 풀어나갔다.

"군대를 일으켜 무력으로써 천하의 패자가 되고자 하는 것은 마치 나무에 올라가 물고기를 구하는 것과 같습니다."

"그것이 그토록 심하다는 말이오?"

"그보다도 더 심합니다. 나무에서 물고기를 구하는 것은 물고기를 얻지 못하더라도 재앙은 없겠지만, 이와 같은 욕심을 추구하면 마음과 힘을 다하더라도 반드시 재앙이 있을 것입니다."

"그 내용을 들을 수 있습니까?"

"예를 들면, 지금 소국인 추(鄒)와 대국인 초(楚)가 싸운다면 어느 쪽이 이기겠습니까?"

"물론 초나라가 이길 것입니다."

"그렇다면 작은 것은 결코 큰 것을 이길 수 없고, 무리가 적은 것은 무리가 많은 것을 대적할 수 없으며, 약한 것은 강한 것을 대적할 수 없는 것입니다.

지금 천하에 사방 천리 되는 땅을 가진 나라가 아홉이 있는데, 제나라도 그 가운데 하나입니다. 하나를 가지고 나머지 여덟을 굴복시키려 하는 것은 결국 작은 추나라가 거대한 초나라에 대적하여 이기려 하는 것과 무엇이 다르겠습니까?"

그런 다음 맹자는 왕도론으로 말을 맺으면서, 무력으로 천하의 패권을 차지하려는 선왕의 욕망이 잘못된 것을 지적하였다.

"그러므로 그 근본을 돌이켜야 합니다. 왕도로써 백성을 열복(悅服)시킨다면 그들은 모두 전하의 덕에 기꺼이 굴복할 것입니다. 천하 또한 전하의 뜻에 따라 움직이게 될 것입니다."

2007.10.31.

우정의 댓글

전경남 전국시대에는 각국의 군주들이 무력으로 이웃나라를 정벌하여 패권을 잡으려고 힘쓰던 시대였다. 이러한 시대에 맹자는 제나라 선왕을 만나 패도정치는 '연목구어(緣木求魚)'와 같고, 왕도정치야말로 백성들이 즐겨 따르게 하는 바른 길임을 강조하였다. 오늘날 세계도 군사력과 경제력으로 제패하려는 세력 간의 갈등 때문에 평화가 깨어지고 분쟁이 심화되고 있다. 어떻게 해야 나라 간에도 서로 존중하는 어진 정치를 실현시킬 수 있을까…

오숙혜 약한 것은 강한 것을 이길 수 없을지 모르겠으나 부드러운 것은 강한 것을 이길 수 있다는 것을 경험으로 알고 있습니다. 무엇을 강함으로 보느냐에 달렸지마는…

임미순 "이 전쟁에는 너희가 싸울 것이 없나니 항오를 이루고 서서 너희와 함

께 한 여호와가 구원하는 것을 보라 유다의 예루살렘아 너희는 두려워
하며 놀라지 말고 내일 저희를 마주 나가라 여호와가 너희와 함께 하리
라 하셨느니라(대하20:17)" 사람은 숫자를 보지만, 하나님은 숫자를 보
시지 않지요, 이김은 오직 여호와 하나님께 있으니까요!

손동숙 오늘은 공부가 없나 했더니 저녁 공부를 시키시네요. 힘으로야 많고
센 것을 어찌 이길 수 있으리오. 그러므로 근본을 돌이켜야 한다. 그렇
군요. 너그러움, 부드러움, 따뜻함… 이런 단어들을 떠올리게 됩니다.

김선숙 적은 수효가 많은 수를 대적하지 못하는 것은 즉 약육강식(弱肉强食)이
고 다음엔 승자독식(勝者獨食)으로 이어지겠습니다. 힘으로 이웃을 쳐
서 패권을 잡으려 한다면 계속되는 인적 물적 손해를 감수해야 하고
백성들의 생활은 도탄에 빠지고 나라님만 원망하는 마음뿐이겠지요.
나무에서 물고기를 얻지 못하면 그것으로 그치지만 황폐해진 백성들의
생활은 큰 혼란을 불러오겠지요. 왕도정치란 왕의 도리로 하는 정치인
데 왕의 도리라는 게 즉 백성들 등 따습고 배 통통 튕겨가며 배불리
먹고 세금 쬐꼼 내도 되면 나라님이 계신지 안 계신지도 모르는 게 왕
도정치가 아닐까요? 그저 백성들 살기 편하고 불평불만 없으면 그게
지상 최고의 이상적인 정치가 아닐까요?

김선숙 혼란스러웠던 전국시대(戰國時代)를 생각하며… 지금 대선주자들의 혼
란스런 선거활동을 보면서… 대선에 나선 후보자들은 누구를 막론하고
거의 똑같은 모습으로 겉으로는 서민들을 제 피붙이보다도 더 끔찍이
위하고 아끼는 것처럼 하면서 그 이면에는 권력을 쥐려는 속셈이 독사
처럼 도사리고 있으니… (장사하는 시장에 가서 손도 잡아주고 노점상 음식
도 먹어보며 장사하는 사람들 방해나 하면서 당선되면 왜 무능해서 장사도
제대로 못 하냐구 함시롱). 이게 왕도정치(王道政治)인가 독사정치(毒巳政

治)인가… 에구, 그 꼴을 보기가 싫은디, 아니 이역만리 타향에서두 눈 감고도 뵈니 이걸 워쩐댜?

허유순 허황된 욕심이 항상 문제군요. 하나 있으면 하나 가진 것으로 만족하면 될 터인데 여덟을 탐내니…

엄이도령 掩耳盜鈴

掩:가릴 엄 / 耳:귀 이 / 盜:도둑 도 / 鈴:방울 령
귀를 막고 방울을 훔침. 자신이 듣지 못한다고 남도 듣지 못하는 줄로 알거나,
또는 남의 말을 듣지 않으려는 독선적이고 어리석은 사람을 가리키는 말이다.

『여씨춘추(呂氏春秋)』〈불구론(不苟論)〉에 다음과 같은 이야기가 전한다.

중국 춘추시대 말엽에 진(晉)나라에서는 권력을 둘러싼 귀족들의 격렬한 세력 다툼이 전개되었다. 이 와중에 신흥 세력을 대표하는 조간자(趙簡子)가 구세력의 핵심인 범길사(范吉射)와 그 가족을 멸하게 되자 그의 가족 중에 살아남은 사람들은 모두 진나라를 탈출하였다.

어느 날, 한 도둑이 이미 몰락해서 비어 있는 범길사의 집에 들어와서는 대문에 걸려 있는 큰 종을 발견하였다. 그는 그 종을 훔쳐 가려고 생각했으나 혼자 옮기기에는 너무 무거웠다. 그리하여 종을 조각내어 가져가려고 망치로 종을 내리친 순간, "꽝" 하는 큰 소리가 났다. 도둑은 혹 다른 사람이 그 소리를 듣고 와서 자기가 훔친 것을 빼앗아 갈지도 모른다는 생각이 든 나머지 얼른 손으로 자신의 귀를 막았다. 도둑은 자기의 귀를 막으면 자기에게도 안 들리고 다른 사람도 듣지 못하리라 여겼던 것이다.

『여씨춘추(呂氏春秋)』에서는 이 이야기를 한 다음, 전국시대의 뛰어난 군주였던 위문후(魏文侯)의 이야기를 들어서, 바른말 하는 신하를 소중히 여겨야 한다는 비유로 쓰고 있다.

어느 날 위문후가 술자리를 마련하고 신하들에게 자신에 대한 평을 기탄없이 들려 달라고 하였다. 신하들은 한결같이 왕을 칭송하는 말만을 늘어놓았다. 그

런데 임좌(任座)의 차례가 되자, 그는 임금의 숨은 약점을 지적하였다.

"임금께서는 중산(中山)을 멸한 뒤에 아우를 그곳에 봉하지 않으시고 태자를 봉하신 것은 옳지 않은 일입니다."

그 말을 들은 문후(文侯)가 무심코 얼굴을 붉히며 노여운 기색을 보이자, 임좌는 문후를 경멸하는 듯한 표정을 짓고 급히 밖으로 나가 버렸다. 그러자 적황(翟黃)이 다음과 같이 말했다.

"옛말에 임금이 어질어야 신하가 바른 말을 할 수 있다고 했습니다. 방금 임좌가 바른말을 하는 것을 보니 임금께서 밝으신 것을 알 수 있습니다."

이 말을 들은 문후는 곧 자신의 태도를 반성하고 급히 임좌를 부르게 한 다음 몸소 뜰아래까지 내려가 그를 맞이한 후 상좌(上座)에 앉게 하였다.

이 말과 같이 쓰이는 말로 '엄이도종(掩耳盜鐘)' 또는 '엄이투령(掩耳偸鈴)' 등이 있다.

2009.09.18.

우정의 댓글

전경남 도둑이 자기 귀에 안 들리면 남의 귀에도 들리지 않을 것으로 생각하여 귀를 막은 이야기는 마치 꿩이 사냥꾼에게 쫓기다가 급하면 자기 머리만 숲에 감추고 안전할 줄로 여긴다는 것과 흡사하다. 사람들도 다른 사람에 대해서는 시시비비를 잘 따지면서도 자신에 대해서는 눈을 감아 버리는 경우가 많다. 그리하여 자신의 결점을 남들은 다 아는데 자신만 모르는 경우가 허다하다. 도둑이 귀를 막은 어리석음과 같은 일을 저지르지 말고 자신을 돌아보며 바로 살기에 힘써야겠네.

이영혜 명어관인암어관기(明於觀人暗於觀己)라더니 엄이도령(掩耳盜鈴)은 청각적인 비슷한 표현이네요. 인간의 군맹평상(群盲評象)적인 소견은 반 무의식, 반 의식적인 경우가 많겠지요. 이 이야기에서 위문후는 적황의 말을 듣고 "곧 자신의 태도를 반성하고 급히 임좌를 부르게 한 다음 몸소 뜰아래까지 내려가 그를 맞이한 후 상좌에 앉게 하였다"니, 문후의 넓은 도량은 요임금이 언로(言路)를 열기 위해서 세웠다는 비방지목(誹謗之木)을 연상시키네요.

임미순 "이러므로 사람이 선을 행할 줄 알고도 행치 아니하면 죄니라(약4:17)" "오직 위로부터 난 지혜는 첫째 성결하고 다음에 화평하고 관용하고 양순하며 긍휼과 선한 열매가 가득하고 편벽과 거짓이 없나니 화평케 하는 자들은 화평으로 심어 의의 열매를 거두느니라(약3:17-18)" ∼ 오늘의 "엄이도령(掩耳盜鈴)"과 연관 지어 보았어요. 말씀 외에 더 부연할 말이 없을 것 같네요, 수🌀로 피🌀를 입은 제주 시민들에게 하나님의 위로와 돌보심이 함께 하심을 기원하며…….

전은자 직언하고 자리를 뜬 임좌, 위문후를 오히려 어질고 밝은 임금으로 추켜세운 적황(翟黃), 즉각 자신의 태도를 반성한 위문후… 삼박자가 잘 맞았네요. 때로는 중개자(mediator) 역할이 아주 중요한 것 같습니다. 남의 말 경청이 참 중요하네요.

이영혜 은자야, 맞아, "mediator의 역할이 아주 중요"하지. Mediator의 적절한 역할로 재판까지 할 사건의 숫자가 대폭 줄어들잖아?

김선애 한 글자라도 자신이 펴낸 글에 첨삭할 수 있는 자에게는 천금을 주겠다(一字千金)며 자신감을 드러낸 여불위(呂不韋)의 여씨춘추(呂氏春秋). 왕족이 아니면서도 진(秦)나라 진시황(始皇帝)의 아버지로도 일컬어지는 여불위가 승상으로 재임하는 동안 수많은 학자들을 동원하여 여러 학문을 집대성한 책이 출전이라는 해설을 보며 여불위 자신이 엄이도령

(掩耳盜鈴)의 우(愚)를 범한 게 아닌가 하는 생각이 드네요. 야사(野史)이긴 하지만 시황제의 생부로 그렇게 많은 업적을 남겼지만 결국 유배당해 스스로 목숨을 끊을 수밖에 없었던 그도 아마 죽을 때가 돼서야 자기 귀 막았다고 안 들릴 거라 생각한 도둑과 자신이 별다를 바 없는 사람이란 걸 알았을 것 같아요.

갈택이어 竭澤而漁

竭:다할 갈 / 澤:못 택 / 而:말 이을 이 / 漁:고기 잡을 어
연못의 물을 모두 퍼내어 고기를 잡음.
곧 멀리 내다보지 못하고 눈앞의 이익만을 꾀함을 비유한 말이다.

『여씨춘추(呂氏春秋)』「효행람(孝行覽)」에 다음과 같은 이야기가 전한다.

중국 춘추시대 진(晉)나라 문공(文公)은 왕위에 오른 지 얼마 되지 않아 초(楚)나라와 격전을 벌이게 되었다. 그러나 초나라 군사의 수는 진나라 군사보다 훨씬 많을 뿐만 아니라 병력 또한 막강하여 승리할 방법이 없었다. 그리하여 호언(狐偃)에게 어찌하면 좋을지를 물었다.

"초나라의 병력은 많고 우리 병력은 적으니 이 싸움에서 어찌하면 이길 수 있겠소?"

호언은 이렇게 대답했다.

"신은 예절을 중시하는 자는 번거로움을 꺼리지 않고, 싸움에 능한 자는 속임수를 쓰는 것을 싫어하지 않는다고 들었습니다. 왕께서는 속임수를 쓸 수밖에 없습니다."

그러자 진문공(晉文公)은 호언의 계책을 옹계(雍季)에게 알려주며, 그의 의견을 물었다. 옹계는 찬동할 수 없었으나 다른 방법이 없었으므로, 다만 다음과 같은 말을 덧붙였다.

"연못의 물을 말려서 고기를 잡는다면 못 잡을 게 어디 있겠습니까만, 이듬해에는 잡을 고기가 없게 될 것입니다. 숲을 태워서 사냥을 한다면 못 잡을 짐승이 어디 있겠습니까만, 이듬해에는 잡을 짐승이 없게 될 것입니다. 속이는 계책

도 이러합니다. 비록 어쩌다 한 번은 성공할지 모르지만, 다음번에는 통하지 않을 것이니, 이것은 먼 앞날을 내다보는 계책이 아닙니다."

진문공은 호언의 계책을 채택하여 성복 땅에서 초나라를 패배시키고 패권을 차지하게 되었다. 그런데, 전쟁에서 승리한 후에 상을 내릴 때 진문공은 옹계에게 가장 높은 상을 주었다. 좌우 신하들이 성복 전투의 공은 호언이 더 크다고 간언하였다. 그러나 진문공은 옹계의 말이 백세를 두고 유익한 말이라 하였다.

2007.09.26.

우정의 댓글

전경남 연못을 말려서 고기를 잡는다면 당장은 많이 잡을 수 있겠지만 이것은 물고기의 씨를 말리는 일이어서 다시는 고기를 잡을 수 없게 된다. 공자님은 사냥을 하면서도 인(仁)을 생각하라 하였다. 당장 다 잡아버리면 짐승에게도 어질지 못한 것이요, 다른 이들에게도 어질지 못한 것이다. 짐승에게도 다른 이에게도 어질지 못한 것은 궁극적으로는 자신에게도 이롭지 못하다는 것이다. 당장 눈앞의 이익이 크게 보여 그것에 매달린다면 어떻게 밝은 미래가 열릴 수 있겠는가? 지금부터라도 앞날을 생각하는 지혜가 있어야 하겠네…

임미순 "의인의 길은 정직함이여 정직하신 주께서 의인의 첩경을 평탄케 하시도다(사26:7)" 우리 속담에 "급할수록 돌아가라"고 했듯이, 사람은 어떠한 상황에서도 정도를 걸어야겠지요! 당장은 미련한 것 같아도, 길게 보면 그것이 옳은 길이요, 나에게 유익이 되지요!

허유순 "의인의 빛은 환하게 빛나고 악인의 등불은 꺼지느니라(잠13:9)" 이 성경 말씀이 생각나는군요. 좀 시간이 걸리더라도 정도를 가는 것이 '의

인'의 길이겠지요.

전경남 유순 씨, '좀 시간이 걸리더라도 정도를 가는 것이 의인의 길이겠다'는 말씀에 공감하며 잠언에 나오는 귀한 말씀을 올려 주셔서 감사합니다.^^*

김선숙 물고기를 잡으면서도 치어는 다시 놔주는 일이 얼마나 현명한 일인지요. 그런 이치를 알면서 고기를 잡으면 두고두고 생선을 먹을 수 있는데… 순간의 욕심으로 물까지 말려가며 고기를 잡으면? 우리의 생활을 뒤돌아보면 비록 물고기 잡는 것뿐이 아니고 여러 면에서 얼마나 많은 잘못을 저질렀는지 모르겠습니다. 가르침대로 당장 눈앞의 이익에만 매달린다면 한 번은 통할지 모르지만 백세를 두고 유익한 일이 없는, 밝은 미래는커녕 아예 미래가 없는 암흑 세상이 되겠지요.

김원심 진문공은 양손의 떡을 잘 사용하여 눈앞의 승리도 얻고 후대의 교훈도 얻었네요. 한 번의 계책은 통할지 몰라도 결국은 사람을, 더 큰 신의를 잃는 것을 종종 보지요. "참된 것이 모든 것을 이긴다"를 늘 주장하시던 이인수 선생님이 생각나네요.

전은자 수단과 방법, 물불을 안 가리고 당장 필요한 것을 얻으려 혈안이 된 모습 / 미련하게 보이지만 꾸준히 기다리며 작은 이익을 쌓아가는 낚시꾼의 모습… 후자를 택해야겠네요.

노순희 지난 해 잠시 시골에 살 적에… 조그만 냇물을 막아 놓고, 물을 흘려 보내고 물고기를 잡던 기억이 새로워진다… 흘려 보낸 물들이 어디로 갔을까… 그래도 또 언젠가는 만날 것이니… 그것도 감사한 일 중 하나라 한다면… 지나친 이기주의적인 발상일까…

김선숙 물고기를 잡다에서 생각난 야그… 어느 사람이 140km로 속력을 내고

운전을 하고 가다 잡혔다. 이 사람은 경찰한테 불평을 했다. 왜 나만 잡습니까? 다른 사람은 더 빨리 간 사람들도 많은데요… 경찰: 당신 낚시 해 봤소? 물론이지요. 경찰: 그럼 당신은 낚시터에 있는 물고기 한 번에 몽땅 다 잡을 수 있소?

아도물 阿堵物

阿:언덕, 대답하는 소리 아 / 堵:담 도 / 物:재물 물
이 물건.
곧 돈을 가리키는 말이다.

『세설신어(世說新語)』「규잠편(規箴篇)」에 다음과 같은 이야기가 전한다.

중국 위진(魏晉)시대의 진(晉)나라가 몰락하고 있을 무렵, 왕연(王衍)이란 사람이 있었다. 그는 죽림칠현의 한 사람인 왕융(王戎)의 사촌 아우로 명문 가문 출신이었다. 죽림칠현의 한 사람이었던 산도는 어린 시절 왕연의 모습을 보고 감탄하였다.

"도대체 어떤 집안에서 이렇게 훌륭한 소년이 태어났을까? 혹시 훗날 이 사람이 천하의 백성들을 그르치지는 않을까?"

왕연은 뒤에 요직을 두루 거치고 태위의 직위까지 올랐으나, 그는 정무를 돌보는 일은 뒷전으로 미룬 채 오로지 세속을 떠나 청담[淸談:세속적이 아닌 청아한 이야기]을 나누는 일에만 더욱 열중하였다.

당대 관료 사회에서는 청담이 입신출세의 방편이 되었으므로 그의 문전에는 젊은이들이 많이 모여 들었다. 그러나 그들이 청담에 심취해 있을 때 진나라를 둘러싼 형세는 점점 어려움을 더해 가고 있었다. 당시 진나라의 가장 큰 위협은 산서(山西)에 할거한 흉노족이었는데, 그들이 석륵(石勒)을 앞세워 진나라의 수도인 낙양으로 쳐들어 왔다. 그러나 왕연 등 진나라의 지도층은 아무런 대비책을 갖추지 못하고 청담에만 골몰하다가 싸워보지도 못하고 패망하고 왕연도 사로잡혔다.

왕연은 이때 "내가 출세욕이 있어서 이 자리에 이른 것이 아니라, 다만 사령에 따라 이렇게 되어버린 것이다"라고 책임 없는 말을 하였다가 비웃음을 사고 죽임을 당하고 말았다.

그는 세속에 관한 것들을 혐오하였는데, 특히 금전에 대하여 말하는 사람을 속된 무리라고 싫어하며 돈이란 말은 입에 담기조차 꺼려하였다. 그러나 그의 부인 곽씨는 이와는 반대로 돈과 권력에 집착이 강하였다.

어느 날 그의 부인이 남편을 시험하려고 그가 자고 있는 사이에 하녀에게 명하여 왕연의 침대 주위에 돈을 가득 깔아 놓게 하였다. 아침에 잠에서 깨어난 왕연은 발밑에 깔린 돈에 막혀 나갈 수 없음을 보고 소스라치게 놀라면서 이렇게 소리질렀다.

"아도물을 모두 치워라."

당시 속어로 '아도(阿堵)'란 '이것'을 가리키는 말이다. 돈이란 말조차 입에 담기 싫어하는 그였으므로, '돈을 치워라'하지 않고 '이 물건을 치워라'라고 말한 것이었다.

이 이후로 '아도물(阿堵物)'이라고 하면 바로 '돈'을 지칭하는 말로 쓰이게 되었다.

2007.09.28.

우정의 댓글

전경남 죽림칠현(竹林七賢)을 비롯하여 청담(淸談)을 일삼는 사람들은 세속적인 것들을 미워하여 멀리하였고 특히 왕연 같은 사람은 관직에 올라서도 정무를 돌보지 않고 오직 노장의 사상에만 심취해 있었다. 왕연같이 극단적으로 청담(淸談)에만 빠져 지내는 사람은 돈도 돈이라고 하기를 싫어하였으니 산도의 예언대로 나라도 망치고 자신도 죽임을 당하게 되었다. 무엇이든 극단에 치우치는 것은 일을 크게 그르치기 쉽다는 것을 다시 한번 깨닫게 하네…

임미순 "그러나 더욱 큰 은혜를 주시나니 그러므로 일렀으되 하나님이 교만한 자를 물리치시고 겸손한 자에게 은혜를 주신다 하였느니라(약4:6)" ~ 지나치면 모자람만 못하다 ~ 고 했듯이 왕연의 청담은 도를 넘어 '자기 교만'에 빠졌다고 하겠지요!

허유순 돈을 돈이라 칭하는 것조차 싫어했다니 이슬만 먹고 살아야 될 사람이었네요. 만사에 중용의 도를 가는 것이 현명한 길임을 다시 깨닫습니다.

김선숙 유순아, 이슬만 먹고 산다니… 어떤 여자가 선보는 자리에서 "저는 이슬만 먹고도 살 수 있어요"라고 말하였단다. 이 남자는 너무 청아해 보여서 결혼을 했는데… 그랬더니 날마다 '참 진 이슬 로'만 먹는다는 거야… ㅎㅎ

김선숙 돈에 너무 집착을 해도 안 되겠지만 왕연(王衍) 이 사람, 도에 넘치게 돈을 혐오했군요. 옴마나 세상에 그 좋은 돈을… 돈이 있으면 귀신두 부린다는디. 요즈음 집수리를 하다 보니 정말 돈의 위력을 알겠습니다. 콘크리트를 깨부수고, 치우고, 새로 붓고… 그런 힘든 일두 척척척 해나가는 일을 보니 역시 돈의 위력이… 근데 돈은 버는 것두 중요하지만 쓰는 방법이 더 중요한 것 같습니다. 그러길래 그 사람을 보려면 돈 쓰는 것을 보란 말이 있듯이… 싸부님, 근디요, 돈을 유용하게 쓰는 법은 아는디… 아니 나가 백수, 평백(민선이 표현)인디. 원제나 뜻있게 돈을 써 볼랑가요? 에구 '阿堵物'아 느그가 나헌티 오면 잘 쓸껀디. 워디 있는겨?

김원심 예나 지금이나 여자에게 젤 곤란한 남편… 왕연을 보고 앞날을 예측한 산도란 사람이 흥미롭네요. 한 면만 너무 뛰어난 사람은 어딘가 위태로워 보이지요. 두루 갖추기는 더욱 어려운 일이죠? "아도물" 너는 누구냐…

망양보뢰 亡羊補牢

亡:망할, 도망할 망 / 羊:양 양 / 補:도울, 기울 보 / 牢:우리 뢰
양을 잃어버리고 우리를 고침. 원래의 뜻은, 일을 실패한 뒤에라도 재빨리 수습을 하면 그래도 늦지는
않다는 의미로 쓰였다. 그러나 뒤에는 원래의 뜻과 달리, 일을 그르친 뒤에는 뉘우쳐도 이미 소용이 없다는
부정적인 의미로 사용된다.

『전국책(戰國策)』「초책(楚策)」에 다음과 같은 이야기가 전한다.

중국 전국시대 초(楚)나라의 양왕(襄王)은 주색에 빠져 정사를 돌보지 않았고, 간신들을 중용하여 정치는 부패하였다. 그리하여 나라는 날로 쇠약해져 갔다. 이에 대신 장신(莊辛)은 양왕에게 이렇게 충간하였다.

"왕께서 궁에 계실 때는 좌편에 주후(州侯)를, 우편에 하후(夏侯)를 데리고 계시고 궁 밖으로 나가실 때에는 언릉군과 수릉군이 대왕을 모십니다. 그런데 이 네 사람은 음탕하고 방종하여 국정을 돌아보지 아니하므로 우리의 도읍인 영성은 반드시 위태로워질 것입니다."

양왕은 장신의 말을 듣고는 화를 내며 꾸짖었다.

"그대는 늙어 망령이 났소? 엉뚱한 말로 민심을 혼란시키는 것이 아니오?"

이에 장신은 주저함이 없이 대답하였다.

"신은 진실로 현 실정을 보고 반드시 나라가 위태로울 것을 말씀드리는 것이지 어찌 감히 민심을 소란시키겠습니까? 황공하오나 계속 이 네 사람을 총애하신다면 초나라는 반드시 멸망하고 말 것입니다. 왕께서 신의 말씀을 믿지 않으신다면 신이 잠시 조(趙)나라에 피하여 시국이 돌아가는 형편을 볼 수 있도록 허락해 주시기 바랍니다."

이리하여 장신은 조나라로 떠났는데 5개월이 지난 뒤 진(秦)나라가 과연 초나라를 침공하여 양왕은 성양으로 망명을 하게 되었다. 이때에야 비로소 양왕은 장신의 말을 깨닫고는 즉각 사람을 조나라에 보내어 장신을 불러오게 했다. 장신이 대왕의 부름을 받고 초나라로 돌아오니 양왕은 친절히 그를 맞이하면서 말했다.

　"과인이 애당초 그대의 말을 들었다면 오늘 이 지경에 이르지는 않았으련만, 지금 후회를 해도 소용이 없겠으나 그래도 이제 과인이 어찌해야 좋을지 알려줄 수 없겠소?"

　이에 장신이 대답을 했다.

　"신이 일찍이 이런 말을 들은 적이 있습니다. 토끼를 발견하고 머리를 돌이켜 사냥개를 시켜도 늦지 않고, 양이 달아난 뒤 우리를 고쳐도 늦지 않다고 했습니다. 그리고 옛날에 탕무가 백리 땅에서 나라를 일으켰고, 걸왕과 주왕은 천하를 차지하고서도 멸망했습니다. 현재 초나라가 비록 작더라도 긴 것을 잘라 짧은 것을 이으면 그래도 수천 리는 되는지라. 당연히 탕무왕의 백 리에 불과한 땅과 견주면 굉장히 넓은 것이 아니겠습니까?"

　위의 말에서 '망양보뢰(亡羊補牢)'는 '늦더라도 잘못을 고치는 것이 낫다'는 의미로 쓰였으며, 같은 뜻으로 '망우보뢰[亡牛補牢 : 소 잃고 외양간 고친다]'라고도 한다.

2007.10.04.

우정의 댓글

전경남　우리 속담에 '소 잃고 외양간 고친다'는 말이 있다. 미리미리 대비하지 못 하고 일을 그르친 뒤에야 수습하려고 하니 이미 늦어버렸다는 말이다. 그러나 한 번 잘못을 하고라도 바로 고쳐나간다면 두 번 같은 잘못을 범하지는 않게 될 것이니, 잘못을 고치는 데는 너무 늦은 때가 없다고 할 것이다. 허물이 있으면 바로 고치기를 꺼려하지 말아야 한다는 '과즉물탄개(過卽勿憚改)'의 가르침도 이와 상통하는 말이라 하겠네…

임미순 "나는 선한 목자라 내가 내 양을 알고 양도 나를 아는 것이 아버지께서 나를 아시고 내가 아버지를 아는 것 같으니 나는 양을 위하여 목숨을 버리노라(요10:14-15)" 사람은 기르던 양과 소를 잃어버려도, 주님은 당신의 목숨을 잃을지언정, 절대로 당신의 양을 잃어버리지 않으시지요❣

이영혜 '소 잃고 외양간 고치기'보다는 유비무환(有備無患)이라고, 미리 준비하면 좋겠지만, 사전에 방지를 못해서 한 번 잘못하더라도, 만사휴의(萬事休矣)라고 포기하기보다는 개과천선(改過遷善)하는 것이 더 낫겠지요.

도경애 요즘 골프에 조금 재미를 붙여 가는데, "어떤 샷이 제일 중요하냐?"는 질문에 여러 가지 답이 나오지만, 제일 그럴 듯한 답은 "다음 샷"이라고 생각합니다. 드라이브도 아니고 어프로우치도 아니고 퍼팅도 아니고 다음에 칠 샷이 제일 중요하다는 얘기가 같은 얘기가 될는지요?

김선숙 소나 양을 잃은 다음에라도 우리를 고쳐야지요. 고치는 것은 안 고치는 것보다 훨씬 좋은 일이고 고치는 때는 오늘이 내일보다 빠르지요. 고쳐 놔야 또 양이나 소를 기를 수가 있겠습니다. 이것이 요즈음 말로는 "자가용 잃고 주차장 고친다."는 뜻인데… 자가용을 잃었을망정 빨리 주차장을 고쳐야지 또 차를 장만하지 않겠습니까? 영혜 학상 말처럼 유비무환(有備無患)이라면 제일로 좋은 일이건만… 나부텀 평소에는 별로 조심을 하지 않다가 일을 당하면 후회와 반성을 하며… 그래도 다음을 위하여 소 우리나 주차장을 고치는 것으로 위안을 삼아야지요.

전은자 무엇이든 무너질 조짐이 보일 때 손을 보면 화를 면할 터인데… 설마설마하다가 대형사고가 나는 기사들을 너무도 많이 봤지요. 개인적으로는… 뭔가 꺼릴 때 그 당장 신경 쓰려고 노력해야겠습니다.

오숙혜 각 나라마다 비슷한 속담이 있는 것을 보면 사람의 삶은 동서고금이 닮았구나 생각합니다. 'it's no use crying over spilt milk…' 소를 잃고도 외양간을 고치지 않아 같은 낭패가 되풀이되는 것이 다반사인 대한민국을 생각하면 better late than never입니다.

허유순 휴렛팩커드에 다닐 때 그 회사의 사규 중 하나가 'Learn from mistake'였거든요. '실패는 성공의 어머니'라는 우리말도 있고… 물론 실패를 안 하면 좋겠지만 인생이 실패의 연속일진데… 그 실패에서 무엇을 배우느냐가 참으로 중요하겠지요.

개문읍도 開門揖盜

開:열 개 / 門:문 문 / 揖:읍할 읍 / 盜:도적 도
문을 열어 놓고 도둑을 절하며 맞이함.
곧 긴박한 정황을 깨닫지 못하고 감상에 젖어 있다가 스스로 재앙을 불러들임을 비유한 말이다.

『삼국지(三國志)』 「오서(吳書)」〈손권전(孫權傳)〉에 다음과 같은 이야기가 전한다.

중국 후한(後漢) 말기, 황실이 더 이상 전국을 통제할 능력이 없게 되자 천하는 각 지역마다 영웅들이 우후죽순 격으로 일어나 자신들의 세력을 확장해 가고 있었다. 당시 손책(孫策)은 강동(江東) 지역을 자신의 세력 기반으로 키우려고 하였다. 이에 강동 오군(吳郡)의 태수인 허공(許貢)은 황제인 헌제(獻帝)에게 밀서를 보내어 손책을 제거하여 후환을 없애도록 건의하고자 몰래 사람을 보냈다. 그런데 이 밀서를 지닌 자가 손책의 부하에게 붙잡혀 허공은 살해되었다.

허공에게는 세 명의 식객이 있었는데, 그들은 모두 허공에게 큰 은혜를 입었던 사람들이었다. 그들은 도망쳤다가 허공의 원수를 갚기 위해 기회를 노리던 중, 마침 손책이 단도서산(丹徒西山)으로 사냥을 나간다는 소식을 듣고, 그 기회를 이용하여 그를 급습하였다. 손책은 얼굴에 상처를 입고 간신히 피하였으며 세 사람은 손책의 부하에게 살해되었다. 손책은 이때 입은 상처가 악화되어 위독한 상황이 되자 동생인 손권(孫權)을 불러 유언을 하였다. 이때, 손권의 나이는 겨우 15세로, 형의 죽음에 대해 몹시 슬퍼하며 비통함을 그치지 않아 군정(軍政)을 살필 마음이 없었다. 이 모습을 지켜보던 장소(張昭)가 손권에게 다음과 같이 충고했다.

"지금 농간을 부리는 간사한 무리들이 우리들을 뒤쫓아오고, 이리 같은 놈들이 도처에 숨어 있습니다. 그런데 친척의 죽음만을 슬퍼하고 예법만을 돌아봄은

마치 문을 열어 도둑을 맞아들이는 것과 같으니 이것은 참으로 인을 베푸는 것이 아닙니다."

손권은 장소의 간절한 충고를 듣고 그 참뜻을 깨달아 즉시 상복을 벗고 군대를 순시하러 나섰다. 그 후 그는 아버지 손견(孫堅)의 원수인 황조(黃祖)를 무찌르고, 적벽대전에서는 유비(劉備)와 연합하여 조조(曹操)의 백만 대군을 격파하여 강남에서 그의 지위를 굳히고 오나라의 제위에 올랐다.

이리하여 조조의 위(魏)나라, 유비의 촉한(蜀漢), 손권의 오(吳)나라가 정립하는 삼국시대를 열고 역사의 한 시대를 풍미하였다.

2007.10.12.

우정의 댓글

전경남 '개문읍도(開門揖盜)'라는 말은 문을 활짝 열어두고 도적을 절하여 맞이하는 상황을 가리키는 말이다. 역사를 보면 어진 군주와 지혜로운 신하가 만나 국가 경영을 훌륭하게 이끈 사례도 많다. 그러나 한편으로는 어리석은 군주나 자신의 이익만을 챙기는 신하가 등장하여 나라를 기울게 하고 심지어는 망하게 한 사례도 있다. 대한제국 말기도 바로 개문읍도 식으로 간신들이 농간하고 군왕을 협박하여 일제에게 국권을 강탈당하고 말았다. 이 시대에도 지도자들이 정신을 바짝 차려 나라를 보위하고 국민의 삶을 희생시키지 말아야 할 터인데…

이영혜 "친척의 죽음만을 슬퍼하고 예법만을 돌아봄은… 참으로 인을 베푸는 것이 아니"라는 장소의 충고를 듣고, 손권이 그 참뜻을 깨달아 즉시 상복을 벗고 군대를 순시하러 나섰다니, 손권은 15세의 어린 나이에도 불구하고 수서양단(首鼠兩端)하지 않고 즉시로 살신성인(殺身成仁)할 마음을 결정한 것 같네요.

임미순 "좀 더 자자, 좀 더 졸자, 손을 모으고 좀 더 눕자 하면 네 빈궁이 강도같이 오며 네 곤핍이 군사같이 이르리라(잠6:10-11)" 오늘의 성어와 조금은 다르지만, 도적을 절하며 맞이하는 상황이 오늘의 성경 말씀을 통하여 빈궁과 곤핍을 절하며 맞이하는 상황과 같게 생각되네요.

김선숙 그렇습니다, 싸부님… 지도자들이 정신을 바짝 차려 나라를 보위하여야 하는데… 우선 사람을 등용시킬 때 그 사람의 능력을 보고 지위에 앉히는 게 아니고 나랏님의 인사코드에 맞아야 등용을 했으니… 그녀메 코드는… 에구, 예전에는 코드란 말이 없이도 잘 돌아 갔는다… 시방은 웬너메 코드는 그렇게 찾아쌌는지… 이젠 코드란 말이 너무 지겨워 ㅋ으로 시작되는 것은 몽조리 싸그리 싫어졌구먼요. 대문을 열어 놓구 자기 코드만 받아들였응께… "開門揖code"… 쓰고 봉께… 나랏님 집으로 보내면 어떨까요?

김선숙 이 시대의 지도자들이(국회의원들) 4번 놀라는 이유… 1) 나같이 형편없는 놈이 당선되다니… 2) 모든 국회의원들이 다들 나 같다니… 3) 이같이 형편없는 사람들이 국회의원을 하는데도 나라가 잘 돌아가다니… 4) 다음번에도 또 국회의원에 당선될 수 있다니…

김원심 5년 전 온 나라가 코드, 코드 난리칠 때 어느 국회의원이 단상에서 힘차게 외쳤다. "코드에는 110볼트와 220볼트가 있는데…" 5년 동안 그런대로 돌아갔다…

김선애 요즘 세상 돌아가는 것 보면 문을 열어 놓고 도둑을 맞아들이는 건지 그냥 도둑한테 오실 필요도 없으니 가져다 바치겠다고 하는 건지 잘 모르겠습니다. 어떻든 NNL을 사수하다 꽃다운 청춘을 조국에 바친 서해 교전 전사자들의 명복을 다시 한번 빕니다.

목후이관 沐猴而冠

沐:목욕 목 / 猴:원숭이 후 / 而:말 이을 이 / 冠:갓 관
원숭이를 목욕시켜 관을 씌움.
곧 겉모양은 그럴 듯하지만 사람의 지혜를 지니지 못함을 비유하는 말이다.

『사기(史記)』〈항우본기(項羽本紀)〉에 다음과 같은 이야기가 전한다.

유방(劉邦)과의 담판으로 진(秦)나라의 수도 함양을 넘겨받은 항우(項羽)는 약탈과 방화를 자행하여 함양을 폐허로 만들었다. 함양이 폐허로 변하자, 항우는 자기의 성공을 고향에서 과시하기 위하여 초(楚)나라의 팽성(彭城)으로 천도를 서둘렀다. 부귀공명을 이룬 뒤에 고향에 돌아가지 않는 것은 '비단옷을 입고 밤길을 가는 것과 같다[금의야행(錦衣夜行)]'는 생각에, 자신은 반드시 금의환향(錦衣還鄉)하고 싶은 욕심 때문이었다. 그러나 함양은 주(周)나라와 진나라가 일어났던 패업의 땅으로, 관중(關中)이라고도 불리는 하늘이 내린 중흥지지(興王之地)요, 요새지였다. 그럼에도 항우가 천도를 고집하자, 간의대부(諫議大夫) 한생(韓生)이 이 일이 부당함을 충간하였다.

"관중은 예부터 천혜의 요새지로 패업의 땅이었고, 토지 또한 비옥합니다. 여기에 도읍을 정하고 천하의 왕이 되십시오. 지난번 범승상(范丞相)이 떠날 때도 결코 함양을 버려서는 안 된다고 하지 않았습니까? 폐하께서는 깊이 생각하십시오."

하지만, 이 말을 들은 항우는 오히려 화를 벌컥 내면서 한생의 말을 막았다. 한생은 크게 탄식하며 물러나서는 혼자말로 중얼거렸다.

"원숭이를 목욕시켜 관을 씌운 꼴이군."

그런데 이 말을 들은 항우가 무슨 뜻인지 몰라 옆에 있던 진평에게 그 뜻을 물으니, 진평이 답하였다.

"폐하를 비방하는 말이온데, 세 가지 뜻이 담겨 있습니다. 원숭이는 관을 써도 사람이 될 수 없다는 것과 원숭이는 경망하여 꾸준하지 못해 관을 쓰면 조바심을 낸다는 것, 그리고 원숭이는 사람이 아니므로 의관을 만지작거리다가 찢고 만다는 것입니다."

이 말을 듣고 격분한 항우는 한생을 붙잡아 펄펄 끓는 가마솥에 던져 죽였다. 한생이 죽으면서 말했다.

"나는 간언하다가 죽게 되었다. 그러나 두고 보아라. 백 일 이내에 한왕(漢王)이 그대를 멸하리라. 역시 초나라 사람은 원숭이와 같아 관을 씌워도 소용이 없구나."

한생이 말한 초나라 사람은 항우를 가리킨 말이었다.

결국 천도를 감행한 항우는 관중을 유방에게 빼앗기고 마침내는 해하(垓下)의 결전에서 사면초가(四面楚歌)의 신세가 되고 대패하자 마침내 목숨을 끊고 말았다.

2007.10.24.

우정의 댓글

전경남 항우는 젊은 시절 '문자는 제 이름을 쓸 줄 알면 충분하고, 검술이란 1인을 상대할 뿐인 하찮은 것'이라 하였다. 또한 회계산(會稽山)에 행차하는 시황제의 성대한 행렬을 보고 '저 녀석을 대신해 줄 테다'라고 호언하였다는 일화가 있다. 이렇게 호방했던 그는 자신의 용력만을 믿고 지혜로운 신하들의 말을 듣지 않았는데, 그에게 충간하던 한생은 그를 두고 목후이관(沐猴而冠)이라고 평하였다. 결국 그는 유방에게 패하여 자살하고 말았다. 오늘날에도 겉모습은 번듯하게 갖추었지만 마음은 사람 같지 않아서 자신은 물론이고 다른 사람에게도 해를 끼치는 목후이관과 같은 사람이 얼마나 많은가…

손동숙 원숭이에게 관을 씌워도… 사람이 될 수 없고, 조바심을 내고, 의관을 만지작거리고… 이 뜻의 깊이를 생각하게 되는군요. '목후이관'을 공부하며, 진정 '사람'이 되고 '사람의 지혜'를 지니고 싶습니다. 오늘도 건강하고 좋은 하루 보내세요… LOVE+ 파이팅

김선숙 원숭이가 목욕을 하고 관을 써서 본인은 사람인 줄 착각 속에서 흐뭇해 하겠지만… 그 속을 들여다보면 원숭이는 원숭일 뿐 결코 사람이 될 수가 없겠지요. 우리나라 Top으로부터 대부분의 위정자들이 아무리 잘 난 척, 근엄한 척, 유식한 척해도 궁민들의 눈에는 목후이관으로 밖에는 안 보이는군요. 궁민들의 눈은 정확하닝께… 하~아!! 훌륭한 위정자를 만나야 궁민의, 궁민에 의한, 궁민을 위한 정치를 할 수가 있을 텐데… 원숭이가 관을 쓴 것처럼 과대포장된 사람 말고 오히려 과소포장되어서 시간이 지날수록, 그 사람의 행위를 볼수록 생각했던 것보다 휘~얼 더 좋은 사람이 나온다면… 궁민들이 얼마나 행복해할까? 제발 이번에는…

임미순 "완전한 자는 그 의로 인하여 그 길이 곧게 되려니와 악한 자는 그 악을 인하여 넘어지리라(잠11:5)" 사람은 부와 명예와 권력을 지닐수록~ 겸손하여 남을 존경하고 배려할 줄 알아야~ 갖고 있는 부와 명예와 권력을 오래도록 누릴 수 있는 것이지요! 하지만 말과 같이 쉬운 일은 아닌 듯… "너도 되어 봐"라고 하겠지요?

허유순 관을 썼다고 원숭이가 사람이 안 되듯… 부와 권력을 가진 것만으로 존경받는 인간이 될 수 없겠지요. 힘만은 누구도 따를 수 없었다는 항우의 최후가 쓸쓸하군요.

김선숙 맞아요. '사주에 없는 관을 쓰면 이마가 벗겨진다.'라는 말도 있듯이 사주팔자에 관이 있는 사람이 써야지… 제 이마만 벗겨지면 그까짓 것 아무렇지도 않은데… 결국은 다른 사람이 큰 피해를 입으니 그게 문제지요. 길을 가다가 금덩이는 얻을 수 있어도 지혜는 요행수로 얻지 못하지요.

김선애 토끼 사냥도 안 끝났는데 사냥개를 팽(烹)해 버렸으니 항우는 역시 힘만 세었지 어리석은 사람이었군요. 사냥개를 스스로 없애버린 사냥꾼은 결국 토끼도 못 잡고 스스로 관을 쓴 원숭이임을 증명해 보인 셈이네요.

서제막급 噬臍莫及

噬:씹을, 깨물 서 / 臍:배꼽 제 / 莫:없을 막 / 及:미칠 급
배꼽을 물려고 해도 입이 미치지 못함.
곧 일을 그르친 후에 후회해도 이미 때가 늦어 소용없음을 가리키는 말이다.

『춘추좌씨전(春秋左氏傳)』〈장공 6년조(莊公 六年條)〉에 다음과 같은 이야기가 전한다.

춘추시대, 초(楚)나라 문왕(文王)은 영토를 넓히기 위하여 신(申)나라를 공략하려고 하였다. 그러나 신나라를 정벌하기 위해서는 등(鄧)나라를 지나가야만 했다. 등나라의 군주 기공(祁公)이 말하였다.

"초나라의 문왕은 나의 조카인데, 지나는 길에 우리나라를 들렀으니 잘 대접할 수밖에 없겠다."

기공은 초문왕(楚文王)을 위해 연회를 베풀었다. 이때 기공의 또 다른 조카 추생, 담생, 양생은 초문왕이 영토 확장의 야심 때문에 신나라를 정벌하러 가는 길에 등나라의 상황을 엿보러 왔다고 생각하였다. 그리하여 세 사람은 기후에게 문왕을 죽이자면서 이렇게 건의하였다.

"장차 우리 등나라를 멸망시킬 자는 반드시 이 자일 것입니다. 만약 지금 빨리 처리해 놓지 않는다면, 뒷날 왕께서는 서제막급입니다. 후회하셔 보았자 아무 소용이 없을 것이니 지금 도모하십시오."

"내가 이 사람을 죽인다면 사람들은 내가 남긴 것을 먹지 않을 것이다."

"만일 저희들 세 사람의 말을 따르지 않으신다면 나라가 없어져서 종묘사직에 제사를 드리지 못하게 될 터인데, 어찌 드시고 남은 것이 있겠습니까?"

그러나 등나라 기공은 그들의 말을 듣지 않았다. 뒤에 초나라 문왕은 신나라를 정벌하고 돌아오는 길에 등나라를 쳐들어와 멸망시키고 말았다.

일설에는, 사람에게 붙잡히게 된 사향노루가 그 배꼽 향내 때문에 붙잡혔다고 여겨서 제 배꼽을 물어뜯으려 해도 때는 이미 늦었다는 데서 유래한 말이라고도 한다.

2007.10.28.

우정의 댓글

전경남 나라를 이끌어 가는 지도자는 항상 앞날을 잘 예견할 수 있는 자질이 있어야 할 것이다. 눈앞의 이해득실만 따지거나 친소 관계만을 따져 일을 처리한다면 뒤에 가서 후회해 봐도 아무 소용이 없게 될 뿐만 아니라 심지어는 나라를 망치게도 된다. 마치 사향노루가 이미 붙잡힌 뒤에야 자신에게 사향을 지닌 배꼽이 있어 잡히게 되었다고 자신의 배꼽을 물어 뜯어버리려 한들 미치지 못하는 것과 같은 것이다. 삶에 있어서도 후회되는 일을 줄이려면 좋은 충고에 귀를 기울여 뒤늦은 후회가 없도록 해야만 하겠네…

오숙혜 같은 표현도 참 재미있게 하였군요. 비슷한 말이 많지만 서제막급(噬臍莫及)은 표현이 유머와 함께 빛나 마음에 쏙 듭니다.

이영혜 등나라 기공이 초문왕(楚文王)의 영토 확장 야심을 깨닫지 못하고, "초(楚)나라의 문왕(文王)은 나의 조카인데, 지나는 길에 우리나라를 들렀으니 잘 대접할 수밖에 없겠다."라고 하면서 초문왕을 위해 연회를 베풀어서 맞이하여서, 뒤에 초나라 문왕이 신나라를 정벌하고 돌아오는 길에 등나라를 쳐들어와 멸망시킬 기회를 주었다니, 개문읍도(開門揖

盜)라는 고사성어가 생각나네요.

김선숙 초나라 문왕의 속셈을 간파하지 못한 등나라 기공은 나라가 멸망한 다음에 아무리 후회를 해도 후회막급이겠습니다. 후회막급이나 서제막급이나 다시는 돌이킬 수 없는 경우에 해당이 되겠지요. 그러니 미리미리 간파하고, 준비하고 대비하여야 하는데… 이것이 말은 쉬워도 일을 당하기 전에는 알아차리기가 옹~캉 어렵지요.

김선숙 사람들이 죽을 때하는 3가지 후회… 1) 베풀지 못한 것에 대한 후회(그때 좀 베풀었어야 하는 건데… 긁어 모아봤자 별 것도 아니었는데 왜 그렇게 움켜쥐기만 했을까?) 2) 참지 못한 것에 대한 후회(그때 왜 좀 더 참지 못했을까? 너무 쓸데없는 참견과 말만 했는데… 모두가 자기의 주장만 옳다고 우겼으니) 3) 좀 더 행복하게 살지 못한 것에 대한 후회(왜 마음의 여유도 없이 빡빡하고 재미없게 살았을까? 짜증나고 힘들게 살면서 주변 사람 피곤하게 만들었을까? 남에게 마음을 더 썼어야 하는건데) 에~휴… 죽을 때 후회해야 뭔 소용이 있남… 우리는 지금이라도 정신을 빠짝 차리고… 이런 일이 없도록 살자꾸나… 안 그랴?

임미순 "너는 내일 일을 자랑하지 말라 하루 동안에 무슨 일이 날는지 네가 알 수 없음이니라(잠27:1)" 사람의 후사를 누가 알리요… 장래의 일을 예견할 수 있다면 실수할 사람이 누가 있겠어요❓

노순희 '후회해도 소용이 없다'는 말… 글쎄… 소용이 없을까요. 세상에서는 그렇다 할지라도 그래서 예수님은 그 소용이 없는 일을 다시 새롭게 하시려고 대신 십자가에 죽으셨다는데… 자칫 내가 그르친 일을 후회하고 있음은 바로 어둠 가운데 있음을… 그 어둠 가운데 빛을 비추시고 죽음 대신 살리는 역사를 이루셨지요… 그럼으로 인해서 오늘도 나는 순간순간 내가 한 일 때문에 가슴 아퍼하지만, 또 믿음으로 새로운 희

망을 갖습니다. 그리고 날마다 새로운 피조물로 태어납니다… 그 새
힘은 우리 모두에게 있음을 다시 한번 생각해 봅니다.

김선애 서제(噬臍)라는 말은 행동도 어렵겠지만 글자도 무척 어렵네요. 식초
많이 먹으면 몸이 유연해져서 배꼽에 입이 닿게 될까요?(옛날에 서커스
단 단원들 식초를 많이 먹어 몸을 자유자재로 구부린다 했었지요)

검려지기 黔驢之技

黔:검을 검 / 驢:당나귀 려 / 之:어조사 지 / 技:재주 기
검주에 사는 당나귀의 재주. 곧 뒷발질이나 하는 당나귀처럼 보잘것없는 기량을 드러내다가
비웃음을 사는 것을 가리키는 말이다.

당(唐)나라 때의 명문장가인 유종원(柳宗元)의 우화적인 글 속에 다음과 같은 이야기가 전한다.

옛날 중국의 검주(黔州) 땅에는 당나귀가 없었다. 그런데 호기심이 많은 어떤 사람이 당나귀 한 마리를 배로 실어 왔다. 그러나 이 사람은 당나귀를 어떻게 다루어야 하는지, 또 무엇에 써야 하는지 몰랐기 때문에 산 아래 풀어 놓아 길렀다.

어느 날 산속을 어슬렁거리던 호랑이 한 마리가 이 당나귀를 보게 되었다. 호랑이는 지금까지 당나귀를 본 일이 없었으므로, 신령한 짐승이라고 생각하고는 숲속에 몸을 숨기고 가만히 그 동정을 살폈다. 얼마 후 호랑이는 슬슬 주위를 살피며 숲에서 나와 당나귀에게 접근했으나, 여전히 이 동물이 무엇인지 도무지 알 수 없었다. 그때 당나귀가 갑자기 소리 높여 울었다. 그 소리를 들은 호랑이는 '이건 분명 나를 잡아 먹으려는 것이다.'라고 생각하고 황급히 도망을 쳤다.

며칠이 지나자 그 우는 소리에도 익숙해지고 아무래도 무서운 동물은 아닌 듯하여 주위를 서성거려 보았으나 당나귀는 아무 반응이 없었다. 용기가 생긴 호랑이는 당나귀의 본성을 시험해 보려고 일부러 덤벼들어 보았다. 그러자 당나귀는 화를 이기지 못하고 호랑이에게 뒷발질을 할 뿐이었다. 호랑이가 기뻐하며

'기량이 이뿐이구나!' 하였다. 그러고는 으르렁거리며 당나귀에게 달려들어 순식간에 잡아먹어 버렸다.

아! 몸집이 크기로는 덕이 있는 부류요, 소리가 크기로는 능력 있는 부류로다. 호랑이를 향하여 그 기량을 내보이지 않았더라면 호랑이가 비록 맹수이나 의심하고 두려워하여 끝내 감히 잡아먹지 못했을 것을, 지금 이와 같이 잡아먹혔으니 안타깝도다!

2007.10.30.

우정의 댓글

전경남   세상에는 재주가 뛰어난 사람들이 많다. 또한 저마다 자기가 지닌 기량을 과시하고 싶어 한다. 그러나 '빈 수레가 요란하다'는 속담처럼, 별것도 아닌 기량을 가지고 뽐내다가 마치 당나귀의 어설픈 뒷발질과 같아 비웃음을 사기가 쉽다. 차라리 자중하면서 참되고 실속 있게 자신의 역량을 키워 가는 데 힘쓴다면 검려지기와 같이 자신을 망치거나 부끄러움을 사는 일은 없을 터인데…

손동숙   호랑이는 호랑이대로, 당나귀는 당나귀대로 자신의 모습대로 살고 있을 터, 우리 인간이 나귀 같은 모습은 되지 말자고 비유를 한 것이네요. 모두가 자신이 '빈 수레'인지 반성 보자는 말씀으로 알아듣겠습니다.

임미순   "내 아들아 한 지혜와 근신을 지키고 이것들로 네 눈 앞에서 떠나지 않게 하라(잠3:21)" 지혜는 세상의 모든 것들을 초월하지요. 사람마다 자랑할 것이 없나니 ～ 하나님의 지혜 앞에서…

이영혜   "보잘것없는 기량을 드러내다가 비웃음을 사는" 검려지기는 "남이 보면 하찮은 공을 오만하게 자랑하는 모습을 일컫는 말, 요동지시(遼東之豕)를 연상시키네요.

노순희 상대방의 약점을 이용하여 힘없는 당나귀를 잡아먹은 호랑이… 또한 이 호랑이의 약점을 알고 잡아먹을 수 있는 짐승은 없나요…

김선숙 별 기량이나 재주가 없으면 가만히, 묵묵히 잠자코 있으면 중간이나 가고… 그렇다면 사람들이 무시하지나 않을 텐데. 그 쬐꼼 되는 재주를 자랑하려고 날치다가 망신을 당하거나 큰 낭패를 보기도 합니다.

김선애 호랑이도 처음 본 것에 대한 두려움은 있었나 보네요. 잘 모르는 것에 대한 신중함이 호랑이를 가장 강한 숲속의 왕으로 만들었나 봐요. 그러나 당나귀가 아무리 재주를 숨기고 가만히 있었던들 그 실력이 들통이 안 났겠습니까? 어차피 자연의 이치인걸… 아무튼 어디 가서나 신중히 행하라는 가르침 정도로 받아들여야겠네요.

월단평 月旦評

月:달 월 / 旦:아침 단 / 評:평론할 평
매달 첫날의 평.
곧 인물에 대한 비평을 일컫는 말이다.

『후한서(後漢書)』〈허소전(許邵傳)〉에 다음과 같은 이야기가 전한다.

후한(後漢) 말기 여남(汝南) 땅에 관상 잘 보기로 이름이 높았던 허소(許邵)라는 사람이 있었다. 그는 사촌 형 허정(許靖)과 함께 즐겨 고을 사람들의 인물을 자세히 관찰하여 매월 초하룻날이면 허소의 집에서 인물 비평을 발표하였다. 그런데 매월 초하루마다 인물에 대한 평을 달리하였고, 매우 기탄없는 평가를 하였기 때문에 여남에서는 '월단평(月旦評)'이라는 속어가 생기게 되었다.

이들의 평가는 적절하고도 재미가 있어 평판이 높았고, 그 때문에 당시 이 비평을 들으려는 사람이 많았다. 조조(曹操)도 그런 사람 중의 하나였다. 그는 훗날 '황건(黃巾)의 난(亂)' 때 큰 공을 세웠는데, 당시에는 아직 두각을 나타내기 전이었다.

그런데 어느 날, 조조가 허소를 찾아와서 비평해 주기를 청하자, 당시 난폭한 사람으로 소문난 조조의 청인지라 허소는 월단평을 해 주기를 거부했다. 그러자 조조가 평가를 해주지 않으면 죽이겠다고 위협하여, 할 수 없이 평을 해주어야만 했다.

"그대는 맑고 태평한 세상에서는 간사한 도적이 될 것이요, 어지러운 세상에서는 영웅이 될 인물이오."

이 말을 듣고 조조는 '난세의 영웅'이란 말에 만족하여 돌아갔다고 한다.

그러나 『십팔사략(十八史略)』에는 허소가 다음과 같이 말한 것으로 되어 있다.

"그대는 잘 다스려진 세상에서는 능력 있는 신하가 될 것이요, 어지러운 세상에서는 간사한 영웅이 될 것이다."

후대에는 주로 『십팔사략』의 기록으로 조조를 평가하고 있다.

2007.11.04.

우정의 댓글

전경남 사람들은 누구나 다른 사람들의 자신에 대한 평가에 민감하게 반응한다. 또한 자주 자신과 타인을 견주어 보며 살아간다. 상대방의 상황과 나의 상황을 비교해 보면서 때로는 자신감을 얻기도 하고 때로는 힘들어 하기도 한다. 조조는 허소의 평가 중에서 자신을 영웅이라고 긍정적으로 평가한 대목에만 유념하며 만족하고 황건적의 난을 물리칠 힘을 얻었다. 우리 각자도 타인의 비평에도 귀 기울이되, 스스로의 삶에 대하여 보다 소중하게 여기고 긍정적인 평가를 할 때에 힘도 나고 행복해질 수 있겠네…

노순회 스스로의 삶에 대하여 보다 소중하게 여기고 긍정적인 평가를 한다는 말… 아~~멘으로 답하고 싶습니다.

임미순 "인자야 내가 너를 이스라엘 족속의 파수꾼으로 세웠으니 너는 내 입의 말을 듣고 나를 대신하여 그들을 깨우치라(겔3:17)" 하나님께서는 사람을 통하여 우리에게 여러 가지의 교훈의 말씀을 주시지요. 그러니 듣기 좋은 말이나 듣기 싫은 말이나 유념하여 바른 처신을 할 줄 알아야겠지요❗

손동숙 때론 타인의 말에 상처도 입고 흔들리고… 조조처럼 좋은 평가만을 취함도 이렇게 득이 되는 경우가 있네요.

이영혜 명어관인(明於觀人) 암어관기(暗於觀己)라더니, 조조는 자신에 대한 허소의 평가에도 불구하고 자기 자신을 전체적으로 보는 데는 어두웠고… 사람의 행복은 명어관인(明於觀人)에 따를 수밖에 없는 비판을 어떻게 받아들이냐 하는 것에 달려 있는 것 같으니, 결국 복경화구(福境禍區)라는 생각이 드네요.

김선숙 '칭찬은 고래도 춤추게 한다.' '말썽꾸러기는 반장을 시켜라.'는 말도 있듯이 그 사람의 관상이나 품행이 좋지 않을 때 좋게 말해 준다면 오히려 개과천선하는 기회가 되지를 않을까요? 이것도 일종의 '위기가 기회'라고 볼 수가 있겠지요. 조조는 썩 좋지는 않은 평을 들었지만 그중에서도 좋은 말만을 잘 유념하였다가 난세에 영웅이 되기는 했잖아요. 우리들도 월단평(月旦評)을 할 때 자꾸 좋게만 말한다면 악한 사람이라도 좋게 변할 것 같습니다. 긍께… 칭구들아, 나를 평헐 때에 "에구 참자" 허구 꾸~욱 참구 좋다구 혀 봐. 그럼 나가 미안혀서라두 고치잖이여. 안 그랴?

허유순 남의 좋은 점을 발견해서 칭찬을 하는 것이 미덕인 줄을 머리로는 아는데… 이제는 실천에 힘써야겠네요.

김원심 저도 동감입니다. 칭찬해 주면 꼭 자만에 빠질 것 같아서… 나이 들며 나 또한 듣기 좋은 말만 듣고 싶어지네요. 칭찬과 훈육의 적절한 경계 참 어렵죠?

김선애 나이 사십이 넘으면 자기 얼굴에 책임을 져야 한다고 누군가가 말했다지요? 사십을 훌쩍 넘겨 이제는 미모도 평준화된다는 오십 줄도 거의 넘어가려 합니다마는 매월 첫날 허소(許邵)의 집에서 인물평을 받는 마음가짐으로 마음도 다스리고 몸도 다스리며 살아야겠네요.

가인박명 佳人薄命

佳:아름다울 가 / 人:사람 인 / 薄:엷을 박 / 命:목숨 명
아름다운 여인은 운명이 기박함.
곧 미모가 뛰어난 여인에게는 불행한 일이 따르기 쉽고 요절하기 쉬움을 일컫는 말이다.

중국 송(宋)나라 때의 대문장가인 소식(蘇軾)은 관운(官運)이 그리 좋지 못하였다. 평생을 대부분 정적(政敵)과의 싸움으로 보냈고, 그 일로 말미암아 이곳저곳의 지방 관리로 맴돌다가 만년에는 귀양살이까지 하게 되었다. 고생 끝에 사면을 받고 풀려나 돌아오는 도중에 강소성 상주라는 곳에서 병으로 죽고 말았다. 그는 극도의 역경 속에서 살았음에도 불구하고, 활달한 인품을 지녔고 풍부한 기량의 문장력을 과시하였다.

한편 그의 〈박명가인(薄命佳人)〉 시에는 다음과 같은 구절이 있다.

엉긴 우유같이 뽀얀 양볼에 칠흑 같은 머리
눈빛이 발에 들어오니 주옥같이 빛나네.
흰 비단으로 선녀의 옷을 짓고
천연 바탕 더럽힐까 하여 입술 연지는 바르지 않네.
오나라 사투리 애교 있는 소리는 앳되기만 한데
무한한 인간의 근심은 전혀 알지도 못하네.
예부터 아름다운 여인 운명 기박함이 많다더니
닫은 문에 봄도 다 가니 버들 꽃이 떨어지네

위의 시는 소식이 항주, 양주 등의 지방 관리로 있을 때 절에 갔다가 나이 삼십이 갓 넘었다는 어여쁜 여승을 보고 그녀의 아름다웠을 소녀 시절을 연상하면서 미인의 운수가 파란만장함을 유추하여 쓴 작품으로 알려져 있다. 동시에 자신의 기박한 처지를 박복한 여인의 운명에 빗대어 탄식한 것으로 보기도 한다.

이후로 '가인박명(佳人多薄命)'이라는 말은 아름다운 용모와 뛰어난 재능을 갖추었지만 팔자가 기구한 여인을 이르는 말로 쓰이게 되었다. 중국 역사상 최고의 미인으로 알려진 양귀비가 안녹산의 난 때에 병사들에게 무참히 살해당한 것을 '가인박명'의 대표적인 사례로 꼽고 있다. 또한 재색(才色)을 겸비하여 부러움을 사던 사람이 불행히 요절하는 경우에도 이 말을 사용한다.

2007.11.08.

우정의 댓글

전경남 하늘은 사람들에게 좋은 것을 독점하게 하지는 않는 것 같다. 남보다 뛰어난 아름다움을 타고난 사람은 그만큼 선망도 받지만 생애가 기구한 경우도 많다. 중국 역사상 미모가 뛰어난 여인 중에, 서시는 월왕 구천의 와신상담의 희생자가 되었고, 초선은 동탁을 살해하는 데 미인계로 이용되었으며, 왕소군은 흉노족과 화친하기 위한 대가로 바쳐진 것 등이 그 예가 된다. 각자 자기에게 주어진 탤런트가 무엇인가를 알아서 이를 잘 키워 간다면 더 좋을 것이 없겠네…

임미순 "이삭이 그랄에 거하였더니 그곳 사람들이 그 아내를 물으매 그가 말하기를 그는 나의 누이라 하였으니 리브가는 보기에 아리따우므로 그곳 백성이 리브가로 인하여 자기를 죽일까 하여 그는 나의 아내라 하기를 두려워함이었더라(창26:6-7)" 아브라함 때에 첫 흉년이 들어 그랄로 내려 갔을 때, 미모의 아내로 인하여 블레셋왕 아비멜렉과 그 백성에게 화를 당할까 염려하여 아내를 누이라고 속였으니, 여인의 아름다움은 화의 근원이 때론 되곤 했지요. 클레오파트라의 코가 조금만 높거나 낮았으면 세계의 역사가 바뀌었을 것이라고 하듯이…

김선숙 며칠 동안 핵교엘 결석을 했습니다. 가인박명, 미인박명이라… 옴마나 요로코롬 위안이 되는 말이 또 워디 있다야? 절세미인보다는 차리리 '박호순'으로 살면서 다른 복이라도 쪼꼼 더 있기를 원하네요. 장미꽃을 그냥 놔두지 않고 꺾어가려는 것처럼 아무래도 얼굴이 예쁘면 탐을 내는 사람들이 많겠지요. 호박꽃이나 할미꽃, 저 시골 길의 들꽃을 누가 고로코롬 탐을 내며 꺾어가겠습니까? 긍께… 그냥 호박꽃 피고난 뒤 열리는 '박호순'으로 사는 게 제일 맘 편하네요.

이영혜 37세에 죽었다는 가인박명의 대표적인 인물, 양귀비는 현종이 해어화(解語花)라고 불렀고, 당나라의 시인 백낙천이 노래한 장한가에서 그녀와 현종과의 사랑을 연리지(連理枝)에 비유했다지요.

김선숙 영혜야, 네 덕분으로 한 번 배우고 그냥 덮어두는 귀한 공부를 다시 복습하게 되어 얼마나 고마운지… 너같이 준수한 수제자가 있으니 우리 싸부님 얼마나 흐뭇하실까? 가물가물한 기억력인데 네가 다시 한 번 더 연관지어 이야기하듯 생각나게 해 주니 넌 역시 부싸부님으로 명함이 마땅하고 말고… 항상 고맙다…

오숙혜 오늘 TV 어느 프로에서 모 아나운서께서 하시는 말씀… 가인박명이란 미인은 박명해야 오래 남는다는 뜻이라고… 역대 멋진 배우들도 오래 살면 인상이 그렇고 요절을 해야 모든 사람이 아쉬워하며 오오래 그리워한다고… 그도 그럴 듯… 그러나 우리가 택할 수 없는 것에 굳이 의미를 둘 필요가 있을까?

김선숙   컴퓨터로 중매를 알선하는 회사가 있었다. 한 남자가 설문을 들여다
보니 '원하는 배우자의 조건을 쓰시오'라는 난이 있었다. 그래서 자기
가 좋아하는 조건을 써내려 갔다. 1) 키가 커야 함. 2) 각선미가 있어야
함. 3) 미인이어야 함. 4) 재산이 많아야 함… 잠시 후 컴퓨터에서 답을
쓰라는 설문이 나왔다. 1) 당신은 키가 큰가? 2) 체격이 우람한가? 3)
머리가 좋은가? 4) 재산이 많은가?… 주저하다가 '아니요'라고 썼다.
컴퓨터는 즉시 다음과 같은 답변을 보내왔는데 ～ ～ ～ ～ ～ ～ ～ ～
～ ～ ～ ～ ～★ 미친넘 ★

김선애   예쁘게 태어났다는 것 자체가 엄청난 축복이라 어려서부터 예쁘다는
것 하나만으로도 특별대우를 받다 보니 다른 것들에 대한 성취욕이 덜
할 수도 있고 그렇기 때문에 다른 사람에 대한 배려나 인내심 등이 모
자랄 수도 있어 이런 말이 있다고 생각합니다. 그리스 신화 가운데 맘
에 드는 것 하나는 남자도 자신의 외모에 반해 자신을 망칠 수 있다는
나르키소스의 이야기가 있다는 것이지요.

허유순   얼굴도 예쁘고 복도 많고… 이렇게 두 가지를 다 가지면 불공평하다고
생각했었는데… 요즘은 남이 못 가진 재능을 세 가지씩이나 함께 가진
예술가들을 많이 보게 되네요. 그림도 잘 그리고 글도 잘 쓰고 노래도
잘 하고… 세상이 갈수록 빈익빈 부익부가 되어가는지…

김원심   예부터 미인 소박은 있어도 박색 소박은 없다나요… "얼굴만 예쁘다고
여자냐? 마음이 비단같이 고와야 정말 여자지" 어느 유행가의 가사가
생각나네요.

원룡고와 元龍高臥

元:으뜸 원 / 龍:용 룡 / 高:높을 고 / 臥:엎드릴, 누울 와
원룡이 높은 침상에 누움.
곧 손님에 대한 예우가 소홀함을 가리키는 말이다.

『삼국지』「위서(魏書)」〈여포전(呂布傳)〉에 다음과 같은 이야기가 전한다.

중국 동한(東漢) 말기에 정치는 혼란에 빠지고 백성들의 생활은 몹시 어려워서 각 지역에서는 민중 봉기가 끊이지 않아 세상은 큰 어려움 속에 처하여 있었다. 조정 관리들 가운데 많은 사람들이 백성들의 공격을 받고 사방으로 도망하기에 바빴는데, 허범(許汜)이라는 사람 역시 이러한 관리들 중 하나였다.

한편 이들과는 반대로 각 지역에 은둔하여 시국을 관망하며 자신의 큰 뜻을 펼칠 기회를 엿보는 사람들도 있었는데, 원룡(元龍)이라는 자(字)를 가진 진등(陳登)도 그들 중 하나였다.

허범은 일찍이 진등이 큰 인물이라는 소문을 들은 적이 있는 터라, 이참에 진등에게 귀순하고자 하였다. 허범은 많은 고생을 하며 진등이 살고 있는 비(邳) 땅에 이르렀다. 그러나 진등은 허범을 손님으로 정중하게 예우하여 주지 않을 뿐만 아니라, 진등의 집에서 꽤 오래 머물고 있었지만 상대조차 하지 않았다. 진등은 오래도록 한 마디의 말도 하지 않고, 자신은 위에 있는 큰 침상에서 잠을 자면서, 허범에게는 아래 작은 침상에서 잠을 자게 하였다. 허범은 당시에 이미 명망이 높은 사람이었으므로, 진등이 자신을 이렇게 소홀히 대하는 까닭을 알 수가 없었다.

훗날 허범은 유비(劉備)를 따라 유표(劉表)의 본거지에 올 기회가 있었다. 이때

허범이 유비, 유표 등과 함께 천하의 인물들을 평하면서 자기가 겪은 일을 이야기하자, 유비는 이렇게 말했다.

"그대는 명망이 높은 사람이오. 지금은 천하가 어지럽고 왕이 그 자리를 잃어버린 때인지라, 진등은 그대가 나라를 걱정하여 개인의 가정이나 안전을 도모하지 않고 나라와 백성을 구해주기를 바랐을 것이오. 하지만 그대는 자신의 안전만을 위해 진등의 집을 찾았으니 진등은 이를 매우 마음 아프게 생각하였을 것이오. 사정이 이러한데 무엇 때문에 그대를 상대할 필요가 있었겠소? 만약 내가 그대 같은 소인을 만났다면, 나는 백 척 높이의 누각에 올라가서 자고, 그대에게는 땅바닥에서 자게 해 줄 것이오."

유비의 이 같은 말에 격동되어, 비로소 허범은 크게 깨달은 바가 있었다. 이후 허범은 자신을 일깨워 준 유비를 도와 촉한(蜀漢)을 세우는 데 모든 노력을 다하였다.

2007.11.10.

우정의 댓글

전경남 '원룡고와(元龍高臥)'는 진등이 자신은 높고 큰 침상에서 누워 자면서 빈객인 허범에게는 낮고 작은 침상에 자게 하여 그를 업신여기고 소홀히 대우함에서 나온 말이다. 유비는 허범의 이야기를 듣고 그가 큰 인물임을 알면서도 난세에 일신의 안전만을 도모하는 것을 두고 소인이라고 비판하여 크게 격동시켰다. 여기에서 자극받아 허범은 자신의 뛰어난 역량을 발휘하여 유비를 도와 촉한을 세우는 데 큰 기여를 하였다. 사람은 때로는 격려만이 아니라 역설적으로 비판하여 분발하도록 하는 것도 필요하다. 숨은 재능을 발휘하도록 이끄는 데는 저마다에게 맞는 방안을 찾아내는 안목이 있어야 하겠네…

임미순 "여인이 그 남편에게 이르되 항상 우리에게로 지나는 이 사람은 하나님의 거룩한 사람인 줄을 내가 아노니 우리가 저를 위하여 작은 방을 담위에 짓고 침상과 책상과 의자와 촛대를 진설하사이다. 저가 우리에게 이르면 거기 유하리이다 하였더라(왕하4:9-10)" 오늘의 '원룡고와(元龍高臥)'에 반 ✿ 서～ 성경에서 수넴 여인의 엘리사의 방문에 극진히 대접하는 이야기를 올려 보았어요. 엘리사를 극진히 대접한, 무자하였던 그 수넴 여인은 늘그막에 아들을 손에 안게 되는 축복을 받았지요❣

김선숙 맞아요, 성경에 대접 받고 싶은 대로 남을 대접하라는 말씀이 있으니 남을 잘 대접해야겠지요. 근데, 윗～글은 일부러 깨달으라고 오히려 소홀히 했는데… 깨닫지도 못하고 유비, 유표한테 실없는 말이나 해서 오히려 경박한 사람이 되었으니… 에구, 긍께… 무식허면 약이 없지… 안 그랴?

이영혜 진등이 자신의 집에 오래 머물고 있었던 허범을 큰 인물임을 알면서도 손님으로 정중하게 예우하여 주지 않았을 뿐만 아니라 그를 상대조차 하지 않았다는 이야기는, '역설적'인 표현을 빌리자면, 담언미중(談言微中)이었고, 허범이 자신을 일깨워 준 유비를 도와 촉한을 세우는 데 모든 노력을 다한 것은 양금택목(良禽澤木)이었다고 생각되네요.

김선애 삼국지의 세 인물인 유비, 손권, 조조 중에서 무술이나 기타 조건에서 가장 열세였던 유비가 당당하게 이들과 세 축을 이룰 수 있었던 데는 유비의 사람을 쓰는 능력이 뛰어나서였나 봅니다. 당대 최고의 지략가였던 제갈공명을 삼고초려 끝에 모신 것이나 허범의 말을 듣고 그를 자극하여 촉한을 세우는 데 공을 세우게 한 것 등이 유비의 용인술(用人術)을 말해 주는군요. 이를 보니 최근 국내 모 재벌에서 사람 잘못 써서 회사 작전 모두 들통나게 한 게 생각나 씁쓸해지네요.

김선숙 맞아요. 사람 선택은 신중해야지요. 부모님의 선택은 마음대로 하는 게 아니지만… 우리가 선택할 수 있는 사람, 특히 배우자 선택은 신중에 또 신중을 기해야지요. 하다못해 TV를 선택해도 순간의 선택이 10년을 좌우하는데… 배우자 선택은 한 인생뿐만 아니라 자식헌테까지도 영향이 미치더라구요. 근디… 그 잘못된 만남을 젊어서야 잘 모르니 그게 큰 문제여…

김선숙 허범은 유비의 변죽만 울린 말뜻을 복판이 쩌렁쩌렁 울리는 것처럼 잘 알아듣고 자신의 잘못을 금방 깨달았군요. 칭찬은 고래도 춤추게 만든다지만 가끔은 이런 유효적절한 일침의 말도 아주 중요합니다. 원룡이나 되니깐 위의 큰 침상에서 자고 허범에게는 아래의 작은 침상에서 자게 했겠군요. 지하실 구석에서 거적때기 깔고 자게 하지 않은 것만도 감사하게 생각했어야 했거늘… 깊은 뜻도 모르고 불평만 해댔으니…

소리장도 笑裏藏刀

笑:웃을 소 / 裏:속 리 / 藏:감출 장 / 刀:칼 도

웃음 속에 칼을 감추고 있음. 곧 겉으로는 웃으면서 속으로는 상대방을 해칠 생각을 품음을 가리키는 말이다. 고대 중국의 병법인 삼십육계 가운데 10번째 계책이기도 하다.

『구당서(舊唐書)』〈이의부전(李義府傳)〉에 다음과 같은 이야기가 전한다.

병법(兵法) 삼십육계 중 제10계에 '웃음 속에 칼을 감춘다'는 '소리장도(笑裏藏刀)'가 나온다. 이는 겉으로는 웃으며 공손한 태도로 대하여 상대방의 경계심을 느슨하게 풀도록 하면서 속으로는 다른 계략을 지녀, 때를 보아 도모하려는 뜻을 가리키는 말이다. 이를 두고 병법의 대가인 손자(孫子)는 이렇게 말했다.

"적의 대응이 겸손한 태도로 나오는 것은, 실은 이쪽으로 공격을 가하려고 준비하고 있는 것이다. 구체적인 약속도 없이 화해를 말해 올 때는 실은 딴 데 겨냥하는 것이 있다."

'소리장도(笑裏藏刀)'의 대표적인 예는 다음과 같다.

당(唐)나라 태종 때, 요양(饒陽)의 감찰어사를 지낸 이의부(李義府)라는 사람이 있었다. 그는 평소 아부를 잘하여 황제로부터 깊은 신임을 받았다. 그 바람에 벼슬이 계속 높아져 고조(高祖) 때에는 이부상서(吏部尙書)를 지냈고, 다시 중서령의 직위에 올랐다. 이의부는 겉으로는 온화하고 겸손하며 예의 바른 사람으로서 사람들과 이야기할 때면 항상 얼굴에 미소를 띠었다. 그러나 그의 속마음은 야비하고 음험하여 다른 사람을 해칠 생각을 품고 있었다.

어느 날, 순우(淳于)라는 성을 가진 여자가 죄를 범하여 감옥살이를 하게 되었다. 이의부는 그 여자의 생김새가 매우 뛰어나다는 소문을 듣고, 필정의(畢正

義)라는 옥리를 찾아가 감언이설로 그 여자를 석방해 주도록 부탁하였다. 마침내 그 여자가 풀려 나오자 자신이 차지하였다. 후에 어떤 사람이 옥리인 필정의를 고발하자, 이의부는 이 일을 모르는 체하며 필정의에게 몹시 화를 내고 심하게 문책했다. 옥리 필정의는 이의부의 압력에 견디다 못해 자살하였고, 그를 고발한 것으로 알려진 왕의방(王義方)이라는 관리는 관직을 잃고 변방으로 유배되었다.

당시 사람들은 이 일을 두고 '이의부의 웃음 속에는 칼이 들어 있다'라고 말하였다.

'소리장도(笑裏藏刀)'는 '소중유도(笑中有刀)'라고도 하며, '구밀복검(口蜜腹劍)'과 유사한 뜻을 지니고 있다.

2007.11.12.

우정의 댓글

전경남 중국 고대의 병법 가운데에 정수를 모아 놓은 것이라는 '병법 삼십육계'에는 소리장도(笑裏藏刀)가 들어 있다. 병법이란 전쟁에서 이기기 위하여 수단과 방법을 가리지 않는 방책이기에 기만의 술책을 많이 쓴다. 곧 상대방을 안심시킨 후에 비밀리에 일을 도모하고, 부드러운 겉모습에 강한 내면을 숨기는 등의 전법을 사용한다. 그러나 보통의 인간관계에서 겉으로는 웃으면서 속으로는 음험하게 해칠 궁리를 한다면 참으로 야비하다 할 것이다. 서로 간에 겉과 속이 다르지 않게 사는 것이 사람다운 일이겠네…

임미순 "대저 음녀의 입술은 꿀을 떨어뜨리며 그 입은 기름보다 미끄러우나 나중은 쑥같이 쓰고 두 날 가진 칼같이 날카로우며 그 발은 사지로 내려가며 그 걸음은 음부로 나아가나니(잠5:3-5)" 남정네를 멸망의 구렁 텅이로 빠뜨리는 탕녀에의 비유의 말씀으로～ 오늘의 '소리장도(笑裏藏刀)'를 연상 🌸 보았어요. 겉으로는 웃음과 갖은 🌙 콤한 말로 속삭이며 사람을 현혹시키지만, 🐱 말은 결국 사지로 끌려가는 형국에 이르게 하지요❗

노순희 왠지 아리따운 미녀의 소름끼치는 듯한 미소가 떠오름은 웬일일까… 미순이가 올려준 성경구절이 또한 생각납니다…

이영혜 옥리 필정의에 대한 이의부의 행동은, 당나라를 대표하는 문장가 한유가 그 시대를 대표하는 또 다른 문장가 유종원의 묘지명에 기록하였다는 말 중에 쓰인 간담상조(肝膽相照)라는 고사성어를 연상시키네요. "사람은 역경에 처했을 때 참다운 절의가 나타난다. 평상시에는 '쓸개와 간을 서로 꺼내 보이며' 맹세한다. 그러나 일단 조금이라도 이해관계가 엇갈리면 눈을 부릅뜨고 마치 모르는 사람처럼 대한다. 함정에 빠져도 손을 내밀어 구원할 생각을 하지 않고 도리어 상대방을 함정에 밀어 놓고 돌을 던지는 인간이 많다."

임미순 "네 친구와 네 아비의 친구를 버리지 말며 네 환난 날에 형제의 집에 들어가지 말지어다. 가까운 이웃이 먼 형제보다 나으니라(잠27:10)" 내가 잘살 때는 네가 올린 '간담상조'처럼 간이라도 빼 줄 듯이 잘하다가도, 내가 어려운 지경에 빠지면 등을 돌리며～ 언제 네 도움 받았느냐는 듯이, 은혜를 원수로 갚는 것이 일가친척이더라. 🐱 그러니 오늘의 잠언 말씀이 얼마나 명언이니❓ 환난 날에 형제의 집에 들어가지 말지어다. 가까운 이웃이 먼 형제보다 나으니라.(여기에서 먼 형제라는 건 마음이 멀리 떠나 있다는 뜻) 참 인생은 오래 살고 볼 것이더라❗ 오늘도 같이 공부하고 대화까지… 참 좋구나❗

이영혜 미순아, 오늘 네가 올린 잠언의 말씀이 네 말대로 명언이구나. 그래서 이웃사촌이라는 말이 있잖아❓ 그래, 함께 대화하면서 공부하니, 공부하는 것 같지 않고 노는 것 같지❓ 🀄

임미순 대화 상대가 있다는 게 얼마나 큰 복인지… 우리 나이에 말야❗ 영혜야❗ 이거이 바로 '일석이조'인기라❗ 오늘 점심은 너의 짜장면으로 포식❗ 와👆위 💜愛

이영혜 미순아, 문전작라, 문전성시… 고마워, 미순아. 맞아 '일석이조'… 오래간만에 짜장면으로 점심하니 이화여고 시절 생각나지❓🍴

손동숙 애네들 먹는데 군침이 나와서 나도 한 🍴 먹어야겠네. 내가 한 입 먹어도 괜찮은겨?

임미순 하모 괴안코 말고… 환영이제❗🍴 옛날에 서문 쪽에 있는 중국 빵집에서 빵 사 먹던 기억이 나네… 우리 모두 어깨동무하고 옛날로 돌아가제이 🐧랄라 💜愛

김선숙 우리네 속담에 '등 치고 배 문지른다' '등 치고 간 내먹는다'라는 말처럼 겉으로는 상대방을 위하는 척하고서는 오히려 해를 입히는 경우를 말하는군요. 대놓고 위협을 하든지, 욕을 하는 사람보다 더욱 더 무서운 사람이군요. 이런 이중의 얼굴을 가진 사람이 철면피가 아닐까요?

오두백마생각 烏頭白馬生角

烏:까마귀 오 / 頭:머리 두 / 白:흰 백 / 馬:말 마 / 生:날 생 / 角:뿔 각
까마귀의 머리가 희어지고, 말의 머리에 뿔이 남.
곧 세상에 결코 일어날 수 없는 불가능한 일을 가리키는 말이다.

『사기(史記)』「색은편(索隱篇)」에 다음과 같은 이야기가 전한다.

중국 전국시대(戰國時代), 연(燕)나라에 태자인 단(丹)이라는 사람이 있었다. 일찍이 조(趙)나라에 인질로 가 있었는데, 그때 그곳에서 출생한 진왕(秦王) 정[政: 후의 진시황]과 가깝게 지냈다. 그 후 단은 인질이 풀려 돌아왔다가, 정이 진왕으로 즉위하면서 이번에는 진나라에 인질로 가게 되었다.

당시는 여러 제후국들이 합종책(合從策)과 연횡책(連橫策)을 번갈아 하면서 힘의 균형을 유지하려 했기 때문에 태자들이 서로 인질로 가는 경우가 흔했다. 단은 진나라로 가면서 조나라에서 같이 불우한 시절을 보낸 진왕 정을 믿었는데, 진왕은 인질로 온 단을 제대로 대우해 주지 않았다. 진왕의 무례에 화가 난 단은 분개하여 본국으로 돌려 보내줄 것을 강력히 요구했다. 그러자 진왕이 말했다.

"그렇게 합시다. 까마귀의 머리가 희어지고, 말의 머리에 뿔이 나거든 돌려 보내 주겠소."

그러나 그런 일은 불가능한 일이었으므로 태자 단은 하늘을 우러러 탄식했다.

후일 단은 진나라를 탈출하여 연나라로 돌아와 이때의 원수를 갚으려고 하였다. 그리하여 자객 형가(荊軻)를 시켜 진왕을 죽이려 했으나 결국 실패하였고, 이 일로 격노한 진왕의 침입을 자초하게 되었다. 연나라는 수도 계성을 함락당

하고, 산동(山東)으로 밀렸다가 진나라의 계속된 공격을 받아 결국 멸망하고 말
았다. 진왕 정이 중국을 통일하고 진시황(秦始皇)이 된 것은 연나라가 멸망한 이
듬해이다.

2007.11.13.

우정의 댓글

전경남 오늘날에도 결코 일어날 수 없는 불가능한 일을 비유할 때 '까마귀의
머리가 희어지랴' 또는 '말 머리에 뿔이 나랴'라는 표현을 사용한다. 태
자 단이 인질로 잡혀 있으면서 이 말을 들었을 때, 얼마나 상심과 분노
가 컸을까… 이 말을 한 진왕은 단의 복수심을 불타게 하여 목숨을 잃을
뻔하였다. 상대방의 마음에 비수를 꽂은 말은 결국 자신에게 더 큰 재
앙으로 돌아옴을 위의 이야기에서도 깨닫게 되네…

임미순 "예수께서 저희를 보시며 가라사대 사람으로는 할 수 없으되 하나님으
로는 그렇지 아니하니 하나님으로서는 다 하실 수 있느니라(막10:27)"
위의 '오두백마생각(烏頭白馬生角)'이야말로 사람으로서는 도저히 불가
능한 것이지만, 하나님께는 아무것도 아닌 것이지요❣

허유순 싸부님, 며칠 여러 가지 일로 바빠 공부방에 들어오지 못했네요. 오랜
만에 문안 드립니다. 불편하신 몸인데도 하루도 안 빠지고 좋은 글과
그림과 음악으로 공부방을 가꾸어 가시니 새삼 감탄합니다. 단이 인질
로 간 사실을 읽고 보니 우리도 힘이 약하여 많은 왕자들이 중국에 인
질이나 볼모로 갔던 것이 생각나는군요.

이영혜 "…말의 머리에 뿔이 나거든" 단(丹)을 본국으로 돌려 보내준다는 진왕
의 말에 저항해서 단이 진나라를 탈출하여 본국으로 돌아온 후 진왕의

살해를 시도한 단의 기골은, 촉한의 장수 위연이 자기 머리에 뿔 두 개가 거꾸로 뻗은 꿈을 꾸었을 때, 그의 부하가 거짓으로 해몽하기를, "기린의 머리에도 뿔이 있고 청룡의 머리에도 뿔이 나 있습니다. 천하에 보기 드문 길몽입니다."라고 거짓으로 꿈풀이를 해 주어서 위연이 모반을 결심한 이야기에서 유래된 반골(反骨)을 연상시키네요.

김선숙 싸부님, 요즈음 쬐꼼 바빠서 공부를 많이 빠졌습니다. 까마귀 머리가 희어지고 말 머리에 뿔이 나길 기다리는 것은 중국의 황하가 맑기를 기다리는 거나 별 다를 것이 없겠습니다. 가능성이 조금도 없는 말을 하여 사람의 부아를 돋우면 결국엔 본인이 화를 입게 되는 일을 초래하겠지요. '입찬소리는 무덤에 가서 하라'는 우리의 옛 속담이 더욱 마음에 와 닿습니다.

김선숙 해가 서쪽에서 뜨는 날이 빠를까? 소금이 쉬어지는 날이 빠를까? 뽕밭이 변하여 바다가 되는 날이 빠를까? 아니면 까마귀 머리가 희어지는 날이 빠를까? 말의 머리에 뿔이 나는 날이 빠를까? 예수님 다시 오시는 날이 빠를까? 길쎄… 거 내레 어케 알갔시요? 거야 아무도 모릅네다. 데무사니… 요즈음 말세 말세하며 이상한 징조들이 많이 나타나니 예수님 오시는 날이 빠르지 않을까요?

임미순 그러게! 산을 헐어서 바다를 메우는 세상에 ~ 뽕밭이 바다가 되는 날이 더 빠를 수도 있겠네… 하지만 그 때와 그 시는 아무도 모르지… 시어머니도 모르고 며느리도 모르고 ~ 전능하신 예수님밖에… 나으 사랑하는 친구 선숙아, 영혜야! 안 그라? 하하하하하 😀 😀 😀

일훈일유 一薰一蕕

一:한 일 / 薰:향풀 훈 / 蕕:누린내 풀 유

향내 나는 풀과 누린내 나는 풀. 곧 향내가 나는 풀과 고약한 냄새가 나는 풀을 함께 놓으면 악취만 나게 된다는 말로, 착한 행실은 지키기 힘들고 나쁜 행실은 제거하기 어렵다는 것을 비유하는 말이다.

『춘추좌씨전』〈희공조(僖公條)〉에 다음과 같은 이야기가 전한다.

중국 춘추시대, 진(晉)나라 헌공(獻公)에게는 여러 명의 부인이 있었는데, 그 가운데 여희(驪姬)를 가장 총애하였다. 그런데 여희는 야심이 매우 큰 여자였다. 여희는 자신이 왕후가 되려는 생각에, 자기가 낳은 해제(奚齊)를 태자로 세워 왕위를 계승하게 하려고 하였다. 여희는 이를 위해 헌공의 또 다른 부인인 제강(齊姜)이 낳은 태자 신생(申生)을 제거할 계획을 꾸몄다.

어느 날, 여희가 태자 신생에게 말하였다.

"어젯밤 왕께서 태자의 생모를 꿈에서 보셨다는데, 태자도 곡옥(曲沃)에 가서 어머니께 제사를 드리세요. 그리고 제사 드렸던 음식은 가지고 와서 부왕(父王)께 드리도록 하세요."

신생은 본시 효심이 강한 사람이라 여희의 말대로 제사를 지내고 고기와 술을 헌공에게 바치고자 하였다. 여희는 마침 헌공이 사냥에서 아직 돌아오지 않은 틈을 타 술과 고기에 독을 넣었다. 헌공은 술과 고기의 색깔과 냄새가 이상하다고 생각하여, 고기는 개에게 먹이고 술은 환관에게 마셔보게 하니 개와 환관은 그 자리에서 죽고 말았다. 헌공은 누군가가 음식에 독을 넣었음을 알고 크게 노하였다.

이때 여희는 통곡을 하면서 신생을 모함하였다. 헌공은 여희의 말을 듣고 사람을 보내 태자를 죽이려 하니 태자 신생은 하는 수없이 도망하였으나, 얼마 후 스스로 목숨을 끊었다.

이 일이 있은 후 여희는 더욱 왕의 총애를 받게 되었다. 헌공은 여희를 왕후로 세울 준비를 하면서, 사람을 불러 점을 치게 하였다. 그 결과 거북점은 흉한 것으로, 시초점(蓍草占)은 길(吉)한 것으로 나왔다. 이에 헌공은 시초점괘에 따라 여희를 왕후로 맞이하겠다고 하였다. 그러자 거북점을 친 점쟁이가 말하였다.

"시초점은 짧게 보고 거북점은 길게 보니, 길게 보는 것을 따르는 것이 낫습니다. 또한 점괘에 '한 사람만을 총애하여 마음이 변하고, 공의 사랑하는 이를 물리친다. 향기 나는 풀과 악취 나는 풀이 함께 있으니, 10년이 지나면 악취만 남으리라.'라고 하였으니, 시초점을 따르시면 절대로 안 됩니다."

그러나 헌공은 여희를 왕후로 세우고, 그녀의 아들 해제를 태자로 세웠다. 헌공이 죽은 후, 해제는 군주의 자리에 오르지 못하고 대신들에게 살해되었고, 여희는 자살하였다. 이후 진나라 조정은 십여 년 동안 편안할 날이 없었다.

2007.11.30.

우정의 댓글

전경남 '악화가 양화를 구축한다'는 말이 있듯이, 세상에서 아름답고 고상한 것은 소멸되기 쉽고 추하고 악한 것은 그 세력을 점점 넓혀간다. 위의 고사에서 유래하여 일훈일유는 향기로운 풀과 악취 나는 풀을 한곳에 두면 향기는 사라지고 악취만 남게 됨을 가리키는 말이 되었다. 이처럼 선악이 함께 있게 되면 선은 악에 가려지기 쉽고 선한 사람은 악한 사람에 의해 소외되거나 제거되는 사례가 많으니 참 안타까운 일이네…

임미순 "항상 우리를 그◯도 안에서 이기게 하시고 우리로 말미암아 각처에서 그●도를 아는 냄새를 나타내시는 하나님께 감사하노라. 우리는 구원 얻는 자들에게나 망하는 자들에게나 하나님 앞에서 그●도의 향기니 (고전2:14-15)" 우리는 세상에서 그●도의 향기를 풍기는 삶을 살아야 겠지요! 악취를 풍기는 사람들의 악취를 없앨 수 있을 만큼…

손동숙 '악이 선을 이긴다는 말'과 통하는군요. 향기가 진동●서 악취를 없애 면 얼마나 좋을까요. 일훈일유(一薰一蕕) 대신 '착한 행실은 오래가고 나쁜 행실은 곧 제거된다'는 말이 언젠가 나오기를 기대하면서 오늘도 감～사!

전은자 여희의 악스런 야심이 자신의 패망을 물론, 나라까지 10년간 흔들거리 게 했으니… 악의 위력에 새삼 놀랍니다. "다만 악에서 구하옵소서." 주기도문의 구절이 다시금 간절한 기도가 됩니다.

이영혜 '착한 행실은 지키기 힘들고 나쁜 행실은 제거하기 어렵다'는 오늘의 성어 일훈일유는 초나라의 애국시인 굴원이 그의 대표 작품들의 하나 인 어부사에서 어부와 나눈 대화 중에서, "온 세상이 혼탁하지만 나 홀로 맑고 깨끗하여, 모두가 술에 취해 있지만 나 홀로 깨어 있다네. 그래서 그들이 나를 쫓아냈다네."라고 한 말에서 유래된 중취독성(衆醉 獨醒)을 상기시키네요.

김선숙 여자의 한스런 마음이 한여름에도 서리를 내리게 한다는데 하물며 여 자의 독살스런 마음은… 인간의 독한 마음의 끝은 어디쯤일까요? 너무 어질고 착해서 법조차 필요 없는 사람도 있는 반면 이런 독종 중의 상 독종이 있네요. 이러니 향내 나는 풀이 어디 있는 것처럼 보이지도 않 을 뿐더러 그 향내조차도 고약한 냄새 때문에 있는 줄도 모르겠지요.

김선숙 야그 항개… 제목) 냄새는 못 속인다… 아름다운 화장품 외판원이 그날의 일을 모두 마치고 아파트의 엘리베이터를 탔다. 그런데 ★안간 뱃속이 부글부글하더니 방귀를 뀌고 싶었다. 마침 혼자 탔기에 마음 놓고 씨원하게 뿌～ 웅… 근데 아니 이게 웬일인가❓ 올라가는 도중 한 곳에서 엘리베이터가 멈추더니 어느 술 취한 남자가 타는 게 아닌가… 난처⚙진 이 여인… 급히 솔향기 나는 향수를 꺼내 칙칙～～ 그때 술취한 사람이 코를 킁킁거리더니 한다는 말이～～～～"아니 누가 크리스마스 추리에다 똥을 싸 놓은 거야❗❗"

임미순 개그 작가 선숙아❗ 어쩜 그렇게 웃기는 이야기를 잘 만드는겨❗ 너 좋은 일 **삼**.아 방송국에 이야기를 정리⚙서 보내 줘, 아주 개그계가 뒤집어 지겠다❄️ 우리만 보기엔 너무 아까워 이웃에게도 나누어 주는 게 좋지 않겠니❓ 🖤愛

허유순 미순이가 올려 준 말씀대로 그리스도의 향기를 품는 사람으로 살아야 겠다는 다짐을 새롭게 해 봅니다. 선숙이의 개그는 어찌 그리 무궁무진 한지… 그 '수장고'를 들여다보고 싶네요. 개그책을 하나 내어 돌려 봄 이 어떨지?

임인유현 任人唯賢

任:맡길 임 / 人:사람 인 / 唯:오직 유 / 賢:어질 현
오직 능력과 인품만을 보고 사람을 임용함.

『한비자(韓非子)』「외저설편(外儲說篇)」에 다음과 같은 이야기가 전한다.

중국 춘추시대 제(齊)나라에 내란이 발생하여 양공(襄公)이 피살되자, 양공의 두 동생인 공자(公子) 규(糾)와 소백(小白)은 각기 서둘러 제나라로 돌아와 왕위를 차지하려고 하였다. 관중(管仲)은 본래 공자 규를 따르던 인물로서 군사를 이끌고 소백을 제거하려 하였으나 실패하여 규와 함께 노나라로 도피하였다. 이리하여 소백이 즉위하였으니, 그가 곧 제나라 환공(桓公)이다.

이때, 환공의 스승이었던 포숙아(鮑叔牙)가 환공에게 관중을 죽여서는 안 된다고 하면서 다음과 같이 역설하였다.

"임금께서 천하의 패권을 차지하시고자 한다면 어떻게든 관중을 데려와 중용해야 합니다. 관중을 쓰는 나라는 반드시 천하에 중시될 것입니다."

이에 환공은 자신이 신뢰하는 포숙아의 말에 따라 魯(노)나라에 압력을 가해 공자 규를 죽이고, 관중은 잡아 보내도록 하였다. 포박되어 잡혀가던 관중은 제나라의 변방에 이르자, 배도 고프고 목도 말랐다. 그는 변방을 지키는 관원에게 음식을 좀 달라고 청하였다. 이 관원은 제나라 환공이 인재를 아끼므로 관중을 잡아다가 보복하기보다는 중용할 것으로 생각하였기에 매우 정중한 태도로 무릎을 꿇고 관중에게 음식을 바치면서 말하였다.

"만약 제나라에 도착하시어 다행히 사형되지 않고 중용되신다면, 저에게 어

떻게 보답하시겠습니까?"

이에 관중은 다음과 같이 대답하였다.

"만약 당신의 말대로 된다면, 나는 현명하고 재능이 있는 사람을 임용하며 공적이 있는 자를 논할 것이오. 그러기에 내가 당신에게 어떠한 보답을 할 것 같소?"

이 관원은 기분이 언짢았지만 어쩔 수 없었다. 훗날 관중은 제나라 환공을 도와 패업(覇業)을 이룩하였다.

2007.12.04.

우정의 댓글

전경남 사마천은 "관중 없이는 환공의 패업이 있을 수 없었고 중원의 평화도 유지되지 못하였을 것이다"라고 관중을 높이 평가하였다. 그가 제환공에게 잡혀갈 때, 그에게 음식을 제공한 사람이 뒷날 어떻게 보답할까를 묻자, 오직 현명하고 능력 있는 어진 사람을 임용할 뿐이라고 대답하였다. 오늘날 사람의 능력과는 관계없이, 자신에게 가까운 사람만 임용하는 임인유친(任人唯親)의 지도자와는 차원이 다른 인물이었다. 그래서 더욱 우리에게도 관중과 같이 '임인유현(任人唯賢)'하는 지도자가 나오기를 소망하게 되네…

임미순 "사곡한 무리는 결실이 없고 뇌물을 받는 자의 장막은 불탈 것이라(욥 15:34)" 세상의 모든 일이 그러하거니와 특히 공적인 일에는 사사로운 감정이 개입되어 일을 그르치는 과오를 저질러서는 안 되지요. 요즘의 대선을 앞두고 필히 짚고 넘어 갈 말씀을 올려 주셨네요! 사부! 오늘도 가르침에 감사합니다!

김선애 요즘처럼 코드 인사가 판치는 세상에 임인유현(任人唯賢)한 지도자의 이야기는 속까지 시원하게 만드는군요. 그러나 관중이 제나라 환공을 도와 패업을 이룰 수 있었던 것은 관포지교(管鮑之交)라는 말이 일러주듯 포숙아의 친구를 위한 적극적인 추천에 있었기에 가능했다고 봅니다. 이에 관중은 사심 없이 임인유현(任人唯賢)이라는 인사(人事)로 보답하여 제나라를 반석 위에 올려 놓았군요.

손동숙 관중의 '현명하고 재능이 있는 사람을 임용하며 공적이 있는 자를 논할 것이오' … 답도 재치 있고, 관원의 '기분이 나쁘지만 어쩔 수 없었다'도 재미있네요. 어떤 기대를 했을까요… 요즘이라면 큰 자리를 맡았을 텐데…

이영혜 환공이 스승 포숙아의 역설에 따라서 관중을 죽이지 않고 그를 데려와 중용하여 천하의 패권을 차지한 이야기를 읽으니, 진나라가 멸망한 후에, 유방의 군중에 있었던 한신(韓信)이 도망쳤을 때에, 승상의 직책을 맡고 있던 소하가 한신을 쫓아가서 다시 데리고 와서, 한신을 국사무쌍(國士無雙)한 인물이라고 유방에게 천거하여, 유방이 한신을 대장군으로 임명하여 한나라가 천하를 통일하는 데 크게 기여하게 한 이야기가 생각나네요.

전은자 오직 유(唯)자가 눈에 띄네요. 인품에 앞서, 오직 학연, 지연, 이해관계 등을 중시하여 사람을 취하는 바람에… 도피한 사람을 포박하여 데려올 정도로 관중의 인품을 높이 샀다는 것이 참 인상적입니다. 덕분에 오늘도 공부 잘 했어요.

김선숙 오직 능력과 인품만을 보고 사람을 임용해야 하는데, 어찌 된 건지 혈연, 학연, 같은 고향인지 아닌지… 자기의 코드에 맞는지 안 맞는지… 이 다음에 배신을 때릴지 아닐지… 이런 것에 연연하여 사람을 임용하

는 일을 하도 많이 봐서 위의 공부를 하려니 여~엉 쌩짜배기 금시초문
같습니다. 포숙아의 말을 귀담아 듣고 관중을 죽이지 않고 임용하여
크게 쓴 환공은 대단한 인물 같습니다. 에구… 우리나라에 이런 일이
있었다면… 삼족을 멸해서 씨도 남아나지 않았을 텐데요.

무산지몽 巫山之夢

巫:무당 무 / 山:뫼 산 / 之:어조사 지 / 夢:꿈 몽
무산(巫山)의 꿈.
곧 남녀 간의 밀회나 정교(情交)를 일컫는 말이다.

중국 전국시대 초(楚)나라의 대부인 송옥(宋玉)은 굴원(屈原)의 제자이다. 그가 지은 〈고당부(高唐賦)〉는 『문선(文選)』에 수록되어 있는데, 그 글 속에 다음과 같은 이야기가 전한다.

초나라 양왕(襄王)이 송옥과 함께 운몽(雲夢)이라는 곳에서 놀다가 고당관에 이르게 되었다. 문득 하늘을 보니 이상한 형상의 구름이 피어오르고 있어 송옥에게 무엇인지를 물었다. 그러자 송옥이 그 구름이 '조운(朝雲)'이라고 대답하였다. 왕이 '조운'이란 무엇인가를 다시 묻자 송옥이 다음과 같은 사연을 이야기하였다.

"옛날 선왕이신 회왕께서 고당관에서 연회를 열고 즐기다가 잠시 낮잠을 자게 되었는데, 꿈속에 아름다운 여인이 찾아와 말하였습니다. '저는 무산에 사는 여인이온데, 왕께서 고당에 오셨다는 말을 듣고 잠자리를 받들고자 왔습니다.' 선왕께서는 그녀의 아름다움에 빠져 스스럼없이 사랑을 나누었는데, 헤어질 무렵이 되자 그 여인은 이런 말을 하였습니다. '저는 무산 남쪽의 험준한 곳에 살고 있는 여인입니다. 아침에는 구름이 되고 저녁에는 비가 되어 양대(陽臺) 아래에서 아침저녁으로 당신을 그리워하고 있을 것입니다.' 말이 끝나자 여인은 자취를 감추었고, 선왕께서는 퍼뜩 잠에서 깨어났습니다. 다음날 아침 선왕께서 무산 쪽을 바라보니 여인의 말대로 산봉우리에 아름다운 구름이 걸려 있었습니

다. 선왕께서는 그 여인을 그리워하여 사당을 세우고 그 이름을 조운묘(朝雲廟) 라고 하였습니다."

이 이야기에서 비롯되어 무산지몽(巫山之夢)은 남녀 간의 정교를 의미하게 되었고, '양대(陽臺)'란 해가 잘 비치는 대라는 뜻인 동시에 은밀히 나누는 사랑을 가리키게 되었다.

2007.12.08.

우정의 댓글

전경남 남녀 간에 남몰래 정교를 나누는 것을 가리키는 말로 '무산지몽(巫山之雲)', '무산지우(巫山之雨)', '운우지락(雲雨之樂)', '운우지정(雲雨之情)' 등과 같은 말이 사용되는데, 이들 모두 '무산지몽(巫山之夢)'의 고사에서 비롯되었다. 한편 한번 아름다운 인연을 맺고 다시 만나지 못하는 경우를 가리켜 '양대불귀지운(陽臺不歸之雲)'이라고도 하는데, 이 역시 위의 고사에서 유래한 것이다. 회왕과 선녀의 꿈같은 만남과 이별이 구름과 비로 표현됨으로 해서 '운우(雲雨)'는 본래의 뜻을 넘어 남녀 간의 사랑을 가리키는 말이 되었다.

임미순 "그가 타작 마당으로 내려가서 시모의 명대로 다하니라. 보아스가 먹고 마시고 마음이 'KIN'거워서 가서 노적가리 곁에 눕는지라 룻이 가만히 가서 그 발치 이불을 들고 거기 누웠더라(룻3:7)" 룻이 시모 나오미의 뜻을 받들어 보아스와 동침을 하게 되는 이야기이며, 여기 나오는 보아스는 룻을 보호하는 하나님과 같은 존재이지요.

김선애 운우(雲雨)의 정을 나눈다는 말이 여기에서 유래된 말이군요. 그리고 송옥(宋玉)이 지었다는 고당부(高唐賦)는 사랑을 읊은 아주 역사가 긴 글인가 봅니다. 또 더 재미있는 건 아버지(회왕)를 그리워했던 여인이 변한 구름을 아들(양왕)도 보았다는 점이네요. 고사성어 중에 남가일몽, 한단지몽 등 꿈에 관한 말이 많은 걸 보면 우리 인생이라는 게 잠깐 꾼 꿈처럼 아쉽고 짧은 것이라는 인생에 대한 옛사람들의 통찰이 담겨 있는 듯합니다.

이영혜 회왕이 잠시 낮잠을 자다가 꿈속에 아름다운 여인이 찾아와서 그녀와 사랑을 나눈 이야기는 "기분 좋게 낮잠 자는 것을 가리켜" 화서지몽(華胥之夢)이라고 한다는 말이 생각나네요.

허유순 싸부님, 며칠 동안 공부방 결석을 했습니다. 하는 것도 없이 분주하게 지나다보니… 죄송하네요. 평안하신지요? 남녀 간에 몰래 정을 나누는 것에도 예전엔 이렇게 로맨틱한 말을 썼었군요.

김선숙 🚻 간의 사랑을 ☁️과 비에다 비유하여 아스라히, 어렴풋이 운치 있게 표현하니 매우 운치가 있고 아름답습니다. 요즈음 너무나 개방된 성(性)에 대하여 아무 거침없는 말을 듣다보니 옛말이 아주 아름답습니다. 정말로 '꿈같은 사랑'이군요. 에구… 나이가 들어도 이런 아름다운 사랑이야기에는 마음을 설레게 하네요…

불수진 拂鬚塵

拂:떨칠 불 / 鬚:수염 수 / 塵:티끌 진
수염에 묻은 티끌을 털어냄.
곧 권력자나 윗사람에게 아부하거나 비굴한 태도를 보임을 가리키는 말이다.

『송사(宋史)』〈구준전(寇準傳)〉에 다음과 같은 이야기가 전한다.

송(宋)나라 진종(眞宗) 때의 재상인 구준(寇準)은 정의롭고 강직하기로 유명한 사람이었다.

어느 해 심한 가뭄이 있어 임금이 그 대책을 여러 신하들에게 물었다. 이때 신하들은 모두 임금이 듣기 좋은 소리만을 하였는데, 구준은 "폐하의 형벌이 공평하지 못하였기 때문입니다"라고 대답하였다. 임금은 노여운 얼굴로 안으로 들어갔으나 조금 뒤 그를 불러 그 이유를 물으니, 구준은 다음과 같이 대답하였다.

'조길(祖吉)과 왕회(王淮) 두 사람 모두 뇌물을 받았는데, 약간의 뇌물을 받은 조길은 사형에 처해진 반면, 거액의 뇌물을 받은 왕회는 아무런 문책도 받지 않았습니다."

왕회는 바로 참정 왕면의 동생이었다. 이에 왕은 재조사하도록 하여 사실이 밝혀지자 결국 두 형제는 파면되었다.

그 뒤로 임금은 구준을 중히 여겨 요직에 두게 되니, 백관들은 구준이 황제를 배알할 때마다 두려워하였다. 구준은 재상이 된 뒤에 나라를 위해 유능한 인재를 발굴해서 기용했는데, 정위(丁謂)도 그중 한 사람이었다. 구준은 임금의 신뢰가 두터웠지만, 한때 왕흠약(王欽若)의 참언으로 좌천되었다가 다시 재상으로 복귀했는데, 그때 정위를 참정(參政)으로 발탁하였다. 정위는 구준이 너무도 고마운지라 정성을 다하여 구준을 받들었다.

어느 날, 중서성에서 연회가 있었을 때 구준의 수염에 국 찌꺼기가 묻어 있었다. 정위는 그걸 보자마자 자리에서 일어나 구준에게 다가가서 묻은 것을 조심스럽게 털어 냈다. 그러자 구준은 그 같은 태도가 못마땅하여 웃으면서 말했다.

"허허, 참정이라면 한 나라의 대신이오. 그런 사람이 상관의 수염에 묻은 티끌을 터는 일까지 할 거야 있겠소?"

부끄러움을 느낀 정위는 이때의 일을 가슴에 품고 구준을 밀어낼 궁리를 하였다. 결국 정위는 진종이 병으로 정사를 보지 못하는 틈을 타서 황후에게 참언하여, 구준을 재상 자리에서 몰아내고 자기가 그 자리에 올랐다.

2007.12.10.

우정의 댓글

전경남 상관의 수염에 묻어 있는 티끌을 털어 줄 만큼 지나치게 아부하는 것을 가리켜 '불수진'이라 한다. 강직한 구준은 자신에게 그런 행동을 하는 정위를 못마땅하게 여겨 고맙다고 하기보다 대신으로 할 도리가 아니라고 면박을 주었다. 이 말에 자신의 행동이 몹시 비굴한 것임을 느낀 정위는 자신을 등용하고 높은 지위에 오르게 한 구준을 미워하기 시작하였다. 지나친 아부도 물론 잘못된 것이지만, 여러 사람 앞에서 면박을 주어 마음에 깊은 상처를 주는 일도 삼가야 함을 이 이야기에서 느끼게 되네…

임미순 "미련한 자의 생각은 죄요 거만한 자는 사람의 미움을 받느니라(잠 24:9)" 정위가 좀 더 지혜로웠거나, 강직한 구준이 겸손함까지 지녔다

면… 사람은 높은 자리에 있을 때 겸손●야 그 자리를 오래 지킬 수 있음을 말● 주는 고사성어군요❗

손동숙 힘이 있다고 생각하는 자에게 약자가 하는 아첨, 그로 인해 출세하면 그 사람 또한 아첨받기를 원하여 악순환은 계속되고… 말을 가려가며 조심해야 함도 말하고 있네요. 스트레스를 풀기 위해 남에게 함부로 말하는 사람을 볼 때마다 답답함을 느끼는데, 그 사람이 자신이 없기 때문임을 알고 있지요. 진정 여유 있는 사람이 되면 좋겠습니다.

이영혜 정위가 상관 구준의 수염에 묻은 국 찌꺼기를 공식 연회에서 조심스럽게 털어 낸 것은, 장수가 말단 병사의 피고름을 입으로 종기를 치료한 데서 유래된 말, 吮疽之仁같이 극단적인 예는 아니겠지만, 좀 지나친 친절함이나, 그런 경우에 상관 구준이 공식 연회 도중에 많은 사람 앞에서 참정 정위의 위신을 무시하고 그의 행동을 못마땅한 태도로 나무란 것은 취모구자(吹毛求疵)가 아니었나 하는 생각이 들고, 결과적으로 구준은 정위의 참언으로 재상 자리를 정위에게 빼앗겼으니, 그의 나무람은 '별 생각 없이 한 일이 공연한 화를 불러들이는 것을 가리키는 말', 타초경사(打草驚蛇)였다고 할 수 있을까요?

김선숙 그려 그려, 칭구덜아… 권세가 쬐꼼 높은 사람이라구 이런 사람덜 수염에 붙은 국 찌꺼기나 털어내지 말자. 우리 아그덜이나 손주 녀석들 수염에 붙은 국 찌꺼기나 사랑스런 마음으로 털어 내자구. 뭐❓ 아그덜이나 손주덜은 수염이 안중꺼정 나지 않았다구❓ 그럼 턱에 흘린 국물이나 밥풀을 닦아주면 되겠네. 괜시리 높은 양반덜 옆에서 꼽사리 낑겨서 아부 수준의 친절한 행동을 하덜 말자구. 이런 친절한 행동은 독거노인, 보육원… 등등을 찾아가서 하면 얼마나 아름다울까❓ 아부냐, 아첨이냐 허구 의심받을 일이 전혀 없구 말구지… 안 그랴❓ 긍께… 똑같은 일을 혀도, 나보다 권세가 있는 사람덜헌티 하면 아부나 아첨이 되어 욕으로 돌아오구, 나보다 약한 자헌티 하면 선행으로 되어서 오히려 칭찬을 받는다닝께… 근디, 우리가 생각헐 것 같으면 권세자의 수염에 붙은 국물을 닦아주는 것은 어려운 일 같고 독거노인은 누구나 할 것 같지만 사실은 그게 아니여… 아부나 아첨은 하기 쉬워도, 진정한 사랑이 담긴 독거노인 수염의 국물은 아무나 못 닦는 것이여… 긍휼히 여기는 마음이 있어야만 헐 수가 있겄지.

전은자 정위가 구준의 면박에 얼마나 상처를 받았으면 그의 재상 자리까지… 아첨도 면박도 참으로 씁쓸한 결과를 초래하네요.

허유순 '수염에 묻은 티끌을 털어줄 만큼'이라는 표현이 참 재미있군요. 출세를 하려면 그런 아첨도 서슴지 말아야 하는 것이 현실이라고 하니… 씁쓸하군요.

시자조슬 視子蚤蝨

視:볼 시 / 子:아들, 그대 자 / 蚤:벼룩 조 / 蝨:이 슬
그대가 벼룩이나 이와 같이 보임. 곧 큰 인물을 본 후에 작은 인물을 보면 벼룩이나 이처럼 사소하게
보인다는 말이다. 이 말은 개인의 영달을 위해 훌륭한 인물을 초야에 묻히게 한다는 뜻으로도 쓰인다.

『한비자(韓非子)』「설림상편(說林上篇)」에 다음과 같은 이야기가 전한다.

송(宋)나라의 대부인 자어(子圉)가 공자와 태재(太宰)를 만나도록 주선하였다. 공자가 태재를 만나고 돌아가자, 자어가 태재에게 공자를 만난 소감을 물었다.

"공자를 만나 보니 어떠하던가요?"

태재가 말하였다.

"내가 공자를 본 후에 당신을 보니 마치 벼룩이나 이처럼 작게 보이오. 이제 임금님을 만나도록 주선하겠소."

자어는 공자가 임금님에게 잘 보일 것을 두려워하여 말하였다.

"만약 태재께서 공자를 임금님께 보인다면 결과가 좋지 않을 것입니다."

"그게 무슨 말이오?"

"생각해 보십시오. 임금님께서 공자를 만나고 난 후 태재를 본다면 마치 벼룩이나 이처럼 잘게 보일 게 아니오."

이 말을 듣고 태재는 공자가 임금을 뵙는 것을 주선하지 않았다.

2008.01.06.

우정의 댓글

전경남 우리가 살아가면서 위대한 사람이나 자연을 만나게 되면 자신도 모르게 부족함을 깨닫고 넓고 큰 것을 사모하게 된다. 그러면서도 남이 뛰어난 것을 보면 자신이 위축될까 두려워 외면하기 쉽다. 그래서 '시자조슬'의 이야기처럼 공자가 초야에 묻히는 일이 생기게 된 것이다. 사람은 저마다 자신의 그릇이 있는데, 국정에 참여하는 사람이라면 마땅히 큰 그릇이어야 그 품이 넓어서 많은 사람들이 두루 혜택을 줄 수 있을 것이다. 또한 자기보다 나은 어진 사람을 추천할 수 있어야 그 조직이 더욱 발전하지 않겠는가…

임미순 "큰 집에는 금과 은의 그릇이 있어 귀히 쓰는 것도 있고 천히 쓰는 것도 있나니 그러므로 누구든지 이런 것에서 자기를 깨끗하게 하면 귀히 쓰는 그릇이 되어 거룩하고 주인의 쓰심에 합당하여 모든 일에 예비함이 되리라(딤후2:20-21)" 사람은 저마다 자신의 그릇이 있다는 말에 연관❀서 올렸어요. 그러므로 자신의 그릇에 합당한 처신을 ❀야 하겠지요.

이영혜 태재가 임금님께서 공자를 만나고 난 후 자신을 본다면 마치 벼룩이나 이처럼 잘게 보일 것을 두려워해서 공자가 임금님을 뵙는 것을 주선하지 않은 태재의 좁은 마음은 "끝없는 진리의 세계를 보고, 기왕에 스스로 자기가 이루었다고 생각했던 것을 부끄럽게 여긴다는 의미"인 망양지탄(望洋之歎)과 대조를 이루네요.

전은자 나 자신의 위치와 향로를 우려하여 남의 길을 가로막고, 정작 필요한 인물을 초야야 묻게 하는 비극들이 없었다면… 훨씬 나은 세상일 텐데요. 사부님 말대로 "그 품이 넓어서 많은 사람들이 두루 혜택"을 받게 하는 사람이 정말 멋있는 사람이겠지요.

손동숙 사람의 마음은 태재(太宰)와 같이 자신보다 나은 사람을 숨기고 싶겠지만, 그것을 뛰어넘어 담대하게 남을 인정했을 때 자신이 더 커짐을 느낄 수 있겠지요.

김원심 '상생의 법칙'이 생각나네요. 한동안 'Win-Win'이 유행이 되었던 적이 있지요. 나도 살고 상대도 살고…

김선애 요즘 우리나라 정치에서 유행하는 말, "능력이 도덕을 뛰어 넘었다." 누구를 두고 하는 말인지는 아시겠지요? 도덕적으로 뛰어난 사람이 항상 나라를 잘 다스리는 것도 아니고 철학적으로 뛰어난 사람이라고 해서 항상 훌륭한 지도자가 되는 것이 아닌 걸 보면 정치란 또 다른 능력인 것 같아요. 태재가 그걸 알았더라면 구태여 공자님을 천거하지 못할 이유도 없었는데…

엽공호룡 葉公好龍

葉:잎, 성씨 엽 / 公:공변될 공 / 好:좋을 호 / 龍:용 룡
엽공이 용을 좋아함.
겉으로는 좋아한다고 하면서 실제로는 그렇지 않음을 가리키는 말이다.

중국 전한(前漢) 말기의 학자인 유향(劉向)이 편집한 『신서(新序)』「잡사편(雜事篇)」에 다음과 같은 이야기가 전한다.

중국 춘추시대 초(楚)나라의 엽공(葉公)이라는 사람이 있었다. 그는 춘추오패(春秋五覇)의 하나였던 초나라 장왕(莊王)의 증손자로, 평소 용을 매우 좋아하였는데 그 정도가 지나쳤다. 그리하여 집안의 벽과 기둥에 용을 새겨 놓았고 심지어 가구나 술잔, 그 밖의 다른 물건에도 용을 그리거나 용의 무늬를 새겨 넣었다.

하늘의 용이 이 소문을 듣고 '엽공이 그렇게 나를 좋아한다니 한번 찾아가 봐야지' 하면서 지상에 내려와 엽공의 집 창문에 머리를 쑥 내밀었다. 그러자 엽공은 창문으로 들어온 진짜 용의 모습을 보고 크게 놀라 도망치고 말았다. 엽공은 겉으로는 용을 좋아하였을 뿐 진짜 용을 진심으로 좋아한 것은 아니었던 것이다.

공자의 제자인 자장(子張)이 선비를 좋아하고 아낀다는 소문이 난 노(魯)나라의 애공(哀公)을 찾아갔으나 일주일이 지나도 만나 주지를 않았다. 자장은 '애공이 선비를 좋아한다는 것은 엽공이 용을 좋아한다는 것과 다를 것이 없다'고 하였다. 곧 엽공이 용을 진정으로 좋아한 것이 아닌 것처럼 애공도 어진 선비를 좋아한다고 하지만 사실은 선비들을 멀리함을 말한 것이다.

2008.01.14.

우정의 댓글

전경남 사람들은 누구나 자신이 좋아한다고 내세우는 것들이 있다. 어떤 이는 자유, 민주, 평등, 사랑을, 어떤 이는 정의와 희생, 봉사와 선행을 좋아한다고 한다. 그런데 그들이 좋아한다고 하는 것을 위해 얼마나 구체적으로 노력하고 실천하는가는 별개의 문제인 것 같다. 좋아하는 가치들은 모두 아름답고 소중한 것이나 그것을 실천한다는 일은 많은 희생이 따르기에 말로만 그치고 마는 경우가 흔하다. 마치 용을 좋아한다는 사람이 정작 용을 만나면 무서워 도망치듯이… 말을 앞세우기보다는 작은 일이라도 실천해 나가는 것이 진정 좋아하는 자세가 아닐까…

오숙혜 이 이야기를 읽으며 떠오른 장면 하나… 어떤 가수가 자신은 자연스러움을 좋아한다며 맨발로 나와서 노래를 불렀지요. 그때 사회자가 하는 말… "아 그렇게 드레스 차려입고 눈썹 달고 자연스러움을 좋아하시는 군요…?" 우리는 언제나 겉치장에 너무 중점을 두고 말만 멋있게 하는 거 아닌지요… 겉 다르고 속 다르게…

민선 Actions speak louder than words. 말보다 행동으로 보여달라.(행동이 말보다 더 크게 말하니까) 엽공호룡과 비슷한 말이 아닐는지요. 말만 앞세우는 일이 없도록 하라는 교훈적인 성어 잘 배웠어요. 새해에는 이곳에 나오는 성어들만 마음에 새겨 실천해도 따로이 새해 구호를 만들 필요가 없을 것 같네요.

임미순 "대저 여호와는 지혜를 주시며 지식과 명철을 그 입에서 내심이며 그는 정직한 자를 위하여 완전한 지혜를 예비하시며 행실이 온전한 자에게 방패가 되시나니(잠2:6-7)" 말과 행위에 온전한 자를 하나님께서 도우심이지요.

전은자 미순이 올린 말씀을 보니 자기 자신에 대한 〈정직〉이 비결임을 알게 되네요. 딴생각이 없이 정직히 말하면 실천하기가 수월하겠지요. 진짜 좋은데 실천 안 하고 배겨내겠어요?

이영혜 엽공이 겉으로는 용을 좋아하는 사람인 것같이 보였으나 실제로는 용을 진심으로 좋아하는 사람이 아니었다는 이야기를 읽으니, 맹자가, 공자의 말씀을 인용하면서 "나는 사이비(似而非)를 미워한다. 가라지풀을 미워하는 것은 그것이 벼싹을 어지럽게 할까 두려워함이오, 말재주 있는 자를 미워하는 것은 정의를 어지럽힐까 두려워해서이다."라고 하신 말씀이 생각나네요.

김선숙 영혜야… 지나간 얘기 옮기는 것을 댓글로 쓰는 실력, 그거 너 말고 누가 또 하겠니❓ 첫째) 기억력이 비상한 사람, 둘째) 기억한 내용을 일목요연하게 잘 정리하는 실력, 셋째) 비슷한 내용을 연결 짓는 관찰력… 음～마… 그런 차원 높은 공부를 세상에 영혜 너 말고 누가 또 할 사람이 있었어❓ 흐미… 나는 백 번 죽었다 깨어나도 못한다. 긍께… 지난 일을 기억 못 하니 날마다 뭘 쓸까 허구 돌대갈님을 쥐어 짜 보네 그려… 퀴즈 항개… 죽었다 깨어나도 하지 못하는 일은, 정답) 죽었다 깨어나는 일.

불피친구 不避親仇

不:아닐 불 / 避:피할 피 / 親:친할 친 / 仇:원수 구
친한 이와 원수를 피하지 않음. 곧 대의(大義)를 위해서는 사사로움에 치우치지 아니하고 능력에 따라
공평무사하게 사람을 천거하거나 일을 처리함을 일컫는 말이다.

『십팔사략(十八史略)』에 다음과 같은 이야기가 전한다.

중국 춘추시대, 진(晉)나라의 평공(平公)이 어느 날 중신인 대부 기황양(祁黃羊)에게 자문을 구하였다.

"남양현(南陽縣) 현장(縣長)의 자리가 지금 비어 있는데 누구를 그 직위에 임명하면 좋겠소?"

기황양은 조금도 주저하지 않고 곧바로 대답하였다.

"해호(解狐)가 가장 적합한 인물이라 생각됩니다. 그는 틀림없이 그 직분을 잘 감당할 것입니다."

평공은 매우 의아하게 여기며 물었다.

"그대는 해호와 원수지간이 아닌가? 어찌하여 해호를 추천하는 것인가?"

기황양이 대답하였다.

"임금께서 물으신 것은 임무를 잘 수행할 수 있는 사람이 누구인가였지, 해호가 제 원수인지 아닌지를 물은 것은 아닙니다."

평공이 기황양의 말대로 해호를 발탁하자, 나라 사람들은 기황양의 사심 없는 행위를 칭찬하였고, 이렇게 되어 임명된 해호는 과연 임무를 성실하게 수행하였다. 얼마 후, 평공이 다시 자문을 구하였다.

"지금 조정에 자리가 하나 비어 있는데, 누가 적임자인가?"

기황양은 대답했다.

"기오(祁午)가 잘 수행할 수 있을 것입니다."

평공이 이상하다는 듯이 물었다.

"기오는 바로 그대의 아들이 아니오. 어찌 아들을 추천할 수 있소?"

"임금께서는 누가 적임자인지를 물으신 것이지, 기오가 제 아들인지 아닌지를 물은 것은 아닙니다."

평공은 이번에도 기황양의 천거대로 그의 아들 기오를 관직에 임명했는데 그역시 직책을 잘 감당하여 백성의 존경을 받게 되었다.

후에 공자가 그 이야기를 듣고 말씀하셨다.

"훌륭하도다! 기황양의 논의여! 그는 밖으로는 천거함에 원수를 꺼리지 않고, 안으로는 천거함에 자식을 꺼리지 않는구나. 기황양은 가히 공평무사하다고 말할 수 있다."

2008.01.19.

우정의 댓글

전경남 사람이 높은 자리에 있어 인재를 추천해야 할 경우에는 절대로 사사로움에 치우치지 말고 공평무사하게 그 사람의 역량을 보고서 추천해야 할 것이다. 흔히 자기편이냐 아니냐를 따지고 지연(地緣)과 학연(學緣)을 따지다 보면 인재를 제대로 발탁해 쓸 수가 없게 된다. 나라를 다스리는 일은 모름지기 뛰어난 인재가 적재적소에서 맡아 감당해야만 훌륭한 정치가 이루어질 수 있는 것이다. 자기의 원수까지도 추천할 수있는 기황양 같은 자세를 지녀야 새 정부도 크게 성공할 수 있을 텐데…

김선숙 싸부님, 안녕하시온지요… 처음 제목을 보고 '불피친구'라서 피할 수 없는 칭구인지 알았지요. 근디… 칭구가 아니라 친한 사람이나 원수라는 뜻이군요. 기황양은 마음이 하늘같이 높고 들판처럼 넓고 바다처럼 깊은 사람이군요. 사람을 천거함에 원수지간을 ✤한다는 것은 보통 사람(요기서는 진짜루 보통 사람을 일컬음)으로서는 힘든 일이지요. 또 자기도 나라의 녹을 받는 관직에 있으면서 밉보일까 자기 자식을 천거함은 심히 두려운 일이건만… 당당하면서도 마음이 하☀ 같은 이런 공정한 인사 천거가 새 정부에서도 이루어진다면… 그럼, 대한민국 🏯세 🏯세 만🏯세… 또 대한궁민 만쉐, 만쇠, 만만새…(요건 홍수환 어머님 버전)

김선숙 싸부님… '말썽꾸러기는 반장을 시켜라' 하는 말이 있잖아요. 그럼 더욱 더 열쉬미 해서 상상을 초월하는 우등생이 되는 계기가 되닝깐요… 가만 생각해 보니, 원수지간을 천거해서 발탁된다면… 감격해서 더 일도 잘할 거고 그것을 기회로 둘이 원수가 다 뭐야요, 아주 찰떡처럼, 강력 접착제처럼 친해질 수 있는 계기가 되겠어요. 근데… ✤하는 사람이 우선은 기황양처럼 통이 **왕～통**으로 커야 쓰겄는디… 에구… 누가 나를 뭣 좀 안 시켜 줄랑가❓ 대공무사(大公無私)의 마음으로 아주 공평하게 🧑 틴디…

오숙혜 줄을 얼마나 잘 서야 하나는 전혀 의미 없는 일이군요. 이런 분만 계신다면…

임미순 "속이는 자의 저울은 여호와께서 미워하셔도 공평한 추는 그가 기뻐하시느니라(잠11:1)" 인재를 ✤하는 데 있어서 공평한 추를 사용하여 적재적소에 마땅한 인물을 뽑아야겠지요. 오늘날의 '새 정부 출범'을 앞두고 꼭 필요한 성어를 올려 주심 감사☀요❗ 💋愛

김선숙 기황양의 지혜는 솔로몬의 지혜만큼 훌륭하군요… 솔로몬의 지혜를 가진 어느 목사님… 매일 밤 늦게 들어오는 남편 맹구 때문에 스트레스를 받는 부인이 목사님께 하소연을 하였다. "목사님 매일 새벽 3시가 넘어서 들어오는데 좋은 방법이 없을까요❓" 근데… 며칠 후 부인은 목사님께 커다란 과일 바구니를 들고 가 감사하다고 인사를 하면서 어떻게 하셨길래 요즘은 6시 정각에 퇴근을 하는지요❓ 목사님은 ⭐일 아니라는 듯이 😊 "어젯밤에 철야기도 마치고 가는데 맹구네 침실 커튼 사이로 부부가 사이좋게 왔다 갔다 하는 그림자가 아주 정겹더라고 말했습니다." … ㅎㅎㅎ 솔로몬의 지혜를 발휘하신 현명하신 목사님…

김원심 나는 둔해서 그러냐? 목사님이 어떻게 하셨는데?

김선숙 아니, 원심이는 왜 이렇게 순진허냐? 다시 읽어 봐요… 맹구가 날마다 새벽 3시 넘어서 들어오는디… 그 전에 침실에서 두 사람이 사이좋게 왔다갔다 허는 그림자를 목사님께서 보셨다구 맹구헌티 거짓뿌렁을 혔는디… 그 다음부터 놀랜 맹구가 6시 정각에 퇴근혔다는 야그지… 원심이 순진헌 건 소시적부터가 아닌감?

민선 그 목사님 현명한 게 아니라 큰일 낼 분이네. 누구 가정 파삭 깨지는 소리 듣겠다. ㅎ.

김원심 그동안의 사례로 보아 사람을 학연, 지연, 집안 뭐 이런 걸로 등용해서 많은 부정부패가 있었지요. 지난날의 과오를 거울삼아 제발, 부디, please 기황양 같은 인재 추천을 부탁합니다.

3부

평화

인욕이대 忍辱而待

忍:참을 인 / 辱:욕되게 할 욕 / 而:말 이을 이 / 待:기다릴 대
욕됨을 참고 기다림.

『해동명신전(海東名臣傳)』과 『연려실기술(燃藜室記述)』에 다음과 같은 이야기가 전한다.

조선조 세종 때 윤회(尹淮)라는 학자가 있었다. 그는 소년 시절부터 영특하고 문장도 훌륭하였으며 후에 대제학을 역임했고, 문도(文度)라는 시호(諡號)를 받았다.

윤회가 젊었을 적에 있었던 일이다. 하루는 시골길을 가다가 날이 저물어서 여관에 투숙하려 했는데, 여관 주인은 특별한 사유 없이 윤회가 묵어가는 것을 허락하지 않았다. 그래서 그는 여관 마당에 쭈그리고 앉아 있었다. 이때 여관 집주인의 아이가 진주를 가지고 나와 놀다가 뜰에 떨어뜨리게 되었는데, 마침 마당을 배회하던 거위가 이 진주를 삼켜 버렸다. 거위가 삼켰다는 것을 모르는 아이는 아버지에게 진주를 잃어버렸다고 말했고, 아버지는 잃어버린 진주를 찾기 위해 마당을 샅샅이 뒤졌으나 찾을 수가 없었다. 이렇게 되자 주인은 윤회가 진주를 훔쳤다고 지목하여 마당에 있던 그를 묶어 두고 아침이 되면 관가에 고소하려고 하였다. 윤회는 아무런 변명도 하지 않고 다만 이렇게 말하였다.

"저 거위를 내 곁에 잡아 매 두시오."

다음날이 되자 진주를 삼켰던 거위는 배설을 했고, 그 배설물에서 주인집 아이가 가지고 놀던 진주가 나오게 되었다. 여관집 주인은 몸 둘 바를 몰라 하며

미안한 마음으로,

"아니, 그렇다면 어제 말을 하시지 그랬습니까?"

라고 말하였다. 윤회가 대답하였다.

"만약에 어제 말하였다면 주인이 진주를 찾기 위해서 반드시 저 죄 없는 거위의 배를 갈랐을 것이기 때문에 욕됨을 참고 기다린 것입니다."

2008.06.04.

우정의 댓글

전경남 '아주비구(鵝珠比丘)'에서는 스님이 거위를 살리기 위해서 매를 맞으면서도 참고 기다렸고, 윤회도 거위를 살리기 위해서 욕됨을 참고 기다려서 마침내 구슬도 찾아 주고 거위도 살릴 수 있었다. '호생지덕(好生之德)'이 있는 사람들은 자신이 어려움을 겪더라도 다른 이나 사물을 곤경에 빠뜨리지 않는 점에서 통하는 바가 있다. 살아가면서 오해받을 일이 있을 때, 진실이 밝혀질 때까지 참아낼 수 있다면 더 큰 상처를 면할 수 있을 뿐만 아니라 좋은 결과를 가져올 수 있을 텐데, 그 순간을 참아내기가 왜 그리 어려운 일인지…

허유순 윤회의 이야기는 우리 학교 때 교과서에 나왔었지요. 요즘 비즈니스 용어로 한다면 win-win game의 예라고 할 수 있겠네요. 내가 좀 불편을 감수하더라도 상대방을 위해 배려하는 태도… 길게 보면 본인에게도 유익한 일이 되겠지요.

전은자 그냥도 아니고 욕을 받으며 기다리는 것은? 글쎄 아무나 못 하겠지요. 옳다고 생각하는 일에 철석같은 믿음을 두고 인욕이대(忍辱而待)를 실천토록 노력해 봐야겠네요.

김선숙 말하는 개구리… 말하는 강아지… 농사를 짓던 시골 사람이 땅으로 별 안간 졸부가 되어 아들을 서울로 유학을 보냈다. 아들은 부모가 보내 주는 향토장학금이 부족하여 늘 아버지에게 거짓말로 돈을 타서 썼다. 아버지 우리 학교에 새로운 프로그램인데 개에게 말을 가르치는 학과 가 생겼습니다. 그래? 그럼 우리 쫑도 배우게 하지. 학비가 한 학기에 삼백만 원입니다. 우리 쫑이 말을 한다는데 돈이 문제냐? 아들은 돈과 쫑을 전해 받았다. 다음 달로 돈이 바닥난 아들은… 아버지 이번엔 개 한테 읽고 쓰기를 가르치는 학과가… 그래 계속 공부시켜라… 또 돈을 받아 쓴 아들… 학기가 끝나고 고향에 내려갈 즈음 난감해진 아들은 쫑을 내다 버렸다. 말하고 읽고 쓰는 개를 빨리 보려는 졸부는 안🌙 이 나서 아들한테 빨리 내려오라고 했다. 아들은 아버지에게 전화를 걸어, "아버지 오늘 아침에 쫑이 소파에 앉아 조간신문에 난 졸부가 돈을 주 체 못 하여 바람을 피우고 첩을 얻은 기사를 읽더니 갑자기 어머니 생 각이 난다며 어머니께 전화나 편지로 아버지가 여자 친구를 아직도 만 나고 있는지 알아본다고 하더라구요." "뭬야❓ 그노무 개쉐키가❓ 당장 내다 버려라." "네, 저도 그만 화가 나서 쫑을 발로 냅다 차고는 멀리 내다 버렸습니다. 들인 돈이 얼만데 배은망덕한 놈이지요." "그래, 넌 언제나 착한 내 아들이지. 객지에서 용돈은 부족하지 않냐❓ 이 애비는 너만 믿는다…" 에휴, 한심한 부자지간 〜

임미순 "하나님이 가라사대 우리의 형상을 따라 우리의 모양대로 우리가 사람 을 만들고 그로 바다의 고기와 공중의 새와 육축과 온 땅과 땅에 기는 모든 것을 다스리게 하자 하시고 하나님이 자기 형상 곧 하나님의 형상 대로 사람을 창조하시되 남자와 여자를 창조하시고 하나님이 그들에게 복을 주시며 그들에게 이르시되 생육하고 번성하여 땅에 충만하라, 땅을 정복하라, 바다의 고기와 공중의 새와 땅에 움직이는 모든 생물을 다스리라 하시니라(창1:26-28)" 창조주 하나님께서 우주 만물과 사람을 창조하신 후 사람을 만물의 영장으로 세우시고 우주 만물을 다스리고 지키라고 명하신 말씀을 올려 보았어요.

타면자건 唾面自乾

唾:침 타 / 面:낯 면 / 自:스스로 자 / 乾:마를 건
남이 내 얼굴에 침을 뱉으면 그것이 저절로 마를 때까지 기다림.
곧 처세에는 그만큼 인내가 필요함을 일컫는 말이다.

『십팔사략(十八史略)』에 다음과 같은 이야기가 전한다.

중국 당(唐)나라의 측천무후(則天武后)는 중국 역사상 유일한 여성 황제였다. 측천무후는 남편인 고종이 죽자, 아들 중종(中宗)과 예종(睿宗)을 차례로 즉위시키고 권력을 독차지하였다. 그는 자신의 권세를 유지하기 위하여 탄압책을 쓰기도 했지만, 유능한 신하를 많이 등용하여 정치를 맡겼으므로 나라는 그런대로 잘 다스려졌다.

측천무후의 유능한 신하 가운데 누사덕(婁師德)이란 사람이 있었다. 그는 성품이 온후하고 너그러워 어떤 무례한 일을 당하여도 그 자세에 흩어짐이 없었다. 어느 날 누사덕의 아우가 대주자사(代州刺史)로 임명되어 부임하려고 할 때, 그는 동생을 불러 말하였다.

"우리 형제가 다 같이 출세하고 황제의 총애를 받는 것은 좋으나, 그만큼 남의 질시도 클 것이다. 그러한 질시를 면하자면 어떻게 처신하면 된다고 너는 생각하느냐?"

그러자 아우가 대답하였다.

"비록 남이 제 얼굴에 침을 뱉더라도 화내지 않고 잠자코 닦겠습니다. 모든 일을 이런 식으로 대응하여 결코 형님께 누를 끼치지 않도록 하겠습니다."

아우의 대답을 듣고 누사덕은 다음과 같이 훈계하였다.

"내가 염려하는 점이 바로 그것이다. 누가 네게 침을 뱉는다면 뭔가 크게 화가 났기 때문일 것인데, 네가 바로 그 자리에서 침을 닦아 버린다면 상대의 기분을 거스르게 되어서 그는 틀림없이 더 화를 내게 될 것이다. 침이야 닦지 않아도 시간이 지나면 절로 마르게 되니, 그런 때는 웃으며 그냥 침을 내버려 두는 것이 나을 것이다."

2008.03.28.

우정의 댓글

전경남 '백 번 참으면 살인도 면할 수 있다'는 말이 있다. 상대방이 나에게 침을 뱉는다면 그 모욕적인 상황을 어찌 참을 수 있겠는가. 그러나 그것은 나에게 화를 낼 만한 원인이 있었기 때문이라고 여겨 굳게 참아서 그 화를 더 키우지 않도록 하라고 누사덕은 아우에게 충고하였다. 누사덕의 말처럼, 사람 사이의 불화의 원인을 자신에게서 찾는 여유를 지닐 수 있다면 대인 관계가 크게 어그러지는 일은 없을 것이다. 그러나 작은 일에도 생각이 다르고 이해가 엇갈리면 금방 화가 나기 쉬운 마음에 이만한 처세의 도를 지켜 살기란 또 얼마나 어려운 일일까…

임미순 "나는 너희에게 이르노니 너희 원수를 사랑하며 너희를 핍박하는 자를 위하여 기도하라. 이같이 한즉 하늘에 계신 너희 아버지의 아들이 되리니 이는 하나님이 그 ❀를 악인과 선인에게 비취게 하시며 비를 의로운 자와 불의한 자에게 내리우게 하심이니라. 너희가 너희를 사랑하는 자를 사랑하면 무슨 상이 있으리요 세리도 이같이 아니하느냐(마5:44-46)" 오래 참음이 성령의 아홉 가지 열매 중의 하나이기도 하지요.

손동숙 화가 났음을 내색은커녕, 침을 뱉으면 닦지도 말고 웃.으.며. 마를 때까지 기다린다… 도를 닦는 경지에까지 이르러야겠군요. 질투에서 벗어나기 위한 처세술은 어렵나이다…

전은자 하루 참으면 백 일이 편하다는데… 나이 들수록 점점 더 못 참으니 어쩌지요? 화내고 수습하는 데 너무 에너지가 드는데도… 화가 나서 말씀을 읽으면 〈기다리라〉는 응답뿐. 타면자건(唾面自乾)까지 인내해야겠네요…

김선애 은자 말대로 나이 들수록 더 참을성이 없어지는 것 같습니다. 게다가 이해의 폭도 더 좁아지는 것 같아요. 별일 아닌데도 섭섭해질 때도 많지요. 나잇값도 못한다는 걸 알면서도 참으로 뜻대로 안 되더라구요.

김선숙 그렇네요. 내가 전에 우리 오마니한테 섭섭하게 한 것은 잊어버리고 애들이 나한테 섭섭한 말을 한 것은 마음속에 채곡채곡 쌓아놓고 어찌나 섭섭한지… 참기는커녕… 더 화가 나고… 정말 나이 들면서 나잇값도 못 하는 것 같습니다.

노생상담 老生常談

老:늙은이 노 / 生:날 생 / 常:항상 상 / 談:말씀 담
늙은 서생이 일상적으로 하는 이야기.
곧 새로울 것도 없고 독특하지도 않은 상투적인 이야기를 가리키는 말이다.

『세설신어(世說新語)』「규잠편(規箴篇)」에 다음과 같은 이야기가 전한다.

중국 삼국시대 위(魏)나라에 관로(管輅)라는 사람이 있었다. 그는 어려서부터 천문학에 남다른 자질을 보였고, 어른이 되어서는 주역을 열심히 공부하고 연구하여 당대 제일의 역술가가 되었다. 그는 사람들에게 점을 쳐주곤 하였는데, 그 점괘가 신통하게도 잘 맞았다. 당시 이름을 날리던 장수 하후연(夏候淵)의 죽음과, 위나라의 도읍지인 허창(許昌)의 큰 불, 이부상서(吏部尙書) 하안(何安) 등의 죽음 등을 알아맞힌 일은 유명하다.

어느 날 이부상서 하안이 점괘를 보기 위해 관로를 찾아 갔는데, 평소 친하게 지내는 다른 부서의 상서 등양(鄧颺)이 먼저 와 있었다. 하안이 관로에게 점괘를 부탁하며 말하였다.

"내가 언제쯤 삼공(三公)에 오를 수 있을지 알 수 없구료. 그리고 요즘 꿈을 꾸면 청파리 10여 마리가 내 코에 달라붙어 아무리 쫓아도 도망가지를 않는데, 이것이 대체 무슨 징조인지 해몽을 부탁하오."

그러자 관로가 대답했다.

"제가 솔직하게 말씀드리는 것을 용서해 주시기 바랍니다. 옛날 주(周)나라 성왕(成王)을 보좌하던 주공(周公)은 늘 충심으로 직무를 수행하였기 때문에 앉아서 밤을 지새우는 일이 허다하였고, 이로 인하여 성왕은 주나라를 크게 발전

시킬 수 있었습니다. 이에 성왕은 물론 각지의 제후들도 주공을 진심으로 존경했는데, 이것은 오직 하늘의 도리를 따르고 지킨 것이지, 결코 점을 치거나 액막이를 해서 그렇게 된 것은 아닙니다. 지금 당신의 권세는 이미 높지만, 덕행이 부족하여 남에게 권위를 내세울 때가 많은데 이것은 좋은 일이 못됩니다. 『상서(尙書)』에 이르기를, '코는 하늘의 가운데 있다'고 했는데, 청파리가 코에 달라붙는 것은 좋은 징조가 아닙니다. 앞으로 당신께서 주공을 본받고 공자의 가르침을 따른다면 능히 삼공이 될 수 있을 것이고, 꿈속의 청파리도 쫓을 수 있을 것입니다."

곁에서 관로의 말을 듣고 있던 등양이 한 마디 거들었다.

"그런 말이야 나이 든 어른들한테 늘 듣던 이야기라오. 이미 귀에 못이 박일 지경인데, 그게 무슨 새삼스런 점괘란 말이오?"

그러자 관로가 대답하였다.

"대저 나이 든 어른들한테는 일어나지 않는 일도 보이고, 일상의 이야기 속에 말하지 않는 것도 보이지요."

이렇게 관로의 충고를 외면하고 비아냥거리기만 하던 두 사람은 승진은커녕 끝내 처형을 당하고 말았다.

2008.03.09.

우정의 댓글

전경남 사람들은 어른들의 이야기를 너무 상투적인 말이라 하여 소홀히 여기고 그 말의 실행에는 관심을 두지 않는다. 그러나 연륜 있는 분들의 말씀은 평범한 가운데에도 귀한 가르침이 담겨 있다. 관로의 진정한 충고를 노생상담(老生常譚)으로 여겨 비웃던 하안과 등양이 결국 비참

한 말로를 맞았다. 평소 듣기 싫도록 자주 듣는 말이라고 하여 무조건 외면하지 말고 충고를 귀담아 듣고 실천하는 것이 지혜로운 자세라 하겠네…

김선숙 싸부님, 저희들이 어릴 때에도 어른들이 말씀하시면 구닥다리 세대의 잔소리쯤으로 알고 그 귀하신 말씀을 건성으로 흘려버리는 일이 부지기수였지요. 아이들을 키우다 보니… 아니 요즈음 애들은 더 심하며 부모 세대하고는 말도 안 통하는 줄 알고 있네요. 어른들의 귀한 말씀과 충고를 알게 될 때는 어른들이 돌아가신 후거나 이미 너무 늦은 때나 깨닫게 됩니다. 인생의 연륜이라는 게 얼마나 귀한 건데… 저부텀 몰랐으니 누굴 탓하겠습니까?

노순회 친손주를 보았으니… 신이 나서 이렇게 저렇게 이야기하면서 아이 키우는 이야기를 할라치면… '엄마, 그것은 옛날 이야기야…' 하는 아들의 말을 들으면서 씁쓸하게, 그것도 소리도 내지 못하고 속으로 하는 말… '이거 어떻게 된 거지… 이미 늙은이의 삶인가… 노생상담의 한 종류인가…' 하긴 인생살이 이순을 넘었으니… 한 세대는 가고, 새로운 세대가 오고…

임미순 "내 아들아 네 아비의 훈계를 들으며 네 어미의 법을 떠나지 말라 이는 네 머리의 아름다운 관이요 네 목의 금사슬이니라(잠1:8-9)" 아무리 교육을 많이 받았다고 해도, 삶의 지혜는 어른들에게 못 미치지요. 요즘 아이들은 인터넷에서 모든 것을 구할 수 있으니, 더더욱 노인들은 소외되는 경향이 있지요.

허유순 '평범 속의 비범'을 알아듣는 지혜가 있다면 그 인물은 평범한 인물은 아닐 텐데… 젊어서 부모의 말은 항상 잔소리로 치부해 버렸는데 이제는 내가 그 나이가 되었으니…

전은자 어른들은 일어나지 않은 일도 보고, 말하지 않은 것도 본다는 관로의 충고가 참으로 지당하군요. 전화로 "엄마–" 하는 한 마디에 멀리 있는 자식들의 형편을 꿰뚫는(돈이 필요한지, 아픈지, 우울한지, 기쁜지, 미안해 하는지…) 어머니의 능력도 이와 같겠지요…

손동숙 나이가 들고 보니 예전 어른들이 하시던 말씀을 내가 그대로 쓰고 있음을 보고 웃을 때가 많지요. 그건 그 사실을 이제야 깨달았다는 말이고 진리라는 뜻일 거예요. 어른 말 들어서 손해볼 게 없다는 말이 맞구말구요.

김선애 진리란 그렇게 먼 곳에 있지 않은 것을… 우리는 너무 대단한 것을 찾으려는 생각을 가져 가장 기본을 무시하고 살고 있는 거겠지요? "내가 필요한 것은 모두 유치원에서 배웠다"던 어떤 사람의 책 제목이 생각납니다. 유치원만 제대로 나와도 올바로 잘살 수 있는 것을…

민선 아이들을 기르면서 가장 고초를 겪을 때: 내 딴엔 그나마 참신한 아이디어라고 경험과 합성하여 좋은 말을 들려줄라치면, 아이들은 한결같이 노생상담으로 귓등으로밖에 안 받아 들이는 거! 얘네들이 언제 철이 들어 내 말이 진리임을 터득하려는지… 철이 든다고 하니 생각나는 실화(나는 결코 아님). 시아버님 앞에서 철없이 까부는 아내를 보다 못해, 신랑이 한마디. "왜 그렇게 철없이 굴어?" 시아버님: 사람은 60이 되어야 겨우 철이 든다. 며느님: 그럼 아버님도 아직 철이 안 드셨겠네요? 아직 환갑이 안 된 시아버지, 그냥 허허. ^^*

저수하심 低首下心

低:낮을 저 / 首:머리 수 / 下:아래 하 / 心:마음 심
머리를 낮추고 마음을 아래로 향하게 함.
곧 머리를 숙여 복종함을 가리키는 말이다.

『제악어문(祭鰐魚文)』에 다음과 같은 이야기가 전한다.

중국 당(唐)나라 중기, 유종원(柳宗元) 등과 고문운동(古文運動)을 창도했던 한유(韓愈)는 당대 최고의 문장가일 뿐만 아니라, 관직에 올라 이부시랑(吏部侍郎)을 지낸 정치가이기도 하다.

한유는 불교에 대한 거부감이 매우 강한 유학자였다. 그런데 헌종이 부처님의 사리를 궁중에 봉안하려 하자, 우상숭배라고 극력 반대하며 〈논불골표(論佛骨表)〉라는 상소를 올려 헌종을 격노케 하였다. 이로 인해 헌종의 노여움을 사 사형에 처해질 뻔하였으나, 주위의 도움으로 조주자사(潮州刺史)로 좌천되기에 이르렀다. 그는 좌천 길에 오르는 심정을 담아 다음과 같은 시를 지어 자손에게 남겼다.

아침에 궁중에 상소를 올렸다가
저녁에 8천 리 조양 땅에 좌천되노라.
성군을 위해 잘못 없애려 했을 뿐
어찌 늙은 몸 남은 목숨 아까우랴.
구름이 진령에 걸렸으니 집은 어드메인고
흰 눈은 남관을 덮고 말은 나아가지 못하네.

네가 먼 곳까지 찾아온 뜻 있음을 알겠노라
내 죽거든 뼈 거두어 장강 변에 묻어 다오.

한유가 조주 임지에 도착하자 백성들이 자신들의 문제를 상소하였는데, 그중 하나가 악어가 골짜기에 모여 있다가 불시에 가축을 잡아먹고 인명까지 해친다는 것이었다. 이에 한유는 백성들의 고통을 염려하면서 〈제악어문(祭鰐魚文)〉이라는 글을 썼다. 이 글의 내용은 악어들에게 1주일 간의 여유를 줄 테니 남쪽의 바다에 가 살도록 하라는 것이었고, 만약 이를 어기면 포수를 시켜 모두 죽여 버리겠다는 것이었다. 그 문장 중에 다음과 같은 표현이 있다.

자사가 비록 어리석고 약하나, 또한 어찌 악어를 위하여 머리를 낮추고 마음
을 아래로 향하겠는가.

여기에서 남을 향해 머리를 낮추고 조심한다는 뜻의 '저수하심(低首下心)'이 유래하게 되었다.

2007.12.01.

우정의 댓글

전경남 한유는 강직한 유학자로서 황제의 정책에도 반론을 제기한 사람이었다. 그는 문인답게 조주 사람들에게 고통을 안겨 주는 악어를 물리치기 위하여 제문을 지었다. 한 장의 제문으로 악어들이 과연 그곳을 떠나게 되었는지는 알 수 없으나, 그가 글로서라도 백성들의 어려움을 풀어 주려고 했던 애민정신은 잘 드러나 있다. 나랏일을 맡은 사람들이 악어

처럼 백성들에게 근심거리가 되기보다 '저수하심(低首下心)'의 자세를
지닌다면 참으로 일이 잘 풀려갈 텐데…

김선숙 옴마나… 몇십 년 만의 일떵으로 하늘에다 ★을 🌙고 대머리에 🌸삔
을 꽂게 되었는지요❓ 싸부님, 이 좋은 내용의 공부를 국회로 보내서
나랏일을 보는 사람들에게 경각심을 심어주면 월매나 좋겠습니까❓ 세
상만사가 다 그렇듯이 꼭 들어야 되고 배울 사람들은 언제나 빠져 있더
라구요. 우리가 핵교 댕길 때도 지각하지 말라는 말을 수도 없이 들었
지만… 그 말은 언제나 일찍 나온 학상들이 들었고 지각생들은 듣지를
못했지요. 남을 향🌻 머리를 낮추고 조심하는 일은 언제나 겸손한 사
람, 수양이 쌓여진 사람, 잘난 사람만 할 수가 있겠지요. 익은 벼가 머
리를 숙이듯이요.

임미순 선숙아❗ 🎉축하 🎉축하❗ 내가 너무 눈치 없이… 하나님 말씀 빨리 올리고 싶어
서리 그만〜 미안 미안❗ 🌻🌻🌻🌻🌻🌻🌻😊 💕愛

김선숙 대머리에 🌸삔 🌙려고 하니 아무리 애써도 안 되고, 또 하늘에다 ★
을 🌙려고 하니 이것도 어렵고, 그래서 장대로 별을 후려쳐 따보려고
하니… 아니 내 키가 도토리 수준인디… 그래서 🐷 건빵 봉지 속에
들은 ★사탕 먹었지롱… 이것도 일🌻의 ★을 딴거닝깐… 미순아, 미안
하긴… 무슨 말씀을… 언제나 네가 올려주는 상황에 딱딱 🌻 당되는
성경 말씀 읽으며 은혜도 받고 적용도 하고 새롭게 다짐하고, 또 영혜
가 복습시켜 주어 잊어버릴 만하면 다시 생각나게 하고, 또 유순이가
그림 공부시켜 주고 우리 공부방은 여러 면에서 아주 아주 유익한 **짱
**인 공부방이지… 안 그랴❓

임미순 하모❗ 우리 공부방은 **🎮짱**이고말고 우리 훌륭한 사부님과 우리

세계적으로 실력을 인정받는 우리 친구들 지(知)에 덕(德)을 덕(德)에 인(仁)을 인(仁)에 예(禮)를 거기에 미(美)까지 갖추었으니 정말로 어디에 내어 놔도 **짱**이고 말고, 그리고 우리의 우정까지 **짱** 이지❣

이영혜 한유가 백성들의 고통을 염려해서 제악어문이라는 글을 썼다니, 맹자에 의하면 우(禹)임금과 직(稷)은 물에 빠진 사람과 굶주리는 사람이 있으면 그들 자신들이 급히 구해야 할 책임이 있다고 여겼다는 이야기에서 유래된 기기기익(己飢己溺)을 연상시키네요.

임미순 '기기이익'이 바로 예수님이 가르쳐 주신 제일 큰 계명이구나❣ "예수께서 대답하시되 첫째는 이것이니 이스라엘아 들으라 주 곧 너의 하나님을 사랑하라 하신 것이요. 둘째는 이것이니 네 이웃을 네 몸과 같이 사랑하라 하신 것이라 이에서 더 큰 계명이 없느니라(막12:29–31)" 오늘도 같이 공부할 수 있어서 참 좋구나❣ 오늘은 우리 동창 송년 모임이 있어. 너도 함께했으면 얼마나 좋을까❓ 그쪽 동창들과도 단란한 시간을 갖기 바래❣ 💗愛

김선숙 오늘이 송년 모임이구나. 즐겁게 지내고 와라. 나이 드닝깐 친구가 제일이더라. 그것도 우리가 소녀 때부터 만난 친구들이니까. 우리는 이번 주일이야. 여기는 동기동창들만 모이는 게 아니고 선후배 다 같이 모인다. 즐거운 시간 가지기를…

이영혜 미순아, 오늘 동창 송년 모임에 가서 재미있게 놀다오기 바래❣ 나도 생각 ⚙ 주어서 무척 고맙구나. 이곳은 이화여고 동창들이 만나기는 하는데 동기 동창은 혜현이하고만 만난단다. 송혜숙 동창이 또 한 명 있는데, 거리도 좀 멀어서 그런지 만나게 되지 않네…

허유순 헌종이 부처님의 사리를 궁중에 봉헌하려 하자 우상숭배라고 했다는 말이 좀 의외네요. 한유가 유학자라고 해도 당나라 때에는 불교가 융성하지 않았는지…

전은자 약간이라도 우쭐한 마음이 생길라치면 어느새 납작해질 때가 찾아오는 것을… 오늘의 저수하심이 다시 한번 경각심을 일으키네요.

임미순 오늘의 송년 모임은 우리 재간 덩어리 친구들 덕분에 아주 'KIN'겁고도 유익한 시간을 가질 수 있어서 참 좋았어! 오늘 참석 못한 친구들 생각이 간절했었지… 모처럼 못 추는 춤이지만 친구들과 같이 실컷 추고… 다음에는 사부랑 선숙이랑 영혜랑 모두 모두 함께할 수 있으면 하는 바람을 가져 본다.(무리일까?)💋愛

오월동주 吳越同舟

吳:나라 이름 오 / 越:넘을 월 / 同:한가지 동 / 舟:배 주

오나라 사람과 월나라 사람이 한 배에 타고 있음. 곧 적대 관계에 있는 사람끼리 같은 처지에 놓이게 된 것을 비유하는 말이다. 또한 어려운 상황에서는 원수라도 협력하게 됨을 가리키는 말이기도 하다. 이와 유사한 말로 '동주제강(同舟濟江)', '동주상구(同舟相救)' 등이 있다.

중국 춘추시대 오(吳)나라의 손무(孫武)가 지은 『손자병법(孫子兵法)』「구지편(九地篇)」에 다음과 같은 이야기가 전한다.

병(兵)을 쓰는 법에는 아홉 가지의 지[地: 처지, 경우]가 있다. 그 구지(九地) 중 최후의 것을 사지(死地)라 하는데, 이는 분연히 일어나 싸우면 살 길이 있고, 겁을 내어 망설이면 패망하고 마는 필사(必死)의 처지이다. 그러므로 사지에 있을 때는 싸워야 살 길이 열린다. 나아갈 수도 물러설 수도 없는 처지에 놓이면 병사들이 한마음, 한뜻이 되어 필사적으로 싸울 것이기 때문이다.

그러므로 유능한 장수의 용병술은, 상산(常山)에 서식하는 솔연(率然)이란 엄청나게 큰 뱀의 몸놀림과 같아야 한다. 솔연은 머리를 치면 꼬리로 덤비고, 꼬리를 치면 머리가 덤벼들며, 또 몸통을 치면 머리와 꼬리가 한꺼번에 덤벼든다. 이처럼 세력을 하나로 합치는 것이 중요하다.

예로부터 오(吳)나라와 越(월)나라는 원수지간으로, 백성들도 서로를 미워하였다. 그러나 오나라 사람과 월나라 사람이 같은 배를 타고 강을 건너게 되었다고 하자. 강 한복판에 이르렀을 때 큰 바람이 불어 배가 뒤집히려 한다면 오나라 사람이나 월나라 사람이나 다 같이 평소의 적개심을 잊고 서로 왼손, 오른손이 되어 필사적으로 도울 것이다.

바로 이것이다. 전차를 끄는 말들을 서로 단단히 붙들어 매고 바퀴를 땅에 묻고서 적에 대한 방비를 튼튼히 할지라도 최후에 의지가 되는 것은 그런 것 따위가 아니다. 참으로 의지가 되는 것은 오로지 필사적으로 하나로 뭉친 병사들의 마음일 것이다.

2007.11.23.

우정의 댓글

전경남 아무리 서로 미워하고 원망하는 원수지간이라 하더라도 힘을 합해야 할 경우가 있다. 견원지간이던 오나라 월나라 사람이 한 배에 타고 강을 건너다가 폭풍을 만나 죽을 위험에 처한 처지라면, 서로 미워할 겨를이 있겠는가. 마치 왼손이 오른손을 돕듯 힘을 합해야 그 위기를 벗어날 수 있는 것이다. 이해관계가 상반되는 당파 간에도 세력 싸움에 골몰하다가 서로가 살기 위해서는 연합도 하고 합당도 하면서 살아날 길을 모색하게 되는데, 우리가 합심하지 않고 어찌 세상을 잘 건너갈 수 있을까…

임미순 "한 사람이면 패하겠거니와 두 사람이면 능히 당하나니 삼, 겹줄은 쉽게 끊어지지 아니하느니라(전4:12)" 우리 속담에 '백지장도 맞들면 가볍다'고 했듯이 ～ 견원지간도 위급한 상황에서는 손을 맞잡고 힘을 합하여, 닥친 위급한 상황으로부터 벗어나는 것이 현명한 처사지요❗

김선애 와신상담(臥薪嘗膽)의 고사까지 만들어질 정도로 서로 앙숙이었던 오(吳)나라와 월(越)나라. 서로 이웃이었기에 다툼 역시 많았던 그들도 한 배를 타고 가다 폭풍을 만나면 서로 힘을 합할 수밖에 없다는 말로 손자병법은 병사들의 마음을 모으는 방법을 지휘하는 장수에게 일러주고 있네요. 단순 명쾌한 목표를 제시하고 그 목표를 위해 전원이 힘을 합쳐 나간다면 사지 탈출이 가능하다며 병사들을 끌어가는 리더십. 거기다 순망치한(脣亡齒寒)이라는 연대감까지 불어넣어 준다면 지휘자로서 심리학 응용은 금상첨화(錦上添花)겠지요?

김선숙 어느 나라도 마찬가지겠지만 한국의 정치판을 보면 꼭 오월동주(吳越同舟) 같습니다. 서로 으르렁 원수 같으면서도 할 수 없이 한배를 타서는 살아 남으려 하고… 국회의원들도 서로 원수지간처럼 상대편을 헐뜯고 비하하다가도 국회의원 단체로 욕을 먹거나 세비 인상 등 뭐 이런 일이 있을 때면 똘똘똘 차돌멩이처럼 단단히 뭉쳐서 한패가 되기도 하닝깐요. 배를 탈 땐 '뭉치면 살고 흩어지면 죽는다.'를 외치다가 배에서 내리면 또 다시 견원지간으로 돌아가고… 워치코롬 뭉치기도 잘 허구, 웬수들도 잘 되는지…

허유순 오월동주는 아는 말이라고 생각했었는데… 고사를 읽어 보니 잘 알지도 못했던 것 같습니다. 요사이는 경쟁기업도 전략적 제휴를 하는 경우가 있는데… 정치든 경제든 서로가 win-win이 되는 현명한 '오월동주'가 되어야겠지요.

강노지말 强弩之末

强:굳셀 강 / 弩:쇠뇌 노 / 之:어조사 지 / 末:끝 말

강한 쇠뇌[여러 개의 화살이나 돌을 잇달아 쏠 수 있도록 만든 큰 활]의 끝. 강한 활에서 튕겨 나온 화살도 마지막에는 힘이 떨어져 비단조차 구멍을 뚫지 못한다는 뜻으로, 아무리 강한 힘도 마지막에는 무력해지고 만다는 의미를 말한다.

『사기(史記)』 〈한장유열전(韓長孺列傳)〉에 다음과 같은 이야기가 전한다.

중국 전한(前漢) 초기, 북방은 거듭되는 흉노의 침범으로 대단히 어려웠다. 한고조(漢高祖)는 자기 군사보다 몇 배나 수가 많은 항우를 패배시켰기 때문에 흉노를 가볍게 여겨 정벌하려고 출전했다가 도리어 포위되고 말았다. 진평(陳平)의 묘안으로 간신히 포위망을 벗어난 이후, 한고조는 흉노족과 화친을 맺고 매년 선물을 보냈다. 그러나 흉노의 왕인 선우는 자주 화친의 약속을 어겼다. 이에 무제가 즉위한 후 흉노족을 어떻게 응징할 것인가를 조정에 내려 의논하게 하였다.

그때 변방의 관리로 오래 있어 흉노의 사정을 잘 알고 있었던 대행[大行: 사방 오랑캐의 빈객을 주관하는 관직] 벼슬의 왕회(王恢)는 이렇게 말하였다.

"한나라가 흉노와 화친한다 해도 대개 수년이 못 가 또 다시 약속을 깨버릴 것이 뻔합니다. 그러니 화친할 것이 아니라 이번에 병사를 일으켜 정벌하는 것이 나을 것입니다."

그러자 어사대부인 한안국(韓安國)은 왕회의 말을 반박하며 다음과 같이 논하였다.

"천리를 달려가 전쟁을 한다고 해서 우리에게 이로울 것이 없습니다. 흉노족

이란 본래 군마의 날쌤을 믿고 새떼처럼 여기저기 이동하는 족속이므로 제어하기가 어렵습니다. 또 그들의 사는 불모의 땅을 얻어 보았자 우리 국토를 넓혔다고 할 수도 없고 사람의 도리를 알지 못하는 그들을 얻어 보았자 우리가 강해졌다고 말할 수 없습니다. 그러기에 예로부터 그들을 복속시켜 백성으로 삼지를 않았던 것입니다. 만일 한나라에서 수천 리 먼 길을 달려가 승리를 다툰다 하여도 인마(人馬)는 지쳐버릴 것이고, 그때 흉노는 지친 자를 쉽게 제압해 버릴 것입니다. 강한 쇠뇌에서 힘차게 나간 화살이라도 그 힘이 다한 지점에 이르면 아무리 얇은 노(魯)나라의 비단도 뚫을 수가 없습니다. 또 아무리 세찬 돌풍이라도 힘이 다한 지점에 이르면 가벼운 기러기 털조차 떠돌게 할 수 없습니다. 그것은 최초에 강하지 못해서가 아니라 나중에 힘이 쇠약해지기 때문입니다. 그러기에 흉노를 친다는 것은 불리하니 화친하느니만 못합니다."

심의에 참석한 조정 대신들 대부분이 한안국의 의견에 동의하였으므로 황제도 응징을 포기하고 화친을 허락했다.

2007.10.15.

우정의 댓글

전경남 중국 사람들은 만리장성 밖의 흉노를 몹시 두려워하였다. 흉노는 날쌘 군사로 자주 북방을 쳐들어와 곡식과 재물들을 모조리 휩쓸어 갔기 때문이다. 어떻게 하면 흉노를 막을 것인가를 논의하는 중에 '강노지말(强弩之末)'이라는 말이 나왔다. 공중을 향해 힘껏 팔매질한 돌도 날아가다가 힘이 다하면 떨어질 수밖에 없고, 아무리 강한 화살이라고 해도 결국은 힘이 떨어져 아무것도 뚫지 못하게 되며, 독수리라도 떨어뜨릴 것 같던 권력도 힘이 다하면 병아리 목 비틀기조차 힘들게 되는 것이다. 그러니 힘이 있다고 너무 으스대며 상대를 제압하려고 하지 말고 화평하며 사는 것이 좋은 방안이겠네…

임미순 "옛날이 오늘보다 나은 것이 어쩜이냐 하지 말라 이렇게 묻는 것이 지혜가 아니니라(전7:10)" "화무십일홍(花無十日紅)" "권불십년(權不十年)"이라… 열흘 이상 가는 🌸이 없고, 십 년 이상 가는 권력이 없나니, 세상만사 허무한 것이지요❗

허유순 우리가 역사를 살펴보면 하늘을 찌를 것 같던 권력이 스러지는 때가 반드시 있다는 걸 알 수 있지요. 그러나 그 역사에서 깨닫지 못하는 인간의 어리석음이라니…

김선숙 권력도, 세력도, 재력도, 기력도… 결국 종말에 가서는 모두 쇠하게 되는 법… 오직 하나님의 능력만이 영원불변한 사실을 나이가 들수록 더욱 깨닫게 됩니다. 유순이 말처럼 지나간 역사에서 깨닫지도, 배우지도 못하고 어리석음을 반복하고 있으니… 인간이 이렇게 어리석은데도 자신만을 믿고 인간의 힘으로 모든 것을 이루려 합니다.

김선숙 분위기가 착 가라앉았응께… "노처녀의 화려한 之末"… 오랫동안 시집을 못 간 어떤 노처녀가 결혼 이야기만 나오면 "남자들은 모두 늑대야. 내가 늑대의 밥이 될 것 같아?" 이러면서 얼버무리곤 했다. 그러던 어느 날 그 노처녀가 갑자가 결혼을 한다고 하지 않는가? 친구: "아니, 절대 늑대의 밥이 되질 않겠다더니… 어떻게 된 거야?" 그녀: "애들은? 늑대도 먹어야 살 것 아니니?"

김선애 유럽의 여러 나라를 정복한 후 러시아를 정복하러 갔다가 모스크바에서 추위와 러시아의 초토작전으로 퇴각한 나폴레옹 생각이 납니다. 처음엔 강한 군대였으나 멀리 떨어진 모스크바까지의 원정길은 군인들을 지치게 하고 프랑스와 다르게 너무 추운 날씨에 텅 빈 도시는 군대를 자멸하게 만들었지요. 나폴레옹이 이 고사를 알고 따랐더라면 세계사는 바뀔 수도 있었겠네요.

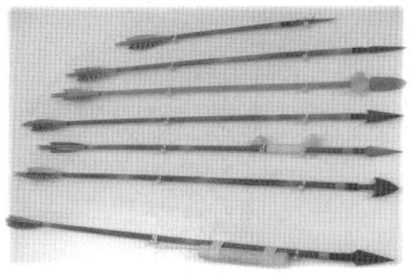

창주양사 唱籌量沙

唱:노래 창 / 籌:산가지 주 / 量:헤아릴 량 / 沙:모래 사
모래 자루를 소리 내어 셈.
곧 없으면서도 많이 있는 것처럼 꾸미는 것을 비유한 말이다.

『남사(南史)』〈단도제전(檀道濟傳)〉에 다음과 같은 이야기가 전한다.

중국 남북조시대, 송(宋)나라 무제(武帝)의 개국공신인 단도제(檀道濟)는 위(魏)나라를 정벌하면서 30여 차례의 승리를 거두었다.

그런데 한번은 역성[歷城: 지금의 산동 일대]지역을 공격하였는데, 후방에서 군량이 제때에 보급되지 않아 어쩔 수 없이 철수하게 되었다. 그러자 송나라 군사들 중에는 위나라에 투항하는 병사들도 생겼다. 위나라에 투항한 병사들은 송나라 군대에 식량이 부족하다는 사실을 알리고, 이 틈을 노려 기습하도록 권하였다.

한편, 위나라 측은 신중을 기하기 위하여 첩자를 송나라 진영으로 침투시켰다. 이렇게 될 것을 미리 예견한 단도제는 위나라의 첩자가 침투해 올 것에 대비하였다. 그리하여 밤에 병사들을 시켜 자루에 모래를 채우게 하고, 일부러 소리를 내어 자루를 헤아리도록 명령하였다. 병사들은 일부러 모래를 말로 되면서 그 수효를 큰 소리로 헤아렸다. 동이 틀 무렵이 되자 모래 자루가 한 자루 두 자루 가지런하게 첩첩이 쌓여 갔다. 단도제는 사람들을 시켜 남은 쌀들을 여기저기 뿌려 놓도록 하였다. 위나라 첩자는 송나라 진영에서 이루어진 상황을 자세히 살펴 본 후 곧장 돌아가 본 대로 보고하였다. 그리하여 위나라는 송나라 진영에 아직 군량이 충분하게 남아 있는 것으로 생각하고 감히 기습을 하지 못하

였다. 뿐만 아니라 투항해 온 송나라 병사들을 송나라의 첩자로 단정하여 처형하였다. 이러한 작전을 구사하여 단도제는 무사히 군대를 철수시킬 수 있었다.

우리나라의 이순신 장군도 이러한 위장 전략을 구사하여 왜적을 후퇴하게 하였다. 곧 충무공 이순신은 목포 유달산의 지형을 이용하여 고도의 심리전을 폈는데, 그것이 바로 노적봉(露積峰)이다.

임진왜란 당시 우리 측의 군사적 열세를 감추기 위하여 이엉을 엮어 바위를 덮어 마치 그것이 군량미를 쌓아 놓은 노적(露積)처럼 꾸며, 군량미가 대량으로 비축되어 있는 것처럼 보이게 하였다. 또한 주민들에게는 군복을 입혀서 노적봉의 주위를 계속 돌게 하여 마치 많은 군사가 있는 것처럼 꾸미고, 영산강에는 백토가루를 뿌려 바다로 흘러드는 물줄기가 쌀뜨물로 보이게 하여 왜적들에게 아군의 군세가 크게 보이도록 하였다. 왜장은 이에 속아 군사를 돌려 후퇴하였다.

당시 주민들이 노적봉을 돌게 했던 전술에서 민속놀이인 '강강수월래'가 나왔다고 전해진다.

2007.09.09.

우정의 댓글

전경남 지략이 뛰어난 장수들은 허허실실의 전법을 구사하여 적을 격파하기도 하고 아군의 위기를 극복하기도 한다. 단도제나 이순신 장군은 모두 군세의 부족함을 교묘한 전술로 메워 싸움을 유리하게 이끌었다. 일상 생활 속에서도 느닷없이 위급한 상황을 맞게 되는 경우가 있는데, 이럴 때일수록 허둥대지 말고 지혜로써 대처하여 잘 넘길 수 있으면 좋을 텐데….

이영혜 '지략이 뛰어난 장수들은 허허실실 전법'을 쓴 예로, 주유가 제갈공명의 계책에 따라 명장 황개와 짜고서 거짓 항복하는 사항계를 쓰고, 황개의 몸에 고통을 가하는 고육책(苦肉策)을 써서 조조를 속여서 조조가 크게 패하였다는 삼국지연의 적벽대전이 생각나네요.

노순희 훌륭한 옛 어른 곧, 훌륭한 장수들에 의해서 나온 지략들은 나라를 구하고 백성을 구했는데… 요즘의 장수들은 그 지략을 가지고 사리사욕을 채우는 데 급급한 모습을 가끔은 보면서, 옛 장수들의 기백이 새삼 부러워질 때도 가끔…

허유순 이순신(李舜臣) 장군이 목포 유달산의 지형을 이용하여 노적봉(露積峰)이라는 심리전을 펴 왜구를 물리쳤다는 글을 보니 참 감격스럽네요. 그 전술에서 민속놀이인 '강강수월래'도 나왔다고 하니… 오늘 또 몰랐던 것을 새로 배웁니다.

이영혜 사부님, 유순이 말대로 오늘도 한문 공부와 더불어 역사 공부까지 잘하고 나갑니다. '강강수월래'의 유래도 옛날에 들었던 것 같은데, 모든 역사 얘기는 어렴풋한 기억밖에 없는데, 정확히 가르쳐 주셔서 감사합니다.

임미순 "너희는 마음을 강하여 담대히 하고 ✿수르 왕과 그 쫓는 온 무리로 인하여 두려워 말며 놀라지 말라 우리와 함께 하는 자가 저와 함께하는 자보다 크니(대32:7)" 어떠한 태산준령 같은 어려움이 우리 앞에 있다 할지라도 여호와의 크신 팔이 우리와 함께하시면 능히 당할 자가 없지요❣

김선애 실속은 없으면서 크게 떠벌리거나 약하지만 강한 것처럼 가장하여 허세를 부린다는 허장성세(虛張聲勢)와 비슷한 뜻인 것 같은데 병법에서는 이렇게 긍정적으로 쓰인 경우도 있군요. 같은 말도 이렇게 양면성을 가지고 있으니 말이 어렵지요?

전은자 〈이순신〉이 하와이에서 방영되었을 때, 이곳 한국 3세 친지가 너무 신나게 봤다(영어자막을 통해)고 해서, 같이 신이 났었죠. 항상 일본에 패하는 얘기만 나오다가… 이순신 장군의 전술에 홀딱 반했었지요. 30차례나 승리를 거둔 단도제의 전술 얘기도 너무 신나네요.

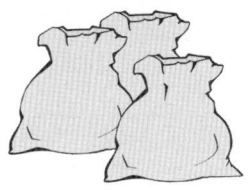

포류지자 蒲柳之姿

蒲:부들 포 / 柳:버들 류 / 之:어조사 지 / 姿:맵시 자
강버들 같은 연약한 모습.
곧 선천적으로 연약한 체질을 가리키는 말이다.

『진서(晉書)』〈고열지전(顧悅之傳)〉에 다음과 같은 이야기가 전한다.

중국 동진(東晉)시대에 고열지(顧悅之)라는 인물이 있었다. 그는 유명한 화가인 고개지(顧愷之)의 아버지이다. 고열지는 인품이 솔직하고 평소 신의를 중히 여겼다. 은호(殷浩)가 건무장군(建武將軍)으로 양주자사가 되자 그를 발탁하여 일을 맡겼다. 은호는 문학적이고 고상한 사람으로 평판은 좋았지만 오랫동안 공무에서 떠나 있었기 때문에 실무에 익숙하지 못하였다. 그리하여 고열지의 역량을 기대하고 양주 안의 모든 일을 그에게 맡겨 처리하게 하였다. 고열지는 오랫동안 격무로 무리한 탓에 건강을 해쳐 30대에 벌써 등이 굽고 흰 머리가 나고 뼈만 앙상했다. 은호는 휴식하도록 충고했지만, 고열지는 아랑곳하지 않았다. 은호가 당시의 간문제(簡文帝)와 즉위 전부터 친밀했었기 때문에 고열지도 자연히 황제와 친밀하게 되었다.

어느 날 고열지는 용무를 보러 간 길에 간문제를 알현했다. 황제는 고열지와 동갑이었는데 아주 젊고 건강했다. 그가 고열지의 흰 머리를 보고 물었다.

"그대는 나와 나이가 같은데, 어찌하여 먼저 머리가 희어졌는고?"

고열지가 이렇게 대답했다.

"강버들의 모습은 가을이 오면 먼저 잎을 떨구고 소나무와 잣나무는 서리를 거듭 맞아도 더욱 푸른 법입니다."

간문제는 고열지의 평소 일하는 태도가 성실한 데다 이 멋있는 대답에 아주 탄복하고, 그 후 고열지를 상서좌승(尚書左丞)으로 승진시켜서 그의 근면하고 충실한 직무수행에 보답했다.

　　그런데 고열지가 송백(松柏)에 비유했던 간문제는 즉위한 지 9개월 만에 죽고 말았다.

2007.09.21.

우정의 댓글

전경남 고열지는 자신이 갯버들과 같은 허약체질이라서 머리가 일찍 희어졌고, 황제는 소나무나 잣나무같이 튼튼한 체질이라서 머리가 여전히 검다고 하였다. 그러나 정정하던 황제는 얼마 못가 병으로 죽었고, 고열지는 더 오래 살았다. 우리 속담에 '쭈그렁 밤송이 삼 년 간다' 또는 '물렁감 옆의 땡감 떨어진다'는 말이 있는데, 이 말처럼 사람의 목숨이야 어디 겉보기로 판단할 수 있는가…

이영혜 치망설존(齒亡舌存)이라더니, 등이 굽어서 포류지자(蒲柳之姿)의 모습이었던 고열지가 젊고 건강해서 송백(松柏)에 비유되었던 간문제보다 더 오래 살았네요.

도경애 "지병을 하나 가지고 있음 오래 산다"는 말이 생각나네요. 그 지병을 다스리느라 건강에 신경을 쓰다 보면 장수한다는 얘기와 통할 것 같네요.

김선숙 싸부님… 싸부님은 지병을 다스리느라 아주 장수하시겠습니다. 그러니 더욱 힘을 내시어 아예 병을 이겨 버리세요. 의사 선상님 말씀이니 확실하지요.

오숙혜 골골 팔십 년… 아니 요즈음은 구십 년인가?

전은자 인명재천임을 다시금 느끼네요. 포류지자로 보인다고 그 인명을 예측할 수 없군요…

허유순 숙혜 말대로 '골골 구십 년'이 되면 어쩌나 하는 걱정이 요즘 많이 든답니다. 짧게 살더라도 소나무와 잣나무같이 당당하게 살다가 가는 것이 좋을 것 같은데… 다 하나님의 소관이시겠지요?

임미순 "그런 자들은 높은 곳을 두려워 할 것이며 길에서는 놀랄 것이며 살구나무가 ✿이 필 것이며 메뚜기도 짐이 될 것이며 원욕이 그치리니 이는 사람이 자기 영원한 집으로 돌아가고 조문자들이 거리로 왕래하게 됨이라(전12:5)"노인의 모습을 묘사한 말씀～ 살구나무가 ✿이 핀다는 것은 나이 먹으면 머리가 희어지는 것을 말하지요. 고열지의 희어진 머리에 연관✿서 올려 보았어요, 늙어 가면서도 우리는 나름대로의 아름다움을 잃지 않도록 노력하자구요❢

김선숙 바람이 세게 불면 부들이나 버들가지는 그대로 흔들리면서도 견디는데 굳은 소나무나 잣나무는 그대로 부러지지요. 건강한 사람은 건강하다고 건강 관리도 안 하고 항상 자신만만하게 지내다가 어느 날 갑작스레 큰일을 당하는 일을 종종 보게 되지요. 경애 말처럼 지병을 하나 갖고 있으면 그 병을 다스리면서 항상 조심하기 때문에 골골 팔십에서 요즈음엔 구십 넘어서까지도 잘 살고 계시더라구요. 우리 싸부님도 건강을 잘 관리하시면서… 한문 공부방 10,000회까지 계속 하시기를 고대합니다. 싸부님, 근디 10,000회꺼정 하시고 난 후에 우리 모두 쪼까 좀 놀면 안 될랑가요? 나가 날마다 공부허닝께 아고, 힘들고 배운 거 잊어 뿔고…

농단 壟斷

壟:언덕 농 / 斷:끊을 단
높이 솟은 언덕.
곧 가장 높은 자리를 차지하여 이익이나 권력을 독점하는 것을 비난하는 말이다.

『맹자(孟子)』「공손추편(公孫丑篇)」에 다음과 같은 이야기가 전한다.

맹자는 제(齊)나라의 정치 고문으로 수년간 있었으나, 제(齊)나라의 선왕(宣王)은 도무지 그의 진언(進言)을 채택하여 주지 않았다. 그래서 맹자는 신하 노릇하던 것을 그만두고 고향으로 돌아가려고 하자, 선왕이 나와 맹자에게 말했다.

"한동안 조정에 모실 수 있어 기뻤는데, 다시 과인을 버리고 돌아가시니 후에 다시 뵈올 수 있을는지요?"

"감히 청할 수 없을 따름이지 진실로 바라는 바입니다."

그 후 어느 날 선왕이 시자(侍子)에게 일러 말하였다.

"나는 맹자에게 나라의 복판에다 집을 마련해 주고, 만종의 녹을 주어 그의 제자를 기르게 하며, 여러 대부들과 나라 사람들이 모두 공경하고 본받을 바가 있게 하고 싶구나. 그대가 나를 위하여 맹자에게 말해 주지 않겠는가?"

시자가 맹자의 제자 진자(陳子)를 통하여 맹자에게 선왕의 뜻을 전달하니 그는 이렇게 말하였다.

"그런가? 시자가 그것이 될 수 없다는 것을 어찌 알겠느냐? 만일 나로 하여금 부자가 되게 하려 한다면 그 전에 받던 10만 종을 사양하고, 만 종을 받는다는 것이 말이 되느냐?"

계손(季孫)이 이런 말을 하였다.

"자숙의(子叔疑)는 이상도 하다. 자기가 정치를 하다가 쓰여지지 아니하면 그만둘 것이지, 또 그 자기의 자제를 경(卿)이 되게 하다니……. 사람이 누가 부귀를 바라지 않겠는가? 그런데 부귀 가운데 있으면서도 홀로 '우뚝하게 깎아지른 높은 곳'을 자기 것으로 하는 자가 있구나."

그러고는 다음과 같이 '농단(壟斷)'의 이야기를 들려 주었다.

"예전의 시장거래는 자기가 가진 것과 자기가 없는 것을 바꾸는 것으로 관리는 그것을 살필 뿐이었다. 그런데 마음이 천한 자가 있어, 반드시 우뚝한 높은 언덕에 올라가서는 좌우를 둘러보면서 시장의 이익을 모두 휩쓸어 가자 세상 사람들이 모두 그를 천하다고 여겼다. 그리하여 그런 행위 때문에 세금을 부과하게 되었다. 상인에게 세금을 물게 하는 것이 이 천한 사람 때문에 비롯하게 되었다."

맹자는 이익을 독차지하는 자숙의의 처사나 욕심 많은 상인의 소행을 못마땅하게 여겼다. 이리하여 선왕이 제의한 만종의 봉록을 거들떠보지도 않고 제나라를 떠났다.

2007.09.22.

우정의 댓글

전경남 상거래에 있어서나 권력 구조에 있어서 어느 한쪽이 독점적인 이익이나 세력을 차지하게 될 때, 흔히 농단(壟斷)이란 말을 사용한다. 오늘 우리 사회에서도 지도급 인사들이 이런 일을 자행하여 사회에 물의를 일으키고 비판의 대상이 되는 경우가 많다. 맹자 같은 어진 이는 이러한 짓은 사람이 취할 바가 아니라고 하여 멀리하였다. 어떻게 하면 힘 있는 자들이 도덕성을 회복하게 하여 권세와 이익을 독점하는 '농단(壟

斷)'을 막을 수 있을까…

임미순 "여러 가지 다른 교훈에 끌리지 말라 마음은 은혜로서 굳게 함이 아름
답고 식물로써 할 것이 아니니 식물로 말미암아 행한 자는 유익을 얻지
못하였느니라(히13:9)" 사람이 일생동안 물질 권세 명예 정욕과 같은
세상 것만을 추구하는 삶을 경계한 말씀으로～ 오늘의 성어를 연결 지
어 보았어요❗

허유순 요즘 뉴스의 헤드라인을 장식하는 모모 인사들이 생각나네요. 지도급
인사들의 도덕적 해이가 이 정도인가 허탈해질 때가 많습니다.

손동숙 윗글과 반대되는 글을 하나… '어느 조그만 산골에 들어가 나는 이름
없는 여인이 되고 싶소. 초가 지붕에 박넝쿨 올리고 삼밭엔 오이랑 호
박을 놓고 들장미로 울타리 엮어 마당엔 하늘을 욕심껏 들여놓고 밤이
면 실컷 별을 안고 부엉이가 우는 밤도 내사 외롭지 않겠소. 기차가
지나가 버리는 마을 놋양푼에 수수엿을 녹여 먹으며 내 좋은 사람과
밤이 늦도록 여우 나는 산골 얘기를 하면 삽살개는 달을 짖고 나는 여
왕보다 더 행복하겠소' 이런 시가 생각난다.

김선숙 싸부님, 며칠을 결석했습니다. 이제는 착실히 공부를 해서 낙제를 면해
야 할 텐데요. 권력을 쥐고 있다고 그 권력을 남용한다면? 에구… 윗물
이 맑아야 아랫물이 맑을 텐데… 아니 윗물부텀 죄다, 몽조리, 꾸정물,
흙탕물, 똥물로 흐려 놓으면… 우리 착한 서민들은 워치코롬 물놀이를
할 수가 있을는지… 어느 장관은 학군을 위하여 위장전입을 3번이나
했다는데도 도무지 도덕적으로 아무런 죄책감 내지 부끄럼도 없으니…
아니 부동산 취득을 위한 위장전입은 크게 문제가 되는데, 학군을 위한
전입엔 너무 당연시 한다면… 아니 자기 자슥헌티 무얼 갈치려는지…

김선숙 싸부님, 아프지는 않은디… 백수다 봉께… 영양가 없이 무사분주허구
먼요. 여기는 대부분의 여자들이 일을 하고 있으니깐 무직인 나를 여기
저기서 불러 일을 시키는구먼요. 뻔히 노는 것을 아는디… 못 헌다구
헐 수도 없구… 에구, 워낙에 공부에 뜻두 없는디… 이러다가 불통으루
낙제나 당허면 워쩐디야… 워떠키 어렵사리 입학헌 서당인디… 앞으로
는 출석부에 도장이라두 찍고 외출을 허겠습니다. 쥐송혀요.

전은자 아무튼 누가 뭘 독차지했다 싶으면 그때부터 말썽이 시작… 그것도 부
당 이익이라 하면 세상이 들썩… 단순한 물물교환에서 세금제도에 이
른 과정을 잘 배웠습니다.

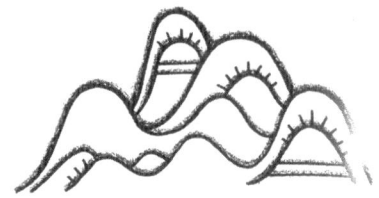

득롱망촉 得隴望蜀

得:얻을 득 / 隴:고개, 땅 이름 롱 / 望:바랄 망 / 蜀:나라 이름 촉
농 땅을 얻고 나니 촉 땅을 바라게 됨. 곧 인간의 욕심은 끝이 없어 한 가지 소원을 이루고 나면 또 다시
다른 것을 소원하게 됨을 가리키는 말이다.

『후한서(後漢書)』「광무기(光武記)」에 다음과 같은 이야기가 전한다.

후한(後漢)을 세운 광무제(光武帝) 유수(劉秀)가 천하 통일을 목전에 두고 낙양에 입성하여 이를 도읍으로 삼았을 무렵의 일이다.

당시 각지에 할거하여 패권을 다투던 여러 영웅들은 대부분 광무제에게 귀순하여 왔다. 그러나 농서 땅을 차지하고 있던 외효(隗囂)와 촉 땅에 근거를 둔 공손술(公孫述)만은 완강하게 버티고 있었다. 이에 중신들이 그들을 토벌할 것을 건의하였으나 광무제는 이를 도외시하고 스스로 귀순해 올 때까지 기다렸다. 과연 얼마 후 외효가 병으로 죽자 그의 아들 외구순(隗寇恂)은 농서 땅을 광무제에게 바치고 항복하였다. 이제 촉 땅만 남게 되었는데, 광무제는 이렇게 말하였다.

"인간은 만족할 줄 모른다고 하더니, 이제 농 땅을 얻고 나니 촉 땅까지 바라게 되는구나. 매양 군사를 출동시킬 때마다 그로 인해 머리가 희어진다."

그로부터 4년이 지난 후 광무제는 정책을 바꾸어 촉 땅을 토벌함으로써 마침내 천하를 통일하였다.

『후한서(後漢書)』「헌제기(憲帝記)」에도 다음과 같은 이야기가 나온다.

촉(蜀)나라의 유비(劉備)가 오(吳)나라의 손권(孫權)과 연합 전선을 구축했을 때 위(魏)나라의 조조(曹操)는 이미 한중(漢中)을 점령하고 농 땅마저 병합하였다. 그

러자 명장 사마의(司馬懿)가 조조에게 건의하였다.

"이 기회에 촉의 유비를 치면 쉽게 얻으실 수 있을 것입니다."

그러자 조조는 이렇게 말하면서 진격을 멈추었다.

"사람이란 만족을 모른다고 하지만, 이미 농 땅을 얻었는데. 어찌 촉 땅까지 바라겠소."

사실은 당시의 조조군은 촉나라를 토벌하기에는 힘이 부치었던 것이다.

2007.09.29.

우정의 댓글

전경남 사람의 욕망은 끝간 데가 없는 것 같다. 한 가지를 얻으면 또 다른 것을 바라 그칠 줄을 모른다. 천하를 통일하려고 한 번 군사를 일으킬 때마다 머리가 희어진다고 하면서도 거듭 군사를 일으켰던 광무제처럼, 오늘 우리들도 끝없는 성취에 대한 욕망 때문에 스스로를 힘들게 하고 있지는 않은지 돌아보게 되네…

임미순 "욕심이 잉태한즉 죄를 낳고 죄가 장성한즉 사망을 낳느니라(약1:15)" 자족할 줄 모르는 인간의 욕심은～ 결국 자멸의 길로 이르게 하지요. 오늘도 귀한 말씀 감사 기쁨이 넘치는 주일 보내세요❢

전은자 밥도 식욕의 70%만 먹어야 건강하듯이, 다른 욕심도 70%에서 스톱해야 후환이 없을라나 봐요.

김선숙 은자야, 맞다. 근데 밥을 식욕의 70%만 먹으면… 워찌 먹은 것 같지가 않은데 워떠키 헌다냐? 마지막 숟갈에 배부르다닝께… 밥이야 그렇다 치고, 다른 욕심은 70%가 다 뭬야… 170% 갖고도 더 가지려는 게 보통 사람들의 욕심이지… "보통 사람"이라고 자처하던 그 양반은 아마도

170000000000…%쯤 챙기지 않았을까? 꿈도 야무지게… 그렇고도 "보통 사람"이라고 끝꺼정 우기고 있으니… 그래서 별명도 "보통 사람"인가 보다.

김원심 맞습니다요. 변 씨도, 쩡아 씨도 정도껏 욕심을 부리셔야지. 나랏돈도 내 맘대로 은행 돈도 내 것, 교수 자리도 내 맘대로… 우리 공부방에서 편입생으로 한 학기만 청강하시지… 또 알아요? 우리 사부님한테 큰 자리 하나 줬을지… 그래도 안 가실 꺼죠?

김선숙 '까마귀 우는 골에 백로야 가지 마라'가 아니고… 백로들 공부방에 까마귀야 오지 마라 / 추한 까마귀 똥취를 풍기나니 / 학구열에 불타는 백로들 더럽힐까 하노라… 근디… 청와대 옆에다 청와대보다는 다소 규모가 작더라도 청와대 스타일로 *우리의 공부방*을 하나 지어 준다면… 까짓거 한 학기 청강생으로 받아줄 수도 있지 않을까? 그럼 청와대 주인도 시간을 내어 틈틈이 우리 공부방에 등교를 해서 참학문을 배워 진실로 궁민에 의한, 궁민을 위한, 궁민의 정치를 할 수가 있을 텐데… 안 그랴?

김선숙 사람 욕심은 땅 두께보다도 더 두껍다. 바다는 메울 수 있어도 사람의 욕심은 못 메운다. 말 타면 경마 잡히고 싶다. 모두들 끝도 없는 욕심을 말하는 말들이겠지요. 먹는 일 하나를 보더라도 동물들은 배부르면 더 이상 먹지 않는데 사람들은 은자 말처럼 70%는 고사하고 배부른데도 욕심으로 더 먹고, 맛있어서 더 먹고, 남긴 것 아까워서 더 먹고… 에~휴…

허유순 '사람만이 만족을 모르는 존재'라고 하지요. 그러니 만물의 영장이란 말이 부끄러워지네요.

이포역포 以暴易暴

以:써 이 / 暴:사나울 포(폭), 햇빛 쪼일 폭 / 易:바꿀 역
포악함으로 다른 포악함을 바꿈.
곧 정치를 함에 있어 덕으로 하지 않고 힘으로 다스림을 가리키는 말이다.

『사기(史記)』〈백이숙제열전(伯夷叔齊列傳)〉에 다음과 같은 이야기가 전한다.

백이(伯夷)와 숙제(叔齊)는 고죽국(孤竹國)의 왕자였는데, 왕은 숙제에게 왕위를 잇게 할 생각이었다. 그러나 아버지가 돌아간 후에 숙제는 형인 백이에게 왕위를 양보하였다. 이에 백이는 아버지의 명령을 좇아야 한다며 왕위를 받지 않고 도망을 하여 숨어 버렸다. 숙제 또한 왕위에 오르지 않고 마침내 도망해 숨어 버렸다.

뒤에 백이와 숙제는 서백(西伯)인 창[昌: 주나라 문왕의 이름]이 노인들을 잘 공경한다는 말을 듣고서, 주나라에 가서 살기로 작정하였다. 그런데 주나라에 가서 보니, 문왕은 이미 죽었고 아들 무왕이 뒤를 이었는데, 그는 백성의 원성을 사고 있는 황제국인 은(殷)나라의 주왕(紂王)을 정벌하려고 나서고 있었다. 이에 백이와 숙제는 무왕이 탄 말을 손으로 잡고서 말렸다.

"부왕이 돌아가시어 아직 장례도 끝나기 전에 무기를 손에 잡으니 어찌 효라고 할 수 있으며, 신하로서 임금을 죽이려고 하니 어찌 인(仁)이라 할 수 있으리까?"

왕의 좌우에 있던 병사들이 두 사람을 죽이려고 하니, 강태공(姜太公)이 의인(義人)이라고 말려 살려 주었다.

그 후에 무왕은 은나라를 평정하여 천하는 주나라를 종주국으로 삼게 되었는

데, 백이와 숙제는 이를 부끄러운 일이라 하여 은나라에 대한 신의를 지켜서 주나라의 곡식을 먹지 않으려고 수양산에 숨어 들어가 고사리를 캐어 먹으며 연명하였다. 그러다가 굶어서 죽을 지경에 이르렀을 때 다음과 같은 〈채미가(采薇歌)〉를 지었다.

登彼西山兮(등피서산혜)   나는 서산에 올라

采其薇矣(채기미의)   고사리를 캐노라

以暴易暴兮(이폭역폭혜)   무왕은 폭력으로 폭력을 바꾸었으되

不知其非矣(부지기비의)   그 잘못을 알지 못하네

神農虞夏忽焉沒兮(신농우하홀언몰혜)   신농, 우(虞), 하(夏)의 시대는 어느 사이엔가
                                      사라져 버렸으니

我安適歸矣(아안적귀의)   우리는 어디로 돌아가리

于嗟徂兮(우차조혜)   오호라 가고 또 감이여!

命之衰矣(명지쇠의)   천명이 마침내 쇠하였구나.

결국 백이와 숙제는 수양산에서 굶어 죽었다.

2007.10.02.

우정의 댓글

전경남 이포역폭(以暴易暴)란 성어는 정치를 함에 있어 덕보다 무력에 의지하는 것을 가리키는 말이다. 흔히 정의를 위한다고 내세우면서 폭력을 사용하는 경우가 많다. 수많은 종교 전쟁의 비극도 그렇고 한 나라 안에서도 폭력을 물리친다고 하면서 폭력을 사용하는 것도 그렇다. 일찍

이 백이와 숙제가 그 부당성을 간곡하게 지적하였지만, 지금도 세상에는 이런 사태가 곳곳에서 빚어지고 있으니 참 안타까운 일이네…

임미순 "다윗이 블레셋 사람에게 이르되 너는 칼과 단창으로 오거니와 나는 만군의 여호와의 이름 곧 네가 모욕하는 이스라엘 군대의 하나님의 이름으로 네게 가노라(삼.상17:45)" 다윗이 골리앗 장군을 '물매 돌' 한 개로 쓰러뜨리기 전에 한 유명한 말을 올렸어요. 승리는 칼과 창에 있는 것이 아니라, 여호와 하나님이 함께하심에 있지요!

전은자 1963년 25만 명 이상의 군중으로 비폭력 저항(Non-violent resistance)을 가능케 하여, 1964년 노벨평화상을 받은 마틴 루터 킹이 생각나는군요. 폭력으로 폭력을 다스려 엎친 데 덮치는 경우가 너무 많은 것 같습니다.

허유순 백이와 숙제가 굶어 죽었다는 것을 처음 알았네요. 은자는 마틴 루터 킹이 생각난다고 하는데 전 간디가 생각나네요. 영화 '간디'를 감명 깊게 보았거든요. 벤 킹슬리가 열연하여 아카데미 남우 주연상을 받았었지요.

김선숙 폭력으로 나라를 다스리려 하지 말고 덕으로 다스려서 태평성대를 이룬다면 백성들이 얼마나 좋을까요? 폭력으로 정권을 잡으면 폭력으로 나라를 다스리게 되겠지요. 요순시대처럼 태평성대를 만든다면… 백성들은 임금이 계신 줄도 모르며 각자 자기 할 일만 하면서 편히 살 텐데… 폭력은 폭력을 낳고… 말로 하는 정치는 쓸데없는 말만 낳고… 덕은 덕을 낳으며…

김선숙 말싸움으로도 여자는 남편을 이길 수 있다… 결혼한 지 얼마 안 되는 신혼부부가 싸움을 하고 있었다. 화가 난 남편이 아내를 보고… "지난

번 결혼식 때 주례선생님이 '남편은 하늘, 아내는 땅'이라고 했잖아, 잊어 버렸어?" 하며 큰소리를 치닝깐 이에 아내도 지지 않고… "요즈음 땅값이 하늘 위로 치솟는 것도 몰라?" 하며 반박을 했다. 폭력은 폭력을 낳고… 말싸움은 말을 낳고…

화이부실 華而不實

華:꽃필, 빛날 화 / 而:말 이을 이 / 不:아닐 부 / 實:열매 실
겉은 화려하나 열매가 없음.
곧 사람이나 사물이 겉보기에는 좋아 보이지만 알맹이가 없음을 가리키는 말이다.

중국 춘추시대 진(晉)나라 대신(大臣) 양처보(陽處父)는 위(衛)나라를 방문하고 돌아오는 길에 노(魯)나라 영성(寗城)의 한 객점에 묵게 되었다. 집주인 영은 양처보의 당당한 모습과 비범한 행동거지를 보고 매우 기뻐하며 아내에게 말했다.

"몇 년 동안 인품이 훌륭한 분을 따라 나서고 싶었는데 이제껏 만족할 만한 사람을 만나지 못했소. 오늘 오신 양처보라는 분은 내가 보기에 훌륭하신 것 같으니, 그분과 함께 갈 것을 결심하였소."

그는 집을 떠나 동행하는 동안 내내, 양처보와 함께 이런저런 이야기를 많이 나누었다. 그런데 온(溫) 땅에 이르자, 영은 생각을 바꾸어 양처보를 따라가지 않기로 하였다. 그가 집으로 돌아오자, 그의 아내는 매우 이상하게 여겨 그가 돌아온 이유를 물었다. 영은 다음과 같이 대답하였다.

"그 사람은 성질이 지나치게 강경하였소. 『상서(商書)』에 이르기를 '성질이 소극적이면 강한 성질로써 고치고, 성질이 적극적이면 부드러운 성질로써 교정한다'라고 하였소. 그런데 그 사람은 다만 강한 성질로만 버티니, 옳은 죽음을 맞지 못할 것 같소. 하늘은 굳센 덕(德)을 지니고 있으면서도, 사시절의 순서를 어긋나지 않게 하는데, 하물며 인간에 있어서야 다시 말할 것 있겠소. 그리고 또 그 사람은 겉으로는 번듯하지만, 속으로는 덕이 없어서 다른 사람들의 원망을 모으고 있소. 그는 사납고 강한 성질로 다른 사람들을 범해서 원망을 모으고

있으니, 몸을 안전하게 보존할 수 없을 것이오. 나는 아무런 유익도 얻지 못하고 오히려 그의 재난에 관련될 것을 두려워하여 그를 떠나 돌아온 것이오."

과연 양처보는 1년 뒤에 진(晉)나라의 조성자(趙成子) 등과 함께 살해당하였다.

한편 한(漢)나라의 왕충(王充)이 지은 〈논형(論衡)〉에는 다음과 같은 표현이 나온다.

무릇 사람은 문[文: 형식]과 질[質: 내용]로 이루어진다. 사물은 겉모습은 화려하지만 알맹이가 없는 것이 있고, 알맹이는 있지만 겉모습이 화려하지는 못한 것이 있다.

여기에서 유래하여 '화이부실(華而不實)'은 화려하지만 열매를 맺지 못하는 식물처럼, 겉모습은 화려하나 실속이 없는 경우를 비유하는 말로 사용된다.

2007.10.14.

우정의 댓글

전경남 우리나라 속담에 '빛 좋은 개살구'라는 말이 있다. 겉보기에는 화려하고 먹음직스러우나 맛은 신통치가 않아 실속이 없는 과일이라는 말이다. 사람도 이처럼 겉모습은 그럴 듯하면서도 실력이나 성품이 그에 미치지 못하여 믿음을 주지 못할 때, 이런 말을 쓴다. 어렸을 때는 외관이 참 중요하다고 여겼는데, 나이 들면서 점점 내실의 소중함을 깨닫게 된다. 나이 먹는 것도 이런 점에서는 나쁘기만 한 것이 아님을 느끼게 되네…

임미순 "내가 너를 순전한 참 자 곧 귀한 포도나무로 심었거늘 내게 대하여 이방 포도나무의 악한 가지가 됨은 어찜이뇨(렘2:21)" 빛 좋은 개살구처럼 아무짝에도 쓰지 못하게 됨을 일컫는 말씀이지요.

허유순 요즘은 명품으로 겉치장을 잘한 '사모님'들을 보면 왜 그리 허망해 보이는지 모르겠네요. 오히려 시골 아낙의 검게 그을린 얼굴이 더 아름답게 느껴지는 것은 제가 나이가 많이 먹어서겠지요?

김선숙 속에 든 것이 없으니 겉치장이라도 화려하게 해 보려는 마음 같습니다. 빈 수레가 요란하고… 소문난 잔치에 먹을 것 없다는 내용하고 같을랑가요? 열매를 보면 그 사람을 알 수가 있듯이 열매 없이 외모만 치장하는 어리석은 자들이 불쌍하군요. "…그 사람은 겉으로는 번듯하지만, 속으로는 덕이 없어서 다른 사람들의 원망을 모으고 있소" 이 글을 읽으니 깊이 깨닫게 됩니다. 오늘의 귀한 공부를 잘 배웠습니다.

백발백중 百發百中

百:일백 백 / 發:쏠 발 / 中:가운데, 명중할 중
활을 백 번 쏘아 백 번 맞힘.
곧 모든 일이 계산한 대로 다 맞아 들어가는 것을 가리키는 말이다.

『사기(史記)』「주본기(周本紀)」에 다음과 같은 이야기가 전한다.

초(楚) 나라에 활을 잘 쏘는 양유기(養由基)라는 사람이 있었는데, 그는 버드나무에서부터 백 걸음 떨어진 곳에서 버드나무 잎을 백 번 쏘아 백 번을 다 맞추었다. 이 같은 명궁인 양유기가 하급 장교로 있을 때의 일이다. 초나라 장왕(莊王)이 대규모의 군대를 이끌고 다른 나라를 정벌하러 나간 틈을 타서 재상인 투월초(鬪越椒)가 반란을 일으켰다. 투월초와 반란군은 왕이 이끌고 돌아오는 관군을 막고 싸울 태세를 취하고 있었다. 그런데 관군이 가장 무서워하는 것은 투월초의 뛰어난 활솜씨였다. 이리하여 양 편은 강을 사이에 두고 대치하게 되었다. 투월초가 먼저 강 저쪽에서 활을 높이 들고 큰 소리로 외쳤다.

"나를 상대할 놈이 누구냐?"

그때 양유기가 앞에 나서서 이렇게 제안하였다.

"많은 군사를 괴롭히지 말고 우리 둘이서 활로 승부를 결정짓자."

투월초는 약간 겁이 났으나 먼저 큰 소리를 친 처지라 거절을 못 하고, 각각 세 번씩 활을 쏘아 승부를 결정하자면서 자기가 먼저 쏘겠다고 하였다.

이는 먼저 쏘아 상대를 죽여 버리면 제 아무리 명궁(名弓)이라도 소용이 없다는 생각에서였다. 그리하여 투월초가 양유기를 향해 화살 한 발을 쏘았다. 양유기는 처음에 날아오는 화살을 활로 쳐서 떨어뜨렸고, 두 번째는 몸을 옆으로 기울여 화살을 피했다. 당황한 투월초는 "대장부가 몸을 피하다니 비겁하지 않느냐"고 억지를 썼다. 이에 양유기는, "좋다. 그럼 이번에는 몸을 피하지 않겠다"고 하면서 마지막으로 날아오는 화살 끝을 이빨로 물어 떨어뜨리고 투월초에게 외쳤다.

"세 번 쏘기로 약속하였지만, 나는 단 한 발로 결판을 내겠다."

이렇게 말하고 먼저 화살이 없는 빈 줄을 튕겨 소리를 보냈다. 투월초가 줄이 우는 소리에 화살이 날아오는 줄 알고 몸을 옆으로 피하는 순간 기울이고 있던 그의 머리를 향해 눈 깜짝할 사이 화살이 날아와 명중하였다. 이리하여 투월초는 죽고 반란은 간단히 진압되었다.

이처럼 양유기는 젊은 시절부터 맞수가 없을 정도의 명궁이었을 뿐만 아니라, 담력과 완력도 출중하였다. 그러나 그도 전쟁터에서 결국은 화살에 맞아 죽고 말았다.

2007.10.20.

우정의 댓글

전경남 '백발백중(百發百中)'이란 활이나 총을 백 번 쏘아 모두 명중시키는 것을 가리키는 말에서 이제는 모든 일이 생각한 대로 어김없이 다 이루어지는 것까지를 일컫는 말이 되었다. 양유기는 젊어서부터 명궁(名弓)으로 '신전(神箭)'이란 별명을 들었던 사람이다. 반란을 일으킨 투월초도 소문난 명궁이었지만 양유기의 적수는 되지 못하였다. 이처럼 뛰어난 명궁들도 결국은 활에 맞아 죽고 말았으니, 이는 마치 '원숭이가 나무에서 떨어지고 말 잘 타는 사람이 말에서 떨어져 죽는 것'과 다름이 없다하겠다. 비록 자신의 능력이 뛰어나더라도 자만은 금물임을 다시 한

번 느끼게 되네…

임미순 "아무것도 염려하지 말고 오직 모든 일에 기도와 간구로 너희 구할 것을 감사함으로 하나님께 아뢰라 그리하면 모든 지각에 뛰어난 하나님의 평강이 그⬢도 예수 안에서 너희 마음과 생각을 지키시리라(빌4: 6-7)""너희 중에 누가 염려함으로 그 키를 한 자나 더할 수 있느냐(마6: 27)" 모든 일은 사람의 힘으로만 되는 것이 없지요. 특히 하나님께서는 사람이 할 수 없는 것까지라도 능히 이루시니까요❗

김선애 화살 없는 빈 줄 소리에 새만 놀라 떨어지는 줄 알았더니(傷弓之鳥) 사람도 마찬가지였네요.

김선숙 백발백중, 백전백승… 귀신도 놀라고 부러워할 재주입니다. 근데… 그렇게 활을 잘 쏘던 사람도 결국 화살에 맞아 죽음을 맞았으니… 예부터 산을 좋아하면 산에서 죽고 물을 좋아하면 물에서 죽는다는 말하고 일맥상통하는가 봅니다. 원숭이도 배롱나무같이 매끄러운 나무에서는 떨어지기 쉽겠지요. 사람이든 동물이든 잘한다고 뽐내다간 큰코를 다치게 되는가 봅니다.

김선숙 다들 아는 야그 한 개… 활쏘기 대회가 열렸다. 여자의 머리 위에 사과를 올려놓고 쏘는 경기에서 첫 번째 선수가 정확하게 사과를 맞췄다. 우레와 같은 박수를 받으며 늠름하게 관중 앞으로 나온 선수가 "I am 빌헤름 텔…" 두 번째 선수가 화살을 날리자 첫 번째 선수가 쏜 화살의 정 가운데를 뚫고 사과를 맞췄다. 더 놀라며 열광하는 관중들 앞으로 나온 선수… "I am 로빈 훗…" 세 번째 한국인 선수가 나와서 화살을 날리자… 그 여자의 배꼽에… 경악을 금치 못하는 관중들 앞으로 걸어 나온 그가 하는 말 ～ ～ ～ ～ ～ ～ ～ ～ "I am 쏘리"

허유순 백발백중의 명수가 결국은 활에 맞아 죽었다는 이야기를 읽으니 인생의 아이러니가 느껴지네요. 강희언의 작품 중 앞면에 등장하는 활 쏘는 분들보다는 뒤에서 빨래하는 여인들에서 오히려 인생의 여유가 느껴지는군요.

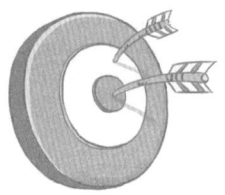

오우천월 吳牛喘月

吳:나라 이름 오 / 牛:소 우 / 喘:숨 헐떡일 천 / 月:달 월
오나라의 소가 달만 보아도 숨을 헐떡임.
곧 어떤 일에 한번 몹시 혼이 나면 비슷한 것만 보아도 미리 겁을 집어 먹음을 가리키는 말이다.

『세설신어(世說新語)』「언어편(言語篇)」에 다음과 같은 이야기가 전한다.

조조, 유비, 손권이 천하의 패권을 두고 다투던 삼국시대 다음에는 위나라의 권문세족이었던 사마씨(司馬氏)가 진(晉)나라를 세웠다. 진나라의 무제(武帝) 때에 상서령을 지낸 만분(滿奮)이라는 사람이 있었는데, 그에 관련된 다음과 같은 이야기가 전한다.

무제 때에는 전부터 발명되었던 유리를 창문에 이용하고 있었으나, 유리는 당시 보석처럼 귀중한 물건이어서 구경하기도 힘들었다. 만분은 어려서부터 찬바람을 몹시 싫어하였고, 겨울이 되어 북풍이 드세게 몰아치는 날이면 몸을 사시나무 떨듯 떨었다. 그런 그가 어느 날 황제의 명을 받고 궁전에 들어갔다. 황제가 있는 궁전의 창문은 투명한 유리로 만들어져 찬바람에 흔들리는 나뭇가지가 내다보였다. 궁전 안은 바람 한 점 들어오지 않았지만, 만분은 유리창 밖을 보고 자기도 모르게 몸서리를 치면서 덜덜 떨었다. 황제가 그의 모습을 보고 웃으며 물었다.

"이곳은 바람 한 점 없이 따뜻한데 그대는 어찌 그리 심하게 떠는가?"

이에 만분은 이렇게 대답하였다.

"저는 마치 오나라의 소가 달만 보아도 헐떡이는 것과 같습니다."

평생 유리창을 본 적이 없는 그가 휑하니 뚫린 북쪽 창을 보고 겁을 먹는 것

을 보고 내막을 아는 왕이 웃자, 황공해진 만분이 왕에게 자신을 오나라의 소에 비유한 것이다.

물소는 양자강과 회수(淮水) 일대에서 살아 오우[吳牛 : 오나라 소]라고 불렀다. 물소들은 무더위를 무척 싫어하여 여름이 되면 물 속에 들어가 더위를 식히곤 했다. 그런데 남쪽 땅은 몹시 무더웠다. 그래서 물소들은 뜨거운 태양에 잔뜩 겁을 먹어, 밤에 달이 떠도 해가 뜬 것으로 착각하여 혀를 내밀고 헐떡거렸다고 한다.

2007.11.09.

우정의 댓글

전경남 '더위 먹은 소 달빛만 봐도 놀란다'라는 말이 있다. 한번 무슨 일로 몹시 놀라고 나면 비슷한 것만 보아도 놀라게 마련이다. 추위에 약한 만분은 유리창 밖의 바람 부는 풍경에 놀라 떨면서 그것을 더위에 약한 물소들이 뜨거운 태양에 겁을 집어먹어 달을 보고도 놀라 헉헉댄다는 '오우천월(吳牛喘月)'에 빗대어 말하였다. 사람들은 지레짐작으로 공연한 일에 겁을 내고 걱정하는 일이 많다. 하지만 지나친 걱정은 건강에 해가 되니 차분하게 살아가는 지혜가 필요하겠네…

임미순 "두려워 말라 내가 너와 함께함이니라 놀라지 말라 나는 네 하나님이 됨이니라 내가 너를 굳세게 하리라 참으로 너를 도와주리라 참으로 나의 의로운 오른손으로 너를 붙들리라(사41:10)" 우리네 속담에 "자라 보고 놀란 가슴 솥뚜껑 보고 놀란다" 말이 있듯이, 과거의 안 좋았던 기억으로 인하여, 지레 겁을 먹고 의기소침❀질 때가 🎴🎴 있는데, 전능자 하나님을 의지하여 담대함을 지녀야겠지요❗

이영혜 '오우천월(吳牛喘月)'은 화살에 한번 맞은 기러기가 나중에는 "활의 시위
만 당겼는데 그 소리에 놀라 높이 날아가려고 하다가 땅에 떨어졌다"는
이야기에서 유래된 상궁지조(傷弓之鳥)를 연상시키고, 술잔 속에 비친
활의 그림자를 보고 "쓸데없이" 뱀의 그림자로 "의심하여 크게 걱정하"
여 병이 났었던 두선이라는 사람의 이야기가 생각나네요.

임미순 "영혜야! 네가 쓴 '상궁지조'를 보니 '열왕기상 7장'의 말씀이 생각나는
구나. 이스라엘이 아람의 공격으로 사마리아 성이 포위되어 성안은 극
심한 기아상태에 빠져서 아들들을 삶아 먹을 지경까지 이르렀을 때,
하나님께서 아람 군대로 병거 소리와 말 소리와 큰 군대의 소리를 듣게
하셔서, 아람군들이 이스라엘이 헷사람의 왕들과 애굽 왕들과 연합하
여 아람군을 공격하러 온 줄로 착각, 혼비백산하여 황혼에 일어나서
모두 도망치므로, 사마리아성이 포위에서 풀려나 성안 백성들이 살게
된 이야기지…

지만 持滿

持:가질 지 / 滿:가득 찰 만
팽팽하게 차 있는 상태를 유지함.
곧 활을 팽팽하게 당긴 상태처럼 가득한 힘을 간직하고 아직 발동하지 않은 상태를 가리키는 말이다.

『사기(史記)』「월세가(越世家)」에 다음과 같은 이야기가 전한다.

오(吳)나라 왕 합려(闔閭)는 월(越)나라 왕 구천(勾踐)과 싸워 크게 패하고 전사하였다. 합려의 아들 부차(夫差)는 왕위에 오르자 아버지의 원수를 갚기 위해 밤마다 섶에 누워 자면서 군사를 훈련시켰다. 월왕 구천은 이 소식을 듣고 먼저 오나라를 치려하니, 충신인 범려(范蠡)가 충간하며 이를 만류하였다.

"병(兵)은 흉기이고 싸움은 역덕(逆德)이며 다툼은 말사(末事)라 합니다. 즐겨 흉기를 들고 덕을 어그러뜨리며 말사에 손을 대는 것은 천도(天道)에 어긋나니 행해서는 아니 됩니다."

그러나 구천은 충간을 듣지 않고 병사를 일으켰다가 마침내 참패하여 회계산으로 도망하였다. 구천은 그제야 범려의 말을 듣지 않은 것을 후회하면서 앞으로 어떻게 하면 좋을까를 물었다. 범려는 이에 다음과 같은 계책을 말하였다.

"항상 팽팽하게 차 있는 마음을 지니고 있게 되면 하늘의 도움을 받게 됩니다. 위기의 어려움을 견디는 자는 사람의 도움을 얻고, 일을 절제하는 자는 땅의 도움을 얻습니다. 지금 형편은 오직 말을 낮추고 예를 두터이 하여 화친함을 청하는 길뿐입니다. 그러기 위해서는 스스로 낮추어 신하가 되는 것도 피할 수 없는 일이 아니겠습니까?"

구천은 범려의 이 말을 옳게 여겨 항복하였다. 그리고는 쓸개를 핥으며 복수의 날을 기다리다가 22년 뒤에 마침내 오나라를 멸망시키고 천하의 패권을 차지하게 되었다.

2007.11.16.

우정의 댓글

전경남 '마음을 비운다'는 말도 있지만, '마음을 가득 채운다'는 지만(持滿)이라는 말도 있다. 중대한 결단을 해야 할 때는 미리미리 만반의 준비를 갖추고 힘을 길러 때가 이르기를 기다려야 한다. 마치 활을 팽팽히 당겨 놓은 상태에서 화살을 쏘지 않는 형상처럼, 조금도 긴장을 늦추지 않고 마음을 벅차게 유지하는 자세가 필요한 것이다. 삶 속에서 이러한 결단을 제대로 수행하였을 때 큰일도 능히 이룰 수 있으리라…

임미순 고난을 견디며 마음을 새롭게 하여 자신을 갈고 닦으며 때를 기다려야 목표를 이룰 수 있지. "고난당한 것이 내게 유익이라 이로 인하여 내가 주의 율례를 배우게 되었나이다. 주의 입의 법이 내게는 천천 금은보다 승하니이다(시119:71-72)"…

허유순 '비움… 그러나 채움'… 이번 리움 전시 설명의 한 구절을 생각해 봅니다. '비운다'와 '채운다'가 노장사상에서 보면 결국 하나라는데… 지만(持滿)이라는 말도 같은 맥락일 듯…

민선 비움과 채움이 같다는 말은 그리스 신화에도 나오는데… 처음, 세상은 '카오스'로 시작되었는데, 카오스(Chaos)는 한국말로 영어의 케이아스(혼란)로 번역되기도 하였지만, 그리스 말의 카오스는 '공'의 뜻이래. 이 '공'이란 비움을 뜻할 뿐만 아니라 꽉 차서 조금도 빈곳이 없는 상태를 뜻한다는구나. 결국 비움과 꽉 참이 하나, 즉 한뜻이라는 말이겠지.

카오스[비움과 꽉참/지만]에서 지구, 하늘, 바다, 지하 등등이 제자리를 찾아 오늘날 우리가 살고 있는 세상이 형성되었다고… 천주교/기독교에 나오는 이야기들과 그리스 신화가 상당히 비슷한 것들이 많지. ^^*

타초경사 打草驚蛇

打:칠 타 / 草:풀 초 / 驚:놀랄 경 / 蛇:뱀 사

풀을 쳐서 뱀을 놀라게 함. 곧 별 생각 없이 한 일이 공연한 화를 불러들이는 것을 가리키는 말이다.
또는 이 사람을 혼내 줌으로써 저 사람을 깨우쳐 준다는 뜻으로도 쓰이기도 한다.

『유양잡조(酉陽雜俎)』에 다음과 같은 이야기가 전한다.

중국 당(唐)나라 때 당도[當塗:오늘날 안휘성 근처] 지방에 왕로(王魯)라는 탐관
오리가 있었다. 그는 국법을 어기며 온갖 명목으로 세금을 거둬들여 사리사욕을
채웠다. 이러한 가혹한 현실을 견디다 못한 백성들은 일부러 왕로에게 그 부하
들의 부정부패 사실을 알리기 위해 고발장을 올리기에 이르렀다.

어느 날, 왕로는 문서를 검토하던 중 그 고발장을 읽게 되었다. 그 내용은
자신의 측근인 주부가 법을 어기고 남의 재물을 횡령했다는 것이었다. 그러나
왕로는 자신도 적지 않게 재물을 횡령했고 또한 주부의 횡령 역시 자신과 밀접
하게 관련되어 있다는 것을 알게 되었다. 이에 현령은 다음과 같이 말하였다.

"너희들이 비록 풀밭을 건드렸지만 이미 나는 놀란 뱀과 같다."

이것은 백성들이 자기 부하들의 비리를 고발한 것이 곧 우회적으로 자신의
비리를 고발하는 것이라고 생각한 때문이었다. 이렇게 하여 주부를 징계해서
왕로를 각성하게 하려 한 백성들의 의도는 충분히 달성되었다.

한편, 소설 『수호전(水滸傳)』에는 다음과 같은 대목이 나온다.

송강(宋江)이라는 자가 양산박(梁山泊)에 근거지를 두고 동평부(東平府)를 공략
하려고 할 때의 일이다. 송강을 따르던 부하 사진(史進)이 한 계책을 제시했는
데, 자신이 출입하던 가기(歌妓)인 서란(瑞蘭)의 집을 거점으로 삼아, 성안에 불

을 질러 아군이 공격하도록 하자는 것이었다. 송강의 승낙을 받아낸 사진은 먼저 자신의 신분을 노출시키지 않기 위해 변장을 하고 서란의 집을 찾았다. 서란은 사진이 산채에 있는 사람이라는 사실을 알고 있었다. 그런데 할머니와 이런저런 이야기를 주고받다가 사진의 신분을 말하게 되었고, 할머니는 펄쩍 뛰며 놀라 빨리 관가에 고발해야 한다고 했다. 이때 곁에 있던 할아버지가 할머니를 만류하며 이렇게 말했다.

"많은 돈까지 받아 놓고서 어떻게 그를 밀고하겠소?"

그러나 할머니는 당장 관가로 달려갈 기세로 나오자, 할아버지는 할머니를 진정시키며 말했다.

"정 그렇다면 그렇게 합시다. 만약 소란을 피워 그가 달아나면 일을 그르치게 되니, 먼저 서란을 시켜 술이라도 권하게 하여 도망치지 못하게 단단히 붙잡아 놓도록 합시다. 속담에 '풀밭을 쳐서 뱀을 놀라게 하지 말라'는 말이 있지 않소. 나는 먼저 포졸들에게 그를 체포할 수 있도록 한 연후에 관가에 고발하겠소."

이 계책에 따라 사진은 관가에 붙잡히게 되었고, 송강은 사진을 구출하기 위하여 큰 고생을 해야만 했다.

2007.11.28.

우정의 **댓글**

전경남 풀밭을 두드려 뱀을 놀라게 한다는 '타초경사(打草驚蛇)'는 몇 가지 뜻을 지니고 있다. 즉 별 생각 없이 한 일이 공연한 화를 불러들이는 것을 가리키거나, 혹은 이 사람을 혼내 줌으로써 저 사람을 깨우쳐 준다는 뜻을 지닌다. 또한 뱀을 찾아내어 잡는 것이 그 목적일 때는 변죽을 울려 적의 정체를 드러나게 하려는 것이다. 오늘날처럼 세상 돌아가는 것이 알 수 없는 때에는 거듭거듭 자세히 관찰하여 상대방의 실체를 완전히 파악한 다음 조심성 있게 행동해야만 실수를 미연에 막을 수 있겠네…

임미순 "아론의 아들 나답과 아비후가 각기 향로를 가져다가 여호와의 명하시지 않은 다른 불을 담아 여호와 앞에 분향하였더니 불이 여호와 앞에서 나와 그들을 **삼.** 키매 그들이 여호와 앞에서 죽은지라(레10:1-2)" 제사장의 제사법규를 어김으로 하나님의 심판을 받아 죽임을 당한 아론의 아들들의 이야기이지요. 이로써 하나님의 법규를 어기는 것이 얼마나 무서운 것인가를 모든 이들에게 깨닫게 하는 말씀이지요.

이영혜 打草驚蛇의 뜻 중에, "이 사람을 혼내 줌으로써 저 사람을 깨우쳐 준다는 뜻을 지닌다. 또한 뱀을 찾아내어 잡는 것이 그 목적일 때는 변죽을 울려 적의 정체를 드러나게 하려는 것이다."라는 말을 읽으니, 진나라의 신하로서 법을 엄히 적용하는 것으로 이름난 사마위강이 임금 도공의 동생인 양간이 군법을 어기자 그의 마부를 대신 잡아다 목을 베었고, 그 사실을 양간이 형인 도공에게 보고하니 도공이 사마위강을 잡아오게 하였으나, 양설이라는 신하가 위강을 변호함으로써 일의 연유를 알게 된 도공이 사마위강을 더욱 신임하게 되었다는 이야기가 생각나네요.

허유순 별 생각 없이 한 일이 공연한 화를 불러일으키기도 하고… 남에게 상처를 주기도 하고… 그러니 참 조심해서 살아야겠네요.

김원심 요즘 많이 생각하는 것 중 하나가 직접적인 표현과 간접적으로 우회해서 표현하는 것입니다. 나이가 드니 나 자신도 누가 꼭 집어서 충고하면 더 무안하고 섭섭하고…. 풀을 쳐서 뱀을 쫓을 지혜가 있다면 얼마나 좋을까요.

김선숙 변죽만 건드려도 복판이 울리는 일이 있는 반면 복판을 꽝꽝 쳐대도 변죽조차도 울리지 않는 사람들도 있군요. 본인 들어라 하는 소리인데도 남이 못 알아듣는다며 화를 내는 어리석은 정치인들도 많고요. 근데 별 생각 없이 풀밭을 두드려 뱀을 놀라게 하는 것은 약과이고, 심심해서 장난으로 던진 돌에 개구리는 생사가 달려 있을 때가 많지요. 우리들도 무심코 한 말이 어느 사람에게 큰 상처가 될 때도 있으니 그저 매사에 조심하는 일이 제일이네요.

  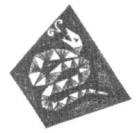

낙정하석 落井下石

落:떨어질 락 / 井:우물 정 / 下:아래 하 / 石:돌 석
우물에 빠진 사람에게 돌을 떨어뜨림. 곧 다른 사람이 재앙을 당하였는데 도와주기는커녕
오히려 더 박해를 가하는 것을 가리키는 말이다.

중국 당나라 때의 문장가로 당송팔대가(唐宋八大家)의 한 사람인 유종원(柳宗元)이 간신들의 모함을 받아 좌천된 뒤에 뜻을 이루지 못하고 죽었다. 이를 두고 그 역시 당송팔대가의 한 사람인 한유(韓愈)는 친구 유종원의 죽음을 애도하여 〈유자후묘지명(柳子厚墓誌銘)〉을 남겼는데, 그 중에 다음과 같은 말이 나온다.

아! 선비는 자신이 어려움에 처했을 때 비로소 그 지조를 알게 된다. 오늘날 어떤 사람들은 어두운 골목에 살면서 서로 아끼고 술과 음식을 나누어 먹으며 즐겁게 노닐면서 자기의 심장이라도 꺼내 줄 것처럼 가까운 친구라고 한다. 또한 하늘의 해를 가리키며 눈물을 흘리면서 죽음과 삶을 함께 하겠노라고 아주 간절하게 말한다. 그러다가 만약 머리털만한 아주 작은 이해가 걸린 문제라도 생기면 친구 관계는 간데 온데 없고 서로 눈을 부릅뜨고 상대하게 된다. 당신이 만일 남의 모함으로 함정에 빠지게 된다면, 그대를 손을 내밀어 구해 주지 않을 뿐만 아니라 오히려 돌을 들어 당신에게 던질 사람이 의외로 많을 것이다. 이러한 행위는 새나 짐승, 또한 오랑캐들도 차마 하지 못할 일이지만 사람들은 이를 좋은 계책이라고 여기고 만다. 그들이 유종원의 풍모를 듣게 된다면 가히 조금은 부끄러워할 것이다.

한유는 이처럼 유종원이 소인배들의 모함으로 그의 능력을 펼치지 못하고 죽게 된 것을 안타까워하여 이 글을 지었다. 세상 인심이 유리할 때는 온갖 소리를 다하며 절친한 듯 지내다가 불리해질 것 같으면 이내 외면하고 심지어 더 위태롭게 하는 각박함을 한탄한 것이었다.

2008.01.25.

우정의 댓글

전경남 겨울이 된 후에야 소나무와 잣나무의 늘 푸름을 알게 되듯이, 사람 관계도 어려움을 겪고 난 후에야 그 사람의 심지가 어떠한가를 비로소 알게 된다. 어려움을 당하였을 때 손을 내밀어 위로해 주고 구제해야 마땅할 터인데, 외면하고 오히려 돌까지 던진다면 어찌 인간다운 삶이라 하겠는가. 살아가면서 이런 불행이 나로 인하여 만들어져서는 안 되겠고, 내가 받아서도 힘들 터이니, 늘 푸른 송백처럼 한결같은 마음으로 살아가야 하겠네…

손동숙 세상이 삭막해져 안타깝기도 하지만, 어느 구석에선가 남의 시선을 피하여 온정을 베풀고 인간미 넘치는 사람들도 있어 아직 어둡지만은 않다는 생각을 하고 싶군요. 가끔은 잔꾀 부리는 걸 좋은 계책으로 착각하는 사람들도 있는데 늘~ 푸르게 한결같은 마음으로 살 수 있다면 그보다 좋은 삶은 없겠지요.

김선숙 우물에 돌을 떨어뜨린다는 글로 알고 제일 먼저 우물 '井'자 가운데 점 하나 있는 글을 생각했는데요… 요것이 옥편에는 없고(王篇에는 있을랑가?)… ** 퐁당 퐁** 자로 아룁니다… ㅎㅎ 싸부님, 이렇게 심오한 공부를 가르치시는디, 초장부터 분위기를 흐려놔서… 쫓겨날지도 모르겠네요~잉. 에구… 나를 나두 못말려…

김선숙 넘어진 사람 일으켜 주지는 못할망정 밟고 가면 어쩔까이? 우리 이화 친구들은 서로서로 격려해 주면서 서로 추켜 주고, 서로 일으켜 주는 친구들뿐인디… 요~ 우에 있는 공부는 이런 일도 있을 수 있다 허고 인생 공부로 알겠습니다, 싸부님… 니예 니예…

혜현 남의 어려움에 덕이 못 되더라도 입만 다물고 있으면 중간은 갈 거야. 위로한다고 잘못 말해서 화를 부르기 쉬우니까.

도경애 답글 안 달고 입 다물고 있어도 중간은 갈까요? 싸부님, 공부는 하는디…

김선숙 경애야, 답글 안 달고 입 다물고 있으면 중간을 못 간다야… '말 안 하면 귀신도 모른다'는 속담도 있으닝께… 긍께… 최소한 발도장만 **쾅~** 하고 찍으면 된다닝께… 열쉬미 공부하는 학상인 거 세상 사람 덜이 죄다 아는디…

임미순 "네 친구와 네 아비의 친구를 버리지 말며 네 환난 날에 형제의 집에 들어가지 말지어다 가까운 이웃이 먼 형제보다 나으니라(잠27:10)" 어려운 자는 모른 체하지 말며, 내가 어려울 때는 아무도 믿거나 의지하지 말아야 하지요. 특히 친척이란 있을 때만 친척이지요. 우리 속담에 '동냥은 주지 못할망정 쪽박은 깨지 말라'고 했듯이 곤경에 빠진 사람을 더 힘들게 ✹ 서는 안 되지요. 인간사 새옹지마인 것을…

민선 시상에, 원… 낙정하석할 사람이야 없겠지요? 그렇게 믿고 살아왔는데, 계속 그렇게 믿고 살겠습니다.

아장동사 我將東徙

我:나 아 / 將:장차 장 / 東:동녘 동 / 徙:옮길 사

나는 장차 동쪽으로 이사 가려 한다. 곧 자신의 허물을 고치려고 하지는 않고 남의 탓만 하는 것을 비유하는 말이다. 이 말은 달리 '효장동사(梟將東徙)'라고도 한다.

중국의 전한(前漢)시대에 유향(劉向)이 지은 『설원(說苑)』「담총편(談叢篇)」에 다음과 같은 우화적인 이야기가 실려 있다.

어느 날 비둘기가 올빼미의 집에 놀러 갔더니 이삿짐을 꾸리고 있었다. 그러자 비둘기가 물었다.

"뭘 하고 있니?"

그러자 올빼미가 대답하였다.

"나는 동쪽 마을로 이사를 가려고 해."

비둘기가 왜 이사를 가려 하는지 물었더니, 올빼미가 대답하였다.

"마을 사람들이 내 울음소리를 싫어해. 그러니 차라리 다른 마을로 이사 가서 마음 편하게 지내려고 해."

그러자 비둘기가 말했다.

"네가 울음소리를 고칠 수 있다면 좋을 것이야. 그러나 네 울음소리를 고치지 않고서 동쪽으로 이사 간다면 그 마을 사람들도 또한 네 울음소리를 싫어하지 않겠니?"

이 말에 올빼미는 더 이상 대꾸를 하지 못하였다.

2008.02.21.

우정의 댓글

전경남 사람들은 흔히 제 허물이 무엇인지 모르고 또 알더라도 찾아서 고치려고 하기보다는 남들이 이해해 주지 않는다고 탓하기가 쉽다. 위의 우화에서도 올빼미는 사람들이 싫어하는 그 특유의 울음소리를 고치지 않고서는 어디를 가더라도 미움을 받을 터인데, 사람들만 탓하면서 단지 사는 곳을 옮겨 문제를 해결하려 한다. '자기 자신을 아는 사람은 남을 원망하지 않는다'는 말이 있다. 남 탓하기보다 자신 속에서 원인을 찾는 지혜가 있었으면 좋으련만…

김선숙 자기의 잘못을 고치려 하지는 않고 남을 탓하고만 있으니 남의 허물은 잘 보이는데 자기의 허물은 안 보이는 것이 보통 인간들의 모습이겠습니다. 남의 허물을 충고해 주면 고마움 대신 원망만 돌아오기가 십상이지요. 나를 비롯하여 어리석은 인간들은 기준을 자기의 수준에다 맞춰 놓으니깐요. 그 기준이 *최고*인 줄 안다닝깐요. 위에 나오는 올빼미나 나나 똑같은 수준잉께…

임미순 "보라 네 눈 속에 들보가 있는데 어찌하여 형제에게 말하기를 나로 네 눈 속에 있는 티를 빼게 하라 하겠느냐 외식하는 자여 먼저 네 눈 속에서 들보를 빼어라 그 후에야 밝히 보고 형제의 눈 속에서 티를 빼리라(마7:4-5)" 저 못난 사람이 남을 비판하고 남의 탓을 잘하지요. '벼는 익을수록 고개를 숙이니' 남을 쳐다볼 수가 없겠지요…

김원심 아무래도 답이 안 나올 때는 "내 탓이오…"를 깊이 새기다 보면 그게 답일 때가 있더군요. 내 탓으로 돌리니 못 받아들일 일도 없고 우선 내 맘이 편해지니까… "부엉이 눈이 어머 무서버라… 알았어요. 내 탓이예요"가 절로 나오네요.

허유순 꼭 내 얘기를 하고 있는 것 같군요. 항상 잘못을 자신 속에서 안 보고 남의 탓을 하려고 하는… 근데 올빼미더러 타고 난 울음소리를 고치라는 건 좀 가혹한 건 아닌지?

계견승천 鷄犬昇天

鷄:닭 계 / 犬:개 견 / 昇:오를 승 / 天:하늘 천
닭과 개마저도 하늘에 올라 신선이 됨.
곧 한 사람이 출세하게 되면, 그에 딸린 사람들도 뒤따라서 그의 덕을 보게 됨을 가리키는 말이다.

『신선전(神仙傳)』「회남왕편(淮南王篇)」에 다음과 같은 이야기가 전한다.

도교(道敎)에서 도를 닦는 사람들의 궁극적 목표는 신선술(神仙術)을 터득하여 승천해서 영원한 삶을 사는 것이다. 그리하여 먹으면 신선이 될 수 있다는 단약(丹藥)을 만드는 것이 크게 유행하였고, 이에 대한 설화와 전설이 많이 전해진다.

중국 한(漢)나라 때, 회남왕(淮南王) 유안(劉安)은 팔공(八公)이라는 신선으로부터 불로장생의 선단(仙丹)을 제조하는 기술을 배웠다. 고생 끝에 이 기술을 온전히 익혀 선단을 만들어 먹었더니 곧 대낮에 승천하게 되었으며, 골육지친 300여 명도 함께 승천하였다. 그리고 집에서 기르던 개와 닭들도 약 그릇에 묻은 선약을 핥아먹었는데, 역시 함께 날아 하늘로 올라갔다. 그리하여 중천(中天)에서 '꼬끼오' 하는 소리와 '멍멍멍' 개 짖는 소리가 한참 동안이나 어지럽게 들려왔다고 한다.

이 말은 '일인득도 계견승천(一人得道 鷄犬昇天)'에서 나온 말로, 한 사람이 도를 얻어 신선이 되면 그 사람이 키우던 개와 닭까지도 함께 하늘에 올라 신선이 된다는 뜻이다. 그리하여 이 말은 집안 가운데서 한 사람이 높은 벼슬자리에 오르면 온 집안 사람들도 뒤따라 출세하는 등 덕을 보게 됨을 가리키는 말로 쓰이게 되었다.

한편 『수경주(水經注)』라는 책에도 이런 이야기가 나온다.

어떤 사람이 선단을 먹고 하늘에 올라 신선이 되었는데, 그 집의 닭과 개까지도 함께 하늘에 올랐다. 그리하여 '닭은 하늘에서 울고 개는 구름 속에서 짖는다.'라고 하였다.

2008.05.08.

우정의 댓글

전경남 가까운 사람이나 가족 중에 누구라도 크게 출세한 사람이 나오면 자연히 주변 사람들도 그 덕을 보게 된다. 위의 이야기에서는 주인이 신선이 되니 가족뿐만 아니라 기르던 닭과 개까지도 함께 신선이 되어 하늘에 올랐다고 하였다. 이로부터 별다른 능력도 없으면서 출세한 사람에게 빌붙어 덩달아 높은 자리에 오르게 된 사람들을 가리켜서 '회남계견(淮南鷄犬)'이라는 말도 쓰이게 되었다. 나라 경영에 있어서는 '계견승천'보다 각자의 뛰어난 인격과 역량으로 발탁되어 직위를 맡게 될 때 더 잘 다스려질 수 있으리라…

김선숙 맞습니다. 한사람이 출세하면 덩🌙아 그 주위의 사람들이 그 덕을 보게 되지요. 뭐 멀리 볼 것이나 있간디요❓ 우리 카페만 보더라도 한 사람의 출중한 실력으로 앉아 계신 싸부님 덕분에 우리 칭구덜 모두가 사자성어에는 빡～세게 실력이 붙지 않습니까❓ 이렇다가 우리 집 개까지도 풍월을 읊겠습니다. 에구… 닭까지 기를 걸 그랬나❓

임미순 "속이고 취한 음식물은 사람에게 맛이 좋은 듯하나 후에는 그의 입에 모래가 가득하게 되리라(잠20:17)" 정당치 않은 일의 결과는 보지 않아 훤하지 않겠어요❓ 당장의 권력과 명예에 눈이 멀어 자기의 양심에 어

긋난 일을 해서야 어찌 나중을 기약할 수 있을까요❓

허유순 성경에서는 자신의 믿음으로만 천국에 갈 수 있다고 했으니… 아무리 믿음 좋은 부모나 친구가 옆에 있다 해도 그 덕으로 천국 갈 수 없다는 걸 우리는 이미 잘 알고 있지요. 한 사람의 득도로 옆의 사람까지 다 신선이 될 수 있다면야 무지 좋겠지만…

김원심 싸부님 오랜만에 인사 드려요. 오로지 게으름 탓이니 저 뒤에서 손들고 사흘 밤낮 벌설게요. 모범생 친구들을 봐서 하늘까지는 같이 못 가더라도 낙제만 면케 해 주세용~~~~

포불각 抱佛脚

抱:안을 포 / 佛:부처 불 / 脚:다리 각
부처님 다리를 끌어안음.
곧 평소에는 전혀 대비하고 있지 않다가 급하게 되었을 때 갑자기 구원을 바라는 것을 가리키는 말이다.

중국 송(宋)나라 때 장세남(張世南)이 편찬한 『유환기문(遊宦紀聞)』에 다음과 같은 이야기가 전한다.

운남성 남쪽 지역에 있던 어느 한 나라에서는 관원들과 백성들이 모두 불교를 숭상하였다. 그리하여 누가 죄를 범하여 사형을 받게 되면 절로 달려가 부처님의 다리를 끌어안고 죄를 회개하는 의식을 하는데 그러면, 관청에서도 그런 사람들에게는 죄를 용서해 주었다고 한다. 그 나라 승려가 중국에 와서 불교를 포교할 때 다음과 같은 말을 전하였다고 한다.

"평상시에는 부처님께 향 공양을 하지 않다가 급하게 되자 부처님 다리를 끌어안고 애걸한다."

한편 송나라의 유빈(劉邠)이 편찬한 『공부시화(貢父詩話)』에는 왕안석(王安石)과 관련된 다음과 같은 기록이 전한다.

어느 날 왕안석이 몇몇 가까운 손님들과 한가롭게 이야기를 나누었다. 우연히 불경에 대한 이야기를 하게 되자 그가 개탄하면서 말하였다.

"나는 이제 늙었으니 스님들에게 의지할 때가 되었네."

그러자 옆에 있던 사람이 이를 받아 응수하였다.

"일이 급하게 되자 부처님 다리를 끌어안으려 하네."

또한 당(唐)나라 때의 시인인 맹교(孟郊)는 그의 시작품 〈독경(讀經)〉에서 다음과 같이 읊고 있다.

垂老抱佛脚(수노포불각)　　나이 들자 부처님 다리를 붙잡고
教妻讀黃經(교처독황경)　　아내로 하여금 황경을 읽게 하네.

2008.07.17.

우정의 댓글

전경남 우리가 위급한 상황에 부딪히게 되면 참으로 나약해져서 삶의 절박함을 하늘에 호소하게 된다. 그러나 평소에는 그날그날 살아가는 일에 묻혀서 어떤 어려움이 닥칠 날에 대한 대비는 소홀하기 쉽다. 『법구경』에서는 '깨끗한 행실도 닦지 못하고, 젊어서 재물을 쌓아 두지 못하면 고기 없는 빈 못을 속절없이 지키는 늙은 따오기처럼 쓸쓸히 죽어 간다. 또한 못 쓰는 화살처럼 쓰러져 누워 옛일을 생각한들 무슨 수가 있겠는가'라는 말이 있다. 그러나 어렵고 힘든 상황에 닥쳤을 때 간절히 기도할 수 있는 믿음이라도 있다면 큰 힘이 되지 않겠는가…

김선숙 평소에 미리미리 준비하지 않고 있다가 발등에 불이 떨어져야 그때서 급 ❀ 벼락치기, 당일치기 시간치기, 분치기로 시험공부하던 고등학교 시절이었습니다. 공부 ❀ 둔 것은 없는데, 부처님 다리가 아닌 예수님 이름 붙잡고 시험 잘 보게 ❀주세요 하고 기도하면서… 그게 습관이 돼 버렸는지 이제 6학년인데도 벼락치기, 당일치기는 아예 생활양식이 되었으니… 그래도 벌주시지 않고 참 오래 참으시는 하나님… 에구, 잘못된 버릇은 〈세 살 버릇 여든에라도 고쳐야 하는데… ㅉㅉ〉

임미순 "네 하나님 여호와께서 네게 유업으로 주시는 땅의 전체를 **삼.**구로 분하여 그 도로를 닦고 무릇 살인자를 그 성읍으로 도피케 하라 살인자가

그리로 도피하여 살 만한 경위는 이러하니 곧 누구든지 본래 혐원이 없이 부지중에 그 이웃을 죽인 일 가령 사람이 그 이웃과 함께 벌목하러 **삼**.림에 들어가서 손에 도끼를 들고 벌목하려고 찍을 때에 도끼가 자루에서 **빠져** 그 이웃을 맞춰 그로 죽게 함 같은 것이라 이런 사람은 그 성읍 중 하나로 도피하여 생명을 보존할 것이니라(신19:3-5)"오늘의 성어에 연관 성경에 나오는 '도피성'에 대한 말씀을 올렸어요. 실수로 인하여 살인을 한 살인자가 하나님께서 명하신 도피성에 들어가면 목숨을 살려 주는 법이 있었지요, 송나라에서는 절이 '도피성'이었네요,

허유순 대개의 인간들이 살아가는 모습이 포불각(抱佛脚)이 아닐까 생각해 봅니다. 만사가 형통할 때는 저 잘나서 그러려니 하고 있다가… 자기 힘으로 도저히 안 되는 난관에 봉착할 때는 헐레벌떡 달려와 "아구 하나님 살려주세요." 하는 경우가 많지요. 그러니 하나님 보시기에 인간이 얼마나 간사해 보이겠습니까. 그러나 그 많은 허물을 다 감싸주시고 사랑해 주시니…

전은자 My way로 살다가 GOD'S way로 돌아서는 것이 회개라는 말씀이 생각나네요. 내 주장, 내 식만 고집하고 살면 포불각 하기를 밥 먹듯 하게 되는 것이 약한 인간의 실상인데… '쉬지 않고 기도'하여 유순이의 표현대로 '헐레벌떡' 뛰지 않고 유유히 살아가고 싶네요.

혜현 전에 어떤 사람이 하느님이 기도를 하게 해 주신다고 하기에 뭔 소린가 했었어. 어려우면 기도 하게 돼 있다는 소리였나 봐. 인간 부모도 자식들이 어려울 때 달려오면 도와주는데, 하물며 하늘 아버지가 모른다고 하시겠니? 저희들 재밌고 편할 땐 조용하다가 다치거나 힘들면 '엄마~ ~ ~' 하고 달려오는 것이나 같겠지.

송도계원 松都契員

松:소나무 송 / 都:도읍 도 / 契:맺을 계 / 員:인원 원
송도(지금의 개성) 계의 일원.
곧 조그마한 지위나 세력을 믿고 으스대며 남을 멸시하는 사람을 비유하는 말이다.

이덕형(李德泂)의 『죽창한화(竹窓閑話)』에 다음과 같은 이야기가 전한다.

조선 전기 때의 사람인 한명회(韓明澮)는 두 차례나 영의정을 지내는 등 권세를 누린 인물이다. 그도 초년에는 매우 불우하여, 40세가 넘어서야 음보(蔭補)로 겨우 경덕궁직(敬德宮直)에 임명되었다. 경덕궁은 조선을 건국한 태조 이성계의 잠저(潛邸)로서 개성에 있었는데, 한명회의 직무는 바로 이곳의 궁지기였다.

한명회가 경덕궁직으로 있을 때, 때마침 시절이 좋은 계절이라 개성부의 관원들은 만월대(滿月臺)에서 잔치를 열고 즐기고 있었다. 술자리의 분위기가 무르익자 한 사람이 제안하였다. "우리들은 모두 서울에 살던 벗들로, 멀리 개성에 와서 벼슬살이를 하고 있네. 그러니 이참에 계(契)를 맺어 앞으로도 잘 지내도록 하세." 마침 옆에 있던 한명회가 자신도 계원(契員)에 끼고 싶다고 말하자, 그 자리에 있던 관리들은 모두 눈을 흘기며 비웃고 무시하였다.

"어디 미관말직으로 있는 자가 이 자리에 끼려는가?"

그러나 이듬해에 한명회는 수양대군을 도와 계유정난(癸酉靖難) 때 큰 공을 세워 정난공신(靖難功臣)에 책봉되었고, 세조가 즉위한 뒤에는 으뜸공신으로 크게 출세하였다. 그러자 당시에 송도계를 맺었던 사람들은 한명회를 부러워하면서 진작 계원으로 받아주어 그와 친분을 쌓지 못한 것을 한탄했다고 한다.

2008.03.11.

전경남 이 말은 조선조 세조 때의 일등공신인 한명회에 관련된 일화이다. 예나 이제나 조금 지위가 있거나 세력이 있는 사람들 중에는 지위나 명예, 외모 등을 따져 다른 사람들을 업신여기는 경우가 많다. 그러나 사람을 사귐에 있어 그 사람 자체가 중요하지 지위나 명예 등에 매여 사귀고자 한다면 이는 참다운 사귐이라 할 수 없을 것이다. 송도에 나가 있던 서울 관리들이 송도계를 맺으면서 궁지기 한명회를 무시하였다가 뒤에 한명회가 큰 권력을 잡자 이번에는 함께하지 않은 것을 후회하는 처사야말로 참으로 야박한 세상 인심을 보여준다 하겠네…

노순회 요즘 정치권이 바뀌었으니… 행여나 이러한 송도 계원인 듯한 사람들이 나올까 봐… 노심초사한다면… 지나친 우려일까요…

손동숙 사람에겐 이런 모습이 조금은 있을 거라는 생각이 드네요. 겉으로 평가하고, 눈앞에 보이는 것으로 이리 재고 저리 재고 그러다 큰코다치기도 하고. 오래전 드라마에서 '한명회'를 잘 그려 놓아서 그 기억이 생생합니다. 전에 한명회 일화에 관련된 성어를 배웠는데 기억을 더듬어 봐야겠네요.

임미순 "여호와께서 사무엘에게 이르시되 그 용모와 신장을 보지 말라 내가 이미 그를 버렸노라 나의 보는 것은 사람과 같지 아니하니 사람은 외모를 보거니와 나 여호와는 중심을 보느니라(삼.상16:7)" 얼마나 지혜로운 말씀인가! 사람을 외모로 판단 ❀ 서는 안 되지요. 나중에 낭패를 볼 수 있으니까요.

전은자 그러게요. 사람 팔자는 아무도 모르는데… 섣불리 현 상태로 판단했다가 판단한 만큼 그대로 자신에게 돌아오는 것을 직접, 간접으로 경험합니다. 남자들의 '계' 모임이 재미있있네요.

이영혜 '조그마한 지위나 세력을 믿고 으시대며 남을 멸시하는 사람'을 일컫는 송도계원(松都契員)은 초나라의 대부 손숙오가 한 말, "인유삼원(人有三怨)에서 자유로워지려면, 제 직위가 올라갈수록 저의 뜻은 더욱 낮추고, 제 벼슬이 높아질수록 저의 마음을 더욱 적게 가지며…"가 생각나네요.

민선 이솝 이야기 하나 할게요. 하늘의 새들과 육지의 동물들이 대전쟁을 일으켰어요. 박쥐는 하늘의 새들이 이겼을 때에는 날아가 새들 편이 되고, 육지의 동물들이 이겼을 때에는 걸어가 동물 편이 되고… 급기야 모든 동물들은 박쥐의 이중성에 화가 나 박쥐를 따돌렸고, 그 후, 박쥐는 부끄러워 낮에는 굴속에 숨어 살고 밤에만 나와 살게 되었다는 이야기가 갑자기 생각이 나네요… 송도계원처럼 남을 깔보는 것도 안 좋지만, 박쥐처럼 여기 붙었다 저기 붙었다하는 것도 안 좋은 거로는 막상막하. ^^* 왜냐면… 동굴 속에 숨어 살아야만 할지 모르니까요! 조심… ㅎ

김선숙 에공… 쪼까 말단 벼슬도 벼슬이라구… 사람을 너무 업신 여기면 되겠능가❓ 그때 한명회 그 양반 계원으로 낑겨 줬더라면… 나중에 월매나 덕을 봤을껴… 다 굴러온 복을 축구공 차버리듯이 뻐~엉 찼구먼…ㅉ ㅉㅉ 긍께… 쪼까 높다구 우쭐거리덜 말구… 높아질수록 벼이삭 맨치루 겸손함을 배워야지… 안 그런다요❓

우정팽계 牛鼎烹鷄

牛:소 우 / 鼎:솥 정 / 烹:삶을 팽 / 鷄:닭 계

소 삶는 솥에 닭을 삶음. 곧 큰 인물을 자신의 재능을 발휘할 수 있도록 합당한 일에 쓰지 않고 작은
일이나 하게 하는 경우를 비유하는 말이다.

『후한서(後漢書)』〈변양전(邊讓傳)〉에 다음과 같은 이야기가 전한다.

중국 동한(東漢) 말기, 진류(陳留) 지방에 재능과 학문을 겸비한 변양(邊讓)이라
는 사람이 있었다. 대장군 하진(何進)은 그에게 벼슬자리를 주어 곁에 두고자
하였지만, 변양이 응하지 않을까 걱정하여 징병이라는 명목으로 그를 불러와
사관(史官)으로 임명하였다.

얼마 후, 조정에서 의랑(議郞)이라는 벼슬을 하고 있던 채옹(蔡邕)은 하진의
휘하에서 일하던 변양이 능력이 뛰어남을 알아보았다. 그리하여 채옹은 직접
하진의 집으로 가서 변양을 천거하여 더 높은 관직을 맡을 수 있도록 하면 좋겠
다고 권유하며 이렇게 말하였다.

"변양은 뛰어난 인물로서 예(禮)가 아니면 움직이지 않고, 법도에 맞지 않으
면 말도 하지 않습니다. 옛말에 '소 삶는 큰 솥에 닭 한 마리를 삶게 되면 국물이
묽어 맛이 없어서 먹지 못하게 되고, 물을 너무 조금 부으면 볶이고 익지 않아
먹을 수 없게 된다.'라고 하였습니다. 이는 큰 인재를 하찮은 일에 쓴다는 뜻이
니 진실로 올바른 일이 아닙니다. 장군께서는 잘 생각하시어 그로 하여금 자신
의 재능을 제대로 펼칠 수 있도록 해주시기 바랍니다." 하진은 채옹의 말을 듣
고 옳다고 여겨, 변양을 조정의 대관(大官)으로 천거하였다.

2008.03.16.

우정의 댓글

전경남 우리 속담에 '닭 잡는데 어찌 소 잡는 칼을 쓰랴'라는 말이 있다. 가축 중에서도 닭은 작고 소는 아주 크기 때문에 닭을 잡을 때와 소를 잡을 때는 사용하는 기구가 다를 수밖에 없어 서로 바꿔 사용할 수 없다. 인재를 등용할 때에도 그 사람의 역량이 각각 다르고 특성이 있기 때문에 그에 합당한 자리를 마련하여야 저마다 제 능력을 제대로 발휘할 수 있는 법이다. 만약 아주 빼어난 인물에게 하찮은 일을 맡긴다면 그의 역량이 어찌 다 발휘될 수 있겠는가. 새 정부에서도 적재적소에 맞게 인재를 발탁한다면 나랏일이 더 원만하고 활기차게 이루어질 텐데…

이영혜 공자가, 그의 십대 제자의 한 사람이었다는 자유(子游)가 노나라의 작은 읍인 무성 고을의 원이 되어 다스리고 있었을 때 자유를 찾아와서, 자유가 큰 나라를 다스릴 만한 인재인데도 이런 작은 읍에서 벼슬하는 것을 아까워하면서, 동시에 자랑스럽게 여겨 보기 좋다는 뜻으로 한 말, 할계언용우도(割鷄焉用牛刀)가 새삼스럽네요.

손동숙 큰 인재를 하찮은 일에 쓰는 일은 국가적으로 얼마나 낭비일까요. 적재적소에 알맞게 배치하는 능력도 필요. 자신의 기량에 맞는 옷을 입었을 때 가장 편한 법이니까요…

오숙혜 인재를 적재적소에 쓴다는 것은 사람을 볼 줄 아는 안목이 없으면 가능하지 않지요. 더구나 인맥, 학연… 등으로 눈이 가려질 때에는… '세상은 이류가 설친다' 옛날 어느 친구가 한 명언인데, 이 고사성어와 어울리지 않는 이 말이 떠오르는 이유는 살아가면서 문득문득 그 친구의 냉소적인 표현에 공감하기 때문일 것입니다.

임미순 "대저 그는 공평의 길을 보호 하시며 그 성도들의 길을 보전하려 하심이라(잠2:8)" 거짓과 옳지 않은 것은 언젠가는 드러나게 마련, 공평과 정직의 잣대로 인재를 뽑아, 적재적소에서 자기들의 역량을 발휘할 수 있도록 해야겠지요.

민선 큰 인재를 하찮은 일에 쓰는 것도 안 좋지만, 더 바람직하지 않은 것은 그릇이 안 되는 사람에게 감당하기 벅찬 큰일을 맡겨 엉망진창 만드는 것이 아닐까요? 그 그릇에 맞는 사람을 가려 뽑아 쓴다는 것이 어렵긴 하지만서도… 제 스스로 자신의 능력을 알아 맡을 수 있는 일은 맡고, 아님 능력 있는 사람에게 양보해야 할 텐데… 영어에 이런 말이 있지요. Do not bite off more than you can chew. 씹어 먹을 수 있는 것 이상으로 크게 베어 먹지 마라. 너무 큰 걸 쑤셔 넣으면, 삼키지도 못하고 결국 뱉어내야 할 판이니… 우리도 너무 큰 계획을 세워, 하기도 전에 포기해 버리면, 아니 세운만 못하리라. 그러니 욕심은 금물. ㅋㅋ

김선숙 소 삶는 솥에 닭은 삶을 수 있어도 닭 삶는 솥에 소야 삶을 수가 없겠지요. 막중한 자리에 택도 안 되는 인물을 앉히는 것처럼 큰 낭패가 또 어디 있을까요❓ 작은 자리에 큰 인물을 앉히면… 발탁되어 큰 자리로 옮겨갈 수도 있는데… 막중한 자리에 택도 안 되는 사람이 앉아서 안 내려오려고 발버둥치는 꼴불견은… ㅉㅉㅉ 소 잡는 칼로 닭은 잡아도 닭 잡는 칼로는 소를 워떠키 잡겠어요. 과일이나 깎아 먹을까…

녹엽성음 綠葉成陰

綠:푸를 녹 / 葉:잎 엽 / 成:이룰 성 / 陰:그늘 음
초록빛 잎이 그늘을 이룸.
곧 여자가 결혼하여 자녀가 많은 것을 가리키는 말이다.

이 말은 중국 당(唐)나라 때의 시인인 두목(杜牧)의 시 〈탄화(嘆花)〉에서 나온 말이다.

두목은 명문가 출신으로 어려서부터 문학적 재주가 뛰어났다. 그는 호방하면서도 서정적인 시를 지어 대두(大杜)로 불리는 시성(詩聖) 두보(杜甫)와 견주어 소두(小杜)라고 일컬어지게 되었다.

두목이 어느 날 절강성(浙江省) 호주(湖州)를 유람한 적이 있었는데, 한 노파가 열 살 정도의 여자 아이를 데리고 지나가는 것을 보았다. 그런데 그 여자 아이는 두목의 마음을 사로잡을 만큼 아름다운 외모를 갖고 있었다. 두목은 자신도 모르게 그 소녀에게 마음이 끌려 노파에게 말했다.

"이 아이를 10년 후에 제 아내로 맞이하고 싶습니다. 그러나 만약 10년이 지나도 제가 찾아오지 않으면 다른 곳으로 시집보내도 좋습니다."

노파 역시 두목의 빼어난 풍모에 큰 호감을 갖고 있었으므로 두목의 제안을 흔쾌히 승낙하였다.

그 후 두목이 다시 호주를 찾은 것은 그로부터 14년이 지난 뒤였다. 그녀의 행방을 애써 수소문한 결과 이미 3년 전에 다른 남자에게 시집을 가서 두 아이의 어머니가 되어 있었다. 두목은 이미 늦어 버려 이루지 못한 그녀와의 인연을 한탄하여 안타까움을 읊은 시 한 수를 지었다.

自是尋春去較遲(자시심춘거교치)　　봄을 찾아감이 너무도 늦었으니

不須惆悵怨芳時(불수추창원방시)　　꽃을 보지 못함을 슬퍼하여 원망할 수도 없네.

狂風落盡深紅色(광풍낙진심홍색)　　거센 바람 불어 짙붉은 꽃은 다 지고

綠葉成陰子滿枝(녹엽성음자만지)　　푸른 잎 그늘 이룬 가지에 열매만 가득하네.

2008.03.18.

우정의 댓글

전경남 위의 시에서 '꽃'은 두목이 아내로 맞이하려고 했던 그 소녀를 가리키고, 꽃이 졌다함은 두목 스스로 약속을 지키지 못하여 그 여인과의 인연이 끊어진 것을 나타낸다. 그 여인이 다른 곳에 시집가 아이들의 어머니가 되어 있는 모습을 두고 '푸른 잎 그늘 이룬 가지에 열매만 가득하네.'라고 한 것은 사랑이 끝난 한스러움을 읊은 것이라 하겠다. 두목은 이렇게 꽃이 피고 지고 열매를 맺는 자연에 빗대어 그의 사랑의 상실을 노래하였다. 세월이 무심히 흐른 후 자탄하는 시인의 마음은 얼마나 안타까웠을까…

손동숙 두목의 가슴 아픈 사랑에 안타까워지네요. 그런데 왜 십 년이 훨씬 지나서야 두목은 소녀를 찾았는지 궁금💠집니다(글쎄 좋아하는 사람들끼리 만나서 살지 못하니 답답💠서…).

임미순 "젊은 자의 자식은 여호와의 주신 기업이요 태의 열매는 그의 상급이로다(시127:3)" "네 집 내실에 있는 네 아내는 결실한 포도나무 같으며 네 상에 둘린 자식은 어린 감람나무 같으리로다(시128:3)" 현숙한 아내와 사랑스러운 자식은 하나님의 축복이지요.

민선 사랑하는 마음을 다스리는 데에 동양과 서양의 다른 점을 보여 주네요.

두목은 아직도 그 여인에 대한 미련이 있으나, 시 한 수 읊고, 그 여인을 마음 속에 품고 깨끗이 떠나는데, 두목이 만약 서양에서 태어났다면, 그 이후의 스토리를 엮어 가겠지요. 그래야 가슴 아픈 사랑 이야기가 전개 되잖아요. 녹엽성음과는 관계없지만, 랜슬랏과 귀네비어, 트리스탄과 이졸데가 그런 비련의 사랑 쪽으로 대표격… ㅋ. 아, 그러고 보니, 영화도 하나 생각나네… 아마 제목이 English Patient?

김선숙 언젠가도 한번 말했는데… '이루지 못한 사랑'은 가슴속에 한없는 애련으로 아름답게만 표현되겠지요. 그래서 끝 간 데를 모르게 그리워지며 애상에 잠기게 되나 봅니다. 나중에 만난 배우자들이 맴에 안 들수록 그 마음은 더하겠지요?

거수마룡 車水馬龍

車:수레 거 / 水:물 수 / 馬:말 마 / 龍:용 룡
수레는 흐르는 물과 같고, 말은 용이 헤엄치는 듯함.
곧 관원의 행차가 끊임없이 이어져 오가며 떠들썩함을 가리키는 말이다.

『후한서(後漢書)』〈마후기(馬后記)〉에 다음과 같은 이야기가 전한다.

후한의 명장 마원(馬援)에게는 딸이 있었는데, 그녀는 입궁하여 비(妃)가 되었고, 뒤에 황후(皇后)가 되었으며, 명제의 아들인 장제가 즉위하자 태황후(皇太后)가 되었다. 장제는 비록 마후의 소생은 아니었으나, 마후를 대단히 존경하였다. 그리하여 어느 날 장제는 마후의 외삼촌들에게 벼슬을 내리려고 하니, 황제의 뜻을 안 간사한 신하들이 이에 동조하였다. 그러나 마후만은 이 일을 극력 반대하면서 이렇게 말하였다.

"내가 지난번에 친정에 가보니 외삼촌들이 모두 호화스러운 생활을 하고 있었습니다. 찾아오는 손님들은 또 어찌나 많은지 수레는 물이 흐르는 듯하였고 말은 용이 헤엄치는 것과 같았습니다. 하인들도 옷차림이 하나같이 화려했는데, 내 마부는 그들에게 비길 바도 못되었습니다. 이후 나는 그들에게 다시는 아무런 지원도 해주지 않았습니다. 그들의 사치가 매우 심함을 깨우쳐 주지는 못할망정 거기에다 다시 벼슬자리를 내려서야 되겠습니까?"

2008.03.22.

우정의 댓글

전경남 우리나라나 중국 역대의 왕조를 보면 외척의 세도가 문제가 된 때가 많았다. 국왕이나 왕실과의 혼인 등 혈연관계로 맺어진 외척들은 그 세력을 믿고 부당한 권력 행사와 횡포를 일삼아 나라의 정치를 크게 문란시켰다. 우리나라에서도 삼정의 문란은 외척의 세도정치 때에 가장 심하였다. 마후(馬后)는 황제가 친정의 외삼촌들에게 관직을 주려고 하였을 때 그들의 사치함을 들어 이를 말렸으니, 과연 어질고 정대한 황태후라 하겠다. 오늘날에도 마후와 같은 훌륭한 여장부가 나온다면 우리 사회가 더욱 맑아질 텐데…

노순희 마후 같은 여장부… 우리 경남 선생님도 꼭 집어 상황을 헤아릴 때는 마후 못지않은 여장부임에… 아무튼 귀한 여장부 선생님이 우리 친구라니… 감사…

민선 마태후는 참으로 훌륭한 태후였군요… 그 당시 거와 마는 요즘의 벤츠나 렉서스, 아님, 롤스 로이스나 벤틀리 같은 고급 승용차라고 할 수 있겠죠? 히히. 요즘도 그런 고급차들이 집 앞에 홍수를 이루고 기고만장한 용의 무리 같다면, 문제가 심각할 것 같네요… ^^ 그러지 말아야 하는데… 인간은 실수하게 마련이란 말도 있죠? To err is human, to forgive divine.(실수하는 것은 인간의 일이고, 용서하는 것은 신의 일). 주제는 거수마룡인데, 전 좀 샛길로 빠진 듯… To err is human… ㅋ.ㅋ.

도경애 '여자가 시집을 잘못 가면 제 한몸 힘들지만, 남자가 장가를 잘못 들면 집안이 망한다' 이런 말을 들은 기억이 나네요. 싸부님 말씀대로 마후와 같이 어질고 정대한 여인이 많다면 우리 사회가 좀 더 살기 좋은 곳이 되겠지요…

임미순 "어떤 사람은 병거, 어떤 사람은 말을 의지하나 우리는 여호와 우리 하나님을 자랑하리로다(시20:7)" 지혜롭고 어진 아내는 하나님께 받은 분복이라고 했듯이… 세상의 부와 권력으로 힘을 **삼**지 말라는 말씀으로 오늘의 고사성어를 대신할게요.

전은자 사람들이 호화, 사치에 무감각해질 때는 브레이크를 거는 사건이나, 마후 같은 인물이 있게 마련인 것 같아요.

김선숙 외척들이 얼마나 세도를 부리고 사치를 부렸으면 수레가 흐르는 물과 같이 많고 말은 용이 헤엄치는 듯 관원들의 행렬이 그침 없이 이어졌을까요? 다행히 마후(馬后)의 사리판단이 정확하였으므로 더 이상의 벼슬자리를 내리지 못하게 하였군요. 이런 여인이라면 작게는 한 가문을 살리고 크게는 나라를 살리는 인물입니다. 백성들의 고혈을 짜서 높은 관직의 사람들이 사치에 흥청망청하니 동서고금 이런 일은 같은가 봐요. 마후(馬后) 같은 여장부 한 사람이 열 명의 고위관직의 남자들보다 훨씬 장하군요.

옥상가옥 屋上架屋

屋:집 옥 / 上:위 상 / 架:시렁, 가설할 가
집 위에 집을 지음. 곧 공연한 수고를 하거나 필요 없는 일을 이중으로 하는 것을 비유한 말이다.
또한 독창성이 없이 남을 모방하는 것을 가리키는 말로 쓰이기도 한다.

『세설신어(世說新語)』「문학편(文學篇)」에 다음과 같은 이야기가 전한다.

중국 삼국시대를 마감한 위(魏)나라는 천하를 통일한 뒤 국호를 진(晉)이라 고치고 낙양에 도읍하였다.

그 무렵 유중초(庾仲初)라는 시인이 있었다. 그는 비록 망하기는 했지만 풍광이 좋고 번화하여 여전히 강남의 중심지가 되었던 옛 오(吳)나라의 도읍지였던 건강(建康)의 아름다움을 찬양한 〈양도부(揚都賦)〉를 지었다. 그는 먼저 이 글을 친척인 세도 재상 유량(庾亮)에게 보였다. 유량은 친척의 정의를 생각해서 과장되게 칭찬하고 나섰다.

"그의 〈양도부〉는 장형(張衡)의 〈양경부(兩京賦)〉나 좌사(左思)의 〈삼도부(三都賦)〉와 견주어도 조금도 손색이 없다."

그러자 사람들은 서로 다투어 유중초의 〈양도부〉를 베껴 가느라 장안의 종이값이 오르는 형편이었다. 이와 같은 경박한 풍조에 대해 태부(太傅)로 있는 사안석(謝安石)은 이렇게 비웃었다.

"이것은 별것 아니다. 이런 작품쯤은 지붕 아래 또 지붕을 만든 것에 지나지 않는다."

결국 남의 말만 되풀이한 것에 다름없는 작품을 두고 당시 사람들이 세력가의 평판에만 휩쓸리는 것을 풍자한 것이었다.

한편 남북조시대 북제(北齊)의 안지추(顏之推)가 자손을 위해 써 둔 『안씨가훈(顏氏家訓)』「서치편(序致篇)」에도 이 말이 보인다.

위진(魏晉) 이후에 여러 학자들이 지은 책들은 이론과 내용이 중복되고 서로 남의 흉내만을 내고 있어 그야말로 지붕 밑에 지붕을 만들고 평상 위에 평상을 만든 것과 같다.

이처럼 참신하지 못한 작품을 내놓느라 수고를 하거나, 필요 없는 일을 이중으로 하는 것을 가리켜 '옥하가옥(屋下架屋)'이란 말을 사용하였다. 그것이 뒤에 와서 '옥상가옥'으로 바뀌어 쓰이게 되었다.

2008.04.06.

우정의 댓글

전경남 위세 있는 사람의 평가는 사실 이상으로 크나큰 영향을 끼친다. 문장의 경우에도 '낙양지가귀(洛陽紙價貴)'의 고사를 만들어낸 좌사(左思)의 '삼도부(三都賦)'는 본디 아무도 알아주지 않던 작품이었는데 대시인인 장화(張華)가 고평(高評)을 하면서 일약 뛰어난 작품으로 인정되었다. 그래서 작가들은 대문호의 좋은 평가를 바라나 자칫 인정에 이끌려 사실과 달리 높이 평가한다면 이는 독자를 속이는 부도덕한 일이 된다. 참신하지도 않고 군이 쓸 데도 없는 일을 거듭 되풀이한다면 이것이야말로 바로 옥상가옥(屋上架屋)의 행위라 하겠네…

임미순 "그러므로 누구든지 나의 이 말을 듣고 행하는 자는 그 집을 반석 위에 지은 지혜로운 사람 같으리니 비가 내리고 창수가 나고 바람이 불어 그 집에 부딪히되 무너지지 아니하나니 이는 주초를 반석 위에 놓은 연고요 나의 이 말을 듣고 행치 아니하는 자는 그 집을 모래 위에 지은 어리석은 사람 같으리니 비가 내리고 창수가 나고 바람이 불어 그 집에 부딪히매 무너져 그 무너짐이 심하니라(마7:24-27)" 오늘의 '옥상가옥'에 연상되어 올렸지요. 모든 일은 기초가 든든해야 겠지요 하물며 집이야 말할 것도 없고 말고요.

전은자 진품과 사본을 가려내는 것이 일이 된 세상이니… 피와 땀을 들여 고안한 독창적인 것의 값어치를 높이 사게 되네요.

김선애 집 위에 집을 짓는다면 쓸데없는 일을 한다는 뜻일 텐데 이 나이까지 한 쓸데없는 짓이 얼마나 많을까요? 특히 우리 세대처럼 주입식 교육을 받고 자란 사람들은 누군가 먼저, 그것도 좀 더 쎈 사람이 먼저 평가하고 나면 더 생각할 필요도 없이 같이 따라가는 게 무난한 처세로 알고 살아왔지요. 이제부터라도 남의 집 위에 집 짓지 말고 나만의 집을 지어야 할 텐데…

김선숙 옥상가옥 하면 쓸데없는 일을 하는 말인데… 요즈음에는 옥상가옥이 쓸데없는 일이 아닌가 봐요. 옥상에 또 집을 지어서 옥탑방도 맹글고… 또 옥상에 계속해서 집을 짓는 게 요즘 말하는 고층 아파트가 아닐까요? 세월 따라 말도 변해야겠네요.

경단급심 綆短汲深

綆:두레박줄 경 / 短:짧을 단 / 汲:물길을 급 / 深:깊을 심

짧은 두레박줄로 깊은 곳의 물을 길음. 곧 두레박줄이 짧으면 깊은 우물물을 길을 수 없듯이, 능력이 모자란 사람은 큰일을 감당할 수 없음을 비유한 말이다.

『장자(莊子)』「지락편(至樂篇)」에 다음과 같은 이야기가 전한다.

중국 춘추시대, 공자의 제자 안연(顔淵)이 제(齊)나라 임금과 정치에 대하여 토론하기 위해 노(魯)나라를 떠나 제(齊)나라로 가게 되었다. 그때 공자가 근심에 잠겨 있는 것을 보고 제자인 자공(子貢)이 그 까닭을 여쭈었다.

"선생님께 감히 묻습니다. 회(回)가 제나라로 가려 하는데 선생님께서는 어찌 근심스런 얼굴을 하시는지요?"

그러자 공자가 대답하였다.

"좋은 질문이다. 옛날에 관자(管子)가 한 말씀 중에 나는 이 말을 매우 좋아한다. '자루가 작으면 큰 것을 담을 수 없고 두레박줄이 짧으면 깊은 물을 길을 수 없다.' 이는 운명에는 정하여진 바가 있고 형체에는 알맞은 바가 있어서 덜거나 더할 수가 없다는 뜻이다. 나는 두렵다. 안회가 제나라 왕에게 성왕(聖王)들의 도를 말하고 나아가 수인(燧人), 신농(神農)까지 이야기하게 된다면, 제나라 왕은 자기를 돌아보아 생각해 보아도 이해할 수가 없을 것이다. 이해할 수 없으면 곧 의심할 것이니, 그 의심이 깊어지면 결국 안회를 죽이지 않게 될까 하여 걱정하는 것이다."

한편, 앞에서 공자가 인용한 『관자(管子)』에는 다음과 같은 말이 나온다.

"짧은 두레박줄로는 깊은 우물 속 물을 길을 수 없고, 얕은 지식으로는 성인

의 말씀을 이해할 수 없다."

또『회남자(淮南子)』에도 이런 표현이 나온다.

"짧은 두레박줄로는 깊은 우물의 물을 길을 수 없고, 작은 그릇으로는 많은 것을 담을 수 없다."

2008.05.21.

우정의 댓글

전경남 사람은 누구나 자신이 지닌 그릇 안에서 상대방의 이야기를 받아들이게 된다. 아무리 심오한 이야기나 이치에 맞는 이야기라도 자신의 그릇이 그것을 담을 수 없으면 이해하기 어렵다. 짧은 두레박줄로 깊은 우물물을 길을 수 없고, 작은 그릇으로는 많은 것을 담을 수 없듯이, 능력이 따르지 않으면 어떻게 큰일을 이룰 수 있으랴. 무엇보다 자신의 이해의 폭을 넓히고 그릇의 크기를 키우는 일에 힘써야만 세상일에 잘 대응할 수 있겠네…

임미순 "너의 행사를 여호와께 맡기라. 그리하면 너의 경영하는 것이 이루리라. 여호와께서 온갖 것을 그 씌움에 적당하게 지으셨나니 악인도 악한 날에 적당하게 하셨느니라(잠16:3-4)" 모든 것은 순리대로 따라 가야 하는 것이 아닐까요. 욕심을 앞세우기 전에…

김선숙 작은 그릇에 많은 것을 담을 수 없는 것이나 능력도 없는 사람이 중요한 요직에 앉은 것이나 일맥상통하는군요. 쬐깐한 간장 🏺지만한 단지에 🏺가의 김장이나 고추장, 된장, 간장을 워떠키 담글 수가 있간디요❓ 긍께… 중요한 요직엔 능력 있는 사람을 앉히고 🏺가에서는 큰 장독을 준비혀서 장을 담고… 깊은 우물물을 길어 올릴 때는 두레박줄이 긴긴 것을 쓰면 되는디… 안 그런다요?

장문희 사부님, 경단급심 글자만 보고 나중에 공부할게요. 다녀갑니다.

전은자 깊은 의미의 추구/넉넉한 마음의 그릇: 언제나 희망 사항이지요. 오늘의 성어를 통해 나를 돌아보게 되네요.

편작의술 扁鵲醫術

扁:작을 편 / 鵲:까치 작 / 醫:의원 의 / 術:재주 술
명의(名醫) 편작의 의료 기술.

『갈관자(鶡冠子)』에 다음과 같은 이야기가 전한다.

편작(扁鵲)은 중국 춘추전국시대의 명의였다. 한번은 편작이 괵나라에 들렀는데, 태자가 갑자기 죽어 온 나라가 슬픔에 잠겨 있었다. 소식을 들은 편작은 왕궁에 들어가 태자를 살펴보고 침과 뜸과 약물로 태자를 살려냈다. 이 소식이 전해지자 사람들은 편작에게 죽은 사람도 살리는 신의(神醫)라고 칭송하였다. 그러나 정작 편작은 이렇게 겸손하게 말하였다.

"나는 그 어떤 기사회생의 기술을 갖고 있지 않다. 태자는 진짜 죽은 것이 아니었기에 마땅히 살아난 것이었고, 나는 그를 도와 건강을 회복하도록 했을 뿐이다."

그에게는 두 명의 형이 있었는데 이들 역시 뛰어난 의술을 지닌 의원이었다. 어느 날 위(魏)나라 임금이 편작에게 삼 형제 중에서 누가 가장 훌륭한 의원인지를 물었다.

"큰 형님이 가장 뛰어나고, 그 다음은 둘째 형님이며, 제가 가장 아래입니다."

위나라 임금은 그의 대답에 의아해하며, 그렇다면 왜 편작의 이름만이 세상에 가장 널리 알려졌는지 물었다. 편작은 다음과 같이 아뢰었다.

"큰 형님은 환자가 아픔을 느끼기 전에 얼굴빛만을 보고도 장차 병이 날 것을 알아 그 원인을 제거해 줍니다. 그리하여 환자는 아파 보기도 전에 치료를 받게

되고, 큰 형님이 고통을 미리 제거해 주었다는 사실을 모릅니다. 그래서 큰 형님이 명의로 알려지지 않은 것입니다. 둘째 형님은 환자의 병세가 미미할 때 그의 병을 알고 치료해 줍니다. 그러므로 환자는 둘째 형님이 자신의 큰 병을 미리 낫게 해주었다는 것을 잘 모릅니다. 제 경우는 환자의 병이 커지고 고통으로 신음을 할 때에야 비로소 병을 알아냅니다. 그의 병이 심하기 때문에 맥을 짚어 보고, 진기한 약을 먹이고, 살을 도려내는 수술을 했습니다. 사람들은 저의 이런 행위를 보고 자신의 큰 병을 고쳐 주었다고 생각하여 고마워합니다. 이것이 바로 제가 명의로 소문이 난 이유입니다."

2008.05.27.

우정의 댓글

전경남 우리들은 겉으로 드러난 사실에만 주목하고 의미를 부여하는 경우가 많다. 편작의 형들이 병을 미연에 방지하거나 초기에 잡아서 고쳐주었는데도 그들이 명의인 줄을 모르는 것도 바로 그 때문이다. 편작은 형들의 위대함을 알고, 자신의 한계를 알고 있었다. 사람들이 자신을 신의(神醫)라고 칭송하며 열광하였지만 자신은 어디까지나 형들보다 급이 낮은 의원임을 고백하고 있다. 오늘날처럼 스스로를 과대포장하여 드러내고자 하는 세태에 비춰볼 때 그의 겸허하고도 뛰어난 인품에서 더욱 청량감을 느끼게 되네…

장문희 내 생각엔 그렇게 생각하는 편작이 명의인 것 같네. 멋있다.

채숙희 편작은 진정 훌륭한 명의네요… 겸허한 인품이 없는 달인은 훌륭함에서 좀 모자라게 느껴지는데… 좋은 말씀 감사합니다.

전은자 3형제가 나란히 명의네요. 영광을 자신에게 돌리지 않고 오히려 형들을 높이는 겸허한 태도는 정말 본받을 만하네요.

임미순 "하나님이 바울의 손으로 희한한 능을 행하게 하시니 심지어 사람들이
바울의 몸에서 손수건이나 앞치마를 가져다가 병든 사람에게 얹으면
그 병이 떠나고 악귀도 나가더라(행19:11~12)" 병든 자, 가난한 자, 죄인
들을 구원하시려 이 땅에 오신 주님을 찬양하며… 오늘의 성어에 연상
◈서 올렸어요.

김선숙 편작의 의료 기술이나 우리나라의 허준의 의료 기술이나 다 놀랍습니
다. 명의이면서 자만하거나 오만하지 않고 겸손한 마음이 명의로 대성
한 것 같습니다. 병을 고치는 것보다도 환자를 긍휼히 여기는 심의가
먼저 되어야 한다는 스승의 가르침은 아직도 마음이 찡∼할 정도로
감동적입니다. 환자를 긍휼히, 불쌍히 여기는 마음이라면 온 정성과
심혈을 기울여 치료를 하겠지요. 요즈음에 많은 이◈타산적인 의사와
아주 대조적입니다. 오진을 하고도 죄책감이나 미안한 감 없이 뻔뻔스
러운 의사도 많은데요. 그 환자의 입장이나 환자의 가족들의 입장이
되어본다면 그럴 수가 있을까요❓ 요즘에도 편작이나 허준 같은 의사
가 많아 나오길 기대하며…

김선애 요즘의 의료세태를 생각하면 꿈같은 얘기네요. 얼굴만 보고 미리 병을
알아내어 심해지기 전에 치료한다면 얼마나 좋겠습니까. 환자를 대면
하기에 앞서 검사에 의존하여 판단하고 그것이 과학적이라 생각하는
요즘 의료실태가 과연 발전된 형태인지 생각게 합니다.

죽두목설 竹頭木屑

竹:대 죽 / 頭:머리 두 / 木:나무 목 / 屑:가루 설
대나무 조각과 톱밥.
곧 살림살이를 알뜰하게 보살피는 것을 가리키는 말이다.

『진서(晉書)』〈도간전(陶侃傳)〉에 다음과 같은 이야기가 전한다.

진(晉)나라 초, 파양(鄱陽)이라는 곳에 도간(陶侃)이라는 사람이 있었다. 그는 유명한 도연명의 증조부인데, 군주에 대한 일관된 충성심으로 장사군공(長沙郡公)에 봉해졌으며, 매우 청렴하고 검소한 관리였다. 도간은 어려운 집안에서 태어나 부친이 일찍 세상을 떠나는 바람에 모친의 손에서 성장하였다.

도간이 젊었을 때, 양어장을 관리하는 하급 관리로 있었다. 어느 날, 그가 절인 고기 몇 마리를 가지고 와서 어머니에게 드렸더니, 모친은 기뻐하기는커녕 오히려 화를 내면서 이렇게 꾸짖었다.

"네가 나라의 물건을 집으로 가져오다니. 나의 마음이 매우 슬프구나."

훗날, 도간은 광주자사(廣州刺使)를 지내게 되었는데, 공무가 없어도 한가롭게 놀지 않았다. 매일 아침 일백 개의 벽돌을 서재의 밖에 옮겨 놓았다가, 저녁에는 다시 서재로 가지고 들어 왔다. 매일 반복되는 이 일의 뜻을 아는 사람은 아무도 없었다.

어느 날, 어떤 이가 궁금함을 참지 못하고 도간에게 물었더니, 도간은 이렇게 대답하였다.

"마땅히 중원 땅을 수복해야 하는데, 편안하게 지내기만 한다면 그 일을 이룰 수 없을까 두려워함일세."

그가 뜻을 독려하여 힘씀이 모두 이와 같았다. 당시 진(晉)나라는 중원의 영토를 빼앗기고 강남(江南)으로 물러와 있던 터였으므로 도간의 이러한 말에 많은 사람들은 탄복하지 않을 수 없었다.

도간은 무엇을 하든지 항상 절약하였다. 한번은, 그가 배를 만드는 일을 관리하게 되었는데, 배를 만드는 과정에서 많은 대나무 조각과 톱밥 등이 남게 되자, 사람들을 시켜 이것들은 전부 모아 두도록 하였으나 사람들은 모두 그 까닭을 이해하지 못하였다. 어느 해, 새해 모임이 있던 날, 눈이 내린 후 날씨가 개이자, 관청의 밖은 온통 진흙탕이 되었다. 도간은 즉시 톱밥을 꺼내 길 위에 뿌렸더니 얼마 안 되어 다닐 수가 있게 되었다. 하찮은 물건이 이렇게 요긴하게 쓰였다.

또 환온(桓溫)이 촉(蜀) 땅을 정벌하기 위하여 병선을 급히 만들었는데, 널빤지는 많았지만 대나무못이 부족하였다. 도간이 이 사실을 알고 보관해 두었던 대나무 조각들을 환온에게 보내 대나무못으로 사용하게 하여 적지 않은 자금을 절약하였다. 도간이 일을 처리하는 데 치밀함이 모두 이와 같았다고 한다.

도간의 이 같은 행적으로부터 '죽두목설(竹頭木屑)'은 '못 쓰게 된 것을 모아 다시 활용한다'는 뜻으로 쓰이기 시작했다

2008.06.08.

우정의 댓글

전경남 요즘은 물자가 아주 풍부하다 보니 아끼고 검약하는 생활을 별로 미덕으로 생각하지 않는 듯하다. 그러나 옛 사람들은 대나무 조각이나 톱밥조차도 당장 쓸모없다 하여 내버리지 않고 필요할 때 요긴하게 쓸 수 있도록 준비하여 두었다. 오늘날 아파트 단지에서 멀쩡한 새 아파

트도 취향에 맞지 않는다고 하여 내부를 모두 바꾸느라 아까운 자재들이 마구 버려지는 경우가 얼마나 많은가. 또 각종 폐기물의 홍수는 자연환경을 크게 훼손하고 오염시키는 경우도 많다. 풍요한 세상에도 검약하는 정신이 살아 있어야 쓸데없는 낭비도 줄이고 자연도 보전할 수 있으리라.

전은자 요새 세계적으로 많이 거론되는 3R(Reduce, Reuse, and Recycle)운동도 크게 말해 죽두목설(竹頭木屑)과 같은 알뜰 운동이겠네요. 알뜰하게 살림하는 여성들을 존경하면서… 오늘도 감사.

임미순 은자의 알뜰한 여성상에 연관. "그는 자기를 위하여 아름다운 방석을 지으며 세마포와 자색 옷을 입으며 그 남편은 그 땅의 장로로 더불어 성문에 앉으며 사람의 아는 바가 되며 그는 베로 옷을 지어 팔며 띠를 만들어 상고에게 맡기며 능력과 존귀로 옷을 **삼**.고 후일을 웃으며 입을 열어 지혜를 베풀어 그 혀로 인애의 법을 말하며 그 집안 일을 보살피고 게을리 얻은 양식을 먹지 아니하나니 그 자식들은 일어나 사례하며 그 남편은 칭찬하기를 덕행 있는 여자가 많으나 그대는 여러 여자보다 뛰어난다 하느니라. 고운 것도 거짓되고 아름다운 것도 헛되나 오직 여호와를 경외하는 여자는 칭찬을 받을 것이라 그 손의 열매가 그에게로 돌아갈 것이요 그 행한 일로 인하여 성문에서 칭찬을 받으리라(잠 31:22-31)" 현숙한 아내에 대한 말씀이지요. 그리고 우리네 속담에, '여자는 **삼**.씨~ 솜씨, 맵시, 마음씨~ 가 있어야 한다고 했듯이, 예로부터 여성이 지녀야 할 덕목을 얘기한 것도 있고요. 오늘날과 같은 물질 만능 시대에 짚고 넘어가야 할 귀중한 고사성어 감사해요.

김선숙 대나무 조각과 톱밥까지도 아껴두면 유용하게 쓰이는데요. 우리 교회의 아나바다 운동하고도 일맥상통하는 것 같습니다. 아껴 쓰고 나눠

쓰고 바꿔 쓰고 다시 쓰고… 전 세계적으로 불경기라고는 ✿도 아직까지도 얼마나 낭비하며 사는지요… 멀리 볼 것도 없이 우리네 옷장만 보더라도 웬 입지도 않는 옷이 그렇게나 많은지… 그러면서도 외출할 땐 입을 만한 옷이 없다나? 나만 그런가? 싸부님, 근디요… 아껴두는 것도 좋지만 아깝다고 다 끼고 쌓아 놓으면 당췌 공간이 없어서요. 한정된 공간에 어디다 톱밥꺼정, 대나무 조각꺼정 쌓아 둔디야? 긍께… 가끔은 버림으로써 공간 활용도 절약이 되지 않을랑가요?

이영혜 도간이 죽두목설(竹頭木屑)로 한 생활은, 송나라의 조변이 일금일학(一쭉一鶴)으로 한 생활과 상반된다고 볼 수 있겠지만, 두 사람 다 청렴결백한 생활을 했다는 점에서 공통점을 찾아 볼 수 있네요.

허유순 싸부님 말대로 새로 입주한 아파트의 인테리어를 다 헐어버리고 몇 억을 들여 다시 공사를 한다는 이야기를 듣고 경악을 했습니다. 이건 '낭비'가 아니고 큰 '죄악'이라고 생각되어 분노가 치밀더군요. 일 달러만 있어도 아프리카의 어린이를 하루 먹일 수 있다 하는데…

대복편편 大腹便便

大:큰 대 / 腹:배 복 / 便:편할 편
큰 배가 불룩하게 나옴.
배가 튀어나오도록 착취한 사람을 비양거리는 말로도 사용된다.

『후한서(後漢書)』〈변소전(邊韶傳)〉에 다음과 같은 이야기가 전한다.

변소(邊韶)는 자가 효선(孝先)이고, 동한(東漢)시대 진류(陳留) 사람이다. 그는 젊었을 적에 많은 유학 관련 서적을 공부하였고, 문장력이 매우 뛰어나 이름이 널리 알려진 학자였다. 그리하여 각지에서 그의 학문을 배우고자 많은 사람들이 몰려들었는데, 그 수는 거의 몇 백에 달하였다. 그는 제자들에게 매우 엄격하게 가르쳤다. 제자들이 공부를 하다가 졸기라도 하면, 변소는 곧 『논어(論語)』에 나오는 이야기를 들려주며 꾸짖었다.

"공자의 제자 중에 재여라는 사람이 있었는데, 공자는 그가 낮잠을 자고 있는 것을 발견하고 크게 화를 내며, 그를 이렇게 꾸짖었다고 한다. '썩은 나무에는 새길 수 없고, 더러운 흙담은 흙손으로 고를 수 없다.' 재여처럼 잠만 자는 사람이 무슨 쓸모가 있겠느냐?"

제자들은 이 가르침을 듣고 마음에 새겨 공부를 하는 도중 조는 사람이 없었다.

나이가 들자 변소의 몸이 점점 비만해지기 시작하여 옆에서 보면 마치 배불뚝이의 형상과 같았다. 어느 날 낮, 그는 방안에서 책을 보다가 자기도 모르는 사이에 턱을 받치고 잠에 들어 코 고는 소리가 밖에 있던 제자들에게까지 들렸다. 제자들은 달려와서 스승의 이런 모습을 보고 어리둥절하였다. 공자의 말을 빌려 낮잠 자는 제자를 나무랐던 스승이 대낮에 낮잠을 자는 실수를 범하고 있었기 때문이었다. 그 때문에 몇몇 제자들이 다음과 같은 노래를 지어 불렀다.

"변효선은 배가 뚱뚱하고요, 책 읽기는 싫어하여 잠만 잔대요."

이때 잠에서 깨어난 변소는 제자들의 노래를 잠시 동안 듣더니, 이렇게 노래를 지어 제자들에게 대응하였다.

"성은 변이요, 자는 효선이라네. 배가 뚱뚱한 것은 오경이 가득한 때문이네. 잠을 자면서도 경전의 일만 생각한다네. 잠들면 주공과 꿈에서 만나고, 잠자코 있으면 공자와 뜻을 같이하네. 스승 된 자가 비웃음을 당한다면 어떻게 경전의 저술들이 나올 수 있을까?"

제자들은 이를 듣고, 모두 부끄러워서 고개를 들지 못하였다. 이후, 변소는 변함없이 제자들을 열심히 가르쳤으며, 자신은 다시는 낮잠을 자는 일이 없었다.

2008.06.25.

우정의 댓글

전경남 평소 가르칠 때에 제자들에게 엄격하게 대하였던 변소가 나이가 들자 배가 뚱뚱하게 나왔고 행동이 굼떴으며 게을러져 한낮에도 낮잠을 자곤 하였다. 이에 제자들이 스승을 놀리는 노래를 지어 퍼뜨렸다. 이에 변소가 배가 불러진 것은 오경(五經) 공부를 많이 하였기 때문이요, 잠을 자면서도 경서를 생각하고 꿈에서도 주공을 만난다고 응답하였다. 스승의 말씀을 듣고 장난기 많던 제자들이 부끄러워 고개를 숙인 것도 훌륭하고, 제자들의 놀림에 자세를 바꿔 자신을 다잡으면서 유머로 응답한 변소의 여유도 돋보인다 하겠네…

김선숙 배가 나왔다고 제자들이 놀려도 "배가 뚱뚱한 것은 오경(五經)이 가득한 때문이고 졸면서도 경전의 일만 생각하며 잠들면 주공과 꿈에서 만나고 가만히 있으면 공자와 뜻을 같이한다" 이렇게 실력과 배**짱**이 두둑한 사람이니 배가 남산 만하게 나오면 나올수록 오히려 관록이 붙은 것처럼 보이겠습니다. 변소의 말씀하시는 위트와 재치가 옴마나 부럽습니다. 근디… 하필에면 이름이 변소가 뭐야**?**

전은자 배가 불룩하고 코를 곤다는 것이 남의 일 같지 않은 것은? 컴이 이상한 고장을 일으켜 며칠 공부를 못했는데… 자나깨나 자기 할 일을 게을리 하지 말라는 교훈으로 들리네요. 컴이 고장 나기 전에… 감사.

이영혜 재여가 낮잠을 자는 것을 본 공자가, 후목부가조(朽木不可雕)라고 말씀하신 뒤에 공자가 "평소 말은 잘하였으나 행실은 그에 미치지 못한" 재여를 가리켜 하신 말씀, "전에 나는 남을 대함에 그의 말만을 듣고도 그의 행실을 믿었지만, 이제 나는 남을 대함에 있어 그의 말을 듣고서도 그의 행실을 살피게 되었다."를 생각할 때, 공자가 재여에게 느꼈던 실망의 근원은 단순히 재여가 낮잠을 자고 있는 것을 발견한 데 있다기보다는 재여의 말과 행실이 평소에 일치하지 않은 데 있는 게 아닌가 하는 생각이 드네요.

임미순 "내가 두 가지 일을 주께 구하였사오니 나의 죽기 전에 주시옵소서. 곧 허탄과 거짓말을 내게서 멀리 하옵시며 나로 가난하게도 마옵시고 부하게도 마옵시고 오직 필요한 양식으로 내게 먹이시옵소서. 혹 내가 배불러서 하나님을 모른다 여호와가 누구냐 할까 하오며 혹 내가 가난하여 도적질하고 내 하나님의 이름을 욕되게 할까 두려워함이니이다 (잠30:7-9)" 오늘의 '대복편편(大腹便便)'에 연관, 변소가 나이 들어 제자들에게 본이 되지 못함을 보인 것처럼, 우리도 어떠한 환경에 처하든지 늘 초심을 잃지 말고 본이 되는 삶을 살아야겠지요.

허유순 미순아, 우리도 이 잠언의 기자와 같이 기도할 나이가 된 것 같다.

'가난하게도 마옵시고 부하게도 마옵시고…' 우리 모두 나이 들수록 말씀에 의지하여 이 세상에 '빛과 소금'의 역할을 감당할 수 있기를 기도한다.

일규불통 一竅不通

一:한 일 / 竅:구멍, 통할 규 / 不:아니 불 / 通:통할 통
한 구멍도 뚫리지 않아 통하지 않음.
곧 사람의 생각이나 행동이 온전히 막혀 전혀 요령이 없는 것을 가리키는 말이다.

『여씨춘추(呂氏春秋)』「귀직론(貴直論)」에 다음과 같은 이야기가 전한다.

중국 은(殷)나라의 마지막 군주인 주왕(紂王)은 매우 우매하고 포악한 임금이었다. 그는 여색만을 탐하여 총애하는 애첩 달기(妲己)와 함께 아침부터 저녁까지 술과 음란한 음악에 빠져 살면서 나랏일은 돌보지 않고 백성들의 고통도 아랑곳하지 않았다. 특히 달기의 말만 듣고서 많은 충신들과 죄 없는 백성들을 죽이기까지 하였다. 그의 숙부인 비간(比干)은 주왕이 이렇듯 주색에 빠져 정치를 돌보지 않고 군신들을 해치는 것을 보고 선왕의 가르침에 따라 어진 정치를 펼칠 것을 권하였다. 달기는 이 사실을 알고 몹시 화를 내면서 비간이 쓸데없이 자신과 임금의 사생활을 간섭한다며 주왕에게 말하였다.

"만약 당신의 숙부인 비간이 진정한 충신이라면 한번 그에게 자기 가슴을 갈라 간을 꺼내어 당신에게 바치라고 해 보지 그래요?"

달기의 말을 듣고 주왕은 숙부에게 가슴을 갈라 간을 바쳐 보라고 명하자, 비간은 그 자리에서 칼을 뽑아 자기 가슴을 가르고 죽었다. 이에 주왕은 현인의 심장에는 7개의 구멍이 있다는 말이 있는데, 과연 그런지 확인해 보겠다며 비간의 심장을 꺼내 살펴보았다.

이 소식을 들은 기자(箕子)는 짐짓 미치광이 행세를 하였고, 왕의 이복형인 미자(微子)도 멀리 달아나 자취를 감추었다. 뒷날 서백(西伯) 창(昌)의 아들 발(發)

이 군사를 일으켜 포악무도한 주왕을 멸하고 나라를 세우니 그가 바로 주(周)나라 무왕(武王)이다.

『여씨춘추(呂氏春秋)』「귀직론(貴直論)」에서는 이 일에 대해 공자의 말씀으로 이렇게 적고 있다.

"주왕은 마음이 통하지 않았기 때문에 편안하게 악행을 저질렀다. 만약 그가 한 구멍이라도 열려 있었다면 비간을 그렇게 죽이지는 않았으리라."

후세 사람들은 '일규불통'의 뜻을 우둔함과 어리석음으로까지 확대하여 사용하였다.

2008.07.10.

우정의 댓글

전경남 옛날 사람들은 심장에 생각을 가능하게 하는 구멍이 있다고 여겼다고 한다. 그리하여 지혜나 심안(心眼)을 뜻하는 심규(心竅)라는 말이 있었다. 따라서 구멍이 통한다는 것은 사리를 분별하는 지혜로움을 뜻한다. 공자는 포악무도한 주왕이 한 구멍이라도 통하였다면, 곧 조금이라도 분별력이 있었다면 숙부인 충신 비간을 죽이지는 않았을 것이라고 말한 것이다. 흔히 '앞뒤가 꽉 막힌 사람'이라는 말을 쓰기도 하는데, 어딘가에 소통할 수 있는 여유가 있어야 말이 통하지 않을까. 나 자신부터 '일규불통'은 되지 않도록 소통의 통로가 열려 있어야 하겠네.

전은자 무엇에든 너무 취하면 분별력을 잃게 되는 것이네요. 꽉 막힌 사람 되지 말고 바람이 술술 통하는 사람이 되도록 노력해야겠네요.

김선숙 은자야, 안농❓ 우리 모두 바람이 술술 통하는 사람이 되자. '바람이 술술 통하는…' 이 표현을 보니 언젠가 책에서 읽은 구절이 떠올라 웃음이 나오네. 내가 읽었던 내용이 조금 웃기지만⋯ '⋯한 여름 **삼**베 바지 사이로 방귀 새어 나가듯⋯' 오늘 네가 쓴 표현은 ⚔🎮 👍

임미순 "바람이 솔솔 통하는 사람이 되도록 노력해야겠다"는 표현이 참 마음에 와 닿는다❣ 나도 그런 사람이 되고 싶다. 꽉 막힌 사람이 아닌⋯💘愛

김선숙 극악한 주왕(紂王)과 달기의 심장엔 구멍이 하나도 없었겠지요. 이렇게 포악하면서도 벽창호에 옹고집에 꽉 막힌 사람이 왕으로 있었으니⋯ 낄낄낄. 충신의 죽음을 보고도 깨닫지 못했으니 죽은 숙부 비간만 원통하네요. 하여튼 말로 고쳐지지 않는 못된 사람에겐 그저 홍두깨와 몽둥이가 명약인데 왕이니 누가 몽둥이질을 할꼬? 놀라서 미치광이 노릇을 한 기자와 도망간 이복형 미자를 보면 태종의 세 아들 중 첫째 양녕대군, 둘째 효령대군, 셋째 충녕대군(나중 세종대왕)이 생각납니다. 나는 왕의 형이요 부처님의 형도 된다는, 양녕대군의 방탕한 척 살면서 목숨을 부지했던 왕형불형(王兄佛兄) 말입니다.

임미순 "예로부터 아합과 같이 스스로 팔려 여호와 보시기에 악을 행한 자가 없음은 저가 그 아내 이세벨에게 충동되었음이라(왕상21:25)"이스라엘 왕 중에 가장 잔악무도하고 포악한 아합왕을 오늘의 성어에 등장하는 주왕과 견줄 수 있겠네요. '나무가 크면 클수록 많은 사람들에게 시원한 그늘이 되어 주듯이⋯' 성군의 선정 속에 국민들의 안정되고 행복한 삶이 보장될 것이니까요.

허유순 '다름'을 인정하지 않고 자기 잣대로 사람이나 사물을 판단한다면 '일규일통'이 되기가 쉽겠지요. 소통과 대화가 어느 때보다도 필요한 이때에 우리나라의 정치가들이 '일규일통'이 되지 말고 대화로 난국을 타개하는 지혜를 가지기를 바랄 뿐입니다.

명락손산 名落孫山

名:이름 명 / 落:떨어질 락 / 孫:손자 손 / 山:뫼 산
이름이 손산에서 끝남.
곧 자신 외에 다른 사람은 과거 시험에 합격하지 못하였음을 가리키는 말이다.

『과정록(過庭錄)』에 다음과 같은 이야기가 전한다.

중국 송(宋)나라 때 강소(江蘇) 지방에 손산(孫山)이라는 재기발랄한 선비가 살고 있었다. 평소에 그와 시회(詩會)를 함께했던 고을 사람들은 손산의 뛰어난 재주를 인정하여 손산이란 이름보다 '골계재자[滑稽才子: 익살에 뛰어난 사람]'라는 별명으로 불렀다.

어느 때인가 손산이 향시(鄕試)를 보러 가게 되었다. 이 소문을 들은 같은 마을의 어떤 사람이 찾아와 자기의 아들도 함께 응시하도록 동행해 달라고 청하였다. 손산은 흔쾌히 승낙하고 함께 가서 과거 시험을 치렀다. 그 결과 손산은 맨 마지막 합격자 명단에 들었고 동행한 고향 사람은 낙방하였다. 손산이 먼저 고향에 돌아오자 고향 사람들이 모여와 그의 합격을 축하하였다.

그때 낙방한 사람의 부친이 찾아와 아들의 합격 여부를 물었다. 그러자 익살꾼인 손산은 다음과 같은 두 구의 시를 읊었다.

解名盡處是孫山(해명진처시손산)　　향시 합격자 명단의 마지막이 손산이오
賢郎更在孫山外(현랑경재손산외)　　댁의 아드님은 손산 밖에 있던데요.

다시 말하여 손산 자신은 간신히 마지막 순위로 합격하였고 댁의 자제분은

떨어졌다는 것을 익살스럽게 대답한 것이었다.

또 다른 이야기에는 손산이 향시에 응시하러 갔을 때 고향 친구 여러 사람이 함께 가 시험을 치렀으나, 손산만이 꼴찌로 겨우 합격했고 나머지 친구들은 모두 낙방하여 이렇게 대답했다고도 전한다.

解名盡處是孫山(해명진처시손산)　　향시 합격자 명단의 마지막이 손산이오

餘人更在孫山外(여인갱재손산외)　　나머지 사람들은 손산 밖에 있던데요.

2008.01.20.

우정의 댓글

전경남 예전에나 오늘이나 시험에는 늘 희비가 엇갈리게 마련이다. 꼴찌로라도 합격만 하면 큰 기쁨이지만 낙방하면 그 안타까움이 얼마나 크랴. 친구의 아버지가 아들의 합격 여부를 물어 왔을 때 손산은 사실대로 낙방 소식을 알리기가 민망하였다. 그리하여 재치 있는 그는 자신은 겨우 끝에 이름을 올렸으나 댁의 아드님은 그 이름 밖에 있다고 표현한 것이었다. 그 이후로 '명락손산(名落孫山)'은 시험이나 평가에서 고배를 마신 것을 가리키는 말이 되었다. 말 한 마디라도 너무 절박하지 않게 하는 마음의 여유가 있어야 하겠네…

김선숙 그렇네요, 싸부님… 합격자 명단을 기다리는 마음이 동서고금을 막론하고 초조하며 불안한 것은 똑같겠지요. 저도 시험에 떨어진 경험이 있어서 이 마음에 너무나 공감합니다. 그냥 남의 일이라고 "아이쿠, 낙방했군요. 합격자 명단에 없던데요." 이렇게 가슴을 서늘하게 말해 줄 것이 아니라… "대기자 명단에는 올라 있는데, 혹시라도 압니까? 낙심

하지 말고 기다려 보셔요." 이렇게 말을 해서 그 낙심한 마음을 조금이라도 위로를 해야겠습니다. 싸부님, '대기자 명단에는 들어있다.' 요 말을 공부시켜 주시면 쓰겠는디요.

김선숙 말을 어떻게 하느냐에 따라 기분 나쁠 수도, 괜찮을 수도 있다… 한 남자가 큰 서점에 들어와서 이곳저곳을 기웃거리더니 원하는 책을 찾지 못하자 카운터의 여직원에게 가서 물었다. "저어 아가씨, 남자가 여자를 지배하는 비결에 관한 책이 어디에 있지요?" 그러자 아가씨가… "뭐라구요? 그딴 책이 어디 있어요?" 이렇게 퉁박을 준 것이 아니라… 생글생글 웃음 지으며…" 아~하 네, 손님… 손님께서 찾으시는 책은 저쪽 공상과학소설 코너에 가서 찾아보실래요?" 이렇게 재치 있게 대답하였다.

오숙혜 명락숙혜(名落淑惠)… 진작 알았더라면 대입 끝나고 써먹었을 것을… 이 몸이 꼴찌로 합격했거든요…

이영혜 계구우후(鷄口牛後)라지만, 손산은 다행히도 마지막 순위로라도 향시 합격자 명단에 들었고, 골계재자(滑稽才子)라는 별명에 손색없는 표현으로 낙방한 친구의 아버지를 위로했네요.

임미순 "우리가 다 실수가 많으니 만일 말에 실수가 없는 자면 곧 온전한 사람이라 능히 온몸도 굴레 씌우리라(약3:2)" 오늘의 성어에서 말이라는 것이 얼마나 중요한가를 나타내는 말씀을 올렸어요. 한번 뱉어 낸 말을 주워 담을 수 없는 것이니…

계두지육 鷄頭之肉

鷄:닭 계 / 頭:머리 두 / 之:갈, ~의 지 / 肉:고기 육
맨드라미 열매의 과육.
곧 여성의 젖가슴을 비유하는 말이다.

중국 성당(盛唐) 시기의 풍문과 설화를 담은 『개원천보유사(開元天寶遺事)』에 다음과 같은 이야기가 전한다.

당나라 6대 황제인 현종의 사랑을 한 몸에 받던 양귀비가 하루는 장안(長安)에 있는 온천 별궁인 화청궁(華淸宮) 온천에서 목욕을 하고 난 뒤 화장을 하고 있었다. 그때 그녀의 몸을 감싸고 있던 수건이 떨어지면서 그만 알몸이 드러나고 말았다. 이때 알몸이 드러나면서 양쪽 젖가슴도 봉긋하게 드러나게 되었다. 이 모습을 본 현종은 감탄하며 말하였다.

"부드럽고 따뜻한 것이 계두(鷄頭)의 과육을 막 벗겨 놓은 것 같도다."

계두는 맨드라미의 별칭으로, 꽃줄기 윗 부분의 주름진 모양이 수탉의 벼슬과 같다고 하여 붙여진 명칭이다. 또는 가시연밥의 생김새가 닭 머리와 같다고 하여 계두실(鷄頭實)이라고 하는데, 땅 속에서 자라는 뿌리는 식용으로 쓰이고, 열매와 씨는 약용으로 쓰인다.

현종은 양귀비의 풍만하고 아름다운 젖가슴이 마치 맨드라미의 열매를 막 벗겨 놓은 것 같다고 표현한 것이었다. 여기서 유래하여 '계두지육(鷄頭之肉)'은 여성의 젖가슴을 비유하는 비속한 말로 사용된다.

2008.02.15.

우정의 댓글

전경남 당나라 시인 백락천은 현종과 양귀비의 사랑을 읊은 〈장한가(長恨歌)〉에서 양귀비의 신비하고 아름다운 미모를 그리되 '눈동자 돌려 한 번 웃으면 온갖 매력이 넘쳐 흘러 / 궁녀들이 치장한 모습도 빛을 잃네. / 봄날이 차가와 화청지에서 목욕하니 / 온천물이 매끈한 살결을 씻네. / 시녀들이 부축하는 아름다운 몸매 하늘거리니 / 황제의 은총 이로부터 나오네'라고 하였다. 양귀비의 봉긋한 젖가슴에 넋을 잃은 현종이 그 육감적인 매력에 빠져 '계두지육'이라 감탄하였으니 과연 얼마나 아름다웠을까⋯

임미순 "네 두 유방은 백합화 가운데서 꼴을 먹는 쌍태 노루 새끼 같구나(아 4:5)" 솔로몬의 아가서에서의 대목을 오늘의 성어에 연관🌸서 올렸어요. 사부 요즘은 건강은 어떠신지요. 겨울도 이제 서서히 꼬리를 내리게 되겠지요. 추운 겨울 무사히 지내셔서 감사하군요. 오늘도 성어를 통하여 성경을 상고하니 참 감사🌸요❗ 💜愛

김선숙 계두지육이라서 제일 먼저 떠오른 생각은 계륵이었는데⋯ 그게 아니었군요. 싸부님, 하와이에서 **버금 가리개**를 살 때 자꾸만 B컵이라구 우기니깡⋯ 한 친구가 "니는 C컵이다, 아냐 D컵을 사야 되겠네" 해서 한바탕 웃은 일이 생각나요⋯ㅎㅎㅎ 싸부님 정도가 돼야 육감적인 매력이 있는디⋯ 근디, 그때 뭔 싸이즈로 샀는지요? 그리구 그게 잘 맞지요? 지금 생각허니 궁금혀서⋯

노순회 젖가슴 이야기를 하니⋯ 예전⋯ 우리 중학교 일 학년 때 일이 생각납니다⋯ 자꾸 커지는 가슴이 부끄러워 조금 넓적한 헝겊으로 자꾸 가슴을 옥죄이던 기억이 나서⋯ 조금 부끄러운 마음이⋯

이영혜 양귀비의 아름다움을 감탄하는 표현을 대하니, 송나라의 대문장가, 소식의 박명가인(薄命佳人) 시, '엉긴 우유같이 뽀얀 양볼에 칠흑 같은 머리… 옛부터 아름다운 여인 운명 기박함이 많다더니 닫은 문에 봄도 다 가니 버들 꽃이 떨어지네.'가 생각나네요.

임미순 옛적부터 '미인박명'이라고 했듯이 '박명가인, 가인박명'도 같은 뜻이겠지❓ 우리 친구들은 모두들 순수한 우정을 나누며 늙어도 아름다움을 지닌 채 오래오래 살자구요…

전은자 참 오랜만이네요. 미순/영혜/선숙의 trio는 언제 들어와도 여전하군요. 사부님과 더불어 그 끈기에 감탄, 감탄!!! 현종의 이같이 신비스런 표현이 있기에 양귀비의 미는 영원한가 봐요.

철중쟁쟁 鐵中錚錚

鐵:쇠 철 / 중:가운데 중 / 錚:쇠소리 쟁
쇠 가운데 쟁쟁하고 울리는 소리를 내는 것. 곧 같은 종류 가운데 특별히 뛰어난 것을 가리키는 말이다.
이 말은 달리 '용중교교(傭中佼佼)'라고도 한다.

『후한서(後漢書)』〈유분자전(劉盆子傳)〉에 다음과 같은 이야기가 전한다.

중국 후한(後漢) 광무제(光武帝) 때의 이야기이다. 그때 나라 안은 군웅이 할거하고 있었는데, 장안(長安)의 적미(赤眉), 농서의 외효, 하서(河西)의 공손술(公孫述), 수양(雎陽)의 유영(劉永), 노강(盧江)의 이헌(李憲), 임치(臨淄)의 장보(張步) 등이 막강한 영향력을 행사하고 있었다. 그중 적미군(赤眉軍)은 한나라 왕실의 상징인 붉은 색으로 눈썹을 그려 표를 하고 다녔기 때문에 '적미(赤眉)'라는 이름으로 불렸다. 그들 세력은 한때 장안으로 쳐들어와, 전한(前漢)을 멸망시키고 신(新)나라를 세운 왕망(王莽)을 이미 넘어뜨리고 나중에는 광무제와 대결하게 되었다. 그리하여 광무제는 먼저 적미 토벌을 시도하였다.

적미군은 번숭(樊崇)을 수령으로 삼고 서선(徐宣) 등이 이끄는 군대까지 합류하고 있었다. 그들은 전한(前漢) 경제(景帝)의 자손인 유분자(劉盆子)를 황제에 추대하고 있어 그 위세가 대단하였다. 광무제는 등우(鄧禹)와 풍이(馮異)를 보냈으나 전세가 불리하자 몸소 출진하여 겨우 항복을 받아낼 수 있었다. 그들은 대장 번숭과 서선이 유분자를 데리고 웃통을 벗어 스스로를 벌하는 모습으로 항복해 왔다. 이에 광무제는 포로로 잡힌 번숭과 서선 등을 보며 이렇게 말하였다.

"그대들은 항복한 것을 후회하지 않는가? 원한다면 다시 한번 실력으로 승부를 결정해도 좋다. 짐은 항복을 강요하고 싶지는 않다."

그러자 그들은 머리를 조아리며, 항복을 받아 주시니 그저 호랑이 입을 벗어나 사랑하는 어머니 품에 돌아온 것 같다면서 아무런 후회도 없다고 대답하였다. 이 같은 대답에 광무제는 이렇게 칭찬하였다.

"경들이야말로 철중쟁쟁이요, 용중교교로다."

광무제는 그들에게 낙양에 살 곳을 마련하고 전답을 하사하였다.

2008.03.06.

우정의 댓글

전경남 '쟁쟁'은 쇠가 울리는 소리인데, 좋은 쇠일수록 '쟁쟁' 하는 맑은 소리가 난다. 이로부터 뛰어난 것을 가리킬 때 '쟁쟁'이라는 말을 쓰고, '쟁쟁한 인사'라는 말도 뛰어난 인물이라는 뜻을 지닌다. 광무제는 번숭과 서선이 뛰어난 인물임을 기려서 항복해 왔지만 '철중쟁쟁(鐵中錚錚)'이란 말로 평가하였다. 고교 시절에 배운 유씨 부인의 〈조침문(弔針文)〉에도 이런 구절이 나온다. '아깝다 바늘이여, 어여쁘다 바늘이여, 너는 미묘한 품질과 특별한 재치를 가졌으니, 물중(物中)의 명물(名物)이요, 철중(鐵中)의 쟁쟁(錚錚)이라'…

김선애 쟁쟁이란 말은 순수 우리말인 줄 알았더니 한자에서 온 말이었군요. 이렇게 어원을 알고 보니 이 나이에도 참 배울 게 많다는 생각을 합니다. 물러설 자리, 항복할 자리를 알고 귀순해 온 적장들을 '철중쟁쟁(鐵中錚錚)'이라며 흔쾌히 받아들이며 마음 놓고 살게 해 준 광무제의 도량도 놀랍습니다.

노순희 '쟁쟁하다'는 말을 무심코 흔히 썼는데… 쟁쟁의 뜻이 바로 그런 것이었군요… 쟁쟁한 사부님 밑에 쟁쟁한 제자들… 갈수록 쟁쟁해지는 이 공부방입니다…

허유순 '쟁쟁'은 의성어로 들려 순수한 우리말인 줄 알았는데… 그리고 싸부님 글에 보니 고교 시절 배운 〈조침문(弔針文)〉에도 '철중(鐵中)의 쟁쟁(錚 錚)이라'는 말이 나왔었다니… 조침문에 이런 구절이 있었다는 게 전혀 생각이 안 나니… 그때 무얼 공부했는지 모르겠구요.

민선 ㅎ. 나도 조침문에서 "오호 애재라, 모월 모시 어쩌구…"하는 것 외엔 하나도 기억 안 난다. 난 그래도… 쟁쟁이 한자일 것이라고 막연히 느끼고(알고가 아님을 주목) 있었는데, 이렇게 확실히 알게 해 준 싸부께 감사~! 이러다가 우리 모두 쟁쟁한 한문 학자들이 되는 거 아닌가 몰라… (꿈도 야무져…!)

김선숙 쟁쟁하다라는 말을 어원도 모르고 60평생을 너무나 떳떳하게 썼군요. 참으로 쟁쟁한 싸부님을 만나니… 우리 나이에도 배울 게 끝이 없습니다. 아니, 유순이 말처럼 조침문에 아깝다 바늘이여, 어여쁘다 바늘이여… 는 생각이 나는데 그 다음 구절은 금시초문 같으니… 이렇게도 무식이 쟁쟁하게 판을 칩니다… 무식이 쟁쟁한 나의 답 좀 들어 보실래요❓ 문제) 열대야 현상이 일어나는 이유는❓ 나의 답: 아직도 에어컨 없는 집이 많아서… (열대야에 다들 밖으로 나온 사람들을 보면서 생각 ❀ 낸 기발한 답)

서은숙 쟁쟁한 사부님, 댓글을 달아주신 쟁쟁한 여러분, 모두 쟁쟁하십니다. 조침문 덕분에 잠시라도 고교 시절이 떠올라 입가에 흐뭇한 미소가 집니다.

김원심 쟁쟁한 사부님, 쟁쟁한 제자들, 쟁쟁한 댓글… 어머 우리 공부방은 쟁쟁한 서당이네. 쟁쟁한 이화 동창들답네요.

찾아보기

『인생에 댓글 달기』(2008) 수록 고사성어 목록

가도사벽 家徒四壁	동가식서가숙 東家食西家宿
각득기소 各得其所	동병상련 同病相憐
각자위정 各自爲政	동취 銅臭
각주구검 刻舟求劍	막역지우 莫逆之友
간담상조 肝膽相照	만사불여오심죽 萬事不如吾心竹
개관사정 蓋棺事定	망양지탄 望洋之歎
건곤일척 乾坤一擲	맹자삼락 孟子三樂
경국지색 傾國之色	명경지수 明鏡止水
계구우후 鷄口牛後	목인석심 木人石心
계행죽엽성 鷄行竹葉成	무릉도원 武陵桃源
공자삼락 孔子三樂	문전작라 門前雀羅
과유불급 過猶不及	물이유취 物以類聚
관포지교 管鮑之交	미생지신 尾生之信
극기복례 克己復禮	반구저기 反求諸己
금란지교 金蘭之交	반의지희 斑衣之戱
기기기익 己飢己溺	방약무인 傍若無人
낙양지가귀 洛陽紙價貴	백구과극 白駒過隙
난형난제 難兄難弟	백문불여일견 百聞不如一見
남가일몽 南柯一夢	백유읍장 伯俞泣杖
노마지지 老馬之智	복경화구 福境禍區
단기지교 斷機之敎	복수불반분 覆水不返盆
도리불언하자성혜 桃李不言下自成蹊	불언장단 不言長短
독서백편의자현 讀書百遍義自見	불혹 不惑·지천명 知天命·이순 耳順

비방지목 誹謗之木
사돈 査頓
상선약수 上善若水
새옹지마 塞翁之馬
세군 細君
세월부대인 歲月不待人
수어지교 水魚之交
순망치한 脣亡齒寒
순사반츤 巡使反櫬
시도지교 市道之交
식언 食言·식언이비 食言而肥
신토불이 身土不二
십시일반 十匙一飯
안서 雁書
야서지혼 野鼠之婚
어이아이 於異阿異
여도지죄 餘桃之罪
연리지 連理枝
예미어도중 曳尾於塗中
오사필의 吾事畢矣
오설상재 吾舌尙在
오조사정 烏鳥私情
왕형불형 王兄佛兄
요산요수 樂山樂水
우의대읍 牛衣對泣
월하빙인 月下氷人
유좌지기 宥坐之器

인심여면 人心如面
인인성사 因人成事
일단사일표음 一簞食一瓢飮
일반천금 一飯千金
일엽지추 一葉知秋
일일여삼추 一日如三秋
자구다복 自求多福
절영지회 絶纓之會
조강지처 糟糠之妻
중취독성 衆醉獨醒
지음 知音·지기지우 知己之友
진매독육 盡買毒肉
책기서인 責己恕人
천의무봉 天衣無縫
천하언재 天何言哉
청운지지 靑雲之志
청천백일 靑天白日
청출어람 靑出於藍
춘면불각효 春眠不覺曉
치망설존 齒亡舌存
태산불사토양 泰山不辭土壤
파죽지세 破竹之勢
평지풍파 平地風波
풍수지탄 風樹之嘆
필부무죄 匹夫無罪
형제투금 兄弟投金
호사다마 好事多魔

『우정의 댓글 달기』(2009) 수록 고사성어 목록

가계야치 家鷄野雉	도증주인 盜憎主人
각화무염 刻畫無鹽	도환시전 盜還施錢
거안제미 擧案齊眉	맹귀우목 盲龜遇木
건달 乾達	명강리쇄 名繮利鎖
계찰계검 季札繫劍	발호 跋扈
고복격양 鼓腹擊壤	백락자 伯樂子
곡돌사신 曲突徙薪	백주지조 柏舟之操
광풍제월 光風霽月	별무장물 別無長物
교자채신 敎子採薪	부마 駙馬
구맹주산 狗猛酒酸	부족회선 不足回旋
구부쟁가 救父爭價	불두착분 佛頭着糞
국사무쌍 國士無雙	불식태산 不識泰山
귀매최이 鬼魅最易	빈계지신 牝鷄之晨
남전생옥 藍田生玉	사이비 似而非
남존여비 男尊女卑	사인종와 舍人從蛙
남취 濫吹	사자후 獅子吼
노마십가 駑馬十駕	사제갈주생중달 死諸葛走生仲達
담언미중 談言微中	삼지무려 三紙無驢
담하용이 談何容易	삼척동자 三尺童子
대의멸친 大義滅親	상가지구 喪家之狗
도리상영 倒履相迎	상분 嘗糞
도방고리 道傍苦李	상사병 相思病
도주지부 陶朱之富	수가재주 역가복주 水可載舟 亦可覆舟

수가차포 手加車包   인유삼원 人有三怨

수삽석남 首揷石枏   일금일학 一琴一鶴

시일야방성대곡 是日也放聲大哭   일신시담 一身是膽

식자우환 識字憂患   일야십기 一夜十起

안도 安堵   일엽폐목 一葉蔽目

야방신교 夜訪神交   일자사 一字師

양포지구 楊布之狗   자형화 紫荊花

언소자약 言笑自若   전가통신 錢可通神

여취선여 予取先與   절전 折箭

연작처당 燕雀處堂   조조삼소 曹操三笑

연저지인 吮疽之仁   죽절불굴 竹折不屈

오수의견 獒樹義犬   지란지교 芝蘭之交

옥오지애 屋烏之愛   질풍경초 疾風勁草

옹치봉후 雍齒封侯   창업수성 創業守成

와각지쟁 蝸角之爭   창해유주 滄海遺珠

완화자분 玩火自焚   청풍양수 淸風兩袖

왕불식언 王不食言   추녀실처 追女失妻

용두사미 龍頭蛇尾   추지선 秋之扇

위편삼절 韋編三絕   출호이반호이 出乎爾反乎爾

육적회귤 陸績懷橘   치지도외 置之度外

의문이망 倚門而望   파경중원 破鏡重圓

이도살삼사 二桃殺三士   파증불고 破甑不顧

이모취인 以貌取人   해옹호구 海翁好鷗

이문회우 以文會友   행불유경 行不由徑

이여반장 易如反掌   현량자고 懸梁刺股

인간삼락 人間三樂   호생지덕 好生之德

인생불만백 人生不滿百   후비지덕 后妃之德

엮은이 **전경남(全京男)**

1967년 이화여자고등학교를 졸업하고, 서울대학교와 동대학원에서 국어교육을 전공하였으며, 28년간 교사로 봉직하다가 2000년에 경기여자고등학교에서 교감으로 명예퇴직하였다.

그간 '기녀시조(妓女時調)'와 '다산시(茶山詩)' 등에 대한 논문을 발표한 바 있고, 교육부 중등국 어교과서 편찬심의위원을 역임하였으며, 교육공로 부문 대통령 표창(2000)과 이화를 빛낸 상 (이화여고, 2010)을 수상하였다.

한편 이화여고 67동문 카페에서 고사성어(故事成語)로 옛 친구들을 만나 우정을 나누는 즐거움 에 빠져 지내면서 연재해 온 고사성어 중 100편씩과 댓글을 모아『고사성어로 친구 만나 인생에 댓글 달기』(보고사, 2008), 『고사성어로 친구 만나 우정의 댓글 달기』(보고사, 2009)를 출간하여 나누어 보는 기쁨도 누렸다.

고사성어로 친구 만나 사랑의 댓글 달기

2011년 4월 5일 초판 1쇄 펴냄

엮은이 전경남
펴낸이 김흥국
펴낸곳 도서출판 보고사

책임편집 이경민
표지디자인 윤인희

등록 1990년 12월 13일 제6-0429호
주소 서울특별시 성북구 보문동 7가 11번지 2층
전화 922-5120~1(편집), 922-2246(영업)
팩스 922-6990
메일 kanapub3@chol.com
http://www.bogosabooks.co.kr

ISBN 978-89-8433-884-5 03810
ⓒ 전경남, 2011

정가 13,000원